UN TRAÎTRE
À NOTRE GOÛT

JOHN le CARRÉ

UN TRAÎTRE À NOTRE GOÛT

roman

TRADUIT DE L'ANGLAIS
PAR ISABELLE PERRIN

ÉDITIONS DU SEUIL
25, bd Romain-Rolland, Paris XIVe

Ce livre est édité par Anne Freyer-Mauthner

Titre original : *Our Kind of Traitor*
Éditeur original : Penguin Books/Viking, Londres

ISBN original : 978-0-670-91901-7

ISBN 978-2-02-102768-6

www.seuil.com

À la mémoire de
Simon Channing Williams,
producteur de films, magicien, homme honorable

Or les princes en ce cas
Honnissent le traître, mais en adorent la trahison.

SAMUEL DANIEL

1

À 7 heures du matin sur l'île caribéenne d'Antigua, un certain Peregrine Makepiece, surnommé Perry, athlète amateur complet de haut niveau et récemment encore enseignant de littérature anglaise dans un *college* réputé de l'université d'Oxford, disputait un match au meilleur des trois sets contre un quinquagénaire russe musclé et chauve, aux yeux marron, au dos raide et au port altier, du nom de Dima. Les événements qui avaient abouti à ce match firent bientôt l'objet d'intenses investigations de la part d'agents britanniques que leur profession ne disposait guère à croire au hasard. Et pourtant, sur ce point, Perry n'avait rien à se reprocher.

La venue de son trentième anniversaire, trois mois plus tôt, avait précipité la crise existentielle qui couvait en lui à son insu depuis plus d'un an. Assis à 8 heures du matin dans son modeste logement à Oxford, la tête entre les mains, après un jogging de quinze kilomètres qui n'avait pas réussi à soulager son sentiment d'affliction, il avait sondé son âme pour découvrir à quoi avait servi le premier tiers de son existence, sinon à lui fournir un prétexte pour éviter de s'aventurer hors des confins de la cité aux clochers rêveurs.

* * *

Pourquoi ?

Vu de l'extérieur, le parcours de Perry était celui d'une parfaite réussite universitaire. L'élève de l'école publique, fils de professeurs du secondaire, arrive à Oxford bardé de diplômes décernés par l'université de Londres, nommé pour trois ans sur un poste offert par l'un des *colleges* historiques, établissement d'excellence fort bien doté. Son prénom, apanage traditionnel des couches supérieures de la société, lui vient d'Arthur Peregrine, prélat méthodiste originaire de Huddersfield qui soulevait les masses au XIXe siècle.

Pendant le trimestre, quand il n'enseigne pas, il se distingue en cross-country et autres sports, et consacre ses soirées de liberté à un club de jeunes du quartier. Pendant les vacances, il conquiert des sommets difficiles et des voies extrêmes. Mais lorsque son *college* lui propose un poste permanent (ou plutôt, selon la vision aigrie qu'il en a maintenant, l'emprisonnement à vie), il renâcle.

Là encore : pourquoi ?

Au trimestre précédent, il avait fait un cycle de conférences sur George Orwell intitulé « Une Grande-Bretagne asphyxiée ? » et sa propre rhétorique l'avait inquiété. Orwell aurait-il cru possible que ces voix de nantis qui l'horripilaient dans les années trente, cette incurie débilitante, cette propension aux guerres à l'étranger et cet accaparement des privilèges se perpétueraient encore gaiement en 2009 ?

Ne voyant aucune réaction sur les visages interdits des étudiants qui le fixaient, il s'était donné la réponse lui-même : jamais, au grand jamais, Orwell n'aurait pu croire cela possible, ou alors il serait descendu dans la rue caillasser des vitrines à tour de bras.

* * *

C'était un sujet dont il avait rebattu les oreilles à Gail, sa petite amie de longue date, alors qu'ils étaient au lit, après un dîner d'anniversaire, dans l'appartement de Primrose Hill qu'elle avait en partie hérité de son père, par ailleurs sans le sou.

« Je n'aime pas les professeurs et je n'ai pas envie d'en devenir un. Je n'aime pas le monde universitaire et si je ne suis plus jamais obligé de porter une toge à la con, je me sentirai libre », avait-il déclaré à la masse de cheveux châtain clair confortablement nichée sur son épaule.

Ne recevant d'autre réponse qu'un ronronnement compréhensif, il enchaîna.

« Ressasser mon laïus sur Byron, Keats et Wordsworth à une bande d'étudiants qui s'en foutent parce que tout ce qui les intéresse, c'est un diplôme, une bonne baise et un paquet de fric ? Je connais, j'ai donné, et ça me gonfle. »

Puis, montant encore d'un cran :

« La seule chose, ou presque, qui pourrait vraiment me retenir dans ce pays, c'est une putain de révolution. »

Sur quoi Gail, jeune avocate dynamique en pleine ascension, dotée d'un physique avantageux et d'un sens de la repartie parfois un peu trop affûté pour son bien et celui de Perry, l'assura qu'aucune révolution ne saurait se faire sans lui.

Tous deux étaient *de facto* orphelins. Les parents de Perry avaient incarné les nobles principes de tempérance des socialistes chrétiens, ceux de Gail, tout le contraire. Son père, acteur attendrissant dans sa médiocrité, était mort prématurément d'abus d'alcool, d'une dose quotidienne de soixante cigarettes et d'une passion malavisée pour sa fantasque épouse. Sa mère, actrice elle aussi quoique moins attendrissante, avait quitté la maison quand Gail avait treize ans et, disait-on, vivait d'amour et d'eau fraîche sur la Costa Brava en compagnie d'un assistant caméraman.

* * *

Après avoir pris la grande décision, aussi irrévocable que toutes ses grandes décisions, de tirer sa révérence à la vie universitaire, la réaction instinctive de Perry fut de retrouver ses racines. Le fils unique de Dora et d'Alfred allait reprendre leurs convictions à son compte en redémarrant sa carrière là où eux avaient été obligés d'abandonner la leur.

Il allait cesser de jouer les intellectuels de haut vol, s'inscrire à une authentique formation de professeur du second degré et, comme eux, décrocher un poste dans l'une des zones les plus défavorisées du pays.

Il enseignerait les matières au programme, ainsi que tout sport qu'on voudrait bien lui confier, à des enfants qui auraient besoin de lui comme guide pour leur propre épanouissement et non comme tremplin vers la prospérité petite-bourgeoise.

Mais Gail ne s'inquiéta pas autant de ces projets qu'il l'aurait peut-être voulu. Malgré toute sa détermination à se retrouver *au cœur de la vraie vie*, il restait chez lui d'autres facettes conflictuelles que Gail avait appris à connaître.

Certes, il y avait Perry l'étudiant torturé de l'université de Londres, où ils s'étaient rencontrés, qui, à l'instar de T.E. Lawrence, avait fait route vers la France à bicyclette pendant les vacances et pédalé jusqu'à s'écrouler d'épuisement.

Il y avait aussi Perry l'alpiniste aventureux, incapable de participer à une course ou à un jeu, depuis le rugby à sept jusqu'aux chaises musicales avec les neveux et nièces de Gail à Noël, sans être saisi d'un désir impérieux de gagner.

Mais il y avait aussi Perry le sybarite refoulé, qui s'offrait d'improbables parenthèses de luxe avant de retourner à sa mansarde. Et c'est ce Perry-là qui se trouvait sur le plus beau court de tennis de la plus belle station balnéaire d'Antigua en pleine crise économique, aux premières heures de cette matinée de mai pour éviter un soleil trop écrasant, avec, de l'autre côté du filet, le Russe Dima, tandis que Gail, capeline souple et robe de plage suffisamment vaporeuse pour ne pas cacher son maillot de bain, avait pris place au milieu d'une curieuse assemblée de spectateurs au regard vide, certains vêtus de noir, qui semblaient avoir collectivement prêté serment de ne pas sourire, de ne pas parler et de ne pas manifester le moindre intérêt pour le match qu'on les obligeait à regarder.

* * *

Gail s'estimait bien heureuse que l'escapade dans les Caraïbes ait été organisée avant que Perry ne prenne sa grande décision sur un coup de tête. Tout avait commencé au plus sombre de novembre, lorsque son père était mort de ce même cancer qui avait emporté sa mère deux ans plus tôt, laissant Perry dans une modeste aisance. Comme il était contre le principe même de l'héritage, il hésita à donner toute sa fortune aux pauvres, mais, après une guerre d'usure menée par Gail, ils s'étaient décidés pour une offre spéciale de vacances tennistiques inoubliables au soleil.

La date de ce séjour s'avéra on ne peut plus propice, car, tandis qu'approchait leur départ, des décisions encore plus importantes se profilaient devant eux :

Que devait faire Perry de sa vie, et devaient-ils le faire ensemble ?

Gail devait-elle abandonner le barreau pour accompagner aveuglément Perry vers l'horizon radieux, ou poursuivre sa propre carrière fulgurante à Londres ?

Ou bien le temps était-il venu de reconnaître que sa carrière n'était pas plus fulgurante que celle de la plupart des jeunes avocats et donc d'envisager une grossesse, ce que Perry ne cessait de lui répéter ?

Même si Gail, par provocation ou par sécurité, avait pour habitude de faire la part des choses, nul doute qu'ils se trouvaient alors, ensemble et séparément, à la croisée des chemins et qu'ils devaient mener une vraie réflexion, pour laquelle un séjour à Antigua semblait le cadre idéal.

* * *

Leur vol ayant été retardé, il était minuit passé quand ils arrivèrent à leur hôtel. Ambrose, le majordome omniprésent de la station, les accompagna à leur bungalow. Ils firent la grasse matinée et, lorsqu'ils eurent pris leur petit-déjeuner sur le balcon, il faisait trop chaud pour jouer au tennis. Ils nagèrent le long d'une plage aux trois quarts vide, déjeunèrent seuls près de la piscine, firent l'amour dans la langueur de l'après-midi et se présentèrent à 18 heures à la boutique tenue par le moniteur, reposés, heureux et impatients de jouer.

Vue de loin, la station se composait d'un simple ensemble de bungalows blancs disséminés le long d'une plage en fer à cheval longue de près de deux kilomètres et recouverte d'un sable fin de carte postale. Les extrémités en étaient marquées par deux promontoires rocheux parsemés de broussailles, entre lesquels couraient un récif de coraux et un cordon de bouées fluorescentes destinées à éloigner les yachts trop curieux. Sur des terrasses en retrait taillées dans le flanc de la colline s'alignaient les courts de tennis de qualité professionnelle. D'étroites marches de pierre qui serpentaient entre des arbustes fleuris menaient à la boutique du moniteur. Une fois entré, on se retrouvait au paradis du tennis, raison pour laquelle Perry et Gail avaient choisi cet endroit.

Il y avait un court central et cinq autres plus petits. Les balles de compétition étaient conservées dans des réfrigérateurs verts et des coupes d'argent exposées dans des vitrines portaient les noms de champions d'autrefois, parmi lesquels Mark, le moniteur australien empâté.

« Alors, on tourne autour de quel niveau, si je puis me permettre ? » demanda-t-il avec une courtoisie appuyée, remarquant sans rien dire la qualité des raquettes éprouvées par le combat, les épaisses chaussettes blanches et les bonnes chaussures de tennis usées de Perry, ainsi que le décolleté de Gail.

Perry et Gail formaient un couple très séduisant, sorti de la prime jeunesse mais encore dans la fleur de l'âge. La nature avait doté Gail de membres longs et bien galbés, de petits seins hauts, d'un corps souple, d'un teint anglais, de beaux cheveux dorés et d'un sourire capable d'illuminer les recoins les plus sombres de la vie. Perry était très anglais dans un autre style, avec son corps dégingandé, désarticulé à première vue, son long cou à la pomme d'Adam saillante, sa démarche gauche, presque vacillante, et ses oreilles décollées. À l'école, on l'avait surnommé la Girafe jusqu'au jour où ceux qui avaient eu l'imprudence de le faire reçurent une bonne leçon. Avec la maturité, il avait acquis (inconsciemment, ce qui n'en était que plus impressionnant) une grâce fragile mais incontestable. Sa tignasse châtain frisée, son large front couvert de taches de rousseur et ses grands yeux derrière ses lunettes lui donnaient un air de perplexité angélique.

Gail, qui ne lui faisait pas confiance pour se hausser du col et avait toujours une attitude protectrice envers lui, prit sur elle de répondre à la question du moniteur.

« Perry joue les éliminatoires du Queen's et, une fois, il a atteint le tableau final, pas vrai ? Tu es même allé jusqu'aux Masters. Et cela après s'être cassé la jambe au ski et n'avoir pas joué pendant six mois, ajouta-t-elle avec fierté.

– Et vous, madame, oserai-je vous poser la question ? demanda Mark, l'obséquieux moniteur, en insistant un peu trop sur le "madame" au goût de Gail.

– Moi, je suis son faire-valoir, répondit-elle fraîchement.

– N'importe quoi ! » commenta Perry.

L'Australien suçota ses dents, secoua la tête avec incrédulité et feuilleta un carnet mal tenu.

« Eh bien, j'ai un couple qui pourrait vous aller. Ils sont beaucoup trop forts pour mes autres clients, je vous préviens. Enfin, il faut dire que je n'ai pas un choix infini. Vous devriez peut-être faire un petit essai tous les quatre ? »

Ils se retrouvèrent donc opposés à un couple d'Indiens de Bombay en voyage de noces. Le court central était pris, mais le numéro 1 était libre. Bientôt, quelques passants et joueurs venus des autres courts les regardèrent s'échauffer : balles lentes frappées depuis la ligne de fond de court et renvoyées mollement, passing-shots que personne n'essayait de rattraper, smashes au filet qu'on laissait passer. Perry et Gail gagnèrent le tirage au sort, Perry laissa Gail servir en premier, mais elle commit deux doubles fautes et ils perdirent leur engagement. La jeune mariée indienne prit le relais et la partie se poursuivit tranquillement.

C'est lorsque Perry fut au service que la qualité de son jeu éclata au grand jour. Il avait une première balle haute et puissante contre laquelle il n'y avait pas grand-chose à faire quand elle ne sortait pas. Résultat : quatre services gagnants d'affilée. La foule grossit, les joueurs étaient jeunes et beaux, les ramasseurs de balles se découvraient une énergie nouvelle. Vers la fin du premier set, Mark le moniteur passa jeter un coup d'œil l'air de rien, assista à trois jeux, puis, avec un froncement de sourcils pensif, retourna à sa boutique.

Après un long deuxième set, le score était d'une manche partout. Le troisième et dernier set arriva à 4-3 en faveur de Perry et Gail. Mais alors que Gail avait tendance à retenir ses coups, Perry, lui, donnait toute sa mesure et le match se termina sans que le couple indien remporte un autre jeu.

La foule se dispersa. Les quatre joueurs restèrent pour échanger des compliments, prendre rendez-vous pour la revanche et peut-être boire un verre au bar ce soir ? Avec plaisir. Les Indiens partirent, laissant Perry et Gail récupérer leurs raquettes et leurs pulls.

C'est alors que le moniteur australien revint avec un homme musclé, très droit, au torse énorme, complètement chauve, qui portait une Rolex en or incrustée de diamants et un pantalon de survêtement gris retenu à la taille par un cordon noué.

* * *

Que Perry ait d'abord remarqué le nœud du cordon à la taille et le reste de l'homme ensuite s'explique aisément. Il était en train d'échanger ses vieilles mais confortables chaussures de tennis pour une paire d'espadrilles et, quand il entendit son nom, il était encore plié en deux. À la manière des hommes grands et maigres, il releva donc lentement sa longue tête et vit en premier lieu des sandales en cuir chaussant des pieds petits, presque féminins, écartés dans une posture de pirate, puis une paire de mollets massifs revêtus d'un survêtement gris, puis, en remontant, le cordon qui maintenait le pantalon retenu par un double nœud, comme il se doit quand on a d'aussi lourdes responsabilités.

Au-dessus du cordon, une bedaine recouverte d'une chemise ponceau du plus fin coton qui enserrait un torse si massif qu'il semblait tout d'un bloc entre ventre et poitrine, et, en remontant, un col Mao qui, boutonné, aurait ressemblé à un faux col de pasteur en plus étroit, si ce n'est qu'il eût été rigoureusement impossible d'y faire tenir un cou si musclé.

Et au-dessus du col, penché de côté en signe de sollicitation, sourcils levés en signe d'invite, le visage lisse d'un homme d'une cinquantaine d'années aux yeux marron expressifs et au sourire rayonnant de dauphin. L'absence de rides ne suggérait pas le manque d'expérience, tout au contraire. C'était un visage qui, pour Perry le grand aventurier, semblait sculpté pour la vie : le visage, dit-il bien plus tard à Gail, d'un homme accompli, statut auquel lui-même aspirait et que, malgré tous ses efforts virils, il pensait ne pas avoir encore atteint.

« Perry, permettez-moi de vous présenter mon grand ami et mécène, M. Dima, qui vient de Russie, annonça Mark en ajoutant une note cérémonieuse à sa voix melliflue. Dima a trouvé que vous faisiez un sacrément bon match tout à l'heure. Pas vrai, monsieur ? En fin connaisseur du tennis, il a beaucoup apprécié votre jeu. Je crois que je peux dire ça, Dima ?

– Nous faire une partie ? proposa Dima sans quitter Perry de ses yeux bruns contrits.

– Enchanté ! » lança Perry, un peu essoufflé, qui s'était entre-temps redressé gauchement de toute sa hauteur, en lui tendant une main couverte de sueur.

Dima avait une main d'artisan devenue adipeuse, avec une petite étoile (ou un astérisque ?) tatouée sur la seconde phalange du pouce.

« Et voici Gail Perkins, ma chère moitié », ajouta-t-il pour ralentir un peu le rythme d'une conversation qui s'emballait.

Mais avant que Dima ait pu répondre, Mark avait émis un grognement de désapprobation flagorneur.

« Ah non, Perry, “moitié” n'est vraiment pas le terme qui convient ! s'insurgea-t-il. N'allez pas croire ce type, Gail ! Vous n'aviez rien d'une demi-portion sur le court, loin de là. Vous avez fait un ou deux passing-shots de revers carrément divins, pas vrai, Dima ? Vous l'avez remarqué vous-même. On vous regardait sur le circuit fermé dans la boutique.

– Mark dit vous jouez le Queen's, ajouta Dima d'une voix pâteuse, profonde et gutturale à l'accent vaguement américain, sans se départir de son sourire de dauphin.

– Oui, enfin, ça, c'était il y a quelques années, précisa Perry avec modestie, essayant encore de gagner du temps.

– Dima vient d'acheter Three Chimneys, pas vrai, Dima ? annonça Mark, comme si cette nouvelle rendait plus irrésistible la perspective d'un match. C'est le plus beau coin de ce côté de l'île, pas vrai, Dima ? Il a de grands projets, paraît-il. Et vous deux, vous logez dans le bungalow Captain Cook, je crois, un des plus agréables de la station, à mon avis. »

C'était bien cela.

« Eh ben, voilà. Vous êtes voisins, pas vrai, Dima ? Three Chimneys est perché juste sur la pointe de la péninsule, de l'autre côté de la baie par rapport à vous. C'est la dernière grande propriété de l'île qui reste à rénover, mais Dima va y mettre bon ordre, n'est-ce pas, monsieur ? Il est question d'une émission d'actions avec priorité aux habitants de l'île, ce qui me semble très civil. En attendant, vous vous adonnez aux joies du camping, m'a-t-on dit. Et vous recevez quelques amis et parents qui sont aussi portés là-dessus. J'admire. Nous admirons tous. Pour quelqu'un qui dispose de telles ressources, c'est très courageux.

– Nous faire une partie ?

– Un double ? » demanda Perry en s'arrachant au regard intense de Dima pour jeter un coup d'œil interrogateur à Gail.

Mais Mark, ayant établi sa tête de pont, poussa son avantage.

« Ah non, Perry, pas de double pour Dima, désolé, intervint-il vivement. Notre ami ne joue qu'en simple, pas vrai, monsieur ? Vous ne comptez que sur vous-même et vous aimez être responsable de vos erreurs, m'avez-vous dit un jour. Ce sont très exactement vos paroles il n'y a pas si longtemps, et elles m'ont fait forte impression. »

Voyant Perry partagé mais néanmoins tenté, Gail vola à son secours.

« Ne t'en fais pas pour moi, Perry. Si tu veux jouer un simple, vas-y, pas de problème.

– Perry, je crois que vous ne devriez pas hésiter à relever le gant, insista lourdement Mark. Si j'avais le goût des paris, je ne saurais pas sur lequel de vous deux miser, et ça, c'est vrai de vrai. »

Dima boitait-il en s'éloignant ? Le pied gauche qui traînait un peu ? Ou bien était-ce simplement l'effort de trimballer partout cet énorme torse à longueur de journée ?

* * *

Est-ce aussi à ce moment-là que Perry remarqua pour la première fois les deux hommes blancs désœuvrés qui rôdaient près de l'entrée du court ? L'un, les mains mollement serrées dans le dos, l'autre, les bras croisés sur la poitrine ? Tous les deux en baskets ? L'un blond, avec un visage poupin, l'autre, brun et indolent ?

Si c'est le cas, ce fut inconscient, affirma-t-il avec mauvaise grâce, dix jours plus tard, à l'homme qui se faisait appeler Luke et à la femme qui se faisait appeler Yvonne alors qu'ils étaient assis tous les quatre à une table ovale au sous-sol d'une jolie maison de Bloomsbury.

Ils y avaient été amenés en taxi de chez Gail, à Primrose Hill, par un grand homme sympathique, portant un béret et une boucle d'oreille, qui disait s'appeler Ollie. Luke leur avait ouvert la porte et Yvonne attendait derrière lui. Dans un vestibule richement moquetté qui sentait la peinture fraîche, ils s'étaient tous serré la main, puis Luke les avait poliment remerciés de s'être dérangés et les avait conduits à ce sous-sol aménagé où se trouvaient une table, six chaises et une kitchenette. En haut du mur donnant sur la rue, des fenêtres demi-lune en verre dépoli se voilaient parfois de l'ombre des pieds des passants sur le trottoir.

Perry et Gail furent délestés de leurs mobiles, puis invités à signer une déclaration dans le cadre de la loi sur les secrets d'État. Gail l'avocate lut le texte et s'en offusqua. « Jamais de la vie ! » s'exclama-t-elle alors que Perry, en marmonnant « Qu'est-ce que ça change ? », signait impatiemment. Après avoir fait une ou deux suppressions et quelques ajouts, Gail signa en rechignant. Le sous-sol était faiblement éclairé par une lampe accrochée au-dessus de la table. Les murs de brique exsudaient de légers relents de vieux porto.

Luke était courtois, rasé de près, âgé d'environ quarante-cinq ans et trop petit aux yeux de Gail. Les espions devraient être plus grands que nature, se dit-elle avec une fausse jovialité due à sa nervosité. Très droit dans son élégant costume anthracite, avec ses petites mèches grisonnantes qui rebiquaient au-dessus des oreilles, il lui rappelait plutôt un cavalier amateur aux manières policées.

Yvonne, quant à elle, ne pouvait guère être beaucoup plus âgée que Gail, à qui elle parut guindée au premier abord, mais belle dans le genre bas-bleu. Avec son tailleur passe-partout, ses cheveux noirs coupés au carré, sans maquillage, elle se vieillissait inutilement et cultivait une allure bien trop stricte pour une espionne, pensa Gail, toujours résolue à prendre les choses à la légère.

« Bref, vous ne les avez pas repérés comme étant des gardes du corps, suggéra Luke, sa tête bien soignée oscillant de l'un à l'autre, assis en face de lui. Une fois seuls, vous ne vous êtes pas dit quelque chose comme : “Tiens, tiens ! Bizarre autant qu'étrange, ce type, ce Dima truc-chose, là, on dirait qu'il se paie une protection rapprochée.” ? »

C'est vraiment comme ça qu'on se parle, Perry et moi ? se demanda Gail. Je n'aurais pas cru.

« Oui, j'ai vu ces hommes, concéda Perry. Maintenant, si la question est : est-ce qu'ils m'ont fait une impression particulière ?, la réponse est non. Deux types qui cherchent des partenaires de tennis, voilà ce que j'ai dû penser, si tant est que j'aie pensé quoi que ce soit, ajouta-t-il en se pinçant le front du bout de ses longs doigts. Je veux dire, "gardes du corps", ce n'est pas la première idée qui vous vient à l'esprit, si ? Enfin, à vous, peut-être, c'est le monde dans lequel vous vivez, je suppose, mais pour le pékin moyen, pas vraiment.

– Et vous, Gail ? lança Luke avec sollicitude. Vous qui fréquentez les tribunaux à longueur de journée, vous qui voyez le monde des méchants dans toute sa splendeur, est-ce que vous avez eu des soupçons à leur égard, vous ?

– Si je les ai remarqués, j'ai sans doute pensé que c'étaient deux types qui me reluquaient, donc je ne leur ai pas prêté attention », répliqua Gail.

Cela ne suffit pas à satisfaire Yvonne, avec sa tête de première de la classe.

« Mais le soir, Gail, en repensant à cette journée... »

Écossaise ? Ça se pourrait bien, songea Gail, qui se flattait d'avoir une oreille de mainate pour les accents.

« Vous n'avez vraiment rien pensé en voyant deux hommes traîner là sans rien faire, comme aux ordres ?

– C'était notre première vraie soirée à l'hôtel, expliqua Gail dans un élan d'exaspération. Perry nous avait réservé un dîner aux chandelles au Captain's Deck, d'accord ? Il y avait les étoiles, la pleine lune, des grenouilles qui beuglaient des chants d'amour et un rayon de lune qui arrivait presque à notre table. Vous croyez vraiment qu'on a passé la soirée les yeux dans les yeux à parler des gorilles de Dima ? Non mais, ce qu'il faut pas entendre ! »

Puis, craignant d'avoir paru plus malpolie qu'elle n'en avait eu l'intention :

« D'accord, oui, on a parlé de Dima, très brièvement. C'est le genre de type qu'on n'oublie pas, le premier oligarque russe qu'on rencontrait. Mais après coup, Perry se serait fichu des claques pour avoir accepté ce simple avec lui et il voulait téléphoner au moniteur pour lui dire d'annuler. Alors, je lui ai dit que j'avais déjà dansé avec des hommes comme Dima et qu'ils avaient une technique stupéfiante. Ça t'a cloué le bec, hein, chéri ? »

Séparés par un vide aussi large que l'océan Atlantique qu'ils avaient récemment traversé, mais aussi bien heureux de pouvoir s'épancher auprès de deux auditeurs dont la curiosité était toute professionnelle, Perry et Gail reprirent leur récit.

* * *

6 h 45, le lendemain matin. Vêtu de sa plus belle tenue blanche, serrant dans ses mains deux tubes de balles réfrigérées et un gobelet de café, Mark les attendait en haut des marches en pierre.

« J'avais drôlement peur que vous ayez une panne d'oreiller, dit-il, très nerveux. Enfin bon, tout va bien, pas de problème. Gail, comment ça va, aujourd'hui ? Vous avez une mine superbe, si je puis me permettre. Après vous, monsieur Perry, je vous en prie. Quelle journée, hein ? Quelle journée ! »

Perry monta la seconde volée de marches jusqu'à l'endroit où le sentier obliquait à gauche et se retrouva nez à nez avec les deux mêmes hommes que la veille au soir. Blousons d'aviateur sur le dos, ils étaient postés de chaque côté de l'arche fleurie qui, tel le chemin menant à l'autel, conduisait à la porte du court central, un monde à part, clos des quatre côtés par des écrans de toile et des haies d'hibiscus hautes de six mètres.

En les voyant approcher tous les trois, le blond au visage poupin avança d'un demi-pas et, avec un sourire éteint, écarta les mains dans l'attitude classique de celui qui s'apprête à fouiller quelqu'un. Médusé, Perry se figea, dressé de toute sa hauteur, à deux bons mètres de distance, Gail à son côté. Quand l'homme avança encore d'un pas, Perry recula d'autant, entraînant Gail avec lui, et s'exclama : « Mais c'est quoi, ce délire ? » en s'adressant de fait à Mark puisque ni le bébé Cadum ni son brun collègue ne donnaient aucun signe d'avoir entendu, et *a fortiori* compris, sa question.

« Sécurité, expliqua Mark, qui passa devant Gail pour murmurer d'un ton rassurant à l'oreille de Perry : Simple routine. »

Sans bouger d'où il était, Perry tendit le cou en avant et en biais tandis qu'il digérait cette information.

« La sécurité de qui, au juste ? Je ne comprends pas. Et toi ? demanda-t-il à Gail.

– Moi non plus, répondit-elle.

– La sécurité de Dima, enfin, Perry ! C'est un gros ponte des affaires à l'international. Ces types ne font qu'obéir aux ordres.

– Vos ordres à vous, Mark ? s'enquit Perry en lui jetant un regard accusateur à travers ses verres de lunettes.

– Les ordres de Dima, pas les miens, Perry, ne soyez pas stupide. Ce sont les hommes de Dima, ils ne le quittent pas d'une semelle. »

Perry reporta son attention sur le garde du corps blond.

« Vous parlez anglais, par hasard ? demanda-t-il sans que l'expression sur le visage du bébé Cadum change, sinon peut-être pour se durcir. Bon, apparemment il ne comprend pas plus l'anglais qu'il ne le parle.

– Pour l'amour du ciel, Perry ! implora Mark, sa trogne de buveur de bière s'empourprant de plus belle. Un petit coup d'œil dans votre sac et c'est terminé. Ça n'a rien de personnel, c'est la routine, je vous l'ai dit. Comme à l'aéroport.

– Tu as un avis sur la question ? fit Perry en se tournant de nouveau vers Gail.

– Un peu, oui !

– Il faut que je sache exactement à quoi m'en tenir, Mark, voyez-vous, expliqua-t-il avec l'autorité du pédagogue en penchant la tête de l'autre côté. Dima, mon partenaire de tennis potentiel, souhaite s'assurer que je ne vais pas lui lancer une bombe à la figure. C'est là le message que me font passer ces hommes ?

– Nous vivons dans un monde dangereux, Perry. Vous n'êtes peut-être pas au courant, mais nous autres, si, et il faut bien s'en accommoder. Alors, avec tout le respect que je vous dois, je vous conseille très vivement de vous laisser faire.

– Mais je pourrais aussi avoir l'intention de le descendre avec ma kalachnikov, poursuivit Perry en soulevant son sac de tennis pour indiquer l'endroit où il cachait son arme, sur quoi le second garde sortit de l'ombre des buissons pour se placer à côté de son acolyte, sans que l'on pût discerner la moindre expression sur leur visage.

– Je suis désolé de vous le dire, mais vous faites une montagne de rien du tout, monsieur Makepiece, protesta Mark, dont la courtoisie difficilement acquise commençait à se fissurer sous la pression. Une superbe partie de tennis vous attend, ces types font leur devoir et ils le font très poliment, comme des pros, selon moi. Franchement, je ne comprends pas où est le problème, monsieur.

– Ah, le *problème*, répéta Perry d'un ton inspiré, s'emparant du mot comme point de départ pertinent à une discussion de groupe avec ses étudiants. Laissez-moi donc vous expliquer mon problème. En fait, à la réflexion, j'ai plusieurs problèmes. Mon premier problème, c'est que personne ne met son nez dans mon sac de tennis sans mon autorisation ; or, dans ce cas précis, je ne la donne pas. Et personne non plus ne met son nez dans le sac de cette dame, ajouta-t-il en désignant Gail. Les mêmes règles s'appliquent.

– Rigoureusement les mêmes, confirma Gail.

– Deuxième problème. Si votre ami Dima pense que je vais l'assassiner, pourquoi me demande-t-il de jouer au tennis avec lui ? »

Ayant laissé passer assez de temps pour la réponse et n'en recevant aucune sinon quelques bruits de succion frénétiques sur les dents, il enchaîna.

« Et mon troisième problème, c'est que la proposition pour le moment est unilatérale. Ai-je demandé à regarder dans le sac de Dima ? Non. Et je n'en ai pas l'intention. Peut-être voudriez-vous bien le lui expliquer quand vous lui présenterez mes excuses.

Gail, si on allait engloutir ce superbe petit-déjeuner buffet qu'on a payé ?

– Bonne idée, acquiesça Gail de bon cœur. Je me rends compte tout d'un coup à quel point j'avais faim. »

Faisant la sourde oreille aux suppliques du moniteur, ils se retournèrent et se dirigeaient vers l'escalier quand la porte du court s'ouvrit à la volée et la voix de basse de Dima les arrêta.

« Ne fuyez pas, monsieur Perry Makepiece. Vous voulez faire sauter ma cervelle, faites ça avec la putain de raquette ! »

* * *

« Et quel âge avait-il, à votre avis, Gail ? demanda Yvonne le bas-bleu en couchant délicatement quelques mots sur le bloc posé devant elle.

– Bébé Cadum ? Vingt-cinq ans maximum, répondit-elle en regrettant une fois de plus de ne pas arriver à trouver en elle-même la juste mesure entre la désinvolture et la fébrilité.

– Perry ? Quel âge ?

– Trente ans.

– Quelle taille ?

– En dessous de la moyenne. »

Comme tu fais un mètre quatre-vingt-huit, Perry, mon chéri, nous sommes tous en dessous de la moyenne, pensa Gail.

« Un bon mètre soixante-quinze », précisa-t-elle.

Les cheveux blonds coupés très court, s'accordèrent-ils à dire.

« Et il avait une gourmette en or au poignet, se rappela-t-elle en s'étonnant elle-même. Un de mes anciens clients portait exactement la même. Il disait toujours que si jamais il se retrouvait dans une mauvaise passe, il s'en sortirait en la cassant et en revendant les maillons l'un après l'autre. »

* * *

D'une main aux ongles courts non vernis, Yvonne fait glisser vers eux une pile de photos de presse sur la table ovale. Au premier plan, une demi-douzaine de jeunes gaillards portant des costumes style Armani félicitent un cheval de course victorieux, coupes de champagne levées bien haut pour la photo. À l'arrière-plan, des panneaux publicitaires en anglais et en caractères cyrilliques. Et tout à fait à gauche, les bras croisés sur la poitrine, le garde du corps au visage poupin, ses cheveux blonds coupés très ras. Contrairement à ses trois compagnons, il ne porte pas de lunettes noires, mais il a bien une gourmette en or au poignet gauche.

Perry a l'air un peu suffisant, Gail a un peu mal au cœur.

2

Gail ne savait pas très bien pourquoi c'était elle qui assurait l'essentiel de la conversation. Tout en parlant, elle écoutait sa voix que lui renvoyaient les murs en brique du sous-sol, comme elle le faisait au tribunal des divorces où elle exerçait actuellement : là, c'est l'indignation vertueuse, là, c'est l'incrédulité mordante, et là, c'est ma lâcheuse de mère après son deuxième gin tonic.

Ce soir, malgré tous ses efforts pour le dissimuler, il lui arrivait de surprendre dans sa voix un léger tremblement de frayeur qu'elle ne maîtrisait pas. Si ses auditeurs, assis de l'autre côté de la table, ne l'entendaient pas, elle si. Et, sauf erreur de sa part, Perry, à côté d'elle, le percevait aussi parce que, de temps en temps, il inclinait la tête vers elle sans autre raison que de la dévisager avec une tendresse soucieuse malgré le gouffre de cinq mille kilomètres qui les séparait. Il allait parfois jusqu'à lui serrer furtivement la main sous la table avant de reprendre lui-même le récit, croyant à tort, mais c'était bien excusable, donner ainsi un répit aux émotions de Gail, alors qu'en fait elles en profitaient pour se replier, se regrouper et repartir à l'attaque de plus belle à la première occasion.

* * *

Perry et Gail convinrent tous deux que, sans véritablement traîner pour pénétrer sur le court, ils avaient néanmoins pris leur temps. Il y avait eu la descente le long du chemin fleuri entre la haie d'honneur formée par les gardes du corps, Gail tenant le bord de sa capeline et laissant tournoyer sa jupe légère.

« J'ai un peu fait ma princesse, admit-elle.

– Et comment ! » renchérit Perry tandis que, de l'autre côté de la table, on retenait des sourires.

Puis il y avait eu le pas de deux à l'entrée du court quand Perry avait donné l'impression de reculer, alors qu'en réalité il s'effaçait pour laisser passer Gail, ce qu'elle avait fait en jouant la grande dame avec ostentation afin de laisser entendre que, si on ne l'avait peut-être pas offensée comme prévu, elle n'avait rien oublié pour autant. Mark fermait la marche.

Dima se tenait au centre du court, face à eux, les bras grands ouverts en un geste de bienvenue. Il portait un ras-du-cou bleu duveteux à manches longues et un bermuda noir qui lui descendait au mollet. Une visière faisait saillie tel un bec d'oiseau vert sur son crâne chauve déjà luisant sous le soleil matinal. (Perry avoua s'être demandé si Dima l'avait frotté à l'huile.) Dans le même style que la Rolex incrustée de diamants, une chaîne en or avec une breloque d'apparence vaguement religieuse ornait son énorme cou : encore quelque chose qui brillait, qui déconcentrait.

À la surprise de Gail, ce n'était pas Dima qui l'avait le plus frappée lorsqu'elle était entrée, mais le groupe hétéroclite (et, à ses yeux, étrange) d'enfants et d'adultes installés sur les gradins derrière lui.

« Aussi vivants que des mannequins de cire ! se récria-t-elle. Ce n'était pas juste le fait qu'ils soient là, trop habillés, à cette heure indue, c'étaient leur silence absolu et leur air lugubre. Je me suis assise dans la rangée du bas, qui était libre, et je me suis dit : "Mon Dieu, c'est quoi, ça ? Un tribunal populaire, une procession religieuse ou quoi ?" »

Les enfants eux-mêmes semblaient distants les uns des autres. Ils avaient tout de suite attiré son attention. Les enfants lui faisaient toujours cet effet. Elle en avait compté quatre.

« Deux petites filles tristounettes d'environ cinq et sept ans, portant chapeau de soleil et robe sombre, serrées l'une contre l'autre à côté d'une grosse femme noire qui devait être une sorte de nounou, dit-elle, résolue à ne pas laisser ses sentiments l'emporter trop loin trop tôt. Et deux adolescents blonds, couverts de taches de rousseur, en tenue de tennis. Et tous d'un sinistre ! Comme si on les avait tirés du lit à coups de pied dans le derrière pour les traîner là en guise de punition. »

Quant aux adultes, ils semblaient tellement hors normes, tellement grands, tellement différents, qu'ils auraient pu sortir tout droit de *La Famille Addams*, poursuivit-elle. Et ce n'étaient pas juste leurs vêtements de ville ou leur coiffure des années soixante-dix, ou le fait que les femmes, malgré la chaleur, étaient habillées pour l'hiver le plus rude. C'était cette morosité qui les enveloppait tous.

« Pourquoi personne ne parle ? avait-elle chuchoté à Mark, qui venait de s'asseoir à côté d'elle sans y avoir été invité.

– Ils sont russes, avait-il répondu en haussant les épaules.

– Mais les Russes parlent tout le temps ! »

Pas ces Russes-là, d'après Mark. La plupart étaient arrivés par avion ces derniers jours et il fallait encore qu'ils se fassent à l'idée qu'ils se trouvaient dans les Caraïbes.

« Il s'est passé quelque chose là-haut, avait-il dit avec un signe de tête vers l'autre côté de la baie. Selon la rumeur, ils tiennent un grand conseil de famille, et ce n'est pas toujours l'entente cordiale. Je ne sais pas comment ils font pour se laver, la plomberie est à moitié déglinguée. »

Elle avait remarqué deux gros bonshommes, l'un coiffé d'un feutre mou marron, qui parlait à voix basse dans un téléphone portable, et l'autre d'un béret écossais avec un pompon rouge sur le dessus.

« Les cousins de Dima, avait expliqué Mark. Tout le monde est cousin avec tout le monde, dans le lot. Ils viennent de Perm.

– Perm ?

– Oui, Perm, en Russie. Pas comme “permission”. Perm, la ville. »

À la rangée du dessus, les adolescents aux cheveux filasse mâchaient du chewing-gum, l'air de détester ça. Les fils de Dima, des jumeaux, avait dit Mark. Et oui, maintenant que Gail les regardait, elle voyait une ressemblance : torses massifs, dos bien droits, paupières tombantes sur des yeux charmeurs qui tournaient déjà vers elle des regards lubriques.

Elle prit une petite inspiration discrète, puis expira. Elle approchait de ce qui, dans sa plaidoirie d'avocate, aurait été la question qui tue, la question destinée à crucifier le témoin. Allait-elle donc se crucifier elle-même ? Quand elle se remit à parler, elle fut satisfaite de n'entendre aucun frémissement dans la voix que lui renvoyait le mur de brique, aucune hésitation, aucune altération révélatrice.

« Et, assise bien sagement à l'écart (à l'écart comme un fait exprès, aurait-on pu croire), il y avait une jeune beauté de quinze ou seize ans avec des cheveux de jais jusqu'aux épaules, un chemisier et une jupe bleu marine d'écolière au-dessous du genou. Elle n'avait l'air liée à personne. Alors j'ai demandé à Mark qui c'était, naturellement. »

Très naturellement, estima-t-elle avec soulagement après s'être écoutée. Pas un seul sourcil levé autour de la table. Bravo, Gail.

« "Elle s'appelle Natasha, m'a informée Mark. Une fleur qui attend d'être cueillie", si je voulais bien lui passer l'expression. "La fille de Dima mais pas de Tamara. Son père y tient comme à la prunelle de ses yeux." »

Et que faisait donc la belle Natasha, fille de Dima mais pas de Tamara, à 7 heures du matin, alors qu'elle était censée regarder son père jouer au tennis ? demanda Gail à son auditoire. Elle lisait un livre relié de cuir qu'elle serrait sur son giron comme un bouclier pour sa vertu.

« Elle était belle à tomber, insista Gail avant de lancer : Vraiment superbe. »

Puis elle pensa : Mon Dieu, je commence à parler comme une gouine alors que tout ce que je veux, c'est jouer l'indifférente.

Mais, une fois encore, Perry et ceux qui l'interrogeaient semblaient n'avoir rien remarqué de déplacé.

« Et où est-ce que je la trouve, cette Tamara qui n'est pas la mère de Natasha ? avait-elle demandé à Mark d'un ton sec en profitant de l'occasion pour s'éloigner de lui.

– Deux rangées plus haut sur votre gauche. Une dame très pieuse connue dans le coin sous le surnom de Mme Nonne. »

Elle s'était tournée discrètement et son regard était tombé sur une femme fantomatique drapée de noir de la tête aux pieds. Quelques mèches blanches parsemaient ses cheveux, noirs eux aussi et serrés en chignon. Sa bouche aux commissures tombantes semblait n'avoir jamais souri. Elle portait une écharpe de mousseline mauve.

« Et sur la poitrine, cette croix orthodoxe en or avec la barre en plus, là, mais alors, taille XXL ! s'exclama Gail. D'où le surnom de Mme Nonne, je suppose. Mais bon sang, quelle présence, le genre qui vous vole la vedette ! ajouta-t-elle en digne fille de ses parents acteurs. Une volonté de fer, ça se sentait. Même Perry l'a senti.

– Plus tard seulement, l'avertit Perry en évitant son regard. Ils ne veulent pas qu'on interprète après coup. »

Oui, enfin, je n'ai pas le droit non plus d'interpréter avant, alors..., eut-elle envie de lui rétorquer, mais, soulagée d'avoir bien négocié l'obstacle Natasha, elle ne répliqua pas.

Quelque chose en Luke le petit gentleman la troublait beaucoup : la façon dont elle croisait sans cesse son regard malgré elle, la façon dont il croisait le sien. Elle l'avait d'abord cru gay, jusqu'à ce qu'elle le surprenne en train de lorgner son chemisier à l'endroit où un bouton s'était défait. Il a le courage des perdants, décida-t-elle. L'air de celui qui combattra jusqu'au dernier, même si c'est lui le dernier. Pendant les années où elle attendait Perry, elle avait couché avec bon nombre d'hommes, parmi lesquels un ou deux auxquels elle avait cédé par gentillesse, simplement pour leur prouver qu'ils valaient mieux que ce qu'ils pensaient. Luke était comme eux.

* * *

Absorbé par ses préparatifs du match contre Dima, Perry, lui, ne se souciait guère des spectateurs, déclara-t-il d'une voix tendue à ses grandes mains posées à plat sur la table. Il savait qu'ils étaient là-haut, il les avait salués d'un mouvement de raquette sans obtenir aucune réaction. Surtout, il était trop occupé à mettre ses lentilles de contact, serrer ses lacets, étaler de la crème solaire, s'inquiéter du fait que Mark importunait Gail et estimer en gros le temps qu'il mettrait pour gagner la partie et s'en aller. Il subissait par ailleurs un interrogatoire de la part de son adversaire, qui se tenait à un mètre de lui.

« Ils gênent vous ? demanda Dima à mi-voix d'un ton concerné. Mon fan-club ? Vous voulez je leur dis de rentrer ?

– Bien sûr que non, répondit Perry, encore agacé par la rencontre avec les gardes du corps. Ce sont vos amis, j'imagine.

– Vous êtes anglais ?

– Oui.

– Anglais anglais ? Gallois ? Écossais ?

– Anglais tout court. »

Perry choisit un banc sur lequel il laissa tomber son sac, celui à l'intérieur duquel il n'avait pas autorisé les gardes du corps à regarder, il en ouvrit la fermeture éclair et en sortit un bandeau et un bracelet en éponge.

« Vous êtes prêtre ? demanda Dima du même ton concerné.

– Pourquoi ? Vous avez besoin d'un prêtre ?

– Médecin, ou un truc dans la médecine ?

– Pas médecin non plus, désolé.

– Avocat ?

– Je joue au tennis, c'est tout.

– Banquier ?

– Surtout pas ! » s'irrita Perry en tripotant un bob élimé qu'il remit finalement dans son sac d'un geste brusque.

En réalité, il se sentait plus qu'irrité. Il avait été manipulé, et il n'aimait pas ça. Manipulé par le moniteur. Manipulé par les gardes du corps, s'il les avait laissés faire – d'accord, il ne les avait pas laissés faire, mais leur présence sur le court, où ils avaient pris place à chaque extrémité comme des juges de ligne, suffisait à entretenir sa colère. Manipulé enfin et avant tout par Dima lui-même, et la claque réquisitionnée à 7 heures du matin pour le regarder gagner ne faisait qu'ajouter à l'offense.

Dima avait plongé une main dans la poche de son bermuda pour en sortir un demi-dollar d'argent à l'effigie du président Kennedy.

« Vous savez ? Mes gosses me disent je l'ai fait traficoter par un escroc pour gagner, confia-t-il en montrant d'un signe de tête les deux adolescents dans les gradins. Je gagne à pile ou face et mes propres enfants pensent j'ai traficoté cette putain de pièce ! Vous avez des enfants ?

– Non.

– Vous en voulez ?

– Peut-être, un jour. »

Autrement dit : *Occupe-toi de tes oignons !*

« Vous choisir ? »

Traficoter, se répéta Perry. Où est-ce qu'un homme parlant un anglais approximatif avec un léger accent du Bronx avait bien pu dénicher un mot comme *traficoter* ? Il choisit pile, perdit et entendit un ricanement, premier signe d'intérêt qu'un des spectateurs ait daigné manifester. Son œil de professeur toisa les fils de Dima, qui pouffaient derrière leurs mains. Dima jeta un coup d'œil au soleil et choisit le côté à l'ombre.

« C'est quoi, cette raquette à vous ? demanda-t-il avec une lueur dans ses yeux bruns expressifs. Elle a l'air pas conforme. Ça fait rien, je vous bats toute façon ! promit-il en s'éloignant sur le court. Votre petite amie, c'est quelque chose ! Elle en vaut, des chameaux. Vous faire bien de l'épouser vite. »

Et comment sait-il qu'on n'est pas mariés, le bougre ? se demanda Perry, furieux.

* * *

Perry a sorti quatre aces d'affilée, comme contre le couple indien, mais il tape trop fort, il le sait et il s'en fiche. Sur les services de Dima, il se comporte comme jamais il n'oserait le faire sauf en jouant au sommet de sa forme contre un adversaire bien plus faible que lui : il rentre dans le court, les pieds pratiquement sur la ligne de service, reprend la balle de demi-volée et alterne retours dans la diagonale et long de ligne, là où se tient, bras croisés, le garde du corps au visage poupin. Mais cela seulement pendant les deux premiers services, car Dima lit bientôt son jeu et le repousse à sa place, sur la ligne de fond de court.

« C'est sans doute là que j'ai commencé à me calmer un peu, concéda Perry avec un sourire contrit, avant de se frotter la bouche du dos de la main.

– Perry tapait comme une vraie brute, le corrigea Gail. Et Dima était vraiment doué. Stupéfiant, malgré son poids, sa taille et son âge. N'est-ce pas, Perry ? Tu l'as dit toi-même, tu as dit qu'il défiait les lois de la gravité. Et beau joueur, en plus, gentil.

– Il ne sautait pas pour attraper la balle, il lévitait, reconnut Perry. Et c'est vrai, il était beau joueur, on ne pouvait pas demander mieux. Moi qui m'attendais à des scènes et des contestations, on n'a rien eu de tout ça. C'était vraiment agréable de jouer contre lui. Et malin comme une bande de singes. Il masquait ses coups jusqu'à la toute dernière seconde, sinon plus.

– Et n'oublions pas qu'il boitait ! l'interrompit Gail avec animation. Il était tout déhanché, il prenait surtout appui sur sa jambe droite, hein, Perry ? Et il se tenait raide comme un piquet, et il portait une genouillère et, malgré tout ça, il lévitait.

– Ouais, enfin, j'ai dû retenir un peu mes coups, avoua Perry en se tripotant le front. Ses grognements se faisaient de plus en plus sonores au fil de la partie, honnêtement. »

Mais, malgré ses grognements, Dima continue sans relâche à interroger Perry entre les jeux.

« Vous êtes genre de grand savant ? Pour faire péter notre planète, comme vous servez au tennis ? demande-t-il en absorbant une gorgée d'eau glacée.

– Absolument pas.

– Apparatchik ? »

Les devinettes ont assez duré.

« En fait, je suis enseignant, dit Perry en épluchant une banane.

– Vous voulez dire vous avez des étudiants ? Vous êtes comme professeur ?

– Exact. J'ai des étudiants, mais je ne suis pas professeur.

– Où ?

– En ce moment, à Oxford.

– L'université d'Oxford ?

– C'est ça.

– Vous enseignez quoi ?

– La littérature anglaise », répond Perry, qui n'a pas particulièrement envie, à cet instant, d'expliquer à un total inconnu que son avenir est tout sauf tracé.

Mais le plaisir de Dima ne connaît pas de limites.

« Écoutez. Vous connaissez Jack London ? L'auteur anglais numéro un ?

– Pas personnellement. »

C'est une blague, mais Dima ne la comprend pas.

« Vous l'aimez, ce type ?

– Je l'admire.

– Et Charlotte Brontë ? Vous l'aimez aussi ?

– Beaucoup.

– Somerset Maugham ?

– Désolé. Un peu moins.

– J'ai des livres de tous ces gens ! Des centaines ! En russe ! Des grandes bibliothèques !

– Formidable !

– Vous lisez Dostoïevski ? Lermontov ? Tolstoï ?

– Bien sûr.

– Je les ai tous. Tous les numéros un. J'ai Pasternak. Vous savez ? Pasternak a écrit sur ma ville. Il l'a appelée Iouriatine. C'est Perm. Ce con l'a appelée Iouriatine, je sais pas pourquoi. Ils font ça, les écrivains. Tous cinglés ! Vous voyez ma fille, là-haut ? C'est Natasha. Elle se fout du tennis, elle adore les livres. Hé, Natasha ! Dis bonjour au Professeur ! »

Après s'être fait attendre pour bien montrer qu'on la dérange, Natasha lève la tête, l'air ailleurs, et repousse ses cheveux assez longtemps pour que Perry puisse être stupéfié par sa beauté, puis elle retourne à son livre relié cuir.

« Gênée, explique Dima. Elle veut pas m'entendre lui hurler après. Vous voyez ce livre elle est en train de lire ? Tourgueniev. Le Russe numéro un. J'ai acheté. Elle veut lire un livre, j'achète. Allez, Professeur, vous servez. »

« À partir de là, il m'a appelé "Professeur". J'avais beau lui répéter que je n'en avais pas le titre, il ne voulait rien entendre, alors j'ai laissé tomber. Deux jours plus tard, tout l'hôtel me donnait du "Professeur", ce qui fait un effet rudement bizarre quand on a décidé de quitter l'université. »

Au changement de côté, alors que Perry mène cinq jeux à deux, il est rassuré de voir que Gail a faussé compagnie à l'importun Mark pour s'installer sur le gradin du haut entre deux petites filles.

* * *

La partie avait trouvé un bon rythme, dit Perry. Ce n'était pas le match du siècle mais, tant qu'il abaissait son niveau de jeu, un match animé et distrayant à regarder, à supposer que quiconque veuille être distrait, ce qui restait à prouver puisque, en dehors des jumeaux, les spectateurs auraient tout aussi bien pu être en train d'assister à une réunion revivaliste. Par « abaisser son niveau de jeu », Perry voulait dire qu'il levait un peu le pied, rattrapait de temps en temps une balle qui allait sortir ou renvoyait un coup de fond de court sans regarder la marque de trop près. Mais la différence entre eux (en âge, en technique et en mobilité, Perry devait à l'honnêteté de le dire) étant à présent évidente, il n'avait plus pour seul souci que de s'amuser, de ne pas ôter sa dignité à Dima et de déguster un petit-déjeuner tardif avec Gail au Captain's Deck – ou du moins le croyait-il jusqu'au moment où, alors qu'ils changeaient encore de côté, Dima lui empoigna le bras et lui parla d'une grosse voix coléreuse.

« Vous me faites le ménage, Professeur !

– Pardon ?

– La balle longue était out. Vous la voyez dehors et vous la remettez dedans. Vous croyez je suis un vieux con obèse qui va tomber mort si vous êtes pas gentil avec lui ?

– Elle était limite.

– Moi je joue brut, Professeur. Je veux quelque chose, je prends, bordel ! Personne me ménage, vous entendez ? Vous voulez jouer pour mille dollars ? Donner l'intérêt au match ?

– Non, sans façon.

– Cinq mille ? »

Perry secoua la tête en riant.

« Dégonflé, alors ? Vous dégonflez et vous me pariez pas ?

– Ça doit être ça », acquiesça Perry, qui sentait encore l'étau de la main de Dima sur le haut de son bras gauche.

* * *

« Avantage : Grande-Bretagne ! »

Le cri résonne sur le court puis s'éteint. Les jumeaux sont pris d'un rire nerveux en attendant le contrecoup. Jusque-là, Dima a toléré leurs manifestations occasionnelles de bonne humeur. Plus maintenant. Il pose sa raquette sur le banc, monte les marches des gradins et, une fois arrivé devant les garçons, pose un index sur le bout du nez de chacun.

« Vous voulez je prends ma ceinture et je vous bats à mort ? » leur demande-t-il en anglais, sans doute pour que Perry et Gail comprennent, sinon pourquoi ne leur parlerait-il pas en russe ?

À quoi l'un des garçons répond, dans un anglais plus châtié que celui de son père : « Tu ne portes pas de ceinture, Papa. »

C'en est trop. Dima le gifle tellement fort que le gamin pivote sur le banc jusqu'à ce que ses jambes le bloquent. La première claque est suivie d'une seconde, tout aussi sonore, donnée à l'autre fils de la même main, et cela rappelle à Gail son arriviste de frère aîné, qui, lorsqu'il chasse le faisan avec ses riches amis, activité qu'elle abhorre, réussit ce qu'il appelle un doublé, c'est-à-dire un faisan tué avec chaque canon de son fusil.

« Ce qui m'a épaté, c'est qu'ils n'ont même pas détourné la tête, dit Perry, le fils d'enseignants. Ils sont restés assis là et ils ont encaissé. »

Mais le plus étrange, insista Gail, c'était l'amabilité avec laquelle la conversation avait repris.

« Après, vous voulez la leçon de tennis avec Mark ? Ou vous voulez rentrer pour la religion avec votre mère ?

– La leçon, Papa, s'il te plaît, répond l'un des deux.

– Alors, plus de cris de l'encouragement, sans ça vous n'avez pas le bœuf de Kobe ce soir. Tu veux manger le bœuf de Kobe ce soir ?

– Oh oui, Papa.

– Et toi, Viktor ?

– Oh oui, Papa.

– Vous voulez applaudir, vous applaudir le Professeur, pas votre bon à rien de père. Venez. »

Une grosse accolade pour chacun des garçons et le match continue sans autre incident jusqu'à son inéluctable conclusion.

* * *

Dans la défaite, Dima se laisse aller à tant d'effusions que c'en est gênant. Non seulement il fait preuve de bonne grâce, mais il pleure des larmes d'admiration et de reconnaissance. Il faut d'abord qu'il serre Perry contre sa large poitrine, dont Perry jurerait qu'elle est faite de corne, pour l'étreinte russe en trois temps.

Les larmes roulent sur ses joues et, par conséquent, dans le cou de Perry.

« Ah putain, vous êtes l'Anglais fair-play, vous entendez, Professeur ? Vous êtes un putain de gentleman anglais, comme dans les livres. Je vous aime, vous entendez ? Gail, venez ici. »

Pour Gail, l'étreinte est encore plus respectueuse… et réservée, ce dont elle lui sait gré.

« Prenez bien soin de ce foutu con, vous entendez ? Il sait pas jouer au tennis bien, mais je jure devant Dieu c'est un putain de gentleman. C'est le Professeur du fair-play, vous entendez ? » lance-t-il avant de répéter cette antienne comme s'il l'avait inventée.

Il se détourne brusquement pour aboyer avec humeur dans un portable que lui tend le garde du corps au visage poupin.

* * *

Les spectateurs quittent lentement le court en file indienne. Les deux fillettes veulent un câlin de Gail, qui s'y prête volontiers. La joue encore écarlate à cause de la gifle, l'un des fils de Dima, quand il passe d'un air hautain devant Perry pour se rendre à sa leçon de tennis, lâche un « Bien joué, mon vieux ! » avec un accent américain. La belle Natasha se joint à la procession, son livre relié cuir à la main, son pouce marquant l'endroit où elle a été arrachée à sa lecture. Tamara ferme la marche au bras de Dima, sa croix orthodoxe taille XXL brillant dans le soleil qui s'est levé. Après la partie, Dima boite de façon plus prononcée. Il marche penché en arrière, menton en avant, le torse bombé pour faire face à l'ennemi. Les gardes du corps escortent le groupe le long du chemin de pierres sinueux. Trois monospaces aux vitres noires les attendent derrière l'hôtel pour les ramener chez eux. Mark le moniteur part le dernier.

« Très beau match, monsieur ! dit-il à Perry en lui donnant une tape sur l'épaule. Technique superbe. Un chouïa limite sur les revers, si je peux me permettre. Peut-être qu'on pourrait les travailler un peu ? »

Côte à côte, Gail et Perry regardent sans mot dire le cortège s'en aller en cahotant sur les nids-de-poule de la route de crête pour disparaître derrière les cèdres qui protègent Three Chimneys des regards indiscrets.

* * *

Luke lève les yeux de ses notes. Comme sur commande, Yvonne fait de même. Tous deux sourient. Gail essaie d'éviter le regard de Luke, mais en vain car il la fixe droit dans les yeux.

« Alors, Gail, lance-t-il vivement. On revient à vous, si ça vous va. Mark était peut-être un casse-pieds, mais il semble avoir été une vraie mine d'informations. Vous n'avez pas encore quelques petits scoops à nous offrir sur la maisonnée de Dima ? »

Puis il fait un petit geste rapide des deux mains, comme s'il pressait son cheval de passer la vitesse supérieure. Gail jette un regard à Perry, sans trop savoir pourquoi. Perry ne réagit pas.

« Il était perfide comme le serpent », se plaint-elle en prenant Mark plutôt que Luke comme objet de sa désapprobation, avec une moue pour indiquer que le mauvais arrière-goût persiste.

* * *

Sitôt assis à côté d'elle sur le gradin du bas, commença-t-elle, Mark avait péroré sur l'envergure de son ami le milliardaire Dima. À l'en croire, Three Chimneys n'était qu'une de ses nombreuses propriétés. Il en avait aussi une à Madère et une autre à Sotchi, sur la mer Noire.

« Et une maison près de Berne, qui est le centre de ses affaires, poursuivit-elle. Mais il bouge beaucoup. Selon Mark, il passe une partie de l'année à Paris, une autre à Rome, une autre à Moscou, rapporta-t-elle en regardant Yvonne prendre de nouveau des notes. Pour les enfants, la maison, c'est la Suisse, et leur école, c'est une espèce d'internat pour milliardaires, à la montagne. Il parle de “la société”. Mark suppose qu'il en est propriétaire. Il y a une société enregistrée à Chypre et des banques, plusieurs banques. Sa grosse affaire, c'est la banque. C'est comme ça qu'il a découvert l'île, d'ailleurs. À Antigua, Mark a dénombré quatre banques russes et une ukrainienne en activité. Elles se limitent à une plaque de cuivre dans un centre commercial et un téléphone sur le bureau d'un avocat. Dima, c'est l'une de ces plaques. Quand il a acheté Three Chimneys, il a payé en espèces. Pas des valises pleines de billets, des sacs à linge sale (ça ne s'invente pas), prêtés par l'hôtel, selon Mark. Des billets de vingt dollars, pas de cinquante. Les billets de cinquante, c'est trop risqué. Il a acheté la maison, une sucrerie désaffectée et toute la presqu'île sur laquelle elles se trouvent.

– Mark a donné une somme ? intervint Luke.

– Six millions de dollars. Et le tennis, ce n'était pas juste pour le plaisir. En tout cas, pas au début, poursuivit-elle, surprise de se rappeler aussi bien le monologue de Mark le Raseur. En Russie, le tennis est un signe extérieur de richesse. Si un Russe vous dit qu'il joue au tennis, il vous dit qu'il est plein aux as. Grâce aux brillantes leçons de Mark, Dima a gagné une coupe en rentrant à Moscou et tout le monde en est resté baba. Mais Mark n'a pas la permission de raconter cette histoire parce que Dima s'enorgueillit d'avoir appris tout seul. C'est uniquement en raison de sa totale confiance en moi que Mark s'est cru autorisé à faire une exception. Et si je voulais passer à sa boutique un de ces jours, on pourrait continuer notre conversation dans une charmante petite pièce à l'étage. »

Luke et Yvonne eurent des sourires compatissants. Perry resta impassible.

« Et Tamara ? demanda Luke.

– Il me l'a décrite comme une folle de Dieu. Complètement cinglée, selon les habitants de l'île. Elle ne nage pas, elle ne descend pas à la plage, elle ne joue pas au tennis, elle ne parle pas à ses propres enfants sauf de Dieu, elle ignore totalement Natasha, elle adresse à peine la parole aux autochtones, sauf à Elspeth, la femme d'Ambrose, le maître d'hôtel. Elspeth travaille pour une agence de voyages mais, quand la famille est dans le coin, elle lâche tout et se met à leur service. Il paraît qu'il n'y a pas longtemps, une des employées a emprunté quelques-uns des bijoux de Tamara pour un bal. Tamara l'a surprise avant qu'elle ait pu les remettre et lui a mordu la main si fort qu'il a fallu lui faire douze points de suture. Mark a dit que si ça avait été lui, il se serait aussi fait vacciner contre la rage.

– Parlez-nous donc des petites filles qui sont venues s'asseoir près de vous, s'il vous plaît, Gail », la pria Luke.

* * *

Yvonne menait l'accusation, Luke jouait les substituts du procureur et Gail, à la barre, essayait de contenir son humeur, ce qu'elle enjoignait toujours à ses témoins de faire sous peine d'excommunication.

« Alors, Gail, est-ce que les petites étaient déjà installées en haut ou bien est-ce qu'elles ont monté les marches en sautillant dès qu'elles ont vu la jolie dame toute seule ? demanda Yvonne avant de porter son crayon à la bouche pendant qu'elle relisait ses notes.

– Elles ont monté les marches et elles se sont assises de chaque côté de moi, pas en sautillant, en marchant.

– En souriant ? En riant ? En faisant les fofolles ?

– Pas un seul sourire, ni même l'ombre d'un.

– À votre avis, c'est la personne qui s'occupait d'elles qui vous les avait envoyées ?

– Elles sont venues de leur plein gré. À mon avis.

– Vous en êtes vraiment sûre ? insista Yvonne, de plus en plus écossaise, de plus en plus tenace.

– Puisque je l'ai vu ! Mark venait de me faire des avances dont je me serais bien passée, alors je suis montée jusqu'en haut des gradins pour être aussi loin que possible de lui. Il n'y avait personne d'autre que moi sur ce banc.

– Et où se trouvaient les petiotes à ce moment-là ? Plus bas que vous ? Sur la même rangée que vous ? Où ça, s'il vous plaît ? »

Gail prit une inspiration afin de se contrôler, puis elle parla très posément.

« Les petiotes, comme vous dites, étaient assises au second rang avec Elspeth. La plus grande s'est retournée, elle m'a regardée et elle a parlé à Elspeth. Et non, je n'ai pas entendu ce qu'elle a dit. Elspeth s'est retournée, elle m'a regardée et elle lui a fait signe que oui. Les deux petites se sont consultées, elles se sont levées et elles sont montées. En marchant. Lentement.

– Arrêtez de la bousculer comme ça », lâcha Perry.

* * *

Le témoignage de Gail est devenu évasif. C'est ainsi, du moins, que le perçoit son oreille d'avocate et, sans nul doute, celle d'Yvonne. Oui, les petites sont arrivées devant elle. L'aînée a fait une petite révérence qu'elle avait dû apprendre à son cours de danse, puis, très sérieuse, a demandé, dans un anglais à peine teinté d'accent étranger : « Pouvons-nous nous asseoir à côté de vous, s'il vous plaît, mademoiselle ? » Alors Gail a répondu en riant : « Bien sûr que vous pouvez, mademoiselle. » Et elles se sont assises de chaque côté d'elle, toujours sans sourire.

« J'ai demandé à l'aînée comment elle s'appelait. À voix basse, puisque personne ne faisait le moindre bruit. Elle m'a répondu : “Katya”, alors j'ai demandé : “Et ta sœur, comment s'appelle-t-elle ?”, et elle a répondu : “Irina.” Et Irina s'est retournée pour me fixer comme si…, eh bien, en fait, comme si je la dérangeais, avec une hostilité que je n'arrivais pas à comprendre. Je leur ai demandé : “Votre maman et votre papa sont ici ?” Katya a secoué la tête très fort, Irina n'a rien dit du tout. On est restées assises immobiles un moment, un moment vraiment long pour des enfants, et j'ai pensé qu'on leur avait peut-être dit de ne pas parler pendant les matches de tennis. Ou de ne pas parler à des inconnus, ou peut-être qu'elles avaient utilisé tout l'anglais qu'elles connaissaient, ou peut-être qu'elles étaient autistes ou qu'elles souffraient d'une espèce de handicap. »

Elle s'interrompt, espérant un encouragement ou une question, mais ne voit que deux paires d'yeux fixes et Perry, à côté d'elle, la tête légèrement penchée vers le mur de brique dont l'odeur rappelle à Gail le penchant pour la boisson de son défunt père. Elle prend mentalement une profonde inspiration et se lance.

« Au changement de côté, j'ai fait une nouvelle tentative : "Où est-ce que vous allez à l'école, Katya ?" Katya a hoché la tête, Irina a hoché la sienne. Pas d'école ? Ou juste pas d'école en ce moment ? Apparemment, pas d'école en ce moment. Elles ont fréquenté une école anglaise internationale à Rome, mais elles n'y vont plus. Elles ne donnent pas de raison, je n'en demande pas. Je ne voulais pas trop insister, mais j'avais un mauvais pressentiment que je n'arrivais pas bien à cerner. Alors vivaient-elles à Rome ? Plus maintenant. C'est encore Katya qui parle. Donc c'est à Rome que vous avez appris à si bien parler anglais ? Oui. À l'école internationale, on pouvait choisir anglais ou italien. L'anglais, c'était mieux. Je montre du doigt les deux fils de Dima. Et eux, ce sont vos frères ? Elles font encore non de la tête. Des cousins ? Oui, des genres de cousins. Seulement des genres de cousins ? Oui. Ils vont aussi à l'école internationale ? Oui, mais en Suisse, pas à Rome. Et la belle jeune fille qui vit le nez dans son livre, est-ce que c'est une cousine, elle ? Réponse de Katya, arrachée comme une confession : "Natasha est notre cousine, mais seulement un genre de cousine", rebelote, et toujours pas de sourire d'aucune des deux. Mais Katya caresse ma robe en soie. Comme si elle n'avait jamais touché de soie avant. »

Gail reprend son souffle. Ça, ce n'est rien, se dit-elle. C'est les hors-d'œuvre. Attends demain pour le cauchemar du repas complet avec cinq plats. Attends que j'aie le droit d'interpréter après coup.

« Et quand elle a eu bien caressé la soie, elle a posé la tête sur mon bras et elle a fermé les yeux. Notre conversation en est restée là pour cinq minutes environ, mais, entre-temps, Irina, de l'autre côté, a pris modèle sur sa sœur et a réquisitionné ma main. Elle a des petits doigts crochus comme des pinces de crabe et elle m'agrippe vraiment. Et après, elle pose ma main sur son front et elle frotte tout son visage sur ma paume, comme si elle voulait me montrer qu'elle a de la fièvre, sauf que ses joues sont mouillées et je me rends compte qu'elle a pleuré. Et puis elle me rend ma main et Katya dit : "Elle pleure, des fois ; c'est normal." Et c'est à ce moment que la partie se termine et qu'Elspeth se précipite pour monter les chercher, mais là j'ai envie d'envelopper Irina dans mon sarong et de la ramener chez moi, de préférence avec sa sœur, mais, comme je ne peux rien faire de tout cela, et que je n'ai aucune idée de la raison pour laquelle elle est triste, et que je ne les connais ni d'Ève ni d'Adam… fin de l'histoire. »

* * *

Mais ce n'est pas la fin de l'histoire. Pas à Antigua. L'histoire se déroule à merveille. Perry Makepiece et Gail Perkins sont en train de passer les plus belles vacances de leur vie, exactement comme ils se l'étaient promis en novembre. Pour se remémorer leur bonheur, Gail se rejoue dans sa tête la version non censurée.

10 heures du matin environ, tennis terminé, retour au bungalow pour que Perry puisse se doucher.

Séance câlins, c'est génial comme d'habitude, on en est encore capables. Perry ne fait jamais rien à moitié. Toutes ses facultés de concentration doivent être focalisées sur un seul objet à la fois.

Midi, ou plus tard. On a raté le petit-déjeuner buffet pour des raisons logistiques (voir ci-dessus), bain de mer, déjeuner près de la piscine, et re-plage parce qu'il faut que Perry me batte au jeu de palets.

16 heures environ. Retour au bungalow avec un Perry victorieux (pourquoi est-ce qu'il ne laisse jamais une fille gagner ne serait-ce qu'une fois ?). On dort un peu, on bouquine, on refait

l'amour, on se rendort, on perd le fil du temps. En peignoir, allongés sur le balcon, on descend le chardonnay du minibar.

20 heures environ. On décide qu'on n'a pas le courage de s'habiller et on commande un dîner au bungalow.

On est encore en train de passer les plus belles vacances de notre vie, encore au paradis à bouffer tranquillement la pomme.

21 heures environ. Débarque avec un chariot, non pas un quelconque employé du room service, mais le vénérable Ambrose en personne, qui, outre le picrate californien qu'on a commandé, nous apporte une bouteille de Krug millésimé dans un seau à glace en argent (380 dollars hors taxes d'après la carte des vins), qu'il dispose sur la table avec deux flûtes glacées, une assiette de canapés très appétissants, deux serviettes de damas et un petit discours récité à pleine voix, la poitrine gonflée et les mains sur la couture du pantalon, comme un huissier de tribunal.

« Cette excellente bouteille de champagne vous est offerte par le seul et unique M. Dima lui-même pour vous remercier…, commence-t-il avant de sortir de sa poche de chemise un petit papier et une paire de lunettes. Il dit, et je le cite : "Professeur, je vous remercier du fond du cœur pour une magnifique leçon dans le grand art du fair-play au tennis et du comportement du gentleman anglais. Je vous remercie aussi de m'avoir épargné un pari de cinq mille dollars." Avec ses compliments à la très belle Mlle Gail, et voilà son message. »

On boit deux flûtes de Krug et on décide de finir le reste au lit.

* * *

« C'est quoi, le bœuf de Kobe ? me demande Perry au cours d'une nuit mouvementée.

– Tu as déjà caressé le ventre d'une fille ?

– Ça ne me viendrait même pas à l'esprit, répond Perry en faisant très exactement cela.

– Ce sont des vaches vierges, élevées au saké et à la meilleure bière. On leur masse le ventre tous les soirs jusqu'à ce qu'elles soient prêtes pour l'abattoir. Et en plus, côté propriété intellectuelle, elles sont en béton, ajouté-je, ce qui est vrai aussi, mais je ne suis pas sûre qu'il m'écoute encore. Notre cabinet a plaidé pour elles une fois et on a gagné les doigts dans les nasaux. »

Une fois endormie, je fais un rêve prémonitoire où je me trouve en Russie et où des enfants subissent des horreurs dans le noir et blanc des temps de guerre.

3

L'horizon de Gail s'assombrit, tout comme le sous-sol. Avec le déclin du jour, le plafonnier blafard semble brûler d'une lueur encore plus lugubre sur la table, et les murs de brique ont viré au noir. Au-dessus d'eux, dans la rue, le grondement de la circulation ne s'entend plus que de façon sporadique, tout comme les pas pressés des piétons qui passent dans l'ombre devant les fenêtres en demi-lune. Ollie, le grand bonhomme chaleureux, avec son unique boucle d'oreille mais sans son béret, est entré d'un air affairé pour apporter quatre tasses de thé et une assiette de biscuits, puis a disparu.

Bien que ce soit le même Ollie qui est passé les prendre dans un taxi noir chez Gail plus tôt dans la soirée, on sait maintenant que ce n'est pas un vrai chauffeur de taxi malgré le badge officiel qu'il arbore sur sa large poitrine. D'après Luke, Ollie est celui qui « nous maintient tous sur le droit chemin », mais Gail n'en croit rien. Un bas-bleu calviniste écossais n'a nul besoin de leçons de morale, et pour le cavalier distingué au regard baladeur, bardé de tout son charme grand bourgeois, elles arriveraient bien trop tard.

Qui plus est, Ollie en a beaucoup trop dans la cervelle pour son rôle subalterne, estime Gail, qui s'interroge par ailleurs sur la boucle d'oreille : signe d'orientation sexuelle ou simple facétie ? Elle s'interroge aussi sur sa voix. Quand elle l'a entendue pour la première fois dans l'interphone de Primrose Hill, il avait nettement un accent cockney. Quand il bavardait à travers la paroi de verre, dans le taxi, leur parlant de ce temps affreux pour un mois de mai (après ce beau mois d'avril et, mon Dieu, comment les fleurs des arbres pourront-elles jamais se remettre du déluge de la nuit dernière ?), elle a décelé des traces d'accent étranger et une syntaxe légèrement défaillante. Alors, c'est quoi, sa langue maternelle ? Le grec ? Le turc ? L'hébreu ? Ou bien sa voix, comme son unique boucle d'oreille, fait-elle partie d'un rôle qu'il joue pour enfumer son public ?

Elle voudrait n'avoir jamais signé cette foutue déclaration. Elle voudrait que Perry ne l'ait pas signée non plus. Quand il a signé ce formulaire, Perry ne signait pas, il s'enrôlait.

* * *

Vendredi marquait la fin de la lune de miel des Indiens, dit Perry. Ils avaient donc accepté de disputer un match au meilleur des cinq sets au lieu des trois habituels, et, cette fois encore, ils ratèrent le petit-déjeuner.

« Alors on a décidé d'aller se baigner, quitte à prendre éventuellement un brunch si on avait faim. On a choisi le coin le plus peuplé de la plage, où on n'allait pas d'habitude, mais comme ça on était à portée du Shipwreck Bar. »

Gail reconnaît le discours efficace de Perry le professeur. Des faits, des phrases courtes, pas de concepts abstraits. Que l'histoire se raconte d'elle-même. Ils ont choisi un parasol, dit-il. Ils ont installé leurs affaires et ils se dirigeaient vers la mer lorsqu'un monospace aux vitres noires s'est arrêté sur l'aire STATIONNEMENT INTERDIT. En est d'abord sorti le garde du corps au visage poupin, puis l'homme au béret écossais déjà présent au match de tennis et qui portait maintenant, outre son béret toujours vissé sur le crâne, un short et un gilet en daim jaune, puis Elspeth, la femme d'Ambrose, et, après elle, un crocodile en caoutchouc gonflé à la gueule grande ouverte, suivi de Katya, raconte Perry, faisant montre de ses légendaires facultés d'évocation. Derrière Katya, un énorme ballon sauteur à poignées orné d'un smiley, qui se révéla être la propriété d'Irina, elle aussi en tenue de plage.

Enfin, Natasha parut, dit-il, ce qui marque le moment pour Gail de l'interrompre : *Natasha, c'est moi que ça regarde, pas toi.*

« Mais seulement après un suspense théâtral, alors qu'on pensait qu'il n'y avait plus personne dans la voiture, précise-t-elle. Et sur son trente et un, avec un chapeau hakka en forme d'abat-jour, une robe chinoise à boutons en tissu et des spartiates lacées autour des chevilles, sans oublier son éternel livre à reliure en cuir. Elle a avancé sur le sable en regardant bien où elle mettait les pieds, elle s'est installée d'un air alangui sous le parasol du bout de la rangée et elle a entamé sa lecture terriblement sérieuse. C'est bien ça, Perry ?

– Si tu le dis, répond Perry, pas très à l'aise, en se reculant sur sa chaise comme pour s'éloigner d'elle.

– Je le dis, oui. Mais ce qui était vraiment étrange, flippant même, c'est que chaque membre du groupe, petit ou grand, savait exactement où se mettre et quoi faire à la seconde où ils ont débarqué sur la plage », poursuit-elle d'une voix stridente, maintenant que l'obstacle Natasha est une fois de plus derrière elle.

Le garde du corps au visage poupin s'est dirigé tout droit vers le Shipwreck Bar pour commander une bière sans alcool qui lui a duré deux heures, dit Gail, qui garde la main. L'homme au béret écossais, malgré sa corpulence (un cousin, selon Mark, un des nombreux cousins de Perm en Russie, la ville, pas la permission), a escaladé les marches branlantes d'une vigie de surveillant de baignade, a sorti de la poche de son gilet en daim une bouée qu'il a gonflée et sur laquelle il s'est assis, sans doute pour ses hémorroïdes. Suivies à une certaine distance par la massive Elspeth et son panier rebondi, les deux petites ont descendu la pente sableuse avec ballon et crocodile en direction de l'endroit où Perry et Gail avaient établi leur camp.

« Là encore, en marchant, insiste lourdement Gail à l'attention d'Yvonne. Pas en sautillant, en bondissant ou en hurlant. En marchant. Aussi muettes et hagardes que sur le court de tennis. Irina, le pouce dans la bouche et les sourcils tout froncés. Et Katya, d'une voix à peu près aussi chaleureuse que l'horloge parlante : "Vous voulez bien nager avec nous, s'il vous plaît, mademoiselle Gail ?" Alors, histoire de détendre un peu l'atmosphère, j'imagine, j'ai dit : "Mademoiselle Katya, monsieur Perry et moi-même serons très honorés de nager avec vous." Et nous voilà partis nager, pas vrai, Perry ? »

Après avoir acquiescé d'un hochement de tête, Perry s'obstine à poser de nouveau sa main sur celle de Gail, pour la soutenir ou la calmer, elle n'en sait trop rien, mais, de toute façon, le résultat est le même : elle doit fermer les yeux et laisser passer quelques secondes avant d'être prête à reprendre son récit, ce qu'elle fait avec un nouvel élan.

« On s'est laissé piéger dans les grandes largeurs. On le savait et les filles le savaient aussi, mais s'il y a jamais eu des enfants qui avaient besoin de barboter avec un crocodile et un ballon, c'étaient bien ces deux-là, hein, Perry ?

– Absolument, confirme Perry avec enthousiasme.

– Bref, Irina s'est pendue à ma main et m'a pratiquement traînée jusqu'à l'eau. Katya et Perry suivaient avec le crocodile. Et pendant tout ce temps, je me demandais où pouvaient bien être les parents et pourquoi c'était nous qui faisions ça à leur place. Je n'ai pas tout de suite posé la question à Katya. Je devais avoir une sorte de pressentiment que ça pouvait être un sujet sensible. Un divorce en cours, ou quelque chose comme ça. Alors j'ai demandé qui était le gentil monsieur au chapeau assis en haut de l'échelle. Oncle Vanya, a dit Katya. Formidable, ai-je dit, et qui est oncle Vanya ? Réponse : Juste un oncle. De Perm ? Oui, de Perm. Aucune autre explication, comme pour "on ne va plus à l'école à Rome", avant. Jusque-là, je me trompe, Perry ?

– Pas du tout.

– Alors je continue. »

* * *

« Bon, on profite un moment du soleil et de la mer, les petites pataugent et sautillent partout, et Perry nous fait un numéro irrésistible, le puissant Poséidon sortant des profondeurs avec ses bruits de monstre des mers. Non, franchement, Perry, tu étais génial, avoue-le. »

Épuisés, ils retournent sur la plage, les fillettes pour se faire sécher, habiller et tartiner de crème solaire par Elspeth.

« Mais en quelques secondes, littéralement, elles sont de retour, accroupies sur le bord de ma serviette. Et il m'a suffi d'un coup d'œil à leurs visages pour voir que les ombres sinistres étaient toujours là, qu'elles avaient juste disparu un moment. J'ai pensé : allez hop, glaces et boissons gazeuses ! Perry, c'est un travail d'homme, lui ai-je dit, fais ton devoir. Exact, Perry ? »

Boissons gazeuses ? se répète-t-elle. Mais pourquoi est-ce que je parle encore comme ma foutue mère ? Parce que, moi aussi, je suis une actrice ratée dont la voix de cheftaine devient encore plus claironnante quand je parle longtemps.

« Exact, confirme Perry avec un temps de retard.

– Et le voilà parti pour aller les chercher, n'est-ce pas ? Des cônes caramel-noisettes pour tout le monde et du jus d'ananas pour les petites. Mais quand Perry veut signer la note, le barman lui dit que tout est déjà réglé. Et par qui ? enchaîne-t-elle avec la même gaieté forcée. Par Vanya ! Par notre adorable gros oncle à béret assis en haut de son échelle. Mais Perry, ce n'est pas le genre à accepter ça, sinon ce ne serait pas Perry, n'est-ce pas ? »

Hochement gêné de la longue tête qui signifie qu'il est encordé trop loin sur la falaise pour l'entendre, mais qu'il a capté le message.

« C'est pathologique, ça le met mal à l'aise de consommer aux frais de la princesse, pas vrai ? Et là, c'est quelqu'un que tu ne connaissais même pas. Alors voilà Perry qui monte l'échelle pour dire à l'oncle Vanya que c'est très aimable à lui et tout ça, mais qu'il préfère payer sa part. »

Elle est à sec. Sans déployer la même légèreté désespérée qu'elle, Perry prend le relais.

« Je suis monté à la vigie où Vanya était assis sur sa bouée, j'ai passé la tête sous le parasol pour dire ce que j'avais à dire et je me suis retrouvé face à la crosse d'un très gros pistolet noir coincé sous sa bedaine. Vanya avait déboutonné son gilet en daim à cause de la chaleur et le pistolet était là, brillant de tous ses feux. Je ne m'y connais pas en armes, Dieu merci, et je m'y refuse. Vous, vous vous y connaissez sûrement. Celui-là, c'était le gabarit famille nombreuse », précise-t-il d'un ton navré.

Un silence éloquent s'installe tandis que Perry jette vers Gail un regard plaintif sans obtenir de réaction.

* * *

« Et vous n'avez pas pensé à faire un commentaire, Perry ? suggère l'habile petit Luke, toujours prompt à combler les silences. À propos du pistolet, je veux dire ?

– Non. J'ai supposé qu'il n'avait pas vu que je l'avais vu et j'ai estimé qu'il serait stratégiquement plus malin de ma part de n'avoir rien vu. Je l'ai remercié pour les glaces et je suis descendu retrouver Gail, qui papotait avec les petites. »

Luke se perd dans ses réflexions. Quelque chose semble le tracasser. Peut-être la délicate question du protocole des espions ? Que fait-on quand on voit le pistolet d'un gars qu'on ne connaît pas très bien dépasser de son gilet ? On le lui dit ou on fait semblant de rien ? Comme lorsque quelqu'un qu'on ne connaît pas très bien a oublié de remonter sa braguette ?

Yvonne, le bas-bleu écossais, décide de voler à son secours.

« En anglais, Perry ? demande-t-elle d'un ton sévère. Vous l'avez remercié en anglais, je suppose. A-t-il répondu en anglais, lui ?

– Il n'a répondu en aucune langue. En revanche, j'ai remarqué qu'il portait un insigne de deuil épinglé à son gilet, quelque chose que je n'avais pas vu depuis longtemps. Et toi, tu ne savais même pas que ça existait, je me trompe ? » lance-t-il d'un ton accusateur.

Surprise par son agressivité, Gail hoche la tête. C'est vrai, Perry, je plaide coupable, je ne savais rien des insignes de deuil et, maintenant, je sais, alors tu peux continuer ton histoire, d'accord ?

« Et, Perry, il ne vous est pas venu à l'esprit d'alerter quelqu'un de l'hôtel ? persiste Luke. En disant, par exemple : "Il y a un Russe avec un pistolet gabarit famille nombreuse assis dans la vigie ?"

– De multiples options se sont présentées à moi, Luke, dont celle-ci en effet, répond Perry sans avoir épuisé toute son agressivité. Mais qu'est-ce que l'hôtel aurait bien pu y faire ? Tout laissait à penser que, si Dima n'était pas concrètement le propriétaire des lieux, il avait tout le monde dans sa poche. De toute façon, il y avait les enfants à prendre en compte. Était-ce la bonne solution de faire un scandale public ? On a décidé que non.

– Et les services de police de l'île, vous n'y avez pas pensé ? insiste Luke.

– Il nous restait quatre jours. On n'avait pas l'intention de les passer à faire des déclarations grandiloquentes aux policiers sur des agissements dans lesquels ils devaient tremper jusqu'au cou, de toute façon.

– Et ce fut une décision commune ?

– Ce fut une décision prise à l'unanimité par moi. Je n'allais pas débouler devant Gail pour lui dire : "Vanya a un pistolet coincé dans la ceinture. Tu crois qu'on devrait prévenir la police ?" Surtout pas devant les petites. Quand je me suis remis de ma surprise et qu'on s'est retrouvés seuls, je lui ai dit ce que j'avais vu. On en a discuté à fond, rationnellement, et on est arrivés à la décision de ne rien faire. »

Saisie par une envie incontrôlée de lui apporter son soutien aimant, Gail corrobore en fournissant son avis motivé d'avocate.

« Peut-être que Vanya avait un permis de port d'arme parfaitement en règle délivré par les autorités locales. Qu'est-ce qu'il en savait, Perry ? Ou peut-être que Vanya n'avait même pas besoin de permis. Peut-être que c'était la police qui lui avait donné une arme. On n'était ni l'un ni l'autre très au fait des lois antiguaises sur le port d'arme, hein, Perry ? »

Elle s'attend presque à ce qu'Yvonne la contredise avec un argument juridique, mais celle-ci est trop occupée à consulter son exemplaire du document incriminé dans son dossier chamois.

« Puis-je me permettre de vous demander à quoi ressemblait cet oncle Vanya, je vous prie ? demande-t-elle d'une voix sans agressivité.

– Le visage variolé », répond aussitôt Gail, de nouveau étonnée par la clarté de ses souvenirs.

La cinquantaine. Des joues grêlées comme la pierre ponce. Une bedaine d'alcoolique. Elle pensait l'avoir vu boire en douce dans une flasque pendant la partie de tennis, mais sans en être sûre.

« Des bagues à chaque doigt de la main droite, ajoute Perry à son tour. Ensemble, elles formaient un poing américain. Des cheveux noirs d'épouvantail qui dépassaient de l'arrière de son chapeau, mais je le soupçonne d'être chauve sur le sommet du crâne et de porter le béret écossais pour cette raison. De la graisse de partout. »

Oui, Yvonne, c'est lui, conviennent-ils à voix basse, leurs têtes se touchant même s'il y a de l'électricité dans l'air entre eux, alors qu'ils contemplent la photo grand format qu'elle leur a glissée sous le nez : quatre fêtards blancs trop gros assis dans un nightclub, entourés de putes, de guirlandes en papier et de bouteilles de champagne, le 31 décembre 2008, Dieu sait où. Oui, c'est Vanya, de Perm, le deuxième en partant de la gauche.

* * *

Gail a besoin d'aller aux toilettes. Yvonne l'accompagne dans l'étroit escalier qui mène au rez-de-chaussée d'un luxe inexpliqué. Installé dans un fauteuil à oreilles, ce brave Ollie, sans son béret, est plongé dans un journal. Pas n'importe quel journal, puisqu'il est imprimé en cyrillique. Gail croit déchiffrer *Novaya Gazeta*, mais elle n'en est pas sûre et ne veut pas lui donner le plaisir de lui poser la question. Yvonne attend pendant que Gail fait pipi. Ce sont des toilettes somptueuses, avec de jolis essuie-mains, du savon parfumé et des gravures de chasse accrochées sur un mur tapissé d'un coûteux papier peint. Elles redescendent. Perry est toujours incliné au-dessus de ses mains, cette fois-ci paumes en l'air, si bien qu'il a l'air de lire les deux lignes de chance en même temps.

« Alors, Gail, reprend vivement le petit Luke. À vous de parler, encore. »

À moi de parler, Luke ? Putain, à moi de hurler, oui ! À moi de pousser ce hurlement que je retiens depuis un bon moment, comme vous l'avez peut-être remarqué quand vos yeux se posaient sur moi un peu plus souvent que ne le considère comme strictement nécessaire le *Protocole des relations homme-femme* à l'attention des espions.

* * *

« J'étais à cent lieues de me douter, commence-t-elle en regardant droit devant elle, vers Yvonne plutôt que Luke. J'ai fait une énorme gaffe. J'aurais dû comprendre, mais non.

– Tu n'as absolument rien à te reprocher, lance Perry à son côté d'un ton véhément. Personne ne t'avait rien dit, personne ne t'avait donné le moindre avertissement. S'il faut chercher des responsables, c'est du côté de la bande de Dima. »

Mais Gail reste inconsolable. La juriste qu'elle est se retrouve en pleine nuit dans une cave à vin aux murs de brique, à réunir des charges contre une accusée qui n'est autre qu'elle-même. Elle est couchée à plat ventre sur une plage antiguaise, à l'abri d'un parasol, au cœur de l'après-midi, son soutien-gorge dégrafé, deux gamines accroupies près d'elle et Perry allongé de l'autre côté, avec son petit short d'écolier et les lunettes de la Sécu qui appartenaient à feu son père et sur lesquelles il a fait poser les verres filtrants correspondant à sa vue.

Les fillettes ont mangé les glaces et bu les jus de fruits qui leur ont été offerts. L'oncle Vanya de Perm est sur son perchoir, le pistolet gabarit famille nombreuse dans sa ceinture, et Natasha, dont le nom est un défi pour Gail chaque fois qu'elle doit le prononcer (il faut qu'elle se prépare pour réussir son saut, comme lorsqu'elle faisait de l'équitation à l'école), Natasha, donc, est allongée à l'autre bout de la plage dans un superbe isolement. Entre-temps, Elspeth s'est retirée à bonne distance. Peut-être sait-elle ce qui va se passer. Avec le recul qu'elle n'est pas autorisée à prendre, Gail le pense.

Elle remarque que les ombres sont revenues sur le visage des fillettes. La professionnelle qu'elle est craint que les petites ne partagent un secret honteux. Avec tout ce qu'elle entend presque quotidiennement au tribunal, voilà ce qui la tracasse, ce qui aiguillonne sa curiosité : les enfants qui ne bavardent pas et qui ne font pas de bêtises. Les enfants qui ne comprennent pas qu'ils sont des victimes. Les enfants qui ne peuvent pas vous regarder dans les yeux. Les enfants qui se reprochent ce que les adultes leur font subir.

« Poser des questions, c'est mon métier ! » se défend-elle.

Tout ce qu'elle dit s'adresse à Yvonne, maintenant. Luke est flou et Perry délibérément relégué hors de son champ de vision.

« J'ai plaidé à la chambre des affaires familiales, j'ai vu des enfants à la barre. Ce qu'on fait dans le cadre de notre profession, on le fait aussi en dehors. On n'est pas deux personnes différentes, on est juste soi-même. »

En un geste destiné à calmer le stress de Gail plutôt que le sien, Perry se redresse de toute sa hauteur puis étire ses longs bras comme un nageur, mais le stress de Gail persiste.

« Bref, la première chose que je leur aie dite, c'est : "Parlez-moi encore d'oncle Vanya." Elles avaient été si elliptiques à son propos que j'ai pensé que c'était peut-être un mauvais oncle. "Oncle Vanya joue de la balalaïka avec nous, on l'aime beaucoup et il est rigolo quand il boit trop." C'est Irina qui parle. Elle a décidé de se montrer plus communicative que sa grande sœur. Mais moi, je me dis qu'un oncle ivre qui leur joue de la musique joue peut-être aussi à d'autres petits jeux.

– Et la langue utilisée ? Toujours l'anglais, j'imagine ? demande Yvonne dans sa quête du moindre détail, mais gentiment maintenant, d'une femme à une autre. On n'est pas passé à un français rudimentaire ou autre chose ?

– L'anglais était quasiment leur première langue, l'anglais américain de leur internat, avec un léger accent italien. Alors j'ai demandé si Vanya était leur vrai oncle ou bien un oncle honoraire ? Réponse : "Vanya est le frère de notre mère, il était marié à tante Raïssa, qui vit à Sotchi avec un autre mari que personne n'aime." On est parties dans l'arbre généalogique, et moi ça me va très bien. Tamara est la femme de Dima, et elle est très sévère, et elle prie beaucoup parce que c'est une sainte femme, et elle est bien gentille de s'occuper de nous. Bien gentille ? S'occuper de nous ? Alors, je demande (parce que je suis une juriste futée maintenant, je pose les questions par la bande, rien de trop direct) : "Et Dima, il est gentil avec Tamara ? Il est gentil avec ses garçons ?", ce qui signifie "Est-ce que Dima est un peu trop gentil avec vous ?". Et Katya répond que oui, Dima est gentil avec Tamara parce qu'il est son mari et que la sœur de Tamara est morte, et Dima est gentil avec Natasha parce qu'il est son père et que la mère de Natasha est morte, et avec ses fils parce qu'il est leur père. Ce qui ouvre la voie pour la question qui me démange et que je pose à Katya parce que c'est la plus grande : "Alors, qui est votre père à vous, Katya ?" Et Katya répond : "Il est mort." Et Irina intervient pour dire : "Notre mère aussi. Ils sont morts tous les deux." Je dis quelque chose comme "Oh, vraiment ?" et quand elles se contentent de me regarder, j'ajoute : "Je suis très triste pour vous. Il y a longtemps qu'ils sont morts ?" Je n'étais même pas sûre de les croire, il y avait une partie de moi qui espérait encore qu'elles me faisaient une de ces petites blagues horribles que font les enfants. Maintenant, c'est Irina qui parle et Katya qui est tombée dans un état plus ou moins second. Moi aussi, mais là n'est pas la question. "Ils sont morts mercredi", dit Irina en insistant beaucoup sur le jour, comme si le jour était responsable. C'est mercredi qu'ils sont morts, peu importe quand était mercredi.

Alors je m'enfonce encore un peu plus et je demande : "Tu veux dire mercredi dernier ?" Et Irina répond oui, mercredi, il y a une semaine, le 29 avril, très précisément pour que je comprenne bien. Mercredi dernier, donc, et puis il est question d'un accident de voiture, et je reste assise là à les dévisager, et Irina prend ma main pour la caresser, et Katya pose sa tête sur mes genoux, et Perry, que j'ai complètement oublié, me passe le bras autour des épaules, et il n'y a que moi qui pleure. »

* * *

Gail a coincé l'articulation de son index entre ses dents, comme elle le fait au tribunal pour se protéger contre les émotions peu professionnelles.

« Quand j'en ai reparlé avec Perry au bungalow, plus tard, tout est devenu clair, dit-elle en haussant la voix pour lui donner plus de détachement mais en évitant toujours de regarder Perry, tout en essayant de laisser entendre qu'il est normal que deux petites filles s'amusent sur la plage quelques jours après la mort atroce de leurs parents dans un accident de voiture. Leurs parents sont décédés le mercredi. La partie de tennis a eu lieu le mercredi suivant. Conclusion : toute la famille portait le deuil depuis une semaine et Dima a jugé qu'il était temps de leur faire prendre l'air, du style allez tout le monde se secoue et qui vient au tennis ? À supposer qu'ils soient juifs, et après tout on n'en savait rien, ils pouvaient très bien l'être, ou juste certains d'entre eux, ou les parents décédés, alors peut-être qu'ils avaient observé la Shiv'ah et que, ce mercredi-là, ils étaient censés reprendre le cours de la vie. Ça ne cadrait pas franchement avec le fait que Tamara soit une sainte femme chrétienne et porte une croix, mais bon, l'heure n'était pas aux arguties théologiques, pas avec ces gens-là, et Tamara avait une grosse réputation de bizarrerie, de toute façon.

– Pardonnez-moi d'insister, Gail, mais Irina a dit qu'il s'agissait d'un accident de voiture, intervient de nouveau Yvonne, d'un ton respectueux mais ferme. C'est bien là tout ce qu'elle a dit ?

Elle n'aurait pas mentionné où cet accident avait eu lieu, par exemple ?

– Dans les environs de Moscou. C'était vague. Elle rendait les routes responsables, il y avait trop de nids-de-poule, et tout le monde roulait au milieu pour éviter les trous, alors, naturellement, il y avait des accidents.

– Est-ce qu'il a été question d'une hospitalisation ? Ou bien est-ce que Papa et Maman sont morts sur le coup ? C'était quoi, l'histoire ?

– Morts sur le coup. "Un gros camion est arrivé à toute vitesse au milieu de la route et les a tués."

– D'autres victimes, en dehors des parents ?

– Je regrette, mais je n'ai pas vraiment assuré pour la suite de l'interrogatoire, avoue-t-elle en se sentant flancher.

– Est-ce qu'il y avait un chauffeur, par exemple ? Si le chauffeur avait été tué, lui aussi, elles l'auraient forcément dit ? rétorque Yvonne, mais c'était compter sans Perry.

– Ni Katya ni Irina n'ont fait la moindre allusion directe ou indirecte à un chauffeur mort ou vivant, Yvonne, intervient-il de cette voix tranchante et posée qu'il réserve aux étudiants paresseux et aux gardes du corps prédateurs. Il n'a pas été question de blessés, d'hôpitaux, de marque de voiture…, commence-t-il avant de hausser le ton. Ni de savoir s'il y avait ou non une assurance au tiers, ni de…

– Stop ! » ordonne Luke.

* * *

Gail était remontée au rez-de-chaussée, sans escorte cette fois. Perry restait à sa place, la tête enserrée dans les doigts d'une main tandis que l'autre main tapotait sur la table avec impatience. Gail revint et s'assit. Perry donna l'impression de n'avoir rien remarqué.

« Alors, Perry, lança Luke, efficace et méthodique.

– Alors quoi ?

– Le cricket.

– Ça, c'était seulement le lendemain.

– Oui, on sait. C'est dans votre déclaration.

– Alors, pourquoi ne pas la lire ?

– On a déjà parlé de ça, non ? »

D'accord, c'était le lendemain, même heure, même plage, mais un autre coin, concéda Perry avec réticence. Le même monospace aux vitres noires s'est arrêté sur l'aire STATIONNEMENT INTERDIT, et en sont sortis non seulement Elspeth, les deux fillettes et Natasha, mais aussi les garçons.

Malgré lui, en entendant le mot « cricket », Perry avait commencé à s'animer.

« On aurait dit deux jeunes poulains qui avaient enfin le droit d'aller galoper après être restés enfermés trop longtemps dans l'écurie », dit-il avec un plaisir soudain en se remémorant les faits.

Pour cette sortie à la plage, Gail et lui s'étaient choisi un coin aussi éloigné que possible de Three Chimneys. Ils ne se cachaient pas de Dima et compagnie, mais ils avaient eu une nuit un peu agitée dont ils s'étaient réveillés avec un affreux mal de tête après avoir fait l'erreur élémentaire de boire le rhum offert par la maison.

« Et, bien sûr, pas moyen de leur échapper, l'interrompit Gail, qui avait décidé de reprendre le flambeau. Nulle part où aller, sur toute la plage. Tu es bien d'accord, Perry ? Nulle part sur toute l'île, si on y réfléchissait. Pourquoi est-ce que les Dima s'intéressaient autant à nous ? Je veux dire, ils étaient qui ? Ils voulaient quoi ? Et pourquoi nous ? Où qu'on aille, ils étaient là. C'est l'impression que ça commençait à nous donner. Par rapport à notre bungalow, ils étaient juste de l'autre côté de la baie en train de nous épier. Ou du moins c'est ce qu'on s'imaginait, ce qui était tout aussi désagréable. Et quand on se trouvait sur la plage, ils n'avaient même pas besoin de jumelles. Ils n'avaient qu'à se pencher par-dessus le mur du jardin pour nous observer. Ce qu'ils devaient faire souvent, puisqu'on était à peine installés depuis quelques minutes que la voiture aux vitres noires débarquait. »

Le même garde du corps au visage poupin, dit Perry en reprenant le récit. Pas au bar, cette fois, sous l'arbre qui fait de l'ombre en haut de la dune. Non, l'oncle Vanya de Perm avec son béret écossais et son pistolet gabarit famille nombreuse n'est pas là, mais il y a son remplaçant, une espèce de haricot vert monté en graine qui doit être un de ces obsédés du fitness, parce qu'au lieu de grimper à la vigie, il arpente la plage de long en large en se chronométrant et en s'arrêtant à chaque extrémité pour faire un peu de taï-chi.

« Un type aux cheveux bouffants, dit Perry, son sourire s'élargissant lentement jusqu'aux oreilles. Bondissant. Enfin, vibrionnant serait plus exact. Incapable de rester debout ou assis cinq secondes. Et pire que maigre, squelettique. On l'a pris pour un nouveau venu dans la maisonnée de Dima. On partait du principe qu'il y avait un gros turnover de cousins de Perm chez les Dima.

– Perry n'a eu besoin que d'un seul coup d'œil aux enfants, pas vrai ? enchaîna Gail. Aux garçons en particulier, et tu t'es dit : "Bon sang, qu'est-ce qu'on peut faire d'eux ?" Et c'est là que tu as eu ta seule idée brillante des vacances : le cricket. Enfin, ce n'était pas si brillant que ça, quand on connaît Perry. On lui donne une balle mâchouillée par un chien et un vieux bout de bois, et la partie de l'humanité qui ne joue pas au cricket cesse d'exister pour lui. Je n'exagère pas ?

– On a fait ça dans les règles de l'art, comme il se doit, confirma Perry avec un froncement de sourcils peu convaincant au vu de son sourire. On a construit un guichet avec du bois flotté, on a mis des branchettes dessus pour faire les témoins, les gens de la marina nous ont trouvé un genre de batte et une balle, on a recruté une bande de rastas et des papys anglais comme joueurs de champ, et nous voilà six de chaque côté, la Russie contre le reste du monde, une grande première en sport. J'ai envoyé les garçons voir Natasha pour essayer de la persuader de garder le guichet, mais, en revenant, ils nous ont dit qu'elle lisait un type du nom de Tourgueniev dont ils ont prétendu n'avoir jamais entendu parler. Mission suivante : inculquer les Lois sacrées du cricket à…

disons, à des gens pas très respectueux des lois, termina-t-il, son sourire s'élargissant. Pas les papys anglais ou les rastas, bien sûr. Eux, ils apprennent le cricket au berceau. Mais les jeunes Dima sortaient d'un internat. Ils avaient un peu joué au base-ball, et ils n'ont pas du tout apprécié de devoir faire rebondir la balle au lieu de la lancer direct. Il fallait gérer un peu les petites, mais on a pu les faire courir à la place des papys anglais au moment où ils sont passés à la batte, et puis, quand elles en avaient assez, Gail les emmenait boire quelque chose et se baigner, hein ?

– On avait décidé que l'idéal, c'était de les occuper, expliqua Gail, résolue à partager l'enthousiasme de Perry. Ne pas leur laisser trop de temps pour broyer du noir. Les garçons, on savait qu'ils allaient s'amuser quoi qu'on fasse. Mais les petites… eh bien, en ce qui me concerne, leur tirer un sourire, c'était déjà… enfin, euh… »

Gail laissa sa phrase en suspens. La voyant en difficulté, Perry intervint aussitôt.

« Faire un terrain de cricket correct sur ce sable fin, c'est infernal, expliqua-t-il à Luke, le temps que Gail reprenne ses esprits. Les lanceurs s'enfoncent, les batteurs titubent, bref, vous imaginez…

– Tout à fait, acquiesça Luke en se mettant instantanément au diapason de la cordialité qu'il avait perçue dans la voix de Perry.

– Mais bon, ça n'avait strictement aucune importance. Tout le monde s'amusait bien et il y avait des glaces pour les vainqueurs. On a décidé que ça faisait match nul et les deux camps en ont eu », dit Perry.

Gail s'étant remise, Luke adopta un ton plus grave.

« Et c'est alors que les deux camps gagnaient… en fait, quand le match tirait à sa fin, que vous avez vu à l'intérieur du monospace ? C'est bien ça ?

– On s'apprêtait à plier boutique, confirma Perry. Et tout d'un coup, la porte latérale de la voiture s'est ouverte et ils étaient là. Peut-être qu'ils voulaient prendre l'air, ou mieux voir, Dieu seul le sait, mais on aurait dit une visite royale. Incognito.

– Il y avait combien de temps que la portière était ouverte ? »

Perry sur ses gardes, doutant de sa fameuse mémoire. Perry le témoin parfait, jamais sûr de lui, jamais trop prompt à répondre, toujours exigeant avec lui-même. Encore un Perry que Gail adorait.

« À dire vrai, je ne sais pas, Luke. Je ne peux pas dire exactement. *Nous* ne pouvons pas dire…, rectifia-t-il avec un coup d'œil à Gail, qui hocha la tête pour indiquer qu'elle non plus ne pouvait pas. J'ai regardé, Gail m'a vu regarder, hein ? Alors elle a regardé aussi et on les a vus tous les deux, Tamara et Dima, côte à côte, droits comme des I, l'une sombre et l'autre clair, l'une maigre et l'autre gros, qui nous fixaient depuis l'arrière de la voiture. Et puis shlouf, la portière se referme.

– Ils vous fixaient sans sourire, en somme, suggéra Luke d'un ton léger, en prenant des notes.

– Il y avait chez eux quelque chose de…, enfin, je l'ai déjà dit, de royal. Oui, chez tous les deux. Le roi et la reine Dima. Si l'un d'eux avait tendu la main et tiré un gland de soie pour que le cocher démarre, je n'aurais pas été plus surpris que ça, commenta-t-il avant de s'attarder sur cette idée, puis de la valider d'un hochement de tête. Sur une île, les grands paraissent plus grands, et les Dima étaient… eh bien, vraiment grands, et ils le sont encore. »

Yvonne leur tendit une autre photo pour examen. Cette fois, une photo d'identité de la police en noir et blanc : face et profil, deux yeux au beurre noir, un œil au beurre noir. Les lèvres fendues et enflées de celui qui vient de faire des aveux spontanés. Gail fronça le nez en signe de désapprobation, regarda Perry, et tous deux déclarèrent à l'unisson qu'ils ne connaissaient pas cet individu.

Mais Yvonne l'Écossaise ne se découragea pas.

« Si je lui mets une perruque frisée, imaginez une seconde, et si je lui nettoie un peu la figure, est-ce que vous ne pensez pas, tous les deux, que ça pourrait peut-être bien être votre fanatique du fitness à sa sortie d'une prison italienne en décembre dernier ? »

Ça se pourrait, oui. Ils se rapprochèrent l'un de l'autre. C'est même sûr.

* * *

Une annonce anticipée de l'invitation leur fut faite le soir même au Captain's Deck par le vénérable Ambrose tandis qu'il faisait goûter un vin à Perry. Perry, le fils de puritains, ne sait pas imiter les voix ; Gail, la fille d'acteurs, les maîtrise toutes. Elle s'adjuge le rôle du vénérable Ambrose.

« "Et demain soir, il me faudra renoncer au plaisir de vous servir, jeunes gens. Vous savez pourquoi ? Parce que vous aurez l'honneur d'être les invités-surprises de M. Dima et de son épouse à l'occasion du quatorzième anniversaire de leurs jumeaux, que vous avez initiés, ai-je entendu dire, au noble art du cricket. Et mon Elspeth a confectionné le plus gros et le plus beau gâteau à la crème de noix que vous ayez jamais vu. S'il était plus gros, mademoiselle Gail, au dire de tous, les enfants voudraient vous voir en sortir d'un bond tant ils vous aiment." »

En guise de bouquet final, Ambrose leur remet une enveloppe adressée à *Monsieur Perry et Mademoiselle Gail*, avec, à l'intérieur, deux cartes de visite professionnelles de Dima, sur papier blanc à barbes naturelles comme des faire-part de mariage, où figure son nom complet : *Dimitri Vladimirovitch Krasnov, Directeur pour l'Europe, The Arena Multi Global Trading Conglomerate, Nicosie, Chypre*. Et, en dessous, l'adresse du site Internet de sa société, et une adresse à Berne qualifiée de *Domicile et Siège de la Société*.

4

À supposer qu'ils aient l'un ou l'autre songé à décliner l'invitation de Dima, précisa Gail, ils ne se l'avouèrent pas.

« On a dit oui pour les enfants. Une fête d'anniversaire pour deux grands ados jumeaux : youpi ! C'est comme ça qu'on nous a présenté l'invitation et c'est comme ça qu'on l'a prise. Ce qui m'a décidée, moi, c'étaient les deux petites, expliqua-t-elle en se félicitant, cette fois encore, de n'avoir pas mentionné Natasha. Alors que Perry, c'était..., commença-t-elle en lui lançant un regard incertain.

– Perry, c'était quoi ? relança Luke en l'absence de réaction dudit.

– Il était juste fasciné par tout ça, fit-elle en noyant le poisson pour protéger son homme. Hein, Perry ? Dima, sa personnalité, sa force vitale, l'homme accompli. Une bande de hors-la-loi russes. Le danger. L'étrangeté totale. Tu... enfin... tu construisais un relationnel. Je suis injuste ?

– Ça fait un peu jargon de psy, commenta Perry d'un ton bourru avant de se refermer comme une huître.

– Bon, en gros, vous aviez tous les deux des motivations complexes, intervint promptement le petit Luke, éternel conciliateur, en homme rompu aux motivations complexes. Quel mal à cela ? La situation était assez complexe, elle aussi : le pistolet de Vanya, les rumeurs de fric russe dans des sacs à linge sale, deux petites orphelines qui avaient désespérément besoin de vous... et les adultes aussi peut-être, pour ce que vous en saviez. Et puis, c'était l'anniversaire des jumeaux. Bref, pour des gens bien, comme vous, impossible de refuser.

– Et sur une île, en plus, lui rappela Gail.

– Exactement. Et par-dessus tout, osons le dire, vous étiez rudement curieux de voir ça. Qui vous jetterait la pierre ? Je veux dire, ça fait un cocktail irrésistible. Je suis sûr que je serais tombé dans le panneau, moi aussi. »

Gail n'en doutait pas. Elle avait le sentiment que le petit Luke était tombé dans bien des panneaux, en son temps, et qu'il en gardait quelque défiance vis-à-vis de lui-même.

« Et il y avait Dima, répéta-t-elle. Dima, c'était l'attrait principal pour toi, Perry, reconnais-le. Tu me l'as dit, à l'époque. Pour moi, c'étaient les enfants, mais pour toi, au final, c'était Dima. On en a parlé il y a quelques jours à peine, tu te souviens ? »

Elle voulait dire *pendant que tu rédigeais ta putain de déclaration et que moi je comptais pour du beurre.*

Perry réfléchit un instant, comme s'il évaluait un travail universitaire, puis, avec le sourire du beau joueur, reconnut la justesse de l'argument.

« C'est vrai. J'avais l'impression d'avoir été choisi par lui. Ou plutôt, promu. À un rang prestigieux. En fait, je ne sais plus quelle impression j'avais, et peut-être que je n'en savais rien sur le moment.

– Mais Dima le savait, lui. Tu étais son professeur de fair-play. »

* * *

« Donc, l'après-midi, au lieu d'aller à la plage, on est partis en ville faire du shopping, reprit Gail en regardant Yvonne tout en adressant son discours à Perry, qui détournait la tête. Pour les garçons, l'idée de cadeau qui s'imposait, c'était un équipement de cricket. Ça, c'était ton domaine, et ça t'a bien plu. Tu as adoré la boutique de sport. Tu as adoré le vieux vendeur. Tu as adoré les photos des grands joueurs antillais. Learie Constantine, et qui d'autre ?

– Martindale.

– Et Sobers. Il y avait Gary Sobers, aussi. Tu me l'as montré. »

Il opina du bonnet. Oui, Sobers.

« Et on se régalait de tout ce mystère. À cause des enfants. L'idée d'Ambrose de me faire jaillir du gâteau n'était pas si aberrante, hein ? De mon côté, je me suis occupée des cadeaux pour les filles. Tu m'as un peu aidée. Des écharpes pour les petites et un assez joli collier de coquillages et de pierres semi-précieuses pour Natasha. »

Ouf ! Gail avait laissé Natasha revenir dans le tableau et elle s'en était bien tirée.

« Tu voulais m'acheter le même, mais je ne t'ai pas laissé faire.

– Et pour quelle raison, Gail ? intervint Yvonne, avec son sourire intelligent et modeste, histoire de détendre l'atmosphère.

– Le principe d'exclusivité. C'était gentil de la part de Perry, mais je ne voulais pas être mise dans le même lot que Natasha, répondit Gail à Perry autant qu'à Yvonne. Et je suis certaine que Natasha n'aurait pas voulu être mise dans le même lot que moi. Je t'ai dit : “Merci beaucoup, l'idée est adorable, mais garde-la pour une autre fois.” C'est bien ça ? Mais alors, franchement, pour acheter du papier cadeau correct à Saint John's sur l'île d'Antigua, bonjour ! Et puis, ensuite, il a fallu nous faire entrer en douce, pas vrai ? Parce qu'on était la grande surprise. Le clou de la soirée. On a pensé y aller déguisés en pirates des Caraïbes – enfin, c'est toi qui y as pensé – mais on s'est dit que ce serait peut-être un peu exagéré, surtout avec des gens qui portaient encore le deuil, même si, officiellement, on n'était pas au courant. Bref, on y est allés comme on était, avec juste un petit effort de toilette. Perry, tu portais ton vieux blazer et le pantalon gris que tu avais mis pour voyager. Ton style “classique anglais”. Perry n'est pas exactement ce qu'on appelle une fashion victim, mais tu as fait de ton mieux. Moi, j'ai mis une robe en coton et j'ai pris un gilet au cas où ça se rafraîchirait. Et en dessous, on avait nos maillots de bain, parce qu'on savait qu'il y avait une plage privée à Three Chimneys et qu'il n'était pas impossible qu'on nous emmène nous baigner. »

Yvonne prenait méticuleusement des notes – mais pour qui ? Luke, le menton appuyé sur la main, buvait littéralement les paroles de Gail, un peu trop à son goût. L'air morose, Perry étudiait un coin du mur de brique plongé dans l'ombre. Tous trois accordaient leur totale attention à Gail pour son chant du cygne.

* * *

Lorsque Ambrose leur avait dit d'être au garde-à-vous devant l'entrée de l'hôtel à 18 heures, continua Gail plus posément, ils avaient supposé qu'on allait les emmener comme par enchantement jusqu'à Three Chimneys dans l'un des monospaces à vitres noires et les faire entrer par une porte de côté. Ils se trompaient.

Après avoir pris un petit chemin discret pour se rendre au parking, selon les instructions, ils trouvèrent Ambrose qui les attendait au volant d'un 4 × 4. Le plan, leur expliqua-t-il avec un enthousiasme de conspirateur, consistait à faire passer les invités-surprises par l'ancien sentier naturel qui longeait la crête de la presqu'île jusqu'à l'arrière de la maison, où M. Dima lui-même les accueillerait.

De nouveau, Gail imita la voix d'Ambrose.

« "Mon vieux, ils ont accroché des guirlandes lumineuses dans le jardin, ils ont engagé un steel band, ils ont installé un grand barnum, ils ont fait livrer une cargaison du bœuf de Kobe le plus tendre que des vaches aient jamais produit. Il ne leur manque vraiment rien, là-haut. M. Dima, il a tout organisé et préparé jusqu'au moindre détail. Il a expédié toute sa smala et mon Elspeth voir de grosses courses de crabes à l'autre bout de Saint John's, tout ça pour pouvoir vous faire entrer en douce par la porte de derrière. Vous voyez à quel point vous êtes le grand mystère de la soirée !" »

S'ils avaient été en quête d'aventures, le sentier naturel les aurait à lui seul comblés. Personne n'avait dû l'emprunter depuis des années. À deux reprises, Perry dut même leur ouvrir un passage dans les broussailles.

« Et il a adoré, évidemment. En fait, il a raté sa vocation de paysan, tu ne crois pas ? Et puis on est sortis par ce long tunnel de verdure, et Dima attendait au bout tel un joyeux Minotaure, si tant est que ça existe. »

L'index osseux de Perry se dressa en signe de réprimande.

« C'était la première fois qu'on voyait Dima seul, souligna-t-il d'un ton grave. Pas de gardes du corps, pas de famille, pas d'enfants. Personne pour nous surveiller. Ou du moins, personne de visible. Ça se résumait à nous trois, à la lisière d'un bois, et je crois qu'on en avait conscience, Gail et moi. Conscience de cette soudaine intimité. »

Mais quelque importance que Perry ait attachée à cette remarque, elle se perdit dans le récit que Gail continua de débiter.

« Il nous a serrés dans ses bras, Yvonne, dans ses bras ! D'abord Perry, qu'il a ensuite poussé sur le côté, puis moi, et encore Perry. Pas des étreintes sensuelles, non, des gros câlins familiaux, comme s'il ne nous avait pas vus depuis une éternité, ou n'allait plus jamais nous revoir.

– Ou alors, il se raccrochait à nous, suggéra Perry du même ton réfléchi et sérieux. J'ai perçu un peu de ça. Peut-être pas toi. Ce qu'on représentait pour lui à ce moment-là, l'importance qu'on avait.

– Il nous aimait vraiment, s'obstina Gail. Il est resté debout là à nous déclarer son amour. Tamara nous aimait, elle aussi, il en était sûr. Simplement, elle avait du mal à le dire parce qu'elle n'avait plus toute sa tête depuis qu'elle avait eu son problème. Aucune explication sur ce que pouvait bien être ce problème, et on se voyait mal lui poser la question. Natasha nous aimait aussi, mais elle ne dit jamais rien à personne, ces temps-ci, elle ne fait que lire des livres. La famille tout entière aimait les Anglais à cause de notre humanité et de notre fair-play. Sauf qu'il n'a pas dit "humanité". Qu'est-ce qu'il a dit ?

– Cœur.

– On était là, au bout de ce tunnel, en pleine frénésie de câlins, et il déclamait toutes ces belles choses sur notre cœur. Enfin, quoi ? Comment peut-on faire de grandes déclarations d'amour à des gens avec qui on n'a pas échangé plus de six mots ?

– Perry ? s'enquit Luke.

– Je l'ai trouvé héroïque, répondit Perry, sa longue main volant jusqu'à son front pour adopter la posture classique de l'inquiétude. Mais je n'arrivais pas à comprendre pourquoi. Je ne l'ai pas écrit dans ma déclaration, "héroïque" ? En tout cas, c'est ce que j'ai pensé, répéta-t-il avec un haussement d'épaules dépréciatif à l'égard de ses propres impressions. J'ai pensé "digne face au peloton". Sauf que je ne savais pas qui tirait sur lui, ni pourquoi. Je ne savais rien du tout, hormis…

– Vous étiez tous les deux comme accrochés à une falaise, suggéra Gail, non sans tendresse.

– Oui. Et il se trouvait à un endroit dangereux. Il avait vraiment besoin de nous.

– De toi, le corrigea-t-elle.

– D'accord, de moi. C'est tout ce que j'essaie de dire.

– Alors, dis-le. »

* * *

« Il nous a fait sortir du tunnel et nous a emmenés jusqu'à ce qui s'est révélé être l'arrière de la maison, commença Perry, qui s'interrompit. Je suppose que vous voulez une description exacte de l'endroit ? lança-t-il à Yvonne d'un ton sévère.

– Absolument, Perry, répondit Yvonne avec la même rigueur. Dans les moindres détails jusqu'aux plus ennuyeux, je vous prie, si cela ne vous dérange pas, confirma-t-elle avant de retourner à sa méticuleuse prise de notes.

– Il y a un ancien petit chemin de service en cendrée rouge qui part de l'endroit où on était sortis du bois. Il devait servir de voie d'accès aux ouvriers au moment de la construction. Il a fallu remonter cette pente en évitant les nids-de-poule.

– Et en trimballant nos cadeaux, intervint Gail depuis la coulisse. Toi, avec ton jeu de cricket, moi avec mes paquets-cadeaux pour les enfants rangés dans le sac le plus fantaisie que j'avais pu trouver, ce qui n'est pas beaucoup dire. »

Est-ce que quelqu'un écoute même ce que je raconte ? se demanda-t-elle. Non. Tout ce que dit Perry est parole d'Évangile, mais moi je pourrais aussi bien pisser dans un violon.

« Quand on l'a vue en arrivant par l'arrière, la maison n'était qu'une vieille carcasse, reprit Perry. On nous avait prévenus qu'elle n'avait rien d'un palais, on savait qu'elle devait être démolie, mais on ne s'attendait pas à une telle ruine. »

Le professeur d'Oxford en partance se transformait en envoyé spécial sur le terrain.

« Il y avait un bâtiment de brique branlant avec des fenêtres à barreaux que j'ai supposé être l'ancien quartier des esclaves. Il y avait aussi un horrible mur d'enceinte chaulé tout neuf, haut de près de quatre mètres, avec des barbelés tout du long et des projecteurs de sécurité montés sur des pylônes, comme dans un stade de football, qui braquaient une lumière violente sur tout ce qui passait. On en avait même vu la lueur depuis le balcon de notre bungalow. Et des guirlandes lumineuses accrochées entre les pylônes, sans doute en prévision des festivités. Des caméras de surveillance, mais pas pointées sur nous puisqu'on arrivait du mauvais côté. Enfin, je suppose que c'était ça l'idée. Une parabole dernier cri fixée à six mètres de hauteur, orientée vers le nord, d'après ce que j'ai pu en juger quand on est repartis. Vers Miami, ou Houston peut-être, impossible à savoir au juste, affirma-t-il avant de se reprendre : Enfin, sans doute pas pour vous. Vous, vous êtes censés savoir ce genre de choses. »

Est-ce un défi ou une boutade ? Ni l'un, ni l'autre. C'est Perry qui leur montre à quel point il est doué quand il s'agit de faire leur travail, au cas où ils ne l'auraient pas remarqué. C'est Perry, l'homme des surplombs par la face nord, en train de leur dire qu'il n'oublie jamais un itinéraire. C'est le Perry qui ne sait pas résister à un défi quand toutes les chances sont contre lui.

« On a continué la descente à travers bois jusqu'à un petit coin de prairie au bout de laquelle pointait un promontoire. En fait, la maison n'a pas d'arrière, ou bien elle n'a que des arrières, si vous préférez. C'est un truc hybride de plain-pied, pseudo-élisabéthain, à trois façades, avec des bardeaux, de l'amiante, des murs de stuc gris, des petites fenêtres en verre cathédrale, du contreplaqué façon colombages et, derrière, une véranda où pendouille une lanterne. Tu me suis, Gail ? »

Si ce n'était pas le cas, qu'est-ce que je ferais ici ?

« Tu te débrouilles très bien, dit-elle, ce qui ne répondait pas vraiment à la question qu'il avait posée.

– Et puis des genres de blocs ajoutés pour faire des chambres, des salles de bains, des cuisines et des bureaux, chacun avec une porte indépendante sur l'extérieur, qui laissaient supposer qu'à une époque, cet endroit avait abrité une sorte de communauté ou d'installation collective. En résumé, un grand n'importe quoi. Ce n'était pas la faute de Dima, on le savait par Mark. Les Dima n'y avaient pas séjourné jusque-là, ils n'y avaient pas fait de travaux sauf l'installation express des équipements de sécurité. Cela ne nous dérangeait pas. Au contraire. Cette demeure avait un côté authentique qui nous changeait du reste. »

Éternellement pointilleuse, le docteur Yvonne leva les yeux de son dossier médical.

« Mais alors, les cheminées manquaient à l'appel, Perry ?

– Il y en avait deux accrochées aux vestiges d'une sucrerie, sur le côté ouest de la presqu'île, et la troisième à l'orée du bois. Je croyais avoir mis ça aussi dans notre déclaration. »

Notre déclaration, bordel ? Ça fait combien de fois que tu le dis, ça ? « Notre » déclaration, que tu as écrite tout seul et que je n'ai pas été autorisée à voir, alors que, eux, ils l'ont vue ? C'est ta foutue déclaration à toi ! C'est leur foutue déclaration à eux ! Elle avait les joues brûlantes et espérait qu'il l'avait remarqué.

« On a commencé à descendre vers la maison, et puis, arrivé à une vingtaine de mètres, Dima nous a fait ralentir, dit Perry, sa voix se faisant plus tendue. D'un geste des mains. *Ralentissez*

– Serait-ce à ce moment-là qu'il a porté un doigt à ses lèvres en signe de complicité ? demanda Yvonne en relevant soudain la tête pour fixer Perry tout en écrivant.

– Oui ! intervint vivement Gail. Exactement à ce moment-là. Une complicité appuyée. D'abord, ralentissez ; ensuite, taisez-vous. On a supposé que le doigt sur les lèvres, c'était pour faire la surprise aux enfants, alors on a joué le jeu. Ambrose nous avait dit qu'on les avait expédiés aux courses de crabes, donc ça nous paraissait curieux qu'ils soient encore à la maison, mais on a simplement cru qu'il y avait eu un changement et que, finalement, ils n'y étaient pas allés. Ou je l'ai cru, moi.

– Merci, Gail. »

Et de quoi, nom de Dieu ? D'avoir soufflé la vedette à Perry ? N'en parlons pas, Yvonne, c'est un plaisir.

« Dima nous a fait marcher sur la pointe des pieds, enchaîna-t-elle. En retenant notre souffle, littéralement. On n'a pas douté de lui, ça me paraît important de le souligner. On lui obéissait, et pourtant ça ne nous ressemble ni à l'un ni à l'autre. Il nous a amenés jusqu'à une porte, une porte d'entrée, mais latérale. Elle n'était pas fermée à clé, il l'a juste poussée, il est entré le premier et il s'est aussitôt retourné, une main levée et l'autre sur les lèvres comme… »

Comme Papa jouant le rôle du Chat botté dans le spectacle de Noël, sauf que lui n'était pas bourré, faillit-elle dire…

« Enfin, peu importe. Avec un regard intense qui nous enjoignait de nous taire. Exact, Perry ? À toi.

– Après, quand il a vu qu'il nous tenait, il nous a fait signe de le suivre. Je suis passé le premier. »

Par contraste délibéré avec Gail, Perry s'exprimait d'un ton neutre, typique des moments où il était surexcité mais faisait semblant du contraire.

« On est entrés à pas de loup dans un vestibule vide. Enfin, quand je dis "vestibule", c'était une pièce d'environ trois mètres sur quatre. Les derniers rayons du soleil filtraient par une fenêtre cassée donnant à l'ouest, dont les carreaux en losanges avaient été rafistolés avec du ruban adhésif. Dima avait toujours le doigt sur les lèvres. Quand j'ai passé la porte, il m'a attrapé le bras, comme sur le court de tennis. Une force hors norme. Je n'aurais pas fait le poids.

– Avez-vous pensé que vous pourriez avoir à faire le poids ? s'enquit Luke avec une certaine solidarité masculine.

– Je ne savais pas quoi penser. Je m'inquiétais pour Gail et mon souci, c'était de m'interposer entre eux. Pendant quelques secondes seulement.

– Assez longtemps pour comprendre que ce n'était plus un jeu d'enfants, suggéra Yvonne.

– Eh bien, je commençais à le pressentir, oui, avoua Perry avant de s'interrompre, la voix couverte par le hurlement d'une sirène d'ambulance dans la rue en contre-haut. Il faut que vous imaginiez le vacarme incroyable qu'il y avait dans cet endroit, insista-t-il, comme si un bruit en avait évoqué un autre. On était dans ce minuscule vestibule, et on entendait le vent secouer toute cette vieille baraque délabrée. Quant à la lumière… comment dire ? Elle était fantasmagorique, pour employer un mot qu'affectionnent mes étudiants. Elle nous arrivait par couches à travers la fenêtre orientée ouest : une lumière poudreuse émanant du nuage bas qui venait de la mer, et, par-dessus, une couche de soleil éclatant, et, là où la lumière ne filtrait pas, des ombres noires comme du charbon.

– Et il faisait froid, se plaignit Gail en s'enlaçant de manière théâtrale. Ce froid qu'on ne trouve que dans les maisons vides. Et leur froide odeur de cimetière. Mais je ne pensais qu'à une chose : Où sont les petites ? Pourquoi on ne les entend pas ? Pourquoi on ne les voit pas ? Pourquoi est-ce qu'on n'entend rien ni personne sauf le vent ? Et s'il n'y a personne dans les parages, pour qui est-ce qu'on fait tous ces mystères ? Qui est-ce qu'on trompait, sinon nous-mêmes ? Et toi, Perry, tu pensais la même chose, non ? Tu me l'as dit après. »

* * *

« Derrière l'index dressé de Dima, son visage avait changé, expliqua Perry. Toute gaieté en avait disparu. De ses yeux, surtout. Un visage sans humour, figé. Il voulait vraiment qu'on ait peur, qu'on partage sa peur. Bon, on est là, stupéfaits et, oui, effrayés, et la silhouette spectrale de Tamara apparaît devant nous dans un coin du minuscule vestibule où elle se trouvait depuis le début, sans qu'on l'ait remarquée, dans le recoin le plus sombre, derrière les rayons de lumière. Elle porte la même longue robe noire qu'au match de tennis, celle qu'elle portait encore lorsqu'elle et Dima nous épiaient depuis le fond du monospace, et elle a une allure de fantôme. »

Gail reprit le récit.

« La première chose que j'aie vue, c'est sa croix taille XXL, puis le reste de sa personne qui prenait forme autour. Elle avait natté ses cheveux pour la soirée d'anniversaire, elle s'était fardé les joues, barbouillée de rouge à lèvres tout autour de la bouche… vraiment autour, pas dessus. Elle avait l'air méchamment siphonnée. Elle n'avait pas le doigt sur les lèvres, elle. Pas besoin : son corps tout entier était un panneau d'avertissement en rouge et noir. Je me suis dit bon, Dima, c'était spécial, mais ça, c'est carrément autre chose. Et, bien sûr, je me demandais encore quel était son problème. Parce que, bon sang, elle en avait un, et pas un petit ! »

Perry se mit à parler, mais Gail n'en tint pas compte et poursuivit obstinément.

« Elle nous tendait une feuille de papier A4 pliée en deux. Pour quoi faire ? Est-ce que c'était un tract religieux ? Préparez-vous à rencontrer votre Créateur ? Ou bien est-ce qu'elle nous assignait en justice ?

– Et Dima, il faisait quoi, pendant ce temps ? demanda Luke en se tournant vers Perry.

– Il a fini par me lâcher le bras, répondit Perry avec une grimace. Mais pas avant de s'être assuré que je regardais bien la feuille de papier de Tamara. Elle me l'a fourrée dans les mains, et Dima m'a fait signe de la tête de la lire. Mais toujours avec le doigt sur les lèvres. Et Tamara vraiment possédée. Tous les deux possédés, en fait. Et ils voulaient qu'on partage leur peur, mais peur de quoi ? Alors, je l'ai lue. Pas à voix haute, bien sûr. Et même pas tout de suite. Je n'étais pas à la lumière, il a fallu que je me rapproche de la fenêtre. Sur la pointe des pieds, ce qui vous montre à quel point on était pris dans le truc. Et même arrivé là, il a fallu que je tourne le dos à la fenêtre parce que le soleil tapait fort, et puis il a fallu que Gail me donne mes lunettes de lecture de secours, qu'elle a dans son sac à main…

– Il avait oublié les autres au bungalow, comme d'habitude…

– Et puis, Gail est venue derrière moi sur la pointe des pieds…

– Tu m'as fait signe de venir…

– Pour te protéger, et pour que tu lises par-dessus mon épaule. Et je pense qu'on a dû la lire, euh, au moins deux fois.

– Et plus encore, dit Gail. Non, je veux dire, c'était un tel acte de foi ! Qu'est-ce qu'ils avaient à nous faire confiance, comme ça ? Qu'est-ce qui les poussait à croire qu'on était les bons, tout d'un coup ? C'était…, c'était nous imposer un sacré fardeau !

– Ils n'avaient pas vraiment le choix », fit doucement remarquer Perry.

Luke hocha la tête d'un air averti, Yvonne réagit par un petit signe entendu, et Gail se sentit encore plus mise à l'écart que pendant tout le reste de la soirée.

* * *

Peut-être la tension dans ce sous-sol mal aéré devenait-elle trop forte pour Perry. Ou peut-être, songea Gail, avait-il une poussée de remords rétrospectifs. Il se rejeta en arrière dans son fauteuil, abaissa ses épaules anguleuses pour les détendre et pointa un index vers le dossier chamois que Luke tenait entre ses deux petits poings.

« De toute façon, vous l'avez devant vous dans notre déclaration, le texte de Tamara, alors vous n'avez pas besoin que je vous le récite, lança-t-il d'un ton agressif. Vous pouvez le lire vous-même autant que vous voulez. Et j'imagine que vous l'avez déjà fait.

– Oui mais quand même, Perry, rétorqua Luke. Si ça ne vous dérange pas. Pour que tout soit dit, en quelque sorte. »

Luke le testait-il ? Gail le pensait. Même dans la jungle universitaire que Perry avait la ferme intention de quitter, il était réputé pour son aptitude à citer des passages entiers de littérature anglaise après une seule lecture. Sa vanité flattée, Perry se mit à réciter lentement d'un ton monocorde.

« "Dimitri Vladimirovitch Krasnov, l'homme qu'on appelle Dima, directeur pour l'Europe d'Arena Multi Global Trading Conglomerate de Nicosie, à Chypre, est prêt pour négocier, par intermédiaire de Professeur Perry Makepiece et de Madame l'avocate Gail Perkins, un arrangement profitable pour les deux parties avec les autorités de la Grande-Bretagne concernant l'autorisation de résidence permanente pour toute la famille en échange certaines informations très importantes, très urgentes, très cruciales pour la Grande-Bretagne de Sa Majesté la Reine. Les enfants et les employés vont rentrer dans environ une heure et demie. Il y a l'endroit pratique où Dima et Perry peuvent discuter bien sans risque d'être entendus. Gail va s'il vous plaît accompagner Tamara dans autre partie de la maison. *Possible qu'il y a beaucoup des micros dans cette maison.* S'il vous plaît, NOUS PAS PARLER tant que toutes les personnes sont pas rentrées des courses de crabes pour la fête."

– C'est là que le téléphone a sonné », dit Gail.

* * *

Perry se tient très droit sur sa chaise, comme au garde-à-vous, les mains toujours étalées devant lui sur la table, le dos raide mais les épaules tombantes, tandis qu'il médite sur le bien-fondé de ce qu'il s'apprête à faire. Ses mâchoires crispées dénotent une attitude de refus alors que personne ne lui a demandé quoi que ce soit qu'il ait à refuser, sauf Gail, qui le regarde d'un air implorant mais digne, du moins l'espère-t-elle, ou peut-être lui lance-t-elle plutôt un regard réprobateur, car elle ne sait plus très bien quelles expressions elle affiche.

Luke reprend la parole d'un ton léger, voire détaché, sans doute volontairement.

« Vous voyez, j'essaie de vous imaginer tous les deux, là-bas, explique-t-il avec entrain. C'est un moment vraiment extraordinaire, vous ne trouvez pas, Yvonne ? Debout, l'un à côté de l'autre, dans le vestibule, en train de lire, Perry qui tient la lettre, Gail qui la regarde par-dessus son épaule… Tous les deux littéralement frappés de mutisme. On vous balance une proposition incroyable, et vous n'êtes pas autorisés à y réagir de quelque manière que ce soit. Quel cauchemar ! Et pour Dima et Tamara, rien qu'en vous taisant, vous êtes déjà pratiquement cooptés. Aucun de vous deux n'envisage de partir en claquant la porte, je suppose. Vous êtes coincés. Physiquement et affectivement. Je me trompe ? Donc, de leur point de vue, jusqu'ici, tout va bien : vous avez donné votre accord tacite. C'est l'impression que vous projetez malgré vous. Tout à fait involontairement. Simplement en ne faisant rien, simplement parce que vous êtes là, vous entrez dans leur jeu.

– Je me suis dit qu'ils étaient complètement barjots, déclare Gail pour lui rabattre un peu son caquet. Paranos tous les deux, Luke, très franchement.

– Et quelle forme prenait leur paranoïa, au juste ? demande Luke sans fléchir.

– Qu'est-ce que j'en sais ? Pour commencer, ils s'étaient persuadés que quelqu'un avait posé des micros dans la maison. Pourquoi pas des petits hommes verts, aussi ? »

Mais Luke est plus vaillant qu'elle ne le pensait et il revient à la charge sans ménagement.

« Et c'était si invraisemblable que ça, Gail, après ce que vous aviez vu et entendu tous les deux ? Vous aviez forcément déjà compris que vous aviez un pied dans la mafia russe. Vous qui êtes une avocate expérimentée, je me permets de le rappeler. »

* * *

Un long silence suivit. Gail ne s'était pas attendue à croiser le fer avec Luke, mais s'il voulait la bagarre, qu'à cela ne tienne ! C'était quand il voulait.

« Cette prétendue expérience dont vous parlez, Luke, ne couvre hélas pas… », commença-t-elle, furieuse.

Mais Perry l'avait déjà devancée.

« Le téléphone a sonné, lui rappela-t-il doucement.

– Oui. Bon, oui, d'accord, le téléphone a sonné, concéda-t-elle. Il se trouvait à un mètre de nous. Moins. Peut-être cinquante centimètres. La sonnerie, on aurait dit une alarme incendie. On a sauté jusqu'au plafond. Pas eux, nous. Un vieux machin noir des années quarante tout en hauteur avec un cadran et un cordon spiralé, posé sur une table en rotin branlante. Dima a décroché, il a beuglé dedans en russe, et on a vu sa bouche se fendre en un sourire de lèche-cul totalement bidon. Tout chez lui allait contre sa volonté : sourires forcés, rires forcés, gaieté forcée, des “oui, monsieur”, “non, monsieur” en veux-tu en voilà, et je voudrais bien vous étrangler à mains nues. Et, tout ce temps, les yeux rivés sur Tamara la foldingue qui lui dictait ses réponses. Et l'index encore devant les lèvres, qui nous disait pas de bruit, s'il vous plaît, pendant toute la conversation. C'est bien ça, Perry ? » lança-t-elle, en évitant soigneusement de regarder Luke.

C'était bien ça.

« Voilà les gens dont ils ont peur, je me suis dit, et ils veulent que nous aussi, on ait peur d'eux. Et c'est Tamara qui mène la danse, elle hoche la tête, elle secoue la tête, avec ses joues fardées et tout et tout, on dirait la gorgone Méduse quand elle est hyper contrariée. Le portrait est fidèle, Perry ?

– Chargé, mais fidèle, concéda gauchement Perry avant de lui faire, Dieu merci, un vrai sourire éclatant, quoique coupable.

– Et ce fut le premier des nombreux appels de la soirée, je crois ? suggéra prestement Luke en les regardant à tour de rôle de ses yeux vifs mais étrangement inexpressifs.

– Il a dû y en avoir une demi-douzaine dans le laps de temps qui s'est écoulé avant le retour de la famille, confirma Perry. Toi aussi, tu les as entendus, hein ? lança-t-il à Gail. Et ça, ce n'était que le début. Pendant tout le temps où j'ai été enfermé avec Dima, on a entendu le téléphone sonner, et alors Tamara venait chercher Dima en hurlant ou bien Dima se levait d'un bond et courait répondre lui-même, tout en jurant en russe. S'il y avait d'autres postes dans la maison, je ne les ai pas vus. Plus tard dans la soirée, il m'a dit que les portables ne fonctionnaient pas là-haut à cause des arbres et des falaises, et que c'était pour ça que tout le monde l'appelait sur le fixe. Je ne l'ai pas cru. J'ai pensé qu'on voulait le localiser et que le meilleur moyen de s'y prendre c'était d'appeler la maison sur un vieux téléphone fixe.

– "On" ?

– Les gens qui ne lui faisaient pas confiance et à qui lui ne faisait pas confiance. Les gens auxquels il est lié et qu'il déteste. Les gens dont ils ont peur et dont, par conséquent, nous aussi, on doit avoir peur. »

Autrement dit, songea Gail, les gens sur qui Perry, Luke et Yvonne ont le droit de savoir des choses et pas moi. Les gens dont il est question dans « notre » déclaration de merde, qui n'est pas la nôtre.

« Et c'est là que vous et Dima vous retirez dans votre "endroit pratique", où vous pouvez parler sans risque d'être entendus, suggéra Luke.

– En effet.

– Et vous, Gail, vous êtes partie faire mieux connaissance avec Tamara.

– Faire mieux connaissance, ben tiens !

– Mais vous y êtes allée.

– Dans un salon ringard qui puait la pisse de chauves-souris. Avec un écran plasma qui montrait la grand-messe orthodoxe en russe. Elle ne se séparait pas de sa gamelle.

– Sa gamelle ?

– Perry ne vous l'a pas dit, dans notre déclaration commune que je n'ai pas vue ? Tamara trimballait partout un sac à main en métal noir. Quand elle le posait, ça faisait un bruit métallique dedans. Je ne sais pas où les femmes mettent leur flingue dans la société normale, mais j'ai eu l'impression qu'elle nous faisait un coup à la oncle Vanya. »

Si ça doit être mon chant du cygne, autant y aller à fond.

« La télé occupait la majeure partie d'un mur, et les autres étaient couverts d'icônes. Format voyage. Avec des cadres très décorés pour un petit supplément de sainteté. Des saints mâles, pas de vierges. Là où va Tamara, ses saints la suivent, du moins, c'est ce que j'ai pensé. J'ai une tante comme ça, une ancienne prostituée convertie au catholicisme. Chacun de ses saints a une tâche attitrée. Si elle perd ses clés, c'est Antoine ; si elle prend le train, c'est Christophe ; s'il lui manque un peu d'argent, c'est Marc ; si un parent est malade, c'est François, et, si c'est trop tard, saint Pierre. »

Un blanc. Le trou. La mauvaise actrice ringardisée et sans emploi.

« Et le reste de la soirée, en deux mots, Gail ? demanda Luke, qui ne consulta pas sa montre mais tout juste.

– Un vrai bonheur, merci. Pour les adultes, caviar Beluga, homard, esturgeon fumé, la vodka qui coule à flots, de brillants toasts interminables dans un russe pâteux, et puis un beau gâteau d'anniversaire nappé d'immondes nuages de fumée de cigarettes russes si bonnes pour la santé, du bœuf de Kobe, une partie de cricket sous les projecteurs du jardin, un steel band en continu que personne n'écoute, un feu d'artifice que personne ne regarde, une baignade d'ivrognes pour les derniers à tenir debout, et retour au bercail avant minuit pour un réjouissant débriefing autour d'un dernier verre. »

* * *

Yvonne fait apparaître sa toute dernière pile de photos. Veuillez identifier toute personne que vous pensez reconnaître de la fête, débite-t-elle machinalement.

Lui, et lui, dit Gail, en pointant du doigt avec lassitude.

Et celui-ci aussi, non ? ajoute Perry.

Oui, Perry, lui aussi. Merde, encore un « lui ». Chez les mafieux russes, l'égalité des sexes, c'est pas pour demain.

Silence tandis qu'Yvonne met un point final à une autre de ses notes méticuleuses et pose son crayon. Merci, Gail, vous nous avez beaucoup aidés. Pour signaler à ce petit don juan de Luke qu'il doit abréger. Trancher dans le vif, c'est plus humain.

« Gail, je suis désolé mais nous devons vous libérer. Vous avez été extrêmement coopérative, un témoin formidable, et nous pouvons voir tout le reste avec Perry. Nous vous sommes tous les deux très reconnaissants. Merci. »

Elle se retrouve debout devant la porte sans trop savoir comment elle est arrivée là. Yvonne est à ses côtés.

« Perry ? »

Lui répond-il ? Il faut croire que non. Elle monte l'escalier avec Yvonne, sa geôlière, sur les talons. Dans le vestibule au luxe tapageur, le grand Ollie, notre cockney aux intonations étrangères, replie son journal russe, s'extirpe de son fauteuil et, s'arrêtant un instant devant un miroir ancien, ajuste soigneusement son béret des deux mains.

5

« Je vous raccompagne jusqu'à la porte, Gail ? proposa Ollie à travers la vitre intérieure de son taxi en pivotant sur son siège.

– Ça va, merci.

– Non, ça n'a pas l'air d'aller, Gail. Je vous le dis comme je le sens. Vous avez l'air contrariée. Vous voulez que je vienne prendre une tasse à thé avec vous ? »

Une tasse à thé ? Ou une tasse de thé, plutôt ?

« Non, merci, ça va. J'ai juste besoin de dormir.

– Rien de tel qu'un petit roupillon pour se remettre d'aplomb, pas vrai ?

– C'est vrai, rien de tel. Bonne nuit, Ollie. Merci de m'avoir ramenée. »

Elle traversa la rue et attendit qu'il démarre, mais en vain.

« Vous avez oublié votre sac à main, mon petit ! »

En effet. Elle était furieuse contre elle-même, et furieuse contre Ollie parce qu'il avait attendu qu'elle soit sur le pas de sa porte pour foncer derrière elle. Elle marmonna quelques mots de remerciement et se traita d'idiote.

« Oh, vous excusez pas, Gail, je suis bien pire. Si elle était pas attachée, j'oublierais jusqu'à ma tête. Vous êtes sûre sûre, mon petit ? »

Sûre de rien du tout, en fait, *mon petit*. Pas en ce moment précis. Pas sûre du tout que vous soyez un maître espion ou juste un sous-fifre. Pas sûre des raisons pour lesquelles vous portez des lunettes à verres très épais pour vous rendre à Bloomsbury en plein jour, et pas de lunettes pour revenir quand il fait nuit noire.

Ou alors est-ce parce que vous, les espions, vous n'y voyez bien que dans l'obscurité ?

* * *

L'appartement qu'elle avait cohérité de feu son père était en fait un duplex occupant les deux derniers étages d'une jolie maison victorienne blanche en alignement, dans ce style qui donnait tout son charme à Primrose Hill. Son frère, l'arriviste qui tuait des faisans avec ses riches amis, en possédait l'autre moitié. Dans une cinquantaine d'années, si l'alcool n'avait pas eu raison de lui d'ici là et si Perry et Gail étaient encore ensemble, ce dont elle doutait en ce moment, ils lui auraient entièrement racheté sa part.

Le hall d'entrée empestait la fondue bourguignonne du numéro 2 et résonnait des querelles et téléviseurs des autres locataires. Le VTT que Perry laissait là pour ses visites du week-end se trouvait comme d'habitude dans le passage, attaché par une chaîne à la descente d'eau. Elle l'avait pourtant prévenu qu'un jour, un voleur entreprenant allait arracher la descente d'eau avec. Perry adorait monter jusqu'à Hampstead Heath à 6 heures du matin et dévaler à toute allure les chemins interdits aux vélos.

Le tapis qui recouvrait les quatre étroites volées de marches menant à sa porte était usé jusqu'à la corde, mais le locataire du rez-de-chaussée ne voyait aucune raison de participer et les deux autres ne voulaient pas payer tant que lui s'y refusait, et Gail, la juriste maison bénévole, était censée trouver un compromis, mais, comme toutes les parties campaient obstinément sur leurs positions, où diable irait-elle chercher un compromis ?

Ce soir, toutefois, elle acceptait le tout avec gratitude : qu'ils se querellent et passent leur horrible musique en boucle, qu'ils la fassent profiter de toute leur normalité parce que, bon sang, s'il y a bien une chose dont elle avait besoin, c'était de normalité. Qu'on la sorte du bloc opératoire et qu'on l'emmène en réanimation. Qu'on lui dise : le cauchemar est terminé, chère Gail, plus de bas-bleus écossais à la voix douce ou de petits espiocrates à l'accent d'Eton, plus de fillettes orphelines, de Natashas belles à tomber, d'oncles équipés de pistolets, de Dimas et de Tamaras, et Perry Makepiece, mon amant providentiel, l'éternel innocent, n'est pas sur le point de se draper dans la bannière sacrificielle en raison de son amour orwellien pour une Angleterre disparue, de son admirable quête du Relationnel avec un grand R (la relation avec quoi, grands dieux ?) ou de sa forme toute personnelle de vanité puritaine inversée.

Dans l'escalier, ses genoux se mirent à trembler.

Au premier petit palier de repos, ils tremblaient encore plus.

Au second, ils tremblaient tant qu'elle dut s'appuyer contre le mur jusqu'à ce qu'ils se stabilisent.

Et dans la dernière volée de marches, il lui fallut se hisser en se tenant à la rampe pour arriver à sa porte avant que la minuterie ne s'arrête.

Debout dans la minuscule entrée, le dos appuyé à la porte fermée, elle tendit l'oreille et huma l'air pour détecter une éventuelle odeur d'alcool, de transpiration ou de fumée de cigarette refroidie, voire les trois, car c'était ainsi que, deux mois auparavant, elle avait su qu'on l'avait cambriolée avant même d'avoir monté l'escalier intérieur en colimaçon pour découvrir qu'on avait pissé sur son lit, éventré ses oreillers et barbouillé son miroir de messages orduriers écrits au rouge à lèvres.

Ce fut seulement après avoir intensément revécu ce moment qu'elle ouvrit la porte de la cuisine, suspendit son manteau, vérifia la salle de bains, alla aux toilettes, se servit un grand verre de rioja, en but une lampée, le remplit de nouveau à ras bord et l'emporta au salon d'un pas chancelant.

* * *

Debout, pas assise. Elle a eu sa dose de passivité assise pour toute une vie, merci beaucoup.

Debout devant la fausse cheminée en pin de style géorgien installée en kit par un précédent propriétaire, elle regarde fixement la haute fenêtre à guillotine devant laquelle se tenait Perry il y a six heures : Perry, légèrement incliné, tel un oiseau géant de plus de deux mètres, scrutant la rue en contrebas dans l'attente d'un taxi noir ordinaire au lumineux éteint, derniers chiffres sur la plaque d'immatriculation : 73, et le nom de votre chauffeur sera Ollie.

Pas de rideaux sur nos fenêtres à guillotine, juste des volets. Perry, qui préfère les vitres nues, mais qui paiera sa part des rideaux si Gail y tient vraiment. Perry, qui est contre le chauffage central, mais qui a toujours peur qu'elle n'ait pas assez chaud. Perry, qui décrète qu'on n'aura qu'un enfant en raison de la surpopulation mondiale et qui, l'instant d'après, en veut six par retour du courrier. Perry, qui, à la seconde où ils atterrissent en Angleterre au retour de leurs vacances inoubliables foutues en l'air, se précipite à Oxford, se retire dans ses pénates et, pendant cinquante-six heures, envoie des SMS cryptiques du front :

> Déclaration presque terminée... Ai pris les contacts nécessaires... Arriverai à Londres à la mi-journée... STP, laisse la clé sous le paillasson...

« Il a dit qu'ils avaient une unité spéciale pour ça, pas le tout-venant, lui explique-t-il en regardant passer les taxis.

– Qui ça, il ?

– Adam.

– Le type qui t'a rappelé ? Cet Adam-là ?

– Oui.

– C'est son nom de famille ou son prénom ?

– Je ne le lui ai pas demandé et il ne me l'a pas dit. Ils ont leur propre organisation pour les affaires comme celle-ci. Une maison à eux. Il ne voulait pas dire où au téléphone. Le chauffeur de taxi saurait.

– Ollie.

– Oui.

– Des affaires comme quoi, en fait ?

– Comme la nôtre. C'est tout ce que je sais. »

Un taxi noir passe, mais son signal est allumé. Ce n'est donc pas un taxi d'espion. C'est un taxi normal, conduit par un homme qui n'est pas Ollie. Une fois de plus déçu, Perry se retourne contre elle.

« Écoute, qu'est-ce que tu voudrais que je fasse ? Si tu as une meilleure idée, vas-y. Tu n'arrêtes pas de critiquer depuis qu'on est rentrés en Angleterre.

– Et toi, tu n'arrêtes pas de me tenir à distance. Et aussi de me traiter comme un bébé. Du sexe faible, en plus. J'avais oublié ça. »

Il a repris son guet à la fenêtre.

« Il n'y a qu'Adam qui ait lu ta lettre-déclaration-rapport-avec-témoignage-joint ? demande-t-elle.

– Ça m'étonnerait. Et je parierais que son nom n'est pas Adam. Il a dit ça comme un mot de passe.

– Ah bon ? Et comment il s'y est pris ? »

Elle essaie diverses manières de dire *Adam* comme un mot de passe, mais Perry n'entre pas dans le jeu.

« Tu es sûr qu'Adam est un homme, oui ? Pas une femme avec la voix grave ? »

Pas de réponse. Elle s'en doutait.

Il passe encore un taxi. Toujours pas le nôtre. Et comment on s'habille pour jouer les espions, ma chérie ? aurait dit sa mère. En se maudissant de s'être même posé la question, elle a troqué sa tenue de bureau pour une jupe, un chemisier à col montant et des chaussures confortables, rien qui puisse titiller les hormones – sauf celles de Luke, mais comment aurait-elle pu deviner ?

« Il est peut-être coincé dans les embouteillages, suggère-t-elle, toujours sans obtenir de réponse, ce qui est bien fait pour elle. Enfin bref, pour résumer, tu as donné la lettre à un dénommé Adam, et un dénommé Adam l'a reçue. Sinon, il ne t'aurait pas téléphoné, j'imagine. »

Elle est agaçante, et elle le sait. Lui aussi.

« Combien de pages ? enchaîne-t-elle. Notre déclaration secrète ? Enfin, ta déclaration.

– Vingt-huit.

– Manuscrites ou tapées ?

– Manuscrites.

– Pourquoi tu ne les as pas tapées ?

– J'ai estimé que c'était plus sûr d'écrire à la main.

– Vraiment ? Et sur le conseil de qui ?

– De personne, à ce moment-là. Dima et Tamara étaient persuadés qu'il y avait des micros dans tous les coins, alors j'ai décidé de tenir compte de leurs angoisses et de ne rien faire de… d'électronique. Ça peut être intercepté.

– Ce n'était pas un peu parano ?

– Certainement, si. On est tous les deux paranos. Et Dima et Tamara aussi. On est tous paranos.

– Alors, on assume. Soyons paranos tous ensemble ! »

Pas de réponse. Et cette petite idiote de Gail essaie un autre angle d'attaque.

« Tu veux bien me dire comment tu as pris contact avec M. Adam, au départ ?

– C'est à la portée de tout le monde. Ce n'est pas un problème, de nos jours. On peut le faire par Internet.

– Tu l'as fait par Internet, toi ?

– Non.

– Tu te méfiais d'Internet ?

– Oui.

– Et moi, tu te méfies de moi ?

– Bien sûr que non.

– On me fait tous les jours des confidences hallucinantes. Tu le sais, ça ?

– Oui.

– Et tu m'as déjà entendue régaler nos amis des secrets de mes clients quand on les invite à dîner ?

– Non. »

Remettons-en une couche.

« Tu sais aussi qu'en tant que jeune avocate installée à son compte qui rame et qui s'angoisse de ne jamais savoir d'où viendra ou ne viendra pas l'affaire suivante, je me méfie par profession des dossiers mystérieux qui n'offrent aucune perspective de prestige ou de rémunération.

– Personne ne te parle de dossier, Gail. Personne ne te demande rien d'autre que de témoigner.

– Ça constitue un dossier, pour moi. »

Encore un taxi, encore un silence. Un silence tendu.

« Enfin, au moins, M. Adam nous a invités tous les deux, lance-t-elle d'un ton délibérément pétulant. Je croyais que tu m'avais complètement effacée de ta déclaration. »

C'est alors que Perry redevient Perry et que le poignard qu'elle tient à la main se retourne contre elle quand il la regarde avec tant d'amour blessé dans les yeux qu'elle est plus inquiète pour lui que pour elle-même.

« J'ai essayé de t'effacer, Gail. J'ai vraiment fait tout mon possible pour t'effacer. Je pensais pouvoir te protéger de toute implication, mais ça n'a pas marché. Ils tiennent à nous voir tous les deux. Dans un premier temps, en tout cas. Il a été, comment dire, inflexible, termine-t-il avec un rire piteux. Comme tu le serais pour des témoins. "Si vous étiez là-bas tous les deux, alors, il est évident que vous devez venir tous les deux." Je suis vraiment désolé. »

Et il l'est. Elle sait qu'il l'est. Le jour où Perry saura tricher avec ses émotions, Perry ne sera plus Perry.

Et elle est aussi désolée que lui. Plus encore. Elle est dans ses bras en train de le lui dire quand un taxi noir au lumineux éteint, dont les deux derniers numéros sont 73, arrive dans la rue, et une voix d'homme à l'accent presque cockney les informe, par l'interphone, qu'il s'appelle Ollie et doit récupérer deux passagers pour Adam.

* * *

Et maintenant, elle se retrouve de nouveau exclue. Débriefée, déboutée, débarquée.

La bonne petite épouse qui attend que son homme rentre à la maison et qui se ressert une bonne dose de rioja pour tenir le coup.

D'accord, tout ça figurait depuis le début dans ce contrat débile qu'elle n'aurait jamais dû se laisser imposer par Perry. Mais cela n'impliquait pas qu'elle devait rester assise à se tourner les pouces, et elle n'en avait donc rien fait.

Le matin même, à l'insu de Perry, qui attendait docilement au salon d'entendre la Voix d'Adam, elle s'était affairée à son ordinateur au cabinet et, pour une fois, ce n'était pas sur l'affaire *Samson contre Samson* qu'elle travaillait.

Qu'elle ait attendu d'arriver au bureau plutôt que d'utiliser son ordinateur portable à la maison, le simple fait qu'elle ait même attendu, restait pour elle un mystère, voire une raison de culpabiliser. À mettre sur le compte de l'atmosphère de complot généralisée instillée par Perry.

Qu'elle soit encore en possession de la carte de visite aux bords non ébarbés de Dima était un crime pendable puisque Perry lui avait dit de la détruire.

Qu'elle ait utilisé l'ordinateur, et soit donc susceptible d'interception, se révélait aussi maintenant un crime pendable. Mais, comme Perry ne l'avait pas informée au préalable de cette composante spécifique de sa paranoïa, il lui serait difficile de se plaindre.

Arena Multi Global Trading Conglomerate, de Nicosie, à Chypre, l'informait le site web dans un anglais bourré de fautes, était une société de conseil dédiée aux gestions d'actifs. Le siège social se trouvait à Moscou et il y avait des bureaux à Toronto, Rome, Berne, Karachi, Francfort, Budapest, Prague, Tel-Aviv et Nicosie. Aucun à Antigua, en revanche. Et aucune mention d'une banque avec une plaque en laiton :

> Arena Multi Global Trading Conglomerate assure à ses clients confidentialité et compétance [*mal orthographié*] fonctionelle [*avec un seul « n »*] à tous les niveaux. Nous leur offrons des

oportunités [*avec un seul « p »*] exceptionnelles et des solutions d'investissement [*sans faute d'orthographe*] privées. Note : cette page web est en cours de maintenance. Pour de plus amples renseignements, s'adresser au bureau de Moscou.

Ted était un Américain célibataire qui travaillait comme vendeur à terme chez Morgan Stanley. De son cabinet, elle l'avait appelé.

« Gail, ma chérie !

– Un truc qui s'appelle Arena Multi Global Trading Conglomerate. Tu peux creuser un peu pour moi ? »

Creuser ? Ted savait creuser comme personne. Dix minutes plus tard, il était de nouveau en ligne.

« Tes copains russkoffs, là…

– Russkoffs ?

– Ils sont comme moi : chauds bouillants et riches comme un pudding anglais.

– Riches à quel point ?

– Va-t'en savoir, mais ça a l'air énorme. Plus de cinquante filiales, toutes avec des résultats d'exploitation au top. Tu t'es mise au blanchiment d'argent, Gail ?

– Comment t'as deviné ?

– Ces Russkoffs de mes deux, ils font tourner l'argent si vite entre eux que plus personne ne sait à qui il appartient ni pendant combien de temps. C'est tout ce que j'ai trouvé pour toi, mais ça m'a coûté un bras. Tu m'aimeras toute la vie ?

– Je vais y réfléchir, Ted. »

Elle avait ensuite sollicité Ernie, l'assistant juridique du cabinet, un sexagénaire plein de ressource. Elle avait attendu l'heure du déjeuner pour que la voie soit libre.

« Ernie, j'ai un service à vous demander. Il paraît qu'il y a un site de chat honteux qu'on va consulter quand on veut se renseigner sur les sociétés de nos très respectables clients. Je suis atrocement choquée et j'ai besoin que vous y alliez pour moi. »

Une demi-heure plus tard, Ernie lui remettait un florilège des échanges honteux au sujet d'Arena Multi Global Trading Conglomerate.

Salut, les enfoirés ! Quelqu'un a une idée de qui dirige ce bazar ? Ils changent de PDG comme de chemise. P. BROSNAN

Lis, note, apprends et médite les sages paroles de Maynard Keynes : Les marchés peuvent rester irrationnels plus longtemps que vous ne pouvez rester solvable. Enfoiré toi-même. R. CROW

Mais qu'est-ce qu'ils branlent sur le site de MGTC ? Ça bloque. B. PITT

Le site de MGTC bloque mais ne se rend pas. La merde remonte toujours à la surface. Attention à vous, les enfoirés. M. MUNROE

Mais je voudrais vraiment savoir. Ces gars me courent après comme s'ils avaient le feu aux fesses, et après ils me plantent, tout émoustillé et frustré. P.B.

Salut, les gars ! Je viens d'apprendre que MGTC a ouvert un bureau à Toronto. R.C.

Un bureau ? Tu déconnes ! C'est un putain de night-club russe, mon vieux. Avec stripteaseuses, Stolichnaya et bortsch. M.M.

Salut, enfoiré, c'est encore moi. Le bureau qu'ils ont ouvert à Toronto, c'est celui qu'ils ont fermé en Guinée équatoriale ? Si c'est ça, tous aux abris ! Casse-toi de suite, vieux ! R.C.

Arena Multi Global Fucking Truc donne zéro résultat sur Google. Je répète : zéro. On nage tellement dans l'amateurisme que j'en ai des palpitations. P.B.

Au fait, tu crois en l'au-delà ? Sinon, c'est le moment de t'y mettre. Tu vas glisser sur la plus grosse peau de Bananeski du monde du blanchiment. Info garantie. M.M.

Ils avaient l'air vachement intéressés par moi. Et là, pof. P.B.

Évite-les comme la peste. R.C.

* * *

Elle est à Antigua, transportée là par un autre verre de rioja qu'elle s'est servi dans la cuisine.

Elle écoute le pianiste au nœud papillon mauve susurrer du Simon and Garfunkel à un vieux couple d'Américains vêtus de coutil qui tournoie seul sur la piste de danse.

Elle évite les regards de beaux serveurs qui n'ont rien d'autre à faire que la déshabiller des yeux. Elle entend la veuve texane de soixante-dix ans qui en est à son millième lifting demander à Ambrose de lui apporter du vin rouge pourvu qu'il ne soit pas français.

Elle est debout sur le court de tennis, où elle échange sa première poignée de main timide avec un taureau de combat chauve qui dit s'appeler Dima. Elle revoit les yeux marron réprobateurs, la mâchoire d'acier et le torse rigide penché vers l'arrière façon Eric von Stroheim.

Elle est dans le sous-sol de Bloomsbury, elle, la compagne de Perry pour la vie soudain devenue son excédent de bagages, indésirable pour ce voyage. Elle est assise avec trois personnes qui, grâce à « notre » déclaration et à tout ce que Perry a bien pu leur raconter entre-temps, en savent beaucoup plus long qu'elle.

Elle est assise seule dans le salon de son enviable résidence de Primrose Hill, à minuit et demi, avec le dossier *Samson contre Samson* sur les genoux et un verre vide à côté d'elle.

Elle se lève d'un bond (oh là, attention !), grimpe l'escalier en colimaçon pour aller dans sa chambre, fait le lit, suit à la trace les vêtements sales de Perry qui jonchent le sol jusqu'à la salle de bains, les fourre dans le panier à linge. Cinq jours qu'il ne m'a pas fait l'amour. Est-ce qu'on va battre un record ?

Elle redescend, marche après marche, une main tendue pour se stabiliser, et la voilà de retour devant la fenêtre, à regarder la rue en priant pour que son homme rentre à la maison dans un taxi noir dont les deux derniers chiffres sont 73. Elle est assise tout contre Perry sous les étoiles de minuit dans le monospace aux vitres noires qui bringuebale tandis que Bébé Cadum, le garde du corps aux cheveux blonds coupés court et au poignet orné d'une gourmette en or, les ramène à leur hôtel après les festivités d'anniversaire à Three Chimneys.

« Vous passer bonne soirée, Gail ? »

C'est votre chauffeur qui vous parle. Jusque-là, Bébé Cadum n'a pas laissé paraître qu'il parle anglais. Quand Perry l'a défié devant le court de tennis, il n'a pas dit un mot d'anglais. Alors pourquoi se découvre-t-il maintenant ? se demande-t-elle, plus vigilante que jamais.

« Une soirée fabuleuse, merci, déclare-t-elle avec la voix de son père, répondant pour Perry, qui semble être devenu sourd. Absolument merveilleuse. Je suis si heureuse pour ces deux magnifiques garçons.

– Je m'appelle Niki, OK ?

– OK. Parfait. Bonsoir, Niki, dit Gail. Vous venez d'où ?

– De Perm, en Russie. Une jolie ville. Perry, s'il vous plaît ? Vous passer la bonne soirée aussi ? »

Gail est sur le point de donner un coup de coude à Perry quand il se réveille tout seul.

« Formidable, Niki, merci. Un dîner fantastique. Des gens vraiment sympathiques. Super. La meilleure soirée de nos vacances jusqu'ici. »

Pas mal pour un débutant, pense Gail.

« Quelle heure vous arrivez à Three Chimneys ? demande Niki.

– On a failli ne pas arriver du tout, Niki ! s'exclame Gail en pouffant pour couvrir l'hésitation de Perry. Pas vrai, Perry ? On a pris le sentier naturel, et on a dû se tailler un chemin à travers les broussailles ! Où avez-vous appris à parler si bien anglais, Niki ?

– Boston, dans le Massachusetts. Vous avez un couteau ?

– Un couteau ?

– Pour tailler les broussailles, il faut un grand couteau. »

Ces yeux inexpressifs dans le rétroviseur, qu'ont-ils vu ? Que voient-ils maintenant ?

« J'aurais bien voulu ! s'écrie Gail, toujours dans la peau de son père. Hélas, nous, les Anglais, nous ne sortons pas armés de couteaux, en général. »

Mais c'est quoi, ces conneries que je raconte ? Peu importe. Continue.

« Enfin, pour tout dire, certains Anglais sortent armés de couteaux, mais pas les gens comme nous. On n'est pas de cette classe sociale-là. Vous avez entendu parler de notre système de classes ? Eh bien, en Angleterre, il n'y a que les classes populaires ou en dessous qui ont des couteaux ! »

Et encore quelques éclats de rire qui leur permettent d'atteindre le rond-point et de prendre l'allée menant à l'entrée principale.

Hébétés, ils avancent avec précaution comme deux étrangers entre les hibiscus éclairés jusqu'à leur bungalow. Perry ferme la porte derrière eux, la verrouille, mais n'allume pas la lumière. Ils sont debout, face à face, de chaque côté du lit, dans l'obscurité. Pendant une éternité, aucun son. Ce qui ne signifie pas que Perry ne sait pas ce qu'il va dire.

« J'ai besoin de papier pour écrire, et toi aussi », dit-il du ton « c'est moi le patron » qu'il réserve en temps normal, suppose-t-elle, aux étudiants dévoyés qui n'ont pas remis leur devoir hebdomadaire.

Il tire les stores et allume ma lampe de chevet faiblarde, laissant le reste de la pièce dans l'obscurité.

Il ouvre d'un coup sec le tiroir de *ma* table de nuit et en sort un bloc jaune qui est à moi, lui aussi, et sur lequel sont couchées mes brillantes réflexions sur *Samson contre Samson*, ma première affaire en tant qu'associée d'un grand avocat de la Couronne, mon tremplin vers la gloire et la fortune.

Ou pas.

Il arrache les pages sur lesquelles j'ai noté les perles de ma sagesse juridique, les fourre dans le tiroir, déchire en deux ce qui reste de mon bloc jaune et m'en donne une moitié.

« Je vais là-bas, dit-il en me montrant la salle de bains. Toi, tu restes ici. Assieds-toi au bureau et écris tout ce que tu te rappelles. Tout ce qui s'est passé. Je vais faire la même chose. Ça te va ?

– Et pourquoi on ne resterait pas tous les deux dans cette pièce ? Bon Dieu, Perry, j'ai une trouille bleue. Pas toi ? »

Même mis à part un désir très compréhensible d'être avec lui, ma question est tout à fait rationnelle. Dans notre bungalow, outre un lit de la taille d'un terrain de rugby dont nous avons fait ample usage, il y a un bureau, deux fauteuils et une table. Perry a peut-être eu son tête-à-tête avec Dima, mais moi, alors ? Bouclée avec cette cinglée de Tamara et ses saints barbus ?

« À témoins multiples, témoignages multiples, décrète Perry en se dirigeant vers la salle de bains.

– Perry, arrête ! Reviens ! Reste ici ! Merde à la fin ! C'est moi la juriste ici, pas toi. Qu'est-ce que Dima t'a raconté ? »

Rien, à en juger par son visage soudain fermé.

« Perry ?

– Quoi ?

– Putain, Perry, c'est moi, Gail ! Tu te rappelles ? Allez, assieds-toi là et raconte à la dame ce que Dima a bien pu te dire pour que tu te transformes en zombie. D'accord, ne t'assieds pas et dis-le-moi debout. C'est quoi ? La fin du monde ? Dima est un travelo ? Qu'est-ce qui s'est passé entre vous que je n'ai pas le droit de savoir, bordel ? »

Un tressaillement. Un tressaillement visible. Suffisamment pour me donner des raisons d'être optimiste. À tort.

« Je ne peux pas.

– Tu ne peux pas quoi ?

– T'impliquer là-dedans.

– N'importe quoi ! »

Un deuxième tressaillement. Sans plus d'effets que le premier.

« Tu m'écoutes, Gail ? »

Qu'est-ce que tu crois que je fous, là ? Que je te chante Le Mikado *?*

« Tu es une bonne avocate et tu as une carrière magnifique devant toi.

– Merci.

– Ta grosse affaire tombe dans deux semaines. Je résume bien les choses ? »

Oui, Perry, tu résumes bien les choses. Une carrière magnifique m'attend, sauf si on décide d'avoir six enfants, et l'audience de Samson contre Samson *est fixée dans quinze jours, mais il y a peu de chances que je puisse glisser un mot, ou alors je connais mal mon patron.*

« Tu es l'étoile montante d'un prestigieux cabinet. Tu bosses comme une brute. Tu me l'as dit assez souvent. »

Ça oui, c'est vrai. Je suis horriblement surmenée. Pour une jeune avocate, c'est le rêve. On vient d'endurer la pire soirée de notre vie, de loin, et toi, qu'est-ce que tu essaies de me dire avec ta gueule d'enterrement, là ? Perry, tu ne peux pas faire ça ! Reviens ! Elle se contente de le penser, mais n'a plus de mots pour le dire.

« On trace une ligne, une ligne blanche. Tout ce que Dima m'a raconté me regarde. Ce que Tamara t'a raconté te regarde. Et on ne franchit pas la ligne blanche. On applique le secret professionnel.

– Tu es en train de me dire que Dima est ton client, maintenant ? lance-t-elle en ayant soudain retrouvé la parole. T'es aussi givré qu'eux.

– J'utilise une métaphore juridique. Prise dans ton monde, pas dans le mien. Je suis en train de te dire que Dima est mon client et Tamara, ta cliente. Virtuellement.

– Tamara n'a pas parlé, Perry. Elle n'a pas décroché le moindre mot. Pour elle, même les piafs sont équipés de micros, dans le coin. Elle était régulièrement prise du besoin d'adresser une prière en russe à l'un de ses protecteurs barbus. Dans ces moments-là, elle me faisait signe de m'agenouiller à côté d'elle, et je m'exécutais. Je ne suis plus une athée anglicane, je suis une athée orthodoxe russe, maintenant. À part ça, il s'est passé que dalle entre Tamara et moi, rien que je ne sois prête à partager avec toi dans les moindres détails, comme je viens de le faire. Ma principale angoisse, c'était qu'elle me morde jusqu'à m'arracher la main. Ça n'est pas arrivé. Mes deux mains sont intactes. À ton tour, maintenant.

– Désolé, Gail, je ne peux pas.

– Pardon ?

– Je ne dirai rien. Je refuse de t'embringuer dans cette affaire plus que tu ne l'es déjà. Je veux que tu restes en dehors, par sécurité.

– Tu veux ?

– Non, ce n'est pas que je veux, j'exige, et je ne me laisserai pas convertir. »

Convertir ? C'est Perry qui parle ? Ou le prédicateur enflammé de Huddersfield qui lui a légué son nom ?

« Je suis très sérieux », ajoute-t-il pour le cas où elle en douterait.

Perry se métamorphose alors en un autre Perry. Mon Jekyll bien-aimé et volontaire se mue en un Mr Hyde à la solde des services secrets britanniques qui me plaît infiniment moins.

« Tu as aussi parlé à Natasha, j'ai vu. Pendant pas mal de temps.

– Oui.

– Vous étiez seules.

– Pas seules, non. Il y avait deux petites filles avec nous, mais elles dormaient.

– Donc seules, dans les faits.

– C'est un crime ?

– Natasha est une source.

– Une quoi ?

– Elle t'a parlé de son père ?

– Pardon ?

– J'ai dit : est-ce qu'elle t'a parlé de son père ?

– Joker.

– Je ne plaisante pas, Gail.

– Moi non plus. Du tout. Alors joker, et soit tu t'occupes de tes oignons, soit tu me dis ce que Dima t'a raconté.

– Elle t'a parlé de ce que fait Dima dans la vie ? Avec qui il fricote, en qui il a confiance, de qui ils ont si peur ? Tout ce que tu peux savoir là-dessus, tu dois l'écrire aussi. Ça pourrait avoir une importance vitale. »

Sur quoi, il se retire dans la salle de bains et – honte à lui ! – ferme la porte à clé.

Pendant une demi-heure, Gail reste pelotonnée sur le balcon, le couvre-lit sur les épaules parce qu'elle est trop épuisée pour se déshabiller. Elle se rappelle la bouteille de rhum, gueule de bois garantie, s'en verse quand même une larme et s'assoupit. Elle se réveille pour voir la porte de la salle de bains ouverte et le Super Espion Perry, de guingois dans l'embrasure, qui hésite à en sortir. Il tient à deux mains, serré contre son dos, la moitié de son bloc jaune dont elle voit dépasser un coin, couvert de son écriture.

« Prends donc un verre », suggère-t-elle en lui montrant la bouteille de rhum.

Il l'ignore.

« Je suis désolé, lui dit-il, avant de s'éclaircir la gorge pour répéter : Je suis vraiment désolé, Gail. »

Envoyant valser tout orgueil et toute raison, elle se lève impulsivement d'un bond, court jusqu'à lui et le serre dans ses bras. Dans l'intérêt de la sécurité, il garde les mains derrière le dos. Elle n'a jamais vu Perry avoir peur auparavant, mais il a peur maintenant. Pas pour lui, pour elle.

* * *

Elle consulte sa montre d'un œil larmoyant. 2 h 30. Elle se lève avec l'intention de se servir un autre verre de rioja, se ravise, s'assied dans le fauteuil favori de Perry et se retrouve sous la couverture avec Natasha.

« Alors, qu'est-ce qu'il fait, ton Max ? demande-t-elle.

– Il m'aime totalement, répond Natasha. Physiquement aussi.

– Je veux dire, en dehors de t'aimer, qu'est-ce qu'il fait dans la vie ? » précise Gail en prenant soin de ne pas sourire.

Il est près de minuit. Pour échapper aux vents froids et amuser deux petites orphelines très fatiguées, Gail a fabriqué une tente avec des couvertures et des coussins à l'abri du mur d'enceinte qui ferme le jardin. Natasha apparaît, sortie de nulle part, sans son livre. D'abord, par une fente entre les couvertures, Gail reconnaît ses spartiates, prêtes à entrer en scène. Pendant plusieurs minutes d'affilée, elles restent là. Est-ce qu'elle tend l'oreille ? Est-ce qu'elle rassemble son courage ? Et pour quelle raison ? Est-ce qu'elle fomente une attaque-surprise pour amuser les enfants ? Comme Gail n'a jusqu'à présent pas échangé une seule parole avec Natasha, elle n'a aucune idée de ses motivations éventuelles.

La couverture se soulève, une spartiate entre timidement, suivie par un genou et la tête détournée de Natasha, voilée par sa longue chevelure noire. Puis une seconde sandale et le reste de sa personne. Les petites, profondément endormies, n'ont pas bougé d'un pouce. Pendant plusieurs autres minutes d'affilée, Gail et Natasha restent tête contre tête sans parler, à regarder par l'ouverture les salves de fusées déclenchées, avec une expertise troublante, par Niki et ses compagnons d'armes. Natasha frissonne. Gail tire une couverture pour les réchauffer toutes deux.

« Il semblerait que je sois enceinte depuis peu », annonce Natasha dans un anglais soigné sorti d'un roman de Jane Austen, non pas à Gail mais à des panaches fluorescents de plumes de paon qui dégoulinent du ciel.

Si vous avez la chance de recevoir les confidences d'un jeune, il est sage de garder les yeux fixés sur un même objet au loin, plutôt que de vous regarder l'un l'autre : *Gail Perkins* verbatim.

Avant de commencer ses études de droit, elle a enseigné dans une école pour enfants ayant des difficultés d'apprentissage, et c'est l'une des choses qu'elle a apprises. Et si une belle jeune fille de tout juste seize ans vous confie impromptu qu'elle pense être enceinte, la leçon est deux fois plus importante.

* * *

« À l'heure actuelle, Max est moniteur de ski, répond Natasha à la demande lancée d'un ton dégagé par Gail concernant le père putatif de l'enfant. Mais c'est temporaire. Il sera architecte et construira des maisons pour les pauvres qui n'ont pas d'argent. Max est très créatif, et aussi très sensible. »

Aucun humour dans sa voix. Le grand amour, c'est trop grave pour ça.

« Et ses parents, que font-ils ?

– Ils ont l'hôtel. C'est pour les touristes. C'est inférieur, mais Max est complètement philosophe pour les problèmes matériels.

– Un hôtel à la montagne ?

– À Kandersteg. C'est le village à la montagne, très touristique. »

Gail dit qu'elle n'est jamais allée à Kandersteg, mais que Perry y a participé à une compétition de ski.

« La mère de Max est sans culture, mais elle est sympathique et spirituelle comme son fils. Le père est complètement négatif. Un imbécile. »

Restons dans l'anodin.

« Alors Max fait partie de l'école de ski officielle, ou bien il a une pratique privée ? demande Gail.

– Max est complètement privé. Il skie seulement avec ceux qu'il respecte. Il préfère le hors-piste, c'est esthétique. Et aussi le ski sur glacier. »

C'est dans un refuge isolé, loin au-dessus de Kandersteg, qu'ils se sont abandonnés, tout surpris, à leur passion, dit Natasha.

« J'étais vierge. Et incompétente. Max est complètement attentif. C'est sa nature d'être attentif avec tout le monde. Même dans la passion, il est complètement attentif. »

Décidée à rester dans le banal, Gail demande à Natasha où elle en est dans ses études, dans quelles matières elle réussit le mieux et quels examens elle vise. Depuis qu'elle est venue vivre avec Dima et Tamara, répond Natasha, elle fréquente un internat catholique dans le canton de Fribourg, comme pensionnaire la semaine.

« Malheureusement, je ne crois pas en Dieu, mais cela n'a pas d'importance. Dans la vie, il faut souvent simuler la conviction religieuse. C'est le dessin que j'aime le mieux. Max aussi est très artiste. Peut-être étudierons-nous le dessin tous les deux à Saint-Pétersbourg ou Cambridge. C'est à décider.

– Il est catholique ?

– Dans sa pratique, Max s'adapte à la religion de ses parents. Parce que c'est un bon fils. Mais, dans son âme, il croit à tous les dieux. »

Et au lit aussi, il s'adapte à la religion de ses parents ? se retient de demander Gail.

« Alors, qui d'autre est au courant, pour Max et toi ? lance-t-elle du même ton léger et rassurant qu'elle a jusqu'à présent réussi à conserver. En dehors de ses parents, bien sûr. Ou peut-être qu'ils ne savent pas, eux non plus ?

– La situation est compliquée. Max a fait serment très, très fort qu'il ne parlera à personne de notre amour. Là-dessus, j'ai insisté.

– Pas même à sa mère ?

– La mère de Max n'est pas fiable. Elle est inhibée par des instincts bourgeois et elle est bavarde. Si ça l'arrange, elle dira à son mari, et aussi à beaucoup d'autres bourgeois.

– Et ça ferait vraiment un drame ?

– Si Dima apprend que Max est mon amant, il est possible que Dima le tue. Dima connaît bien la force physique. C'est sa nature.

– Et Tamara ?

– Tamara n'est pas ma mère, dit-elle sèchement, avec un peu de la force physique de son père.

– Et qu'est-ce que tu comptes faire si ta grossesse se confirme ? demande Gail d'un ton dégagé pendant qu'une batterie de chandelles romaines enflamme le paysage.

– Au moment de la confirmation, nous fuirons tout de suite dans un pays lointain, peut-être la Finlande. Max arrangera ça. Pour le moment, ce n'est pas commode parce qu'il est aussi guide d'été. Nous attendrons encore un mois. Peut-être que ce sera possible de faire des études à Helsinki. Peut-être que nous nous tuerons. Nous verrons. »

Gail garde la question la plus difficile pour la fin, peut-être parce que ses instincts bourgeois lui ont déjà soufflé la réponse.

« Et ton Max, il a quel âge, Natasha ?

– Trente et un ans, mais, dans son cœur, c'est un enfant. »

Comme toi, Natasha. Alors, est-ce un conte de fées que tu me racontes sous les étoiles des Caraïbes, une histoire inventée sur l'amant idéal que tu rencontreras un jour ? Ou bien as-tu vraiment couché avec un salopiaud de skieur à la con de trente et un ans qui ne dit rien à sa maman ? Parce que, si c'est le cas, tu as frappé à la bonne porte.

Gail était à l'époque un peu plus âgée, mais à peine. Dans son cas, le garçon n'était pas un skieur à la con mais un métis sans le sou exclu du lycée local et dont les parents divorcés vivaient en Afrique du Sud. Il y avait trois ans que la mère de Gail avait quitté le nid familial sans laisser d'adresse. Son alcoolique de père, loin de représenter une menace physique, était à l'hôpital, en train de mourir d'une maladie du foie. Gail avait emprunté de l'argent à des amies pour subir un avortement à risques et n'avait jamais rien dit au garçon.

Et, jusqu'à ce soir, elle n'est pas arrivée à en parler à Perry non plus. Les choses étant ce qu'elles sont, elle se demande si elle lui en parlera jamais.

* * *

Du sac qu'elle a failli oublier dans le taxi d'Ollie, Gail sort son mobile pour voir s'il y a de nouveaux messages. Elle n'en trouve aucun et relit les anciens. Ceux de Natasha sont en majuscules pour plus d'effet dramatique. Il y en a eu quatre en une seule semaine :

> J'AI TRAHI MON PÈRE JE SUIS HONTE.
>
> HIER, NOUS ENTERRONS MISHA ET OLGA DANS BELLE ÉGLISE
> PEUT-ÊTRE JE LES RETROUVE BIENTÔT.
>
> S'IL VOUS PLAÎT, INFORMEZ-MOI QUAND C'EST NORMAL
> VOMIR LE MATIN ?

Et la réponse de Gail, sauvegardée dans sa boîte :

> En gros les trois premiers mois, mais si tu es malade,
> vois un médecin DE SUITE, bises. Gail

Message dont s'est offusquée Natasha, comme il se doit :

> S'IL VOUS PLAÎT, NE DITES PAS JE SUIS MALADE.
> L'AMOUR N'EST PAS LA MALADIE. NATASHA

Si elle est enceinte, elle a besoin de moi.

Si elle n'est pas enceinte, elle a besoin de moi.

Si c'est une adolescente perturbée qui a des fantasmes de suicide, elle a besoin de moi.

Je suis son avocate et sa confidente.

Elle n'a que moi.

* * *

Perry a tracé sa ligne blanche.

Continue et infranchissable.

Même le tennis ne marche plus. Les jeunes mariés indiens sont partis. Les matches en simple sont trop tendus et Mark est un ennemi.

Si faire l'amour leur permet d'oublier un moment la ligne blanche, elle est toujours là, qui attend de les séparer ensuite.

Assis sur leur balcon après le dîner, ils contemplent l'arc nacré des projecteurs de sécurité suspendu au-dessus de la presqu'île. Si Gail espère apercevoir les filles, qui Perry espère-t-il apercevoir ?

Dima, son Gatsby le Magnifique ? Ou Dima, son Kurtz à lui ? Ou quelque autre héros faillible de son Joseph Conrad adoré ?

Ils ont l'impression d'être écoutés et observés à toute heure du jour et de la nuit. Même si Perry voulait rompre la règle de silence qu'il leur a imposée, la peur d'être entendu lui scellerait les lèvres.

Alors qu'il leur reste deux jours, Perry se lève à 6 heures pour un jogging matinal. Après une grasse matinée, Gail se dirige vers le Captain's Deck, résignée à prendre un petit-déjeuner solitaire, et trouve Perry en train de conspirer avec Ambrose pour avancer leur date de départ. Ambrose regrette, mais leurs billets ne sont pas échangeables.

« Ah, si vous l'aviez dit hier, vous auriez pu partir avec M. Dima et sa famille. Sauf qu'ils voyagent en première classe et vous en éco. On dirait que vous n'avez pas d'autre choix que de supporter notre petite île encore un jour. »

Ils essaient. Ils vont en ville regarder tout ce qu'ils sont censés regarder. Perry lui dispense un cours sur les ravages causés par l'esclavage. Ils se rendent sur une plage de l'autre côté de l'île pour faire de la plongée libre, les deux Anglais typiques qui ne savent pas comment gérer un tel soleil.

C'est seulement pendant le dîner au Captain's Deck que Gail finit par craquer. Brisant l'omerta qu'il a imposée à leurs conversations dans le bungalow, Perry lui demande, et elle n'en croit pas ses oreilles, si, par hasard, elle connaîtrait quelqu'un dans la « mouvance des services secrets » britanniques.

« Mais bien sûr, moi ! riposte-t-elle. Je travaille pour eux ! Je supposais que tu l'avais deviné ! »

Le sarcasme tombe à plat.

« Je pensais juste que quelqu'un de ton cabinet avait peut-être un contact chez eux, explique Perry d'un air de chien battu.

– Ah oui ? Et t'as trouvé ça comment ? lâche Gail en sentant la chaleur lui monter au visage.

– Eh bien..., commence-t-il avec un haussement d'épaules trop innocent. Je me suis juste dit qu'avec toutes ces histoires de transferts illégaux de prisonniers, de tortures... les enquêtes publiques, les procès, tout ça... les espions doivent avoir sérieusement besoin d'assistance juridique. »

C'en est trop. Avec un sonore « Va te faire foutre, Perry ! », elle descend l'allée en courant jusqu'au bungalow, où elle s'effondre en larmes.

Et oui, elle s'en veut terriblement. Et il s'en veut terriblement, lui aussi. À mort. Tous les deux. Et tout est de ma faute. Non, c'est de la mienne. Rentrons en Angleterre et finissons-en avec cette affaire de merde. Réunis un moment, ils s'agrippent l'un à l'autre comme des nageurs en train de se noyer et font l'amour avec le même désespoir.

* * *

La voilà revenue devant la longue fenêtre, jetant dans la rue des regards maussades. Pas le moindre foutu taxi. Pas même un taxi qui ne serait pas le bon.

« Salauds ! » dit-elle à haute voix en imitant son père.

Puis, s'adressant aux salauds, ou à elle-même, en silence :

Qu'est-ce que vous êtes en train de lui faire, putain ?

Qu'est-ce que vous attendez de lui ?

À quoi est-il en train de s'engager malgré lui pendant que vous regardez son numéro de valse-hésitation morale ?

Ça vous ferait quoi, si Dima m'avait choisie comme confesseur au lieu de Perry ? S'il n'avait pas parlé d'homme à homme, mais d'homme à femme ?

Et ça lui ferait quoi, à Perry, s'il se retrouvait assis là, sur la touche, à attendre que je revienne avec encore d'autres secrets que « hélas, hélas, je ne peux vraiment pas partager avec toi, c'est pour ton bien ! ».

* * *

« C'est toi, Gail ? »

Est-ce que c'est elle ?

Quelqu'un lui a mis le téléphone dans la main et lui a dit de parler à Perry. Sauf que non. Elle est seule. C'est Perry en direct, pas en flash-back, et elle est encore debout, une main contre l'encadrement de la fenêtre, à regarder la rue.

« Écoute, je suis désolé, il est tard, et tout. »

Et tout ?

« Hector veut nous parler à tous les deux demain matin à 9 heures.

– C'est Hector qui veut ça ?

– Oui. »

Garde la tête froide. Dans un monde de folie, il faut te raccrocher à ce que tu connais.

« Je ne peux pas. Je sais bien que c'est dimanche, mais je travaille. *Samson contre Samson* ne dort jamais.

– Alors appelle le cabinet et dis-leur que tu es malade. C'est important, Gail. Plus que *Samson contre Samson*. Vraiment.

– C'est l'avis d'Hector ?

– C'est notre avis à tous les deux. »

6

« Au fait, il s'appellera Hector, annonça l'adroit petit Luke en levant les yeux de son dossier chamois.

– C'est un avertissement ou un décret divin ? » demanda Perry, la tête entre les mains, alors que Luke n'attendait plus de réponse.

Pendant l'éternité qui s'était écoulée depuis le départ de Gail, Perry n'avait pas quitté la table, ni levé la tête ni bougé de son siège à côté de la chaise qu'elle avait laissée vide.

« Où est Yvonne ?

– Elle est rentrée chez elle, dit Luke, le nez de nouveau dans son classeur.

– Sur instruction ou de son plein gré ? »

Pas de réponse.

« Hector, c'est votre grand chef ?

– Disons que je suis catégorie B et lui catégorie A, expliqua Luke en faisant une marque au crayon.

– Alors, Hector est votre patron ?

– C'est une façon de voir. »

Et une façon d'éluder la question.

Perry devait néanmoins reconnaître que, sur la foi de leurs rapports jusqu'ici, Luke était un homme avec lequel il pouvait arriver à s'entendre. Sans doute pas un cador. Comme il l'avait dit lui-même : catégorie B. Un peu snob, peut-être, un peu école privée, mais un homme fiable dans la cordée, malgré tout.

« Hector a écouté tout ce qu'on a dit ?

– J'imagine.

– Il nous a observés ?

– Mieux vaut se contenter d'écouter, parfois. Comme une pièce radiodiffusée, ajouta Luke avant de marquer une pause. C'est une fille formidable, votre Gail. Vous êtes ensemble depuis longtemps ?

– Cinq ans.

– Waouh !

– Pourquoi waouh ?

– Eh bien, je dois être sur la même longueur d'onde que Dima. Épousez-la vite. »

C'était là un sujet tabou, et Perry envisagea de le lui signifier, puis il lui pardonna.

« Il y a combien de temps que vous faites ce boulot ? demanda-t-il.

– Vingt ans, à peu près.

– Ici ou à l'étranger ?

– Surtout à l'étranger.

– Est-ce que ça déforme ?

– Pardon ?

– Ce boulot. Est-ce que ça vous déforme l'esprit ? Avez-vous conscience d'une… enfin… d'une déformation professionnelle ?

– Vous voulez dire, est-ce que je suis tordu ?

– Je ne me permettrais pas. Simplement, eh bien, est-ce que ça vous affecte, à long terme ? »

Luke resta tête baissée, mais cessa de crayonner. Son immobilité constituait comme un défi.

« À long terme ? répéta-t-il, d'un ton à la fois appliqué et surpris. À long terme, on sera tous morts, alors…

– Je voulais juste dire : qu'est-ce que ça vous fait de représenter un pays qui n'arrive pas à payer ses factures ? expliqua Perry, prenant trop tard conscience qu'il s'engageait sur un terrain glissant. La qualité de nos renseignements étant à peu près la seule chose qui nous vaut une place à la table des grandes puissances, j'ai lu ça quelque part, ça doit être plutôt stressant pour ceux qui doivent les obtenir, c'est tout, s'enfonça-t-il. Comme un match contre des géants », ajouta-t-il, faisant involontairement allusion à la petite taille de Luke, ce qu'il regretta aussitôt.

Leur échange tendu fut interrompu par des bruits de pas lents, étouffés comme par des chaussons, le long du plafond puis dans l'escalier menant au sous-sol, tout doucement. Comme sur ordre, Luke se leva pour s'approcher d'une desserte où il prit un plateau chargé d'une bouteille de whisky, d'eau minérale et de trois verres, qu'il rapporta sur la table.

Les pas atteignirent le bas de l'escalier. La porte s'ouvrit. Instinctivement, Perry se mit debout. Une inspection réciproque suivit. Les deux hommes faisaient la même taille, ce qui, pour l'un comme pour l'autre, était inhabituel. S'il n'avait pas été un peu voûté, Hector l'aurait même dépassé. Avec son large front de statue antique et ses longs cheveux blancs rejetés en arrière en deux crans indociles, il évoquait à Perry un doyen d'université un peu farfelu, à l'ancienne. Il avait entre cinquante et soixante ans, devina Perry, mais ses vêtements, eux, paraissaient sans âge : une veste de sport marron miteuse avec des pièces en cuir aux coudes et des poignets ourlés de cuir ; un pantalon de flanelle gris informe qui aurait pu appartenir à Perry, tout comme les Hush Puppies éculées ; quant aux lunettes basiques à monture d'écaille, elles auraient pu avoir été récupérées dans le carton du père de Perry au grenier.

Après un laps de temps infini, Hector parla enfin.

« Sacré Wilfred Owen ! déclara-t-il d'une voix qui parvenait à être à la fois vigoureuse et révérencieuse. Sacré Edmund Blunden ! Sacré Siegfried Sassoon ! Sacré Robert Graves ! *Et al.*

– Euh, oui ? demanda Perry, perplexe, sans s'accorder le temps de la réflexion.

– M'enfin ! Votre article fabuleux sur eux dans la *London Review of Books* l'automne dernier ! “*Le sacrifice de grands hommes ne justifie pas la poursuite d'une cause injuste. P. Makepiece* scripsit.” Ah la vache, c'était génial !

– Euh, merci », lâcha Perry, désemparé, en se trouvant stupide de n'avoir pas fait le rapprochement assez vite.

Le silence revint tandis qu'Hector continuait de contempler son trésor d'un œil admiratif.

« Je vais vous dire ce que vous êtes, monsieur Perry Makepiece, affirma-t-il comme s'il venait d'arriver à la conclusion qu'ils attendaient tous deux. Vous êtes un méga super héros, voilà ce que vous êtes ! déclara-t-il en serrant mollement la main de Perry entre ses deux mains flasques. Et je dis pas ça pour vous lécher le cul. On sait ce que vous pensez de nous. Certains parmi nous le pensent aussi, et à raison. Le problème, c'est qu'en dehors de nous, c'est le désert. Le gouvernement déconne à pleins tubes, la moitié des fonctionnaires sont partis en pause déjeuner, les Affaires étrangères sont à peu près aussi utiles qu'une branlette, le pays est fauché comme les blés et les banquiers nous tirent notre fric avec un joli bras d'honneur. Qu'est-ce qu'on est censés faire ? On va pleurer dans les jupes de Maman ou on met les mains dans le cambouis ? lança-t-il avant d'enchaîner sans attendre la réponse de Perry. Je parie que ça vous a fait mal aux seins de venir nous voir. Mais vous êtes venu. Juste un doigt pour Perry, la mini-dose ! dit-il à Luke après avoir lâché la main de Perry. Beaucoup d'eau et juste assez de gnôle pour qu'il se déboutonne un peu. Ça vous ennuie pas que je me pose à côté de Luke, ou ça fait trop grand tribunal de l'Inquisition ? Laissez tomber Adam, je m'appelle Meredith. Hector Meredith. On s'est parlé au téléphone hier. Une piaule à Knightsbridge, une femme, deux lardons déjà grands, un igloo dans le Norfolk, mes deux adresses sont dans l'annuaire. Et vous, Luke, vous êtes qui quand vous jouez pas les glandus ?

– Luke Weaver. On habite à Parliament Hill, un peu plus haut que Gail. Dernier poste : l'Amérique centrale. Deuxième mariage, un fils de dix ans qui vient d'entrer à University College School, à Hampstead, nous sommes fous de joie.

– Et pas de questions pièges jusqu'à la fin », ordonna Hector.

Luke versa trois petits fonds de whisky. Perry se laissa retomber sur sa chaise et attendit. Hector de catégorie A était assis juste en face de lui, Luke de catégorie B un peu sur le côté.

« Eh ben, merde alors ! s'exclama gaiement Hector.
– Merde, en effet », acquiesça Perry, déconcerté.

* * *

Mais, à la vérité, le cri de ralliement d'Hector n'aurait pu être plus opportun ni plus revigorant pour Perry, ni son entrée extatique mieux calculée. Consigné dans ce trou noir où l'avait laissé le départ forcé de Gail (forcé par lui-même, quelles qu'en soient les raisons), son cœur déchiré s'était abandonné à toutes les nuances du remords et de la colère contre lui-même.

Il n'aurait jamais dû accepter de venir, avec ou sans elle.

Il aurait dû remettre sa déclaration et dire à ces gens : « Voilà. Débrouillez-vous seuls. Je suis, donc je n'espionne pas. »

Cela comptait-il qu'il ait arpenté la moquette élimée de son logement d'Oxford pendant toute une nuit, à débattre la démarche qu'il se savait, à son corps défendant, obligé de faire ?

Ou que son père, libre-penseur évangélique et pacifiste engagé, ait défilé, écrit et pesté contre tous les maux, depuis les armes nucléaires jusqu'à la guerre en Irak, et fini plus d'une fois en cellule pour sa peine ?

Ou que son grand-père paternel, modeste maçon de son état et ouvertement socialiste, ait perdu un œil et une jambe en se battant au côté des républicains pendant la guerre civile espagnole ?

Ou que la jeune fille irlandaise, Siobhan, perle de la famille Makepiece pendant vingt ans à raison de quatre heures par semaine, ait été contrainte de remettre régulièrement le contenu de la corbeille à papier du père de Perry à un inspecteur en civil de la police du Hertfordshire, fardeau qui avait tant pesé sur sa conscience qu'un jour, en larmes, elle avait tout avoué à la mère de Perry et que, malgré l'insistance de celle-ci, on ne l'avait plus jamais revue dans la maison ?

Ou qu'à peine un mois auparavant, Perry lui-même ait acheté une pleine page de l'*Oxford Times*, avec le soutien d'un groupe rassemblé à la hâte par ses soins sous la bannière « Universitaires contre la Torture », pour réclamer des sanctions à l'encontre du gouvernement secret de la Grande-Bretagne et de ses assauts insidieux contre nos libertés individuelles les plus chèrement acquises ?

Pour Perry, en tout cas, ces choses avaient énormément compté.

Et elles comptaient toujours au lendemain de sa longue nuit d'hésitation, lorsque, à 8 heures du matin, un cahier à spirale grand format coincé sous le bras, il s'était forcé à traverser la cour d'honneur du vieux *college* d'Oxford qu'il allait bientôt quitter définitivement pour gravir l'escalier de bois vermoulu menant au bureau de Basil Flynn, directeur des études, docteur en droit, dix minutes après avoir requis une brève entrevue à propos d'un sujet privé et confidentiel.

* * *

Ils n'avaient que trois ans de différence, mais Flynn était déjà un grenouilleur patenté au sein des instances universitaires, estimait Perry. « Je peux vous trouver un petit créneau si vous venez tout de suite, avait-il dit d'un ton impérieux. J'ai une réunion du Conseil à 9 heures, et cela a tendance à s'éterniser. » Il portait un costume sombre et des souliers noirs à boucles briquées. Seuls ses cheveux mi-longs soigneusement brossés tranchaient avec l'uniforme de la conformité. Perry n'avait pas réfléchi à la manière d'entamer la conversation avec Flynn, aussi son propos liminaire, admettrait-il volontiers aujourd'hui, n'était-il pas des mieux choisis.

« Le trimestre dernier, vous avez sollicité un de mes étudiants, lança-t-il à peine le seuil franchi.

– J'ai fait quoi ?

– Un garçon à moitié égyptien. Dick Benson. De mère égyptienne et de père anglais. Il parlait arabe. Il voulait une bourse de recherche, mais vous lui avez plutôt suggéré de s'entretenir avec certaines personnes de votre connaissance à Londres. Il n'a pas compris où vous vouliez en venir. Il m'a demandé mon avis.

– Qui a été ?

– Que si ces certaines personnes à Londres étaient ce que je pensais qu'elles étaient, il fallait marcher sur des œufs. J'avais plutôt envie de lui dire de les fuir comme la peste, mais je ne m'en suis pas accordé le droit. Le choix lui revenait à lui, pas à moi. Ai-je raison ?

– Raison de quoi ?

– De penser que vous recrutez pour eux, que vous repérez les talents.

– Eux, qui, au juste ?

– Les espions. Dick Benson ne savait pas ce qui l'attendait, alors comment le saurais-je ? Je ne vous accuse pas. Je vous pose la question. Est-ce vrai que vous avez des contacts avec eux ? Ou bien est-ce que Benson se faisait un film ?

– Pourquoi êtes-vous ici et que voulez-vous ? »

C'est là que Perry avait failli quitter la pièce, ce qu'il regrettait aujourd'hui de ne pas avoir fait. Il avait pivoté sur ses talons pour se diriger vers la porte, mais s'était arrêté et retourné.

« Je dois entrer en contact avec vos certaines personnes à Londres, avait-il annoncé, en gardant son cahier cramoisi sous le bras et en attendant le “Pourquoi ?”.

– Vous envisagez de vous joindre à eux ? Je sais qu'ils acceptent n'importe qui maintenant, mais quand même, vous ? »

Là encore, Perry faillit prendre la porte. Là encore, il regrettait aujourd'hui de ne pas l'avoir fait. Mais non, il s'arrêta, inspira et, cette fois, réussit à trouver les mots justes.

« Je suis tombé par hasard sur des informations, expliqua-t-il en donnant une pichenette maladroite de ses longs doigts effilés sur le cahier, qui émit un petit bruit sec. Sans l'avoir cherché, sans l'avoir voulu, et… c'est secret, acheva-t-il après avoir longtemps hésité à employer le mot.

– Qui le dit ?

– Moi.

– Pourquoi ?

– Si ces informations sont vraies, des vies pourraient être en danger. Ou bien sauvées. Je ne suis pas un expert.

– J'ai le plaisir de vous informer que moi non plus. Je repère des talents, je les prends au berceau. Mes certaines personnes ont un excellent site web. Elles font aussi paraître des annonces imbéciles dans la presse institutionnelle. Les deux voies vous sont ouvertes.

– Mes informations sont trop urgentes pour cela.

– Parce que c'est urgent, en plus d'être secret ?

– Si c'est vrai, c'est très urgent en effet.

– Le sort de la nation suspendu à un fil ? Et c'est ça, le *Petit Livre rouge* que vous serrez sous le bras, j'imagine ?

– C'est une déclaration officielle. »

Ils se jaugèrent avec une antipathie réciproque.

« Vous ne vous proposez quand même pas de me le remettre ?

– Si. Pourquoi pas ?

– On refile ses secrets urgents à Flynn, qui collera un timbre dessus et les enverra à ses certaines personnes à Londres ?

– Quelque chose comme ça, oui. Je n'ai aucun moyen de savoir comment vous fonctionnez, vous autres.

– Et vous, pendant ce temps-là, vous partez en quête de votre âme immortelle ?

– Je ferai mon métier, ils feront le leur. Ça pose un problème ?

– Énorme. Dans ce jeu, qui n'est d'ailleurs pas du tout un jeu, le messager est au moins aussi important que le message, et, parfois, il est le message à lui tout seul. Vous allez où, là ? Je veux dire, tout de suite ?

– Je retourne à mon bureau.

– Vous avez un téléphone portable ?

– Évidemment.

– Écrivez le numéro pour moi, s'il vous plaît, ordonna-t-il en lui tendant une feuille de papier. Je ne fais jamais confiance à ma mémoire, ce n'est pas sûr. Vous avez du réseau dans votre bureau ? Les murs ne sont pas trop épais, ni rien ?

– Ça passe très bien, merci.

– Prenez votre *Petit Livre rouge* et retournez au bureau. Vous recevrez un appel de quelqu'un, homme ou femme, qui se fera appeler Adam. Un monsieur ou une madame Adam. Il me faut le pitch.

– Le quoi ?

– Quelque chose qui les excite un peu. Je ne peux pas juste leur dire : "J'ai sur les bras un beau spécimen de la gauche caviar qui pense être tombé sur une conspiration mondiale." Il faut que je leur dise de quoi il s'agit. »

Ravalant son indignation, Perry s'efforça consciemment pour la première fois de produire une histoire de couverture.

« Dites-leur qu'il s'agit d'un banquier russe véreux qui se fait appeler Dima, suggéra-t-il quand il se découvrit curieusement incapable de fournir une autre version. Il veut négocier un marché avec eux. C'est le diminutif de Dimitri, au cas où ils ne le sauraient pas.

– Ça m'a l'air irrésistible », ironisa Flynn en prenant un crayon pour griffonner sur le même morceau de papier.

Perry n'était pas rentré depuis plus d'une heure que son portable avait sonné et qu'il avait entendu la voix enjouée et légèrement voilée de l'homme qui venait de lui parler, ici, dans le sous-sol.

« Perry Makepiece ? Parfait. Je m'appelle Adam. Je viens d'avoir votre message. Ça ne vous gêne pas que je vous pose une ou deux questions vite fait pour m'assurer qu'on ronge bien le même os ? Inutile de mentionner le nom de notre ami. Je dois juste vérifier que c'est bien le même ami. Est-ce qu'il a une femme, par hasard ?

– Oui.

– Blonde et grasse ? Le genre barmaid ?

– Brune et émaciée.

– Et les circonstances exactes dans lesquelles vous êtes tombé sur notre ami ? Quand et comment ?

– À Antigua. Sur un court de tennis.

– Qui a gagné ?

– Moi.

– Magnifique. Passons à la troisième petite question. En combien de temps pouvez-vous venir à Londres à nos frais et en combien de temps pouvons-nous mettre la main sur votre mystérieux dossier ?

– Porte à porte, environ deux heures, je pense. Il y a aussi un petit paquet que j'ai scotché à l'intérieur du dossier.

– Ça tient bien ?

– Je crois.

– Eh bien, vérifiez. Écrivez ADAM sur la couverture en grosses lettres noires. Utilisez un marqueur pour tableau blanc, ou un truc du genre. Et une fois à l'accueil, vous l'agitez en l'air jusqu'à ce que quelqu'un vous remarque. »

Un marqueur pour tableau blanc ? C'était un truc de vieux garçon maniaque ? Ou bien une allusion perfide aux pratiques financières douteuses de Dima ?

* * *

Électrisé par la présence d'Hector installé à un mètre de lui, Perry parlait vite et avec fougue, non pas à la cantonade, refuge traditionnel des universitaires, mais en regardant Hector droit dans ses yeux d'aigle, et, moins droit, l'élégant petit Luke assis au garde-à-vous près d'Hector.

Sans Gail pour le retenir, Perry se sentait libre de communiquer avec les deux hommes. Il se confessait à eux comme Dima s'était confessé à lui : d'homme à homme, face à face. Il créait une synergie de confession. Il se remémorait les dialogues avec la même précision qu'il se remémorait tout écrit, bon ou mauvais, sans jamais se reprendre.

Contrairement à Gail, qui n'aimait rien tant qu'imiter la voix des gens, Perry en était incapable, ou empêché par quelque vanité mal placée. Mais, dans sa mémoire, il entendait encore l'accent russe râpeux de Dima et revoyait son visage en sueur si proche du sien que, s'ils avaient été plus près, ils se seraient cogné le front. En les décrivant, il humait encore les relents de vodka dans l'haleine courte de Dima. Il le voyait remplir à nouveau son verre, le regarder d'un œil noir, puis fondre sur lui pour l'avaler d'un trait. Il se sentait glisser malgré lui dans la camaraderie, ce lien instantané et indispensable qui naît de l'urgence sur la paroi de la falaise.

« Mais il n'était pas rond comme une queue de pelle, non plus ? suggéra Hector en avalant une petite gorgée de whisky. Plutôt le genre buveur de compétition au sommet de sa forme, c'est ça ? »

Absolument, acquiesça Perry. Ni confus, ni larmoyant, ni l'élocution pâteuse, juste à l'aise.

« Si on avait joué au tennis le lendemain matin, je parie qu'il aurait eu son niveau habituel. Il a un énorme moteur interne qui marche à l'alcool, et il en est fier. »

Perry en avait l'air fier lui aussi.

« Ou, pour parodier le Maître, le genre de gus qui est né avec une cuiller à cocktail en argent dans la bouche ? lança Hector, apparemment fan de P.G. Wodehouse, lui aussi.

– Tout à fait, Bertie », confirma Perry dans son plus pur style wodehousien.

Et ils s'accordèrent quelques rires, soutenus en cela par Luke de catégorie B, qui, depuis l'arrivée d'Hector, ne faisait plus que de la figuration.

* * *

« Ça vous ennuie si je glisse une petite question à propos de l'immaculée Gail ? s'enquit Hector. Pas une question difficile, une simple, enfin… moyenne. »

Difficile, moyenne, simple… Perry était sur ses gardes.

« Quand vous êtes revenus d'Antigua, tous les deux…, commença Hector. À Gatwick, c'est bien cela ? »

C'était Gatwick. Perry opina.

« Vous êtes partis chacun de votre côté, je ne me trompe pas ? Gail pour retourner à son devoir de juriste et à son appartement de Primrose Hill, et vous, à votre logement d'Oxford pour y pondre votre prose immortelle ? »

Perry confirma de nouveau.

« Alors, c'était quoi, le deal entre vous à ce moment-là, ou disons plutôt l'accord, c'est moins moche, concernant la voie à suivre ?

– La voie à suivre ? Quelle voie ?

– En l'occurrence, la voie qui vous a mené jusqu'à nous. »

Perry, qui ne perçait pas l'objectif de cette question, hésita.

« On n'avait pas d'accord, répondit-il prudemment. Pas d'accord explicite. Gail avait fait ce qu'elle avait à faire, maintenant c'était mon tour.

– Chacun dans son coin ?

– Oui.

– Sans communiquer ?

– On a communiqué, mais pas à propos des Dima.

– Et pourquoi cela ?

– Elle n'avait pas entendu ce que j'avais entendu à Three Chimneys.

– Donc elle vivait toujours en Arcadie ?

– Concrètement, oui.

– Où elle se trouve encore, pour autant que vous le sachiez, et aussi longtemps que vous pourrez l'y maintenir ?

– Oui.

– Vous regrettez qu'on ait requis sa présence à la réunion de ce soir ?

– Vous avez dit que vous aviez besoin de nous deux. Je lui ai dit que vous aviez besoin de nous deux. Elle a été d'accord pour venir, répondit Perry, dont l'irritation assombrissait le visage.

– Mais elle est venue de son plein gré, j'imagine. Autrement, elle aurait refusé. C'est une femme de caractère, pas quelqu'un qui obéit aveuglément.

– Non, en effet », répondit Perry, soulagé de voir Hector lui accorder un sourire béat.

* * *

Perry décrit l'endroit minuscule où Dima l'avait emmené pour parler. Il appelle ça un nid-de-pie, deux mètres sur deux mètres cinquante, en haut d'une échelle de bateau qui part d'un coin de la salle à manger, une tourelle ornementale en bois et en verre construite sur le demi-hexagone en surplomb sur la baie, avec le vent marin qui fait vibrer les bardeaux et hurler les fenêtres.

« Ça devait être la pièce la plus bruyante de la maison. C'est sans doute pour ça qu'il l'avait choisie. Je ne peux pas croire qu'il existe au monde un micro qui aurait pu nous capter, avec le vacarme ambiant. C'était une maison très… bavarde, explique-t-il d'une voix qui prend peu à peu le ton pénétré de qui décrit un rêve. Trois cheminées et trois vents. Et ce réduit dans lequel on était assis, tête contre tête. »

Le visage de Dima à moins d'une main du mien, répète-t-il en se penchant vers Hector par-dessus la table, comme pour figurer cette proximité.

« On est juste restés assis là, à se dévisager pendant une éternité. Je crois qu'il doutait de lui, qu'il doutait de moi, qu'il se demandait s'il pouvait aller jusqu'au bout, s'il avait choisi l'homme de la situation. Et moi, je voulais qu'il y croie. Je ne sais pas si c'est très clair. »

Pour Hector, visiblement, clair comme de l'eau de roche.

« Il essayait de surmonter un énorme blocage dans sa tête, ce qui me paraît être le principe même d'une confession. Et puis, il a fini par lâcher une question, même si elle s'apparentait plus à une exigence : "Vous êtes espion, Professeur ? Espion anglais ?" J'ai d'abord cru que c'était une accusation, puis j'ai compris qu'il supposait, et même espérait, que je répondrais oui. Alors j'ai dit : "Non, désolé, je ne suis pas un espion, je ne l'ai jamais été, je ne le serai jamais, je ne suis qu'un simple enseignant." Mais ça ne lui a pas suffi. “Beaucoup des Anglais sont espions. Des lords, des gentlemen, des intellectuels. Je sais ça ! Vous êtes les gens fair-play. Vous êtes l’État de droit. Vous avez les bons espions.” J’ai dû lui redire : “Non, Dima, je ne suis pas un espion, mais alors pas du tout. Je suis votre partenaire de tennis et je suis un universitaire sur le point de changer de vie.” J’aurais dû m’offusquer, mais en vertu de quoi ? Je me retrouvais dans un monde inconnu.

– Et vous étiez tout bonnement captivé, j’en mettrais ma main au feu, l’interrompt Hector. J’aurais donné n’importe quoi pour être à votre place ! Je me serais même mis au tennis, putain ! »

Oui, « captivé », c’est le mot, acquiesce Perry. Impossible de résister à la vue de Dima dans la pénombre, et impossible de ne pas l’écouter malgré le vent.

* * *

Difficile, moyenne ou simple, la question d’Hector fut posée avec tant de légèreté et de délicatesse qu’on eût dit des paroles de réconfort.

« Et je suppose que, malgré vos réserves justifiées à notre égard, pendant un moment, vous avez regretté de ne pas être un espion, n’est-ce pas ? » suggéra-t-il.

Perry fronça les sourcils, gratta sa tête bouclée d’un geste embarrassé et ne trouva pas de réponse immédiate.

* * *

« Vous connaître Guantánamo, Professeur ? »

Oui, Perry connaît Guantánamo. Il croit bien avoir fait campagne contre Guantánamo de toutes les manières possibles et imaginables. Mais qu’est-ce que Dima est en train d’essayer de lui dire ? Pourquoi Guantánamo est-il soudain *très important, très urgent, très crucial pour la Grande-Bretagne*, pour citer le message écrit de Tamara ?

« Vous connaître les avions secrets, Professeur ? Les avions que ces connards à la CIA ils louent pour envoyer des terroristes de Kaboul à Guantánamo ? »

Oui, Perry les connaît bien, ces avions secrets. Il a fait don d'une belle somme d'argent à une œuvre caritative qui a l'intention de poursuivre en justice pour atteinte aux droits de l'homme les compagnies aériennes concernées.

« De Cuba à Kaboul, ces avions ils ont pas la cargaison, OK ? Vous savez pourquoi ? Parce que jamais le terroriste il fait le trajet Guantánamo-Afghanistan. Mais j'ai des amis. »

Le mot « amis » semble le déranger. Il le répète, s'interrompt, marmonne en russe dans sa barbe et avale une goulée de vodka avant de reprendre.

« Mes amis, ils parlent à ces pilotes, ils font le deal, très secret, pas de retour, OK ? »

OK. Pas de retour.

« Vous savez ils transportent quoi, ces avions vides, Professeur ? Avec zéro douane, la cargaison direct à l'acheteur, Guantánamo-Kaboul, payée cash d'avance ? »

Non, Perry n'imagine pas quelle cargaison part de Guantánamo pour Kaboul, payée cash d'avance.

« Les homards, Professeur ! lance Dima avec un éclat de rire dément en tapant sur son imposante cuisse. Deux mille homards, qu'ils viennent du golfe de Mexique ! Et qui achète ces foutus homards ? Des seigneurs de guerre fous ! À des seigneurs de guerre la CIA achète des prisonniers. À des seigneurs de guerre la CIA vend des homards à la con. Cash. Peut-être aussi des kilos de l'héroïne pour les matons de Guantánamo. La meilleure qualité. 999. Je déconne pas, croyez-moi, Professeur ! »

Perry est-il censé être choqué ? Il essaie de l'être. Est-ce là un motif suffisant pour l'entraîner dans cette tour de guet délabrée bombardée par les vents ? Il ne le croit pas. Et il suppose que Dima non plus. L'histoire ressemble plutôt à un ballon d'essai pour la suite, quelle qu'elle soit.

« Vous savez mes amis font quoi avec cet argent, Professeur ? »

Non. Perry ignore ce que les amis de Dima font des bénéfices qu'ils tirent du trafic de homards pêchés dans le golfe du Mexique pour les seigneurs de guerre afghans.

« Ils apportent l'argent à Dima. Pourquoi ils font ça ? Parce qu'ils ont la confiance en Dima. Beaucoup, beaucoup syndicats du crime russes font la confiance à Dima ! Et pas que russes ! Les petits, les grands, je m'en fous ! On prend tout ! Vous dites ça à vos espions anglais : vous avez l'argent sale ? Dima blanchit pour vous, pas de problème ! Vous voulez garder et économiser ? Venez chez Dima ! De plein les petits ruisseaux, Dima fait la grosse rivière. Dites ça à vos espions de merde, Professeur. »

* * *

« À ce stade-là, vous le sentez comment, le gars ? demande Hector. Il sue, il fait le fier, il boit, il blague. Il se présente comme un escroc qui blanchit de l'argent sale, il se vante d'avoir des amis véreux… Vous, qu'est-ce que vous voyez vraiment, qu'est-ce que vous entendez ? Qu'est-ce qu'il a dans le crâne, ce type ? »

Perry considère l'énoncé du problème comme s'il lui avait été posé par un examinateur plus diplômé que lui, ce qui correspond à l'image qu'il commence à se faire d'Hector.

« De la colère, peut-être, propose-t-il. Dirigée contre une ou plusieurs personnes qui restent à identifier.

– Mais encore ?

– Du désespoir, qui reste à définir, là encore.

– Et si je dis une bonne vieille haine bien recuite, j'ai bon ? poursuit Hector.

– On peut penser qu'elle mijote.

– Une soif de vengeance ?

– Ça fait partie du tableau, c'est certain.

– Du calcul ? De l'hypocrisie ? De la ruse ? Réfléchissez donc ! lance Hector en plaisantant, sauf que Perry le prend au sérieux.

– Un peu de tout cela. Sans aucun doute.

– Et de la honte ? Du dégoût de soi ? Non ? »

Décontenancé, Perry réfléchit, fronce les sourcils, regarde autour de lui.

« Oui, concède-t-il d'une voix traînante. Oui, de la honte. La honte de l'apostat. La honte ne serait-ce que de traiter avec moi. La honte de sa trahison. C'est pour ça qu'il éprouvait le besoin de se vanter.

– Putain, j'ai carrément des dons de voyance ! se rengorge Hector. Demandez à qui vous voulez. »

Perry n'a pas besoin de poser la question.

* * *

Perry évoque les longues minutes de silence, les grimaces contrastées sur le visage en sueur de Dima dans la pénombre, la manière dont il se verse une autre vodka, la descend cul sec, s'éponge le visage, sourit, regarde Perry d'un œil outré comme s'il lui contestait le droit d'être là, tend la main pour lui attraper le genou afin de retenir son attention pendant qu'il s'explique, le lâche et oublie encore jusqu'à son existence. Pour finir, d'une voix lourde de suspicion, il grommelle une question qui appelle une réponse franche, sans quoi rien de plus ne passera entre eux.

« Vous voyez ma Natasha ? »

Perry a vu sa Natasha.

« Elle est belle ? »

Perry assure bien volontiers Dima que Natasha est incontestablement très belle.

« Dix, douze livres la semaine, ça lui fait pas peur. Elle les lit tous. Des étudiants comme elle, vous seriez vachement content. »

Perry confirme qu'il serait en effet bien heureux.

« Elle monte à cheval, elle fait la danse classique, elle skie si bien, on dirait un oiseau qui vole. Vous voulez je vous dis quelque chose ? Sa mère, elle est morte. Je l'aimais, cette femme, OK ? »

Perry émet quelques borborygmes de commisération.

« Peut-être j'ai baisé trop les femmes, avant. Il y a des types, ils ont besoin plein de femmes. Les femmes bien, elles veulent être la seule. On baise à côté, ça les rend folles. Dommage. »

Perry confirme que c'est bien dommage.

« Bon Dieu, Professeur ! lance-t-il avant de se pencher en avant et d'enfoncer son index dans le genou de Perry. La mère de Natasha, j'aime cette femme. J'aime tant que j'explose, vous entendez ? L'amour qu'on a les tripes en feu. Ta bite, tes couilles, ton cœur, ta cervelle, ton âme, ils vivent que pour cet amour. »

Il se passe encore le dos de la main sur la bouche en marmonnant « belle, comme votre Gail », boit une gorgée de vodka et enchaîne.

« Son ordure de mari, il la tue, confie-t-il. Vous savez pourquoi ? »

Non, Perry ne sait pas pourquoi l'ordure de mari de la mère de Natasha a tué la mère de Natasha, mais il attend de le savoir, de même qu'il attend de savoir s'il est vraiment tombé dans un asile de fous.

« Natasha, c'est la fille de moi. Quand la mère de Natasha le dit à son ordure de mari, parce qu'elle sait pas mentir, il la tue. Un jour, peut-être je retrouve ce salaud. Je le tuerai, pas avec le flingue, avec ça. »

Il lève ses mains étonnamment délicates pour que Perry puisse les inspecter. Perry les admire dûment.

« Ma Natasha, elle va à Eton, OK ? Dites ça à vos espions. Ou alors, pas de marché. »

Pendant un bref instant, dans ce monde qui tourbillonne, Perry se retrouve sur la terre ferme.

« Je ne suis pas bien sûr qu'Eton prenne les filles, ose-t-il.

– Je paie bien. Je donne la piscine. Pas de problème.

– Même. Je ne pense pas qu'ils changeront le règlement pour elle.

– Alors, où ? lance Dima d'un ton autoritaire, comme si c'était Perry et non l'école qui faisait des difficultés.

– Il y a une école qui s'appelle Roedean. C'est réputé être l'équivalent d'Eton pour les filles.

– C'est le top anglais ?

– À ce qu'on dit, oui.

– Les enfants des intellectuels ? Des lords ? De la nomenklatura ?

– Disons que c'est l'école de la haute société britannique.

– Ça coûte cher ?

– Très cher.

– OK, grogne Dima, à moitié rassuré seulement. Quand on passe le marché avec vos espions, condition numéro 1 : Roedean. »

* * *

Hector en reste bouche bée. Il regarde Perry, puis Luke à côté de lui, puis Perry encore. Il passe la main dans sa crinière blanche avec une expression de totale incrédulité.

« Putain de bordel de merde ! murmure-t-il. Et pourquoi pas une affectation dans la cavalerie de la Garde royale pour ses jumeaux, tant qu'on y est ? Vous lui avez dit quoi ?

– Je lui ai promis de faire tout mon possible, répond Perry, qui se sent gagné à la cause de Dima. C'est cette Angleterre-là qu'il croit aimer. Qu'est-ce que j'étais censé lui dire ?

– Vous vous en êtes merveilleusement bien sorti », s'enthousiasme Hector, approuvé par le petit Luke, « merveilleux » étant un mot qu'ils utilisent tous les deux.

* * *

« Vous vous rappelez Bombay, Professeur ? Novembre dernier ? Les fous pakistanais qui dézinguent tout le monde ? Les ordres sur les portables ? Le café où ils flinguent partout ? Les juifs qu'ils tuent ? Les otages ? Les hôtels, les gares ? Les mômes, les mères, tous morts ? Et comment ils font ça, ces salauds de cinglés ? »

Perry n'a aucune réponse à offrir.

« Mes enfants se coupent un doigt, ils saignent un peu, j'ai l'envie de vomir, proteste Dima avec indignation. J'ai fait assez de morts dans ma vie, vous entendez ? Pourquoi ils font ça, ces tarés ? »

Perry l'incroyant voudrait dire « pour Dieu », mais il se tait. Dima se prépare pour l'épreuve, puis se lance.

« OK, vous dites ça une fois à vos foutus espions anglais, Professeur, martèle-t-il avec un regain d'agressivité. Octobre 2008. Oubliez pas la date, hein ? Un ami m'appelle, OK ? Un *ami.* »

OK. Encore un ami.

« Un Pakistanais. Un syndicat, on fait les affaires avec. Le 30 octobre, en plein dans la nuit, il m'appelle, ce con ! Je suis à Berne, en Suisse, la ville très calme, plein de banquiers. Tamara, elle dort à côté, elle se réveille, elle me passe le téléphone : *pour toi.* C'est l'autre connard. Vous entendez ? »

Perry entend.

« "Dima, c'est ton ami Khalil", il me dit. Mon cul ! Son nom, c'est Mohamed. Khalil, c'est le nom spécial il utilise pour des affaires financières où je suis lié, enfin bref, on s'en branle. "J'ai un gros tuyau pour toi, Dima, très, très gros, très spécial. Il faudra pas oublier que c'est moi qui donne le tuyau, les gars. Tu t'en souviendras pour moi ?" OK, je dis, bien sûr. À 4 heures du matin, il refile une info pourrie sur la Bourse indienne, lui ! Bref. Je lui dis : "OK, on se souviendra c'est toi, Khalil. On a la bonne mémoire. Personne te baise. C'est quoi, ton gros tuyau ?" "Dima, il faut sortir vite fait du marché boursier indien, ou vous allez morfler." Je dis : "Quoi ? Quoi, Khalil ? T'es dingue ou quoi ? Pourquoi on morfle à Bombay ? On a une chiée de super business à Bombay. Des investissements hyper réglo, bordel ! Cinq ans, ça m'a fallu pour blanchir : les services, le thé, le bois, des gros hôtels tellement blancs que le pape pourrait dire la messe dedans." Mon ami, il écoute pas. "Dima, crois-moi, cassez-vous de Bombay tout de suite. Dans un mois, peut-être vous reprenez une position forte, vous gagnez quelques millions, mais d'abord vous laissez les hôtels, bordel." »

À nouveau, Dima se passe le poing sur le visage pour en chasser la sueur. Il murmure un « bon Dieu » pour lui-même et parcourt du regard le minuscule réduit en quête de soutien.

« Vous allez dire ça à vos apparatchiks anglais, Professeur ? »

Perry fera de son mieux.

« La nuit du 30 octobre 2008, après cet enfoiré pakistanais me réveille, je dors pas bien, OK ? »

OK.

« Le lendemain, le 31 d'octobre, j'appelle mes banques suisses à la con. "Sortez-moi tout de suite de Bombay." Les services, le bois, le thé, j'ai peut-être 30 % dedans. Les hôtels, 70 %. Quinze jours après, je suis à Rome. Tamara m'appelle : "Allume vite la télé." Et qu'est-ce que je vois ? Ces barjots de Pakistanais qui flinguent partout dans Bombay. La Bourse indienne arrête la cotation. Le lendemain, Indian Hotels perd 16 % pour tomber à 40 roupies, et plus bas après. En mars la même année, ils sont à 31. Khalil m'appelle : "OK, mon ami, maintenant, tu rachètes et oublie pas c'est moi qui t'ai dit ça." Alors, je rachète, raconte-t-il, la sueur dégoulinant de son crâne chauve. Fin de l'année, Indian Hotels est à 100 roupies. Je me fais 20 millions de dollars net. Les juifs sont morts, les otages sont morts et moi je suis un putain de génie. Vous dites ça à vos espions anglais, Professeur. Bon Dieu ! »

Le visage en sueur n'est plus qu'un masque de dégoût. Le vent marin fait craquer les murs en bois. Dima a parlé jusqu'au point de non-retour. Perry a été observé, testé et approuvé.

* * *

En se lavant les mains dans les toilettes joliment décorées du rez-de-chaussée, Perry scrute le miroir, et l'intensité d'un visage qu'il commence à ne plus connaître l'impressionne. Il redescend à pas rapides l'escalier couvert d'un épais tapis.

« Encore une petite goutte ? lui propose Hector en désignant d'un geste vague le plateau des boissons. Luke, si vous alliez nous préparer du café, jeune homme ? »

7

Dans la rue en contre-haut, une ambulance passe en trombe, et sa sirène semble hurler toute la douleur du monde.

Dans la tourelle en demi-hexagone battue par les vents qui surplombe la baie, Dima remonte la manche en satin sur son bras gauche. À la lueur changeante de la lune qui a supplanté le soleil disparu, Perry discerne une madone aux seins nus entourée de beautés séraphiques dans des poses aguichantes. Le tatouage descend de la pointe de l'épaule massive jusqu'au bracelet en or de la Rolex incrustée de diamants.

« Vous voulez savoir qui a fait le tatouage pour moi, Professeur ? murmure-t-il d'une voix enrouée par l'émotion. Six mois, cette connerie, chaque jour une heure ? »

Oui, Perry voudrait savoir qui a mis six mois pour tatouer une madone topless et ses pulpeuses choristes sur l'énorme bras de Dima. Il voudrait savoir ce que la sainte Vierge vient faire dans la quête d'une place à Roedean pour Natasha ou d'un permis de résident permanent en Grande-Bretagne pour toute la famille en échange d'informations vitales, mais le professeur de littérature anglaise en lui commence à comprendre que Dima le conteur se distingue par une trame narrative toute personnelle et que ses intrigues ne progressent pas en ligne droite.

« C'est ma Rufina elle a fait ça. Elle était *zek*, comme moi. Pute dans le camp, malade de tuberculose, une heure par jour. Quand elle a terminé, elle est mort. Bon Dieu, quand même ! Bon Dieu. »

Silence recueilli tandis que les deux hommes contemplent le chef-d'œuvre de Rufina.

« Vous savez qu'est-ce que c'est *Kolyma*, Professeur ? demande Dima, la voix toujours un peu rauque. Vous avez entendu parler ? »

Oui, Perry sait qu'est-ce que c'est *Kolyma*. Il a lu Soljenitsyne. Il a lu Chalamov. Il sait que la Kolyma est un fleuve au nord du cercle polaire arctique qui a donné son nom aux pires camps de l'archipel du Goulag, pré- ou post-staliniens. Il connaît *zek*, aussi : *zek*, c'est-à-dire prisonnier de la Russie, des prisonniers par millions.

« À quatorze, j'étais un putain de *zek* à Kolyma. Criminel, pas politique. Politique, c'est nul. Criminel, c'est pur. Quinze ans, j'ai fait.

– Quinze ans à la Kolyma ?

– Ouais, Professeur, quinze ans ! affirme Dima d'une voix où l'angoisse a cédé à la fierté. Pour le prisonnier criminel Dima, les autres prisonniers ont le respect. Pourquoi j'étais à Kolyma ? J'étais assassin. Un bon assassin. Qui j'assassine ? Un sale apparatchik sovietski de Perm. Notre père se suicide, il était fatigué, il buvait beaucoup la vodka. Ma mère, pour nous donner à manger et du savon, elle doit baiser ce sale apparatchik. À Perm, on vit dans l'appartement communautaire. Huit pièces merdiques, trente personnes, une cuisine merdique, un chiotte, tout le monde pue et fume. Les gamins aiment pas ce sale apparatchik qui baise notre mère. On doit rester dans la cuisine, le mur est très fin, quand l'apparatchik vient nous voir, nous apporter à manger, baiser notre mère. Tout le monde nous regarde : écoutez votre mère, c'est une pute. On doit mettre les mains sur les oreilles, bordel ! Vous voulez savoir, Professeur ? »

Oui, Perry veut savoir.

« Ce mec, l'apparatchik, vous savez où il prend la nourriture ? »

Perry ne le sait pas.

« C'est un administrateur militaire, cet enfoiré ! Il distribue la nourriture dans les casernes. Il a un flingue. Un joli petit flingue, un étui en cuir, un vrai héros. Vous essayez déjà de baiser avec un revolver à la ceinture sur le cul ? Faut être un sacré acrobate. Cet administrateur militaire, cet apparatchik, il enlève ses chaussures. Il enlève son joli flingue. Il met son flingue dans les chaussures. OK, je me dis. Peut-être t'as assez baisé ma mère. Peut-être maintenant, tu arrêtes. Peut-être plus personne va nous regarder comme on est des fils de pute. Je frappe à la porte. J'ouvre. Je suis poli. "Excuse-moi, je dis. C'est Dima. Excuse-moi, camarade sale apparatchik, je peux emprunter ton joli flingue ? Et regarde-moi en face, pour une fois. Tu me regardes pas, comment je peux te tuer ? Merci beaucoup, camarade." Ma mère me regarde. Elle dit rien. L'apparatchik me regarde. Je tue cet enfoiré. Une seule balle. »

L'index de Dima se pose sur l'arête de son nez pour indiquer l'endroit de l'impact. Perry se rappelle ce même index posé sur le nez de ses fils pendant le match de tennis.

« Pourquoi je tue cet apparatchik ? demande Dima de façon rhétorique. Pour ma mère, elle protège ses enfants. Pour l'amour de mon père cinglé, il se suicide. Pour l'honneur de la Russie, je le tue, cet enfoiré. Pour arrêter les regards sur nous dans le couloir, peut-être. Donc à Kolyma, je suis bien accueilli. Je suis *kroutoï*, un type bien, pas de problèmes, pur. Je suis pas politique. Je suis criminel. Je suis un héros, un combattant. Je tue un apparatchik militaire, peut-être aussi tchékiste. Pourquoi ils me donnent quinze ans, sinon ? J'ai de l'honneur. Je ne suis pas… »

* * *

Arrivé à ce stade de son récit, Perry hésita, et sa voix perdit de son assurance.

« "Je suis pas pivert. Je suis pas chien, Professeur", déclara-t-il, perplexe.

– Il veut dire "informateur", expliqua Hector. Pivert, chien, poule, c'est au choix. Tout ça veut dire "indic". Il veut vous persuader qu'il n'en est pas un alors que c'est faux. »

Avec un signe de tête pour s'incliner devant les connaissances supérieures d'Hector, Perry reprit.

* * *

« Un jour, après trois ans, ce brave Dima va devenir un homme. Et comment il devient un homme ? Mon ami Nikita va faire lui un homme. Qui est Nikita ? Nikita est aussi honorable, aussi un bon combattant, un grand criminel. Il va être un père pour ce brave Dima. Il va être un frère pour lui. Il va protéger Dima. Il va aimer Dima. Ce sera un amour pur. Un jour, c'est un très bon jour pour moi, un jour de fierté, Nikita m'amène aux *vory*. Vous savez qui c'est les *vory*, Professeur ? Vous savez qu'est-ce que c'est un *vor* ? »

Oui, Perry sait même ce que sont les *vory*. Et il connaît *vor* aussi. Il a lu Soljenitsyne, il a lu Chalamov. Il a lu que les *vory* sont des arbitres et des justiciers parmi les prisonniers du Goulag, une confrérie de criminels d'honneur qui ont juré de respecter un code de conduite strict, de renoncer au mariage, à la propriété et à la soumission à l'État. Il a lu que les *vory* vénèrent la prêtrise et en adoptent la mystique, que *vor* est le singulier de *vory*, et que la fierté des *vory* est d'être des « criminels dans la Loi », une aristocratie très supérieure aux canailles des rues qui n'ont jamais connu la loi de leur vie.

« Mon Nikita parle à un très gros comité de *vory*. Plein de grands criminels sont présents à cette réunion, plein de bons combattants. Il dit aux *vory* : "Mes chers frères, voici Dima. Dima est prêt, mes frères. Accueillez-le." Alors ils accueillent Dima, ils font lui un homme. Ils font lui un criminel d'honneur. Mais Nikita doit encore protéger Dima. C'est parce que Dima est son… son… »

Alors que Dima le criminel d'honneur cherche le mot juste, Perry le professeur d'Oxford en partance vient à son secours.

« Disciple ?

– Disciple, oui ! C'est ça, Professeur. Comme pour Jésus ! Nikita va protéger son disciple Dima. C'est normal. C'est la loi des *vory*. Il le protégera toujours. C'est une promesse. Nikita a fait moi un *vor*. Donc il me protège. Mais il meurt. »

Dima tamponne son front chauve avec un mouchoir, puis se passe le poignet sur les yeux, puis se pince le nez entre le pouce et l'index comme un nageur émergeant de l'eau. Quand la main retombe, Perry constate que Dima pleure la mort de Nikita.

* * *

Hector a décrété une pause pipi. Luke a préparé du café. Perry en accepte une tasse, et un biscuit au chocolat pour faire bonne mesure. Le conférencier en lui tourne à plein régime, regroupe les faits et les observations, les présente avec toute la précision et la clarté possibles. Mais rien ne peut vraiment atténuer la lueur d'excitation dans ses yeux, ni la rougeur qui colore ses joues hâves.

Et peut-être l'auto-correcteur en lui en est-il conscient, et gêné. Ce qui explique pourquoi, quand il reprend, il opte pour une narration staccato, presque désinvolte, plus conforme à l'objectivité pédagogique que le souffle de l'aventure.

« Nikita avait attrapé une fièvre dans le camp. C'était le milieu de l'hiver. Moins soixante degrés Celsius, ou pas loin. Beaucoup de prisonniers mouraient. Les gardes s'en contrefichaient. Les hôpitaux n'avaient pas pour mission de soigner, mais de loger les mourants. Nikita était coriace, il a mis longtemps à mourir. Dima s'est occupé de lui. Il a négligé ses travaux forcés, donc il a fini au mitard. Chaque fois qu'on le laissait en sortir, il retournait s'occuper de Nikita à l'hôpital jusqu'à ce qu'on le réexpédie en cellule. Les coups, la faim, le manque de lumière, enchaîné à un mur par des températures inférieures à zéro. Tous les sévices que vous autres vous sous-traitez à des pays moins regardants en faisant les innocents, ajoute-t-il dans une saillie au second degré qui tombe à plat. Et, pendant qu'il s'occupait de Nikita, les deux hommes ont décidé que Dima introduirait son propre protégé dans la confrérie des *vory*. C'était apparemment un moment solennel :

un Nikita agonisant se forgeait une postérité par l'entremise de Dima. Un passage de témoin entre trois générations de criminels. Le protégé de Dima (ou plutôt son disciple, comme il aimait à l'appeler grâce à moi, je le crains) s'appelait Mikhail, *alias* Misha. »

Perry recrée la scène :

« "Misha est un homme d'honneur, comme moi ! affirme Dima au grand comité des hommes accomplis des *vory*. Il est criminel, pas politique. Misha aime la vraie Mère Russie, pas l'Union soviétique. Misha respecte toutes les femmes. Il est fort, il est pur, il est pas pivert, pas chien, pas militaire, pas gardien du camp, pas KGB. Pas policier. Il tue des policiers. Il méprise tous les apparatchiks. Misha est mon fils. Il est votre frère. Acceptez le fils de Dima comme l'un de vos frères *vory* !" »

* * *

Perry restait résolument en mode conférence. Veuillez consigner les éléments suivants dans vos cahiers, jeunes gens. Le passage que je m'apprête à vous lire constitue la version courte du parcours personnel de Dima, tel que relaté, entre deux lampées de vodka, dans le nid-de-pie de la maison connue sous le nom de Three Chimneys.

« Sitôt libéré de la Kolyma, il s'est précipité à Perm, où il est arrivé juste à temps pour enterrer sa mère. Le début des années quatre-vingt était une période faste pour les criminels. La vie à cent à l'heure était brève et dangereuse, mais profitable. Avec ses références irréprochables, Dima est reçu à bras ouverts par les *vory* locaux. Il se découvre un don pour les chiffres et il s'engage bientôt dans la spéculation illégale sur les devises, la fraude à l'assurance et la contrebande. La diversification rapide de ses activités criminelles le mène en Allemagne de l'Est communiste. Spécialités : vols de voitures, faux passeports et trafic de devises. Il en profite pour acquérir des bases d'allemand courant. Il prend ses femmes où il les trouve, mais sa partenaire régulière est Tamara, une résidente de Perm qui vend sur le marché noir des articles rares comme les vêtements féminins et les denrées alimentaires de base. Avec l'aide de Dima et de complices de la même trempe, elle mène aussi une activité parallèle de racket, d'enlèvements et de chantage. Ceci l'entraîne dans un conflit avec une confrérie rivale qui, dans un premier temps, la fait prisonnière pour la torturer, puis monte des preuves contre elle et la livre à la police, qui la torture un peu plus. Dima m'explique alors le problème de Tamara : "Elle a jamais parlé, Professeur, vous entendez ? Elle est bonne criminelle, meilleure que les hommes. Ils la mettent dans une cellule à pression. Vous savez c'est quoi, une cellule à pression ? Ils l'accrochent tête en bas, ils la violent dix fois, vingt fois, ils la tabassent à mort, mais jamais elle parle. Elle leur dit d'aller vous faire foutre. Tamara, c'est une combattante, pas une chienne." »

Une fois encore, Perry rapporta le terme d'un ton perplexe, et une fois encore Hector vint posément à sa rescousse.

« Une chienne, c'est encore pire qu'un chien ou un pivert. Une chienne trahit le code du milieu. Dima doit se sentir sacrément coupable, à ce stade.

– C'est peut-être pour ça qu'il a bredouillé en prononçant le mot », suggéra Perry, approuvé par Hector.

Perry reprit le rôle de Dima.

« "Un jour, les flics en ont tellement ras-le-bol d'elle qu'ils la foutent à poil et ils la laissent dehors dans la neige. Jamais elle parle, vous entendez ? Elle a plus toute la tête, OK ? Elle parle à Dieu. Elle achète plein des icônes. Elle enterre le fric dans le jardin, elle le retrouve plus, on s'en branle. Cette femme, elle a sa loyauté, vous entendez ? Jamais je la laisse partir. La mère de Natasha, je l'aimais. Mais Tamara, jamais je la laisse partir. Vous entendez ? »

Perry entend.

Dès que Dima commence à amasser beaucoup d'argent, il envoie Tamara en Suisse dans une clinique de repos et de désintoxication, puis il l'épouse. Moins d'un an après naissent les jumeaux. Sitôt après ce mariage interviennent les fiançailles de la sœur bien plus jeune et divinement belle de Tamara, Olga, une prostituée de luxe très appréciée des *vory*. Et son promis n'est autre que Misha, le bien-aimé disciple de Dima, entre-temps lui aussi libéré de la Kolyma.

« L'union d'Olga et Misha parachevait le bonheur de Dima, déclara Perry. Dorénavant, Dima et Misha étaient de vrais frères. Selon la loi des *vory*, Misha était déjà le fils de Dima, mais le mariage a scellé leurs liens familiaux. Les enfants de Dima seraient ceux de Misha, et inversement », conclut Perry avant de se carrer dans son siège d'un air volontaire, comme s'il attendait des questions depuis le fond de la classe.

Mais Hector, qui avait observé d'un œil amusé le repli opéré par Perry dans son personnage d'universitaire, préféra lui livrer un commentaire sarcastique de son cru.

« Ils sont quand même sacrément bizarres, ces *vory*, vous ne trouvez pas ? Ils abjurent le mariage, la politique et l'État sous toutes ses formes, et le lendemain ils se pavanent jusqu'à l'autel sur leur trente et un au son des cloches de l'église qui battent à la volée. Reprenez-en un petit coup. Juste l'équivalent d'une cuiller. De l'eau ? »

Manipulation de la bouteille et de la carafe d'eau.

« Alors ils en étaient tous, c'est ça ? avança Perry hors de propos, en sirotant son whisky très dilué. Tous ces cousins et ces oncles folkloriques, à Antigua ? C'étaient des criminels dans la Loi qui venaient pleurer Misha et Olga ? »

* * *

Perry de nouveau résolument en mode conférence. Perry en historien du détail, et rien d'autre.

Perm n'est plus assez grand pour Dima et la confrérie. Le business prend de l'ampleur. Les syndicats du crime forment des alliances. Des accords sont conclus avec des mafias étrangères. Mieux encore, Dima, la bête intellectuelle de la Kolyma, sans la moindre instruction digne de ce nom, se découvre un don pour les opérations de blanchiment. Quand la confrérie de Dima décide de s'implanter aux États-Unis, c'est Dima qu'elle envoie à New York pour installer un réseau de blanchiment basé à Brighton Beach. Dima emmène Misha comme exécutant. Quand la confrérie décide d'ouvrir une filiale européenne pour son activité de blanchiment, c'est à Dima qu'elle confie le poste. Seule condition : Dima exige de nouveau la nomination de Misha, cette fois-ci comme numéro deux à Rome. Requête accordée. Voilà donc les Dima et les Misha réunis en une grande famille, qui travaillent ensemble, jouent ensemble, échangent leurs maisons, se rendent visite, admirent leurs enfants respectifs.

Perry boit une gorgée de whisky.

« C'était du temps du vieux Prince, annonce-t-il, presque nostalgique. L'âge d'or, pour Dima. Le vieux Prince était un vrai *vor*. Il ne pouvait rien faire de mal.

– Et le nouveau Prince ? lance Hector d'un ton provocateur. Le jeune ? Des détails sur lui ?

– Vous le savez très bien, enfin ! grommelle Perry, loin d'être amusé. Le nouveau jeune Prince est la pire chienne de tous les temps. Le traître entre les traîtres. C'est le Prince qui donne les *vory* à l'État, la pire chose qu'un *vor* puisse faire. Trahir un homme comme lui est un devoir, aux yeux de Dima, pas un crime. »

* * *

« Vous aimez ces petites gamines, Professeur ? demande Dima d'un ton faussement détaché, en rejetant la tête en arrière comme pour étudier les panneaux écaillés du plafond. Katya et Irina ? Vous aimez ?

– Bien sûr. Elles sont adorables.

– Gail, elle les aime aussi ?

– Vous le savez bien. Elle est vraiment triste pour elles.

– Elles lui ont dit, les petites, comment leur père meurt ?

– Dans un accident de voiture, il y a dix jours, près de Moscou. Un vrai drame. Le père et la mère.

– Ouais. Un vrai drame. Un accident de voiture. Un accident de voiture très simple. Un accident de voiture très normal. En Russie, on a beaucoup des accidents de voiture comme ça. Quatre hommes, quatre kalachnikovs, peut-être soixante balles, on s'en branle. Un accident de voiture, mon cul, Professeur ! Dans un corps, vingt ou peut-être trente balles. Mon Misha, mon disciple, un gamin, quarante ans. C'est Dima qui l'a emmené aux *vory*, qui a fait lui un homme. Alors pourquoi je le protège pas, mon Misha ? explose-t-il soudain. Pourquoi je le laisse aller à Moscou, je le laisse tuer avec vingt ou trente balles par les enfoirés de cette chienne de Prince ? Tuer Olga, la superbe sœur de ma femme Tamara, la mère des petites filles de Misha. Pourquoi je le protège pas ? Vous êtes professeur ! Vous me dites, s'il vous plaît, pourquoi je protège pas mon Misha ? »

Si c'était la fureur, et non le volume, qui donnait à sa voix une puissance surhumaine, c'est le côté caméléon de l'homme qui lui permet à présent de remiser cette fureur au profit d'une mélancolie slave pensive.

« OK. Peut-être Olga, la sœur de Tamara, elle est pas si religieuse que ça, concède-t-il alors que Perry n'a fait aucune objection. Je dis à Misha : “Peut-être ton Olga elle regarde encore trop les autres types, elle a un beau cul. Peut-être tu baises plus à droite à gauche, Misha, reste à la maison un peu, comme moi maintenant, t'occupe un peu d'elle”, rapporte Dima, avant de murmurer : Putain, trente balles, Professeur, trente. Cette chienne de Prince doit payer pour trente balles dans mon Misha. »

* * *

Perry s'était tu, comme s'il venait de se rendre compte à retardement qu'une cloche lointaine avait sonné la fin des cours. L'espace d'un instant, il sembla tout surpris de se trouver à cette table. Puis, avec un tressaillement de son long corps anguleux, il réintégra le temps présent.

« Donc en gros, voilà, dit-il en guise de conclusion. Dima s'est renfermé pendant un moment, puis il s'est réveillé, il a paru étonné de me voir, il s'en est offusqué, puis il a décidé que j'étais quelqu'un de bien, puis il m'a encore oublié, il a couvert son visage de ses mains et il a marmonné quelque chose en russe. Et là il s'est levé, il a farfouillé sous sa chemise en satin et il en a sorti le petit paquet que j'ai joint à ma déclaration. Il me l'a remis, il m'a donné l'accolade, c'était un moment émouvant.

– Pour tous les deux.

– Pour des raisons différentes, oui, je crois. »

Il semblait soudain pressé d'aller retrouver Gail.

« Aucune instruction pour accompagner le paquet ? s'enquit Hector, tandis que le petit Luke de catégorie B, assis à côté de lui, les mains croisées bien sagement, se souriait à lui-même.

– Si, si. "Emportez ça à vos apparatchiks, Professeur. Cadeau du numéro un du blanchiment dans le monde. Dites-leur je veux du fair-play." Je l'ai écrit mot pour mot dans ma déclaration.

– Des idées sur ce que contenait le paquet ?

– Des suppositions seulement. C'était enveloppé dans de la ouate et du film plastique. Comme vous l'avez trouvé. J'ai supposé que c'était une cassette audio, pour un genre de mini-lecteur. Enfin, c'est l'impression que j'ai eue en tâtant.

– Et vous n'avez pas essayé de l'ouvrir ? insista Hector, l'air peu convaincu.

– Mais non, enfin ! Ce paquet vous était adressé. Je me suis juste assuré qu'il était bien scotché sous la couverture du dossier. »

Hector hocha distraitement la tête tout en feuilletant les pages de la déclaration de Perry d'un geste lent.

« Il le portait à même le corps, reprit ce dernier, visiblement désireux de ne pas laisser s'installer le silence. Ça m'a fait penser à la Kolyma. Les systèmes qu'ils avaient dû mettre au point pour se passer des messages en douce, tout ça. Le paquet était trempé.

J'ai dû l'essuyer sur une serviette quand je suis rentré au bungalow.

– Et vous ne l'avez pas ouvert ?

– Je vous ai déjà dit que non. Pourquoi l'aurais-je fait ? Il n'est pas dans mes habitudes de lire le courrier des autres. Ou de l'écouter, en l'occurrence.

– Même pas avant de passer la douane à Gatwick ?

– Certainement pas !

– Mais vous l'avez tâté.

– Bien sûr que oui, je viens de vous le dire. Qu'est-ce qui se passe, là ? J'ai tâté la ouate à travers le film plastique, quand il me l'a donné.

– Et après, vous en avez fait quoi ?

– Je l'ai mis en lieu sûr.

– Où ça ?

– Pardon ?

– Le lieu sûr, c'était où ?

– Dans ma trousse de toilette. Dès que je suis revenu au bungalow, je suis allé direct dans la salle de bains et je l'ai rangé là.

– Près de votre brosse à dents, en quelque sorte.

– En quelque sorte, oui. »

Nouveau long silence. Leur semblait-il aussi long qu'à Perry ? Il craignait que non.

« Pourquoi ? finit par demander Hector.

– Pourquoi quoi ?

– La trousse de toilette, répliqua patiemment Hector.

– J'ai pensé que ce serait plus sûr.

– Pour passer la douane à Gatwick ?

– Oui.

– Parce que vous vous disiez que c'est là que les gens rangent leurs cassettes, d'habitude ?

– J'ai juste pensé que ce serait…, commença-t-il avec un haussement d'épaules.

– Moins visible dans une trousse de toilette ?

– Quelque chose comme ça, oui.

– Gail était au courant ?

– Quoi ? Non, bien sûr que non.

– Tant mieux. L'enregistrement est en russe ou en anglais ?

– Mais comment voulez-vous que je le sache ? Je ne l'ai pas écouté !

– Dima ne vous a pas dit en quelle langue c'était ?

– Il n'en a fourni aucune description de quelque sorte que ce soit, au-delà de ce que je vous ai déjà dit. Santé ! »

Il prit une dernière gorgée de son whisky très coupé, puis posa violemment son verre sur la table pour indiquer la fin de la séance. Mais Hector ne partageait nullement sa hâte, bien au contraire. Il recula d'une page dans la déclaration de Perry, puis avança de deux.

« Alors, je vous repose la question : pourquoi ? reprit Hector.

– Pourquoi quoi ?

– Pourquoi faire tout ça ? Pourquoi passer en douce un paquet suspect à la douane pour un escroc russe ? Pourquoi ne pas le jeter dans la mer des Caraïbes et oublier tout ça ?

– Ça me semble assez évident.

– Ça l'est pour moi. Je n'aurais pas pensé que ça l'était pour vous. Qu'est-ce qui est si évident ? »

Perry chercha, mais sembla ne pas trouver de réponse à la question.

« Peut-être parce que c'était là, devant vous ? avança Hector. Ce n'est pas ça, la raison qui fait que les alpinistes grimpent ?

– Il paraît, si.

– Oui, enfin, c'est des conneries, tout ça. Le fond du truc, c'est les alpinistes. La montagne, elle y est pour rien. C'est la faute des alpinistes. Vous n'êtes pas d'accord ?

– Si, sans doute.

– Ce sont les alpinistes qui repèrent un sommet dans le lointain. La montagne, elle, elle s'en tamponne le coquillard.

– Sans doute, oui, acquiesça Perry avec un sourire peu convaincant.

– Dima a-t-il évoqué votre rôle à vous dans ces négociations, si elles venaient à se faire ? s'enquit Hector, après ce qui parut à Perry une pause interminable.

– Un peu.

– En quels termes, un peu ?

– Il voulait que j'y assiste.

– Pourquoi ?

– Pour que je constate le fair-play, apparemment.

– Le fair-play de qui, bordel ?

– Euh, eh bien, le vôtre, pour être franc, dit Perry avec réticence. Il voulait que je vous oblige à tenir parole. Il éprouve de l'aversion pour les apparatchiks, comme vous l'aurez peut-être remarqué. Il veut vous admirer parce que vous êtes des gentlemen anglais, mais il se méfie de vous parce que vous êtes des apparatchiks.

– Et vous pensez la même chose ? rétorqua Hector en fixant Perry de ses grands yeux gris. Qu'on est des apparatchiks ?

– Sans doute », concéda Perry une fois de plus.

Hector se tourna vers Luke, toujours assis bien droit à côté de lui.

« Luke, mon vieux, je crois bien que vous avez un rendez-vous. Nous ne voudrions pas vous retarder.

– Mais bien sûr », répondit Luke, qui, avec un petit sourire d'adieu à l'attention de Perry, quitta docilement la pièce.

* * *

Le whisky pur malt venait de l'île de Skye. Hector en versa deux bons verres et invita Perry à se servir en eau.

« Bon, annonça-t-il. C'est l'heure des questions difficiles. Vous êtes d'attaque ? »

Avait-il le choix ?

« Il y a une incohérence. Une énorme incohérence.

– Pas que je sache.

– Si, si. Cela concerne ce que vous n'avez pas écrit dans la brillante dissertation que vous nous avez rendue, et que vous avez jusqu'à présent omis dans le cadre de votre grand oral par ailleurs irréprochable. Je vous explique, ou bien vous le faites ?

– Allez-y, dit Perry, visiblement mal à l'aise, en haussant les épaules.

– Avec plaisir. Dans vos deux prestations, vous avez omis de nous rapporter une clause cruciale des termes et conditions de Dima tels que vous nous les avez relayés dans le paquet que vous avez ingénieusement fait passer par l'aéroport de Gatwick dans votre trousse de toilette, ou plutôt, comme nous autres de la vieille garde préférons dire, votre nécessaire de toilette. Dima insiste – et pas qu'un peu, ainsi que vous le suggérez, mais comme condition *sine qua non* – et Tamara insiste, ce qui, je le soupçonne, est encore plus important, malgré les apparences, pour que vous, Perry, soyez présent lors de toutes les négociations, et que lesdites négociations se fassent en anglais par égard pour vous. Vous aurait-il par hasard mentionné cette condition lors de ses divagations ?

– Oui.

– Mais vous avez jugé bon de ne pas nous en faire part ?

– En effet.

– Serait-ce, par hasard, parce que Dima et Tamara ont exigé l'implication non seulement du professeur Makepiece, mais aussi d'une dame qu'ils aiment à appeler Mme Gail Perkins ?

– Non ! dit Perry d'une voix tendue, la mâchoire crispée.

– Non ? Non quoi ? Non, vous n'avez pas unilatéralement expurgé cette condition de vos comptes rendus écrit et oral ? »

La réponse de Perry fut si véhémente et si précise qu'il la mûrissait à l'évidence depuis quelque temps. Mais d'abord il ferma les yeux, comme pour consulter ses démons intérieurs.

« Je le ferai pour Dima. Je le ferai même pour vous autres. Mais je le ferai seul, ou pas du tout.

– Et pourtant, dans cette même diatribe délirante qu'il nous a adressée, Dima fait aussi référence à un rendez-vous prévu à Paris en juin, poursuivit Hector d'un ton qui ne tenait aucun compte de la déclaration héroïque que venait de faire Perry. Le 7 juin, pour être précis. Un rendez-vous non pas avec nous autres apparatchiks méprisables, mais avec Gail et vous-même, ce qui nous a paru un tantinet étrange. Vous pourriez expliquer, peut-être ? »

Soit Perry ne pouvait pas, soit il ne voulait pas. Il scrutait la pénombre d'un œil noir, sa longue main posée sur la bouche comme s'il voulait se museler.

« Il semble proposer une sortie, enchaîna Hector. Ou, plus précisément, il fait allusion à une sortie qu'il vous a déjà proposée et que vous auriez acceptée. Où cela se passera-t-il ? peut-on se demander. Sous la tour Eiffel au premier coup de minuit, avec sous le bras un exemplaire du *Figaro* de la veille ?

– Mais non, c'est n'importe quoi !

– Alors, où ? »

Avec un « et merde ! » prononcé à mi-voix, Perry plongea une main dans sa poche de veste et en sortit une enveloppe bleue décachetée qu'il jeta sur la table ovale. Hector la ramassa, releva méticuleusement le rabat du bout de ses doigts fluets, en sortit deux morceaux de carton bleu imprimés et les déplia. Puis une feuille de papier blanc, également pliée.

« Et ces tickets, ils sont pour où, au juste ? demanda-t-il après un examen perplexe qui, en toute logique, aurait dû lui fournir la réponse depuis longtemps.

– Vous ne savez donc pas lire ? La finale hommes du tournoi de Roland-Garros, à Paris.

– Et vous les avez eus comment ?

– Quand je réglais notre note à l'hôtel, pendant que Gail faisait les bagages. Ambrose me les a donnés.

– Avec ce gentil petit mot de Tamara ?

– Exact. Avec ce gentil petit mot de Tamara. Bien vu.

– Le mot de Tamara était dans l'enveloppe avec les tickets, donc. Ou bien était-il à part ?

– Le mot de Tamara était dans une autre enveloppe, qui était cachetée et que j'ai détruite depuis, expliqua Perry d'une voix serrée par la rage. Les deux tickets pour Roland-Garros étaient dans une enveloppe non cachetée. C'est cette enveloppe que vous tenez à la main. J'ai jeté celle qui contenait la lettre de Tamara, et j'ai placé sa lettre dans celle où il y avait les tickets.

– Parfait. Je peux la lire ? demanda Hector, avant de commencer la lecture sans attendre l'autorisation.

> Nous vous invitons s'il vous plaît amener Gail comme compagne. Nous serons heureux de se réunir avec vous.

– C'est pas vrai…, marmonna Perry.

> S'il vous plaît soyez disponibles dans allée Marcel-Bernard du stade Roland-Garros quinze (15) minutes avant le début du match. Il y a beaucoup des boutiques dans cette allée. S'il vous plaît faites bien attention à la vitrine de produits Adidas. Cela paraîtra une grande surprise de vous rencontrer. Cela paraîtra une coïncidence voulue par Dieu. S'il vous plaît parlez de ça avec vos officiels britanniques. Ils comprendront la situation.
> S'il vous plaît acceptez aussi l'hospitalité dans une loge spéciale du représentant de la société Arena. Ce sera pratique si la personne responsable des autorités secrètes de Grande-Bretagne sera à Paris à cette période pour une discussion très discrète.
> S'il vous plaît arrangez ça.
> Nous vous aimons en Dieu,
> Tamara

– C'est tout ce qu'il y a ?

– C'est tout.

– Et vous êtes agacé. Amer. Fumasse d'avoir à montrer votre jeu.

– Pour ne rien vous cacher, je suis carrément fou de rage, confirma Perry.

– Bon, eh bien, avant que vous ne pétiez les plombs, permettez-moi de vous fournir gratos quelques éléments de contexte. Et ça se limitera sans doute à ça, d'ailleurs, précisa Hector, penché en avant par-dessus la table, ses yeux gris de zélote brillant d'excitation. Dima a deux échéances vitales sous peu, lors desquelles il va officiellement céder toute son organisation extrêmement ingénieuse de blanchiment à des gens plus jeunes, à savoir, le Prince et sa cour. Les sommes en jeu sont astronomiques. La première signature est prévue à Paris le lundi 8 juin, le lendemain de votre sortie tennistique. La seconde et dernière signature – je devrais dire ultime – aura lieu à Berne deux jours plus tard, le mercredi 10 juin. Sitôt que Dima aura cédé par signature l'œuvre de sa vie, c'est-à-dire après l'échéance de Berne le 10 juin, il sera mûr pour subir le même sort désagréable que son ami Misha. En d'autres termes, il se fera buter. Je mentionne ça par parenthèse pour vous faire prendre conscience de la planification minutieuse de Dima, de la situation désespérée dans laquelle il se trouve, et des milliards, littéralement, qui sont en jeu. Tant qu'il n'a pas signé, il est intouchable. On ne peut pas flinguer la vache à lait. Dès qu'il a signé, il est cuit.

– Mais alors, pourquoi donc est-il allé à Moscou pour l'enterrement ? objecta Perry d'une voix lointaine.

– Eh bien, vous et moi n'y serions sans doute pas allés, mais nous ne sommes pas des *vory*, et la vengeance a son prix. Tout comme la survie. Tant qu'il n'a pas signé, les balles ne peuvent pas l'atteindre. On peut en revenir à vous ?

– C'est vous qui voyez.

– Non, c'est nous deux qui voyons. Vous avez déclaré, il y a quelques instants, que vous étiez fou de rage. Eh bien, je trouve que vous avez tout lieu d'être fou de rage, et d'abord contre vous-même, parce que, d'un certain point de vue, du point de vue des interactions sociales normales, vous êtes en train de vous comporter, dans des circonstances certes difficiles, comme un macho fini. Et ne montez pas sur vos grands chevaux, ça ne prendra pas. Regardez le merdier dans lequel vous vous êtes mis. Gail n'est pas dans le coup, alors qu'elle en meurt d'envie. Je ne sais pas dans quel siècle vous croyez vivre, mais elle a autant que vous le droit de prendre ses décisions elle-même. Vous envisagiez sérieusement de la priver d'un billet gratuit pour la finale hommes de Roland-Garros ? Gail ? Votre partenaire au tennis comme dans la vie ? »

La main de nouveau plaquée sur la bouche, Perry émit un grognement étouffé.

« Tout juste. Bon, passons à l'autre point de vue : celui des interactions sociales pas normales. Mon point de vue, le point de vue de Luke, le point de vue de Dima. Comme vous l'avez bien compris, vous vous êtes aventurés par pur accident dans un champ de mines monstrueux, Gail et vous. Et, comme tout brave type de votre trempe, votre premier instinct est d'en faire sortir Gail par tous les moyens, et qu'elle n'y remette plus les pieds. Sauf erreur de ma part, vous avez également bien compris qu'en écoutant la proposition de Dima, en nous la transmettant et en étant désigné comme arbitre, ou observateur, ou quel que soit le terme qu'il choisit, vous êtes devenu, vous, personnellement, selon la loi des *vory*, selon les critères en vigueur chez les gens que Dima se propose de trahir, une cible désignée pour le châtiment suprême. On est d'accord ? »

Ils sont d'accord.

« Dans quelle mesure Gail représente-t-elle un dommage collatéral potentiel ? Personne ne le sait. Vous y avez sans nul doute réfléchi. »

Perry y avait réfléchi.

« Bon, récapitulons. Grande question numéro 1 : êtes-vous, Perry, moralement fondé à ne pas informer Gail du danger dans lequel elle se trouve ? Réponse, d'après moi : non. Grande question numéro 2 : êtes-vous moralement fondé à la priver du choix de se joindre à nous une fois qu'elle en aura été informée, étant donné son attachement aux enfants de la maisonnée Dima, sans parler de ses sentiments à votre égard ? Réponse, d'après moi : encore non, mais on peut en reparler plus tard. Et question numéro 3, qui est un chouïa violente mais qu'on doit se poser quand même : êtes-vous, Perry, est-elle, Gail, êtes-vous, en tant que couple, attirés par l'idée de faire quelque chose d'hyper dangereux pour votre pays, virtuellement pour zéro récompense fors l'honneur, comme dirait l'autre, sur la base très claire que, si jamais vous en parlez ne serait-ce qu'à vos proches, nous vous traquerons jusqu'aux confins de la Terre ? »

Il ménagea une pause pour permettre à Perry de s'exprimer, mais celui-ci n'en fit rien, donc il enchaîna.

« Vous avez la réputation de penser que notre beau pays verdoyant a cruellement besoin d'être sauvé de lui-même. Il se trouve que je partage cette opinion. J'ai étudié cette maladie, j'ai vécu dans le marigot. Ma conclusion d'expert est que, en tant qu'ancienne grande nation, nous souffrons de pourriture managériale du sommet à la base. Et ce n'est pas juste l'opinion d'un vieux con décrépit. Beaucoup de membres de mon Service ont pour principe de ne jamais voir les choses en noir et blanc, or je ne suis pas comme eux. J'y suis venu sur le tard, mais je suis un rouge de chez rouge et j'ai des couilles. Vous me suivez toujours ? »

Hochement de tête réticent.

« Tout comme moi, Dima est en train de vous offrir l'occasion d'agir au lieu de vous lamenter. Vous, de votre côté, vous rongez votre frein tout en prétendant le contraire, posture que je considère comme fondamentalement hypocrite. Donc, ma recommandation appuyée est la suivante : vous appelez Gail tout de suite, vous abrégez le supplice et, en rentrant à Primrose Hill, vous lui racontez tout ce que vous lui avez caché jusqu'ici. Tout, dans les moindres détails. Et demain matin, vous la ramenez ici à 9 heures. Enfin, ce matin, plutôt. Ollie passera vous prendre. Après, vous signez un papelard encore plus draconien et imbitable que celui d'aujourd'hui, et on vous donnera le plus d'infos qu'on peut vous donner sans que ça fausse votre naturel si vous finissez par décider tous les deux de faire le voyage à Paris, et le moins possible si vous décidez de ne pas y aller. Si Gail choisit de se défiler, c'est son affaire, mais je vous parie à cent contre un qu'elle ira jusqu'au bout.

– Comment on fait ? demanda Perry en levant enfin la tête.

– Comment on fait quoi ?

– Comment on fait pour sauver l'Angleterre ? Et de quoi ? D'accord, d'elle-même. Mais de quelle partie d'elle-même ? »

Ce fut au tour d'Hector de se montrer pensif.

« Vous allez devoir vous contenter de notre parole.

– La parole de votre Service ?

– Dans l'immédiat, oui.

– Et elle a quelle valeur ? Les gentlemen qui mentent pour le bien de leur pays, c'est bien vous, non ?

– Ça, c'est les diplomates. Nous, on n'est pas des gentlemen.

– Alors vous mentez pour sauver votre peau.

– Encore raté. Ça, c'est les hommes politiques. Rien à voir. »

8

À midi par un dimanche ensoleillé, dix heures après que Perry Makepiece fut rentré à Primrose Hill faire la paix avec Gail, Luke Weaver déclara forfait pour le déjeuner en famille. Sa femme Éloïse avait pourtant préparé tout spécialement un gros poulet élevé en plein air et une sauce au pain, car son fils Ben avait invité un camarade d'école israélien. Ses excuses résonnant encore à ses oreilles, il quitta la maison mitoyenne en brique rouge de Parliament Hill qui était très au-dessus de ses moyens pour aller assister à ce qu'il pensait être la réunion la plus cruciale de sa carrière en dents de scie dans le renseignement.

À la connaissance d'Éloïse et de Ben, sa destination était le hideux quartier général de son Service à Lambeth, en bordure de fleuve, surnommé par Éloïse, une Française d'ascendance noble, « la Loubianka-sur-Tamise ». En réalité, comme chaque jour depuis trois mois, il se rendait à Bloomsbury. Malgré la tension qui couvait en lui (ou à cause d'elle), le mode de transport choisi n'était ni le métro ni le bus, mais ses petits pieds, habitude contractée à l'époque de ses missions à Moscou, où trois heures de marche par tous les temps étaient la routine quand on voulait relever une boîte aux lettres morte ou se glisser derrière une porte cochère entrouverte pour un échange d'argent et d'informations fébrilement bouclé en trente secondes.

Pour rejoindre Bloomsbury à pied depuis Parliament Hill, trajet auquel Luke accordait en général une bonne heure, il s'efforçait d'emprunter un itinéraire différent chaque jour, le but n'étant pas de déjouer une possible filature, même si cette pensée l'abandonnait rarement, mais de jouir des voies détournées d'une ville qu'il voulait redécouvrir après des années de postes à l'étranger.

Aujourd'hui, en raison du soleil et de l'envie qu'il éprouvait de s'éclaircir les idées avant d'agir, il avait décidé de se promener dans Regent's Park puis de virer vers l'est à travers les rues. À cette fin, il avait compté une demi-heure de plus. Son humeur, où dominait une impatience trépidante, n'excluait pas une certaine angoisse. Il avait peu dormi, voire pas du tout. Il avait besoin de stabiliser le kaléidoscope. Il avait besoin de voir des gens normaux qui ne soient pas dans le secret, besoin de voir des fleurs et le monde extérieur.

« C'est un *oui* enthousiaste de sa part à lui, et un *oui, faut bien* enthousiaste de sa part à elle, s'était réjoui Hector sur la ligne cryptée. Billy Boy nous reçoit à 14 heures cet après-midi, donc tout va pour le mieux dans le meilleur des mondes. »

* * *

Six mois plus tôt, alors que Luke était en permission après trois ans à Bogotá, la Reine des Ressources humaines, connue dans tout le Service sous le surnom narquois de Reine humaine, l'avait informé qu'il était bon pour le placard. Il avait beau s'y attendre, il lui avait fallu quelques douloureuses secondes pour décoder le message.

« Luke, le Service est en train de survivre à la récession grâce à son habituelle et légendaire capacité d'adaptation, l'assura-t-elle d'un ton enjoué si optimiste qu'on aurait pu le pardonner de croire que, loin d'être mis au rebut, il allait se voir offrir un poste de directeur régional. Notre cote à Whitehall n'a jamais été aussi bonne, je suis ravie de le dire, ni notre mission de recrutement, aussi facile. 80 % de notre dernière promotion de jeunes aspirants sortent d'universités réputées avec des diplômes mention très bien, et personne ne nous parle plus de l'Irak. Certains ont même eu les félicitations du jury. Vous vous rendez compte ? »

Luke se rendait compte, mais se retint de dire qu'il avait donné satisfaction pendant vingt ans avec pour tout bagage une modeste mention bien.

Le seul vrai problème, ces temps-ci, poursuivit-elle du même ton résolument positif, était que les hommes du calibre et de l'échelon salarial de Luke, qui avaient atteint le sommet de leurs capacités, devenaient de plus en plus difficiles à caser. Et certains étaient tout bonnement incasables, se lamenta-t-elle. Mais que pouvait-elle donc faire, qu'on le lui dise, avec un jeune Chef qui préférait que son personnel ne traîne pas de casseroles estampillées guerre froide ? C'était vraiment trop triste.

Donc, tout ce qu'elle pouvait faire, désolée, Luke, si brillant qu'il ait été à Bogotá, et terriblement courageux, et au passage, la manière dont il menait sa vie privée ne la concernait absolument pas, du moment que cela n'affectait pas son travail, ce qui n'avait visiblement pas été le cas (longue parenthèse débitée d'une traite), c'était un poste temporaire dans les services administratifs jusqu'à ce que la titulaire actuelle revienne de congé maternité.

Entre-temps, il serait souhaitable qu'il ait une petite discussion avec les agents de réinsertion du Service, pour voir ce qu'ils pouvaient lui proposer dans le vrai monde, qui, contrairement à toutes les balivernes qu'il avait pu lire dans le journal, n'était pas si horrible qu'on voulait bien le dire. La poussée du terrorisme et les risques de troubles à l'ordre civil faisaient les beaux jours du secteur de la sécurité privée. Certains de ses tout meilleurs anciens agents gagnaient désormais deux fois plus que lorsqu'ils émargeaient au Service et ils étaient ravis. Avec son expérience du terrain (et sa vie privée de nouveau bien rangée, apparemment, même si cela ne la concernait absolument pas), elle n'avait aucun doute que Luke ferait un élément de tout premier choix pour son prochain employeur.

« Et vous n'avez pas besoin de suivi post-traumatique, ou quelque chose du genre ? » demanda-t-elle avec sollicitude alors qu'il prenait congé.

Pas de votre part, non merci, songea Luke. Et ma vie privée n'est pas bien rangée.

* * *

Le bureau affecté à Luke dans les affreux locaux des services administratifs au rez-de-chaussée se trouvait si près de la rue qu'on aurait aussi bien pu le jeter carrément dehors. Après trois ans passés dans la capitale mondiale de l'enlèvement, il avait du mal à se passionner pour les frais kilométriques des employés subalternes en poste au pays, mais il s'appliquait de son mieux. Sa surprise n'en avait donc été que plus grande lorsque, au bout d'un mois de cette punition, il avait décroché un téléphone qui ne sonnait quasiment jamais pour s'entendre convoqué à déjeuner sur-le-champ par Hector Meredith dans son club londonien notoirement peu huppé.

« Aujourd'hui, Hector ? Eh ben, ça !

– Arrivez tôt. Et surtout, motus et bouche cousue. Si on vous demande, dites que les Anglais débarquent, par exemple.

– Tôt, c'est-à-dire ?

– 11 heures.

– 11 heures ? Pour déjeuner ?

– Vous n'avez pas faim ? »

Le choix du lieu et de l'heure s'avéra ne pas être aussi absurde qu'il avait pu y paraître. À 11 heures un jour de semaine, un club décrépit de Pall Mall résonne du vrombissement des aspirateurs, des conversations chantantes de travailleurs immigrés sous-payés qui font la mise en place pour le déjeuner, et de pas grand-chose d'autre. Le hall à colonnades était désert, à l'exception d'un portier cacochyme dans sa guérite et d'une femme noire qui passait la serpillière sur le sol en marbre. Hector, perché jambes croisées sur un vieux trône en bois sculpté, lisait le *Financial Times*.

* * *

Dans un Service de nomades tenus de garder leurs secrets pour eux-mêmes, les informations concrètes sur un collègue étaient denrées rares. Mais même selon ces critères *a minima*, l'ancien directeur adjoint pour l'Europe occidentale, puis directeur adjoint pour la Russie, puis directeur adjoint pour l'Afrique et l'Asie du Sud-Est, et aujourd'hui, mystérieusement, directeur des projets spéciaux, était un point d'interrogation ambulant, ou plutôt, à en croire certains de ses collègues, un franc-tireur.

Quinze ans auparavant, Luke et Hector avaient suivi pendant trois mois le même cours de russe en immersion, dispensé par une vénérable princesse dans sa demeure du vieux Hampstead à la façade couverte de lierre, à moins de dix minutes de l'endroit où Luke habitait aujourd'hui. Le soir venu, les deux hommes partageaient une promenade cathartique à Hampstead Heath. À l'époque, Hector avançait à pas de géant, tant physiquement que professionnellement. Ses grandes enjambées le rendaient difficile à suivre pour le petit Luke. Sa conversation émaillée de jurons, qui passait souvent par-dessus la tête de Luke au sens propre comme au figuré, allait des « deux plus grands escrocs de l'Histoire » – Karl Marx et Sigmund Freud –, au besoin criant d'un patriotisme britannique qui serait compatible avec la conscience contemporaine, ceci généralement suivi d'une volte-face typique d'Hector, qui exigeait de savoir ce qu'on entendait par le mot « conscience », déjà.

Par la suite, leurs chemins s'étaient rarement croisés. Tandis que la carrière de Luke sur le terrain suivait son cours prévisible (Moscou, Prague, Amman, Moscou encore, avec des retours au QG entre deux, puis enfin Bogotá), l'ascension fulgurante d'Hector jusqu'au quatrième étage semblait écrite et la distance entre eux, du point de vue de Luke, infinie.

Mais le temps passant, le rebelle anticonformiste qui sommeillait chez Hector pointa le bout de son nez. Une nouvelle génération de potentats du Service réclamait une influence accrue dans les allées de Westminster. Hector, lors d'une allocution confidentielle aux agents haut gradés qui se révéla moins confidentielle que prévu, fustigea les imbéciles heureux du quatrième étage, « prêts à s'asseoir sur l'obligation sacrée du Service de dire la vérité au pouvoir en place ».

Les choses s'étaient à peine tassées que, présidant à la houleuse autopsie d'un foirage opérationnel, Hector en défendit les auteurs contre les planificateurs du Comité interservices, dont la vision, affirma-t-il, avait été « singulièrement brouillée par le fait d'avoir la tête dans le cul des Américains ».

Un beau jour de 2003, sans grande surprise, il disparut. Pas de soirée d'adieu, pas de chronique nécrologique dans la lettre d'informations mensuelle, pas de médaille discrète, pas d'adresse où faire suivre le courrier. Sa signature codée disparut d'abord des ordres opérationnels, puis des listes de diffusion, puis du carnet d'adresses mail de l'intranet, et enfin de l'annuaire des téléphones cryptés, ce qui revenait à une sentence de mort.

Et l'inévitable machine à rumeurs remplit le vide laissé par l'homme lui-même :

Il s'était fait virer pour avoir pris la tête des opposants à la guerre en Irak à l'étage directorial. Faux, affirmèrent d'autres. C'étaient les bombardements en Afghanistan, et il n'a pas été viré, il a démissionné.

Lors d'une dispute virulente, il avait traité le Secrétaire du Cabinet de « salopard » et de « menteur ». Faux encore, disait un autre camp. C'était le Procureur général, et il l'avait traité de « lèche-cul » et de « carpette ».

D'autres encore, un peu mieux informés, soulignaient la tragédie personnelle qu'Hector avait subie peu de temps avant son départ du Service : son fils unique et rebelle, Adrian, avait eu un énième accident au volant d'une voiture volée alors qu'il conduisait à grande vitesse sous l'influence de drogues dures. Miraculeusement, seul Adrian avait été blessé, au torse et au visage, mais une jeune maman et son bébé n'en avaient réchappé que d'un cheveu. Et la presse qui avait titré : LE FILS EN GOGUETTE D'UN HAUT FONCTIONNAIRE PROVOQUE UN DRAME DE LA ROUTE, c'était vraiment moche… Ses infractions antérieures lui avaient valu la récidive. Brisé par cette affaire, disait la machine à rumeurs, Hector s'était retiré du monde secret afin de soutenir son fils pendant sa peine de prison.

Malgré le mérite relatif de cette version qu'étayaient au moins quelques faits avérés, elle ne pouvait constituer le fin mot de l'histoire, car, quelques mois après sa disparition, c'était le visage d'Hector qui s'étalait à la une de la presse populaire, non pas en tant que père éploré d'Adrian, mais en tant que vaillant guerrier solitaire luttant pour sauver une vieille entreprise familiale des griffes de ceux qu'il taxait de VAUTOURS CAPITALISTES, s'assurant ainsi une manchette sensationnelle.

Pendant des semaines, les hectorologues se régalèrent de récits poignants sur cette société importatrice de céréales à la prospérité tranquille, implantée depuis longtemps sur les docks, avec soixante-cinq employés de longue date, tous actionnaires, auxquels « on a ôté leur gagne-pain du jour au lendemain », selon Hector, qui, du jour au lendemain, lui aussi, s'était découvert un don pour les relations publiques : « Les prédateurs et les profiteurs sont à nos portes, et soixante-cinq hommes et femmes parmi les meilleurs d'Angleterre sont à deux doigts de se faire envoyer au rebut », informa-t-il la presse. Et, comme de bien entendu, en moins d'un mois, les manchettes clamaient : MEREDITH REPOUSSE LES VAUTOURS CAPITALISTES : OPA TRIOMPHALE DE L'ENTREPRISE FAMILIALE.

Un an plus tard, Hector était de retour dans son bureau du quatrième étage, où il se remit à secouer un peu le cocotier, comme il se plaisait à le dire.

* * *

Comment Hector avait-il réussi à se faire réintégrer ? Le Service l'avait-il supplié à genoux ? Quelles étaient au juste les attributions d'un soi-disant directeur des projets spéciaux ? Autant de mystères que Luke ne pouvait s'empêcher de sonder alors qu'il le suivait à une lenteur d'escargot dans le mirobolant escalier de son club, orné des portraits écaillés d'augustes héros, jusque dans la bibliothèque à l'odeur de renfermé où jamais personne ne lisait de livres. Et il sondait toujours tandis qu'Hector fermait la grande porte en acajou, tournait la clé dans la serrure, la rangeait dans sa poche, ouvrait les fermoirs d'une vieille sacoche marron et, fourrant dans les mains de Luke une enveloppe du Service, scellée mais non timbrée, marchait d'un pas ample vers la fenêtre à guillotine qui allait jusqu'au plafond et donnait sur St James's Park.

« Je me suis dit que ça vous plairait plus que de glandouiller à l'Administration », lâcha-t-il, son corps anguleux se découpant contre les voilages crasseux.

La lettre à l'intérieur de l'enveloppe du Service était un courrier de cette même Reine des Ressources humaines qui avait condamné Luke à peine deux mois plus tôt. Dans une prose désincarnée, elle le transférait avec effet immédiat et sans explication au poste de coordinateur d'un organisme embryonnaire baptisé Groupe de Cadrage sur la Réciprocité, placé sous la responsabilité du directeur des projets spéciaux, dont la mission serait « l'examen proactif des coûts opérationnels susceptibles d'être recouvrés auprès des départements utilisateurs ayant largement bénéficié des matériaux fournis par des opérations du Service ». Cette nomination s'assortissait d'une prolongation de dix-huit mois de son contrat, qui augmentait d'autant la durée de sa carrière en vue du calcul de ses droits à pension. Pour toute question, utiliser l'adresse mail ci-dessous.

« Ça vous parle ? » s'enquit Hector depuis son poste devant la haute fenêtre à guillotine.

Mystifié, Luke balbutia quelque chose sur le fait que cela l'aiderait à rembourser son emprunt.

« Ça vous plaît, *proactif* ? Ça vous accroche ?

– Pas trop, avoua Luke avec un rire étouffé.

– La Reine humaine adoooore *proactif*, rétorqua Hector. Ça l'excite à mort. Et si on ajoute *cadrage*, c'est carrément Byzance. »

Luke devait-il lui renvoyer la balle ? Que diable mijotait-il, à le faire rappliquer dans cet horrible club à 11 heures du matin pour lui remettre une lettre, ce qu'il n'avait aucune légitimité à faire, et à émettre des critiques pédantes sur l'anglais de la Reine humaine ?

« J'ai entendu dire que vous aviez eu des soucis à Bogotá, lança Hector.

– Oh, vous savez, il y a eu des hauts et des bas, répondit Luke, sur la défensive.

– Quand vous sautiez la femme de votre adjoint ? C'est ça, les hauts et les bas ? »

En regardant d'un air interdit la lettre qu'il tenait dans sa main, Luke vit qu'elle commençait à trembler, mais il prit sur lui pour ne pas répliquer.

« Ou les hauts et les bas comme quand on se fait braquer à la mitraillette par un merdeux de baron de la drogue dont on pensait que c'était un Joe ? enchaîna Hector. Ce genre de hauts et de bas ?

– Sans doute les deux, concéda Luke d'un ton pincé.

– Ça vous dérangerait de me dire ce qui s'est passé en premier ? Le braquage ou la baise ?

– La baise, malheureusement.

– Malheureusement, parce que, pendant que vous étiez détenu par votre baron de la drogue dans sa redoute au cœur de la jungle, votre pauvre chère épouse à Bogotá apprenait que vous aviez sauté la voisine ?

– Oui, en effet. Elle l'a su.

– Résultat : quand vous avez faussé compagnie à votre baron de la drogue et que vous avez réussi à retrouver le chemin de la maison après quelques jours de crapahutage dans la brousse, vous n'avez pas franchement reçu l'accueil de héros auquel vous vous attendiez ?

– Non, en effet.

– Vous lui avez tout dit ?

– Au baron de la drogue ?

– À Éloïse.

– Euh, pas tout, non, reconnut Luke, sans trop savoir pourquoi il se soumettait à cet interrogatoire.

– Vous avez avoué ce qu'elle savait déjà ou qu'elle allait forcément découvrir, avança Hector d'un ton approbateur. La confession partielle qui se fait passer pour les aveux complets. J'ai bon ?

– En gros, oui.

– Je ne suis pas en train de fouiner, mon vieux. Je ne suis pas en train de juger. Je veux juste mettre les choses au clair. On a réussi des coups fumants, ensemble, dans des jours meilleurs. Pour moi, vous êtes un très bon agent, et c'est pour ça que vous êtes là. Alors, qu'en pensez-vous, dans l'ensemble, de cette lettre que vous tenez dans les mains ? Je veux dire, à part ça ?

– À part ça ? Euh… Je suis un peu perplexe.

– Perplexe à cause de quoi au juste ?

– Eh bien, déjà, pourquoi cette précipitation ? D'accord, c'est avec effet immédiat. Mais ce poste n'existe pas.

– Pas besoin. L'histoire est on ne peut plus claire. Les coffres sont vides, donc le Chef va quémander une rallonge auprès du Trésor. Le Trésor ne lâche rien. “On peut pas vous aider. On est fauchés. Allez récupérer du fric chez tous les glandus qui vous ont bouffé la laine sur le dos.” Moi, dans la conjoncture actuelle, je trouve que ça tient la route.

– Je suis certain que c'est une bonne idée, répondit Luke, très sérieux, mais à présent plus dérouté que jamais depuis son retour si peu triomphal en Angleterre.

– En tout cas, si ça ne tient pas la route, c'est maintenant que vous devez le dire, mon vieux ! Il n'y aura pas de deuxième chance, vu la situation, vous pouvez me croire.

– Si, si, ça tient la route. Et je vous suis très reconnaissant, Hector. Merci d'avoir pensé à moi. Merci pour le coup de pouce.

– Le plan de la Reine humaine, Dieu la bénisse, est de vous donner un bureau à vous. À quelques portes du service financier. Je ne peux pas m'en mêler, ce serait malvenu, mais voici mon conseil : restez à bonne distance des mecs des finances. Ils ne veulent pas que vous alliez leur tripoter les bouliers, et nous, qu'ils viennent tripoter les nôtres, hein ?

– Sans doute pas, non.

– Enfin, de toute façon, vous ne passerez pas beaucoup de temps au bureau. Vous serez de par les rues, à écumer Whitehall pour faire suer les ministères bien dotés. Votre boulot, ce sera de pointer une ou deux fois par semaine, de me faire un compte rendu d'étape et de bidouiller vos notes de frais. Vous êtes toujours partant ?

– Pas vraiment.

– Pourquoi ça ?

– Eh bien, pour commencer, pourquoi ici, déjà ? Pourquoi vous ne m'avez pas envoyé un mail à mon bureau du rez-de-chaussée ou téléphoné en interne ? »

Hector n'avait jamais bien pris la critique, se rappela Luke, et cela se vérifia.

« Putain, mais c'est pas vrai ! Si je vous avais envoyé un mail (ou si je vous avais téléphoné, on s'en fout), vous auriez été partant, là ? Pour la proposition de la Reine humaine ? En l'état ? »

Avec un temps de retard, un scénario différent et plus réconfortant se faisait jour dans l'esprit de Luke.

« Si vous me demandez si j'accepterais l'offre de la Reine humaine telle qu'elle m'a été présentée dans cette lettre, si vous me le demandez dans l'absolu, ma réponse est oui. Si vous me demandez, dans l'absolu, là encore, si je flairerais un mauvais coup si je trouvais la lettre posée sur ma table dans mon bureau, ou affichée sur mon écran, la réponse est non.

– Parole de scout ?

– Parole de scout. »

Ils furent interrompus par le bruit de la poignée qu'on secouait brutalement, suivi par une série de coups agacés sur la porte. Avec un « la barbe » plein de lassitude, Hector fit signe à Luke de se cacher entre les étagères de livres, tourna la clé dans la serrure et passa la tête par l'entrebâillement.

« Désolé, mon vieux, pas aujourd'hui, Luke l'entendit-il dire. On fait un inventaire officieux. Le bordel classique : il y a des membres qui ont sorti des livres sans signer. J'espère que vous n'en êtes pas. Revenez vendredi ! lança-t-il avant d'enchaîner, sans prendre la peine de baisser la voix, tandis qu'il refermait la porte à clé : Eh ben putain, c'est la première fois de ma vie que je suis content d'être bibliothécaire honoraire. C'est bon, vous pouvez sortir de votre cachette. Et au cas où vous penseriez que je suis le cerveau d'un complot septembriste, vous feriez mieux de lire cette lettre-ci, aussi, puis de me la rendre pour que je la bouffe. »

Cette nouvelle enveloppe était bleu pâle et d'une opacité suspecte, avec un lion et une licorne bleus rampants finement estampés sur le rabat. À l'intérieur, une feuille de papier à lettres demi-format d'un bleu assorti portait l'en-tête solennel : Bureau du Secrétariat.

Cher Luke,
Je vous confirme par la présente que la conversation hautement privée que vous êtes en train d'avoir avec notre collègue commun à l'heure du déjeuner à son club aujourd'hui se déroule avec mon approbation officieuse.
Sincèrement,...

Suivait une minuscule signature qui semblait avoir été obtenue sous la menace d'une arme : William J. Matlock, Chef du Secrétariat, mieux connu sous le surnom de Billy Boy Matlock (voire de Bully Boy, comme l'appelaient ceux qui avaient eu un différend avec lui), l'inquisiteur le plus implacable et le plus ancien du Service, bras droit du Chef en personne.

« C'est de la merde en barre, pour tout dire, mais il était coincé, ce vieux con ! fit remarquer Hector en remettant la lettre dans l'enveloppe et l'enveloppe dans une poche intérieure de sa veste sport élimée. Ils savent que j'ai raison, ils voudraient bien que je n'aie pas raison, et ils ne savent pas quoi faire si j'ai raison. Ils ne veulent pas du chameau dehors qui pisse dans la tente, mais ils veulent pas non plus du chameau sous la tente qui pisse dehors. La seule solution, c'est de me bâillonner et de me jeter au trou, mais je ne vais pas me laisser faire bien gentiment, ça n'a jamais été mon genre. Et vous non plus, d'après ce qu'on dit. Comment ça se fait que vous n'ayez pas été bouffé par des tigres, ou je ne sais pas ce qu'ils ont comme bestiaux, là-bas ?

– Surtout des insectes.

– Des sangsues ?

– Aussi, oui.

– Ne restez pas planté là. Posez vos fesses quelque part. »

Luke s'exécuta. Hector, lui, resta debout, les mains enfoncées dans les poches, les épaules basses, à contempler d'un œil noir la cheminée vide au manteau de cuir craquelé et la pince et le tisonnier antiques en laiton. Luke eut alors le sentiment que l'atmosphère de cette bibliothèque était devenue oppressante, sinon menaçante. Et peut-être Hector le perçut-il aussi, car sa désinvolture l'abandonna et son visage hâve et maladif se fit aussi lugubre que celui d'un croque-mort.

« J'ai une question à vous poser, annonça-t-il soudain, plus à la cheminée qu'à Luke.

– Allez-y.

– Quel est le truc beurk le plus immonde que vous ayez jamais vu de votre vie ? Où que ce soit ? Hormis le canon de l'Uzi d'un baron de la drogue sous votre pif ? Des mômes affamés au ventre boursouflé au Congo, avec les mains coupées à la hache, rendus fous par la faim, trop épuisés pour pleurer ? Des pères castrés, la bite enfoncée dans la bouche, les yeux envahis par les mouches ? Des femmes avec des baïonnettes enfoncées dans la chatte ? »

Luke n'ayant jamais servi au Congo, il supposa qu'Hector décrivait là des scènes vécues.

« On avait des choses de ce genre, dit-il.

– Comme quoi ? Donnez-moi un ou deux exemples.

– Les grandes virées des autorités colombiennes. Avec l'aide des Américains, évidemment. Des villages brûlés. Des villageois violés en bande, torturés, coupés en morceaux. Tous massacrés sauf l'unique survivant qui nous a raconté l'histoire.

– Oui, bon, donc on connaît un petit peu le monde, tous les deux, concéda Hector. On n'est pas des oies blanches.

– Non.

– Et l'argent sale qui coule à flots, l'exploitation de la souffrance, on connaît aussi. Des milliards, ne serait-ce qu'en Colombie. Vous avez vu ça de près. Votre coco, là, il devait sacrément brasser, dit-il avant d'enchaîner sans attendre de réponse : Au Congo, des milliards. En Afghanistan, des milliards. Un huitième de l'économie mondiale, c'est de l'argent aussi sale que votre calcif. On le sait, ça.

– Oui, on le sait.

– Du fric couvert de sang. Voilà ce que c'est.

– Oui.

– Peu importe où. Qu'il soit planqué dans une boîte sous le lit d'un seigneur de la guerre en Somalie ou dans une banque de la City, juste à côté du porto hors d'âge, ce fric est rouge. Couvert de sang.

– Je suis assez d'accord.

– Les belles excuses, les enrobages sexy, ça n'y change rien. Les bénéfices tirés du racket, du trafic de drogue, du meurtre, du chantage, des viols collectifs, de l'esclavage, ça reste du fric couvert de sang. Dites-moi si j'enfonce un peu trop le clou.

– Oh, non, sûrement pas.

– Il n'y a que quatre moyens d'y mettre un terme. Un : on s'attaque aux mecs qui font ça. On les capture, on les zigouille ou on les jette en taule. Encore faut-il pouvoir. Deux : on vise le produit. On l'intercepte avant qu'il atteigne la rue ou le marché. Encore faut-il pouvoir. Trois : on récupère les bénéfices, comme ça on met ces enfoirés au chômage. »

Pause inconfortable tandis qu'Hector semblait ruminer des questions bien au-dessus du niveau hiérarchique de Luke. Pensait-il aux dealers d'héroïne qui avaient fait de son fils un junkie et un taulard ? Ou aux vautours capitalistes qui avaient voulu mettre son entreprise familiale sur la paille, et soixante-cinq nommes et femmes parmi les meilleurs d'Angleterre au rebut ?

« Et puis, il y a le quatrième moyen, reprit Hector. Le plus moche. Le plus éprouvé, le plus facile, le plus pratique, le plus répandu et le moins chiant. On laisse tomber tous ces gens qui ont été affamés, violés, torturés, poussés à l'overdose. On s'en branle, des coûts humains ! L'argent n'a pas d'odeur tant qu'il y en a assez et qu'il est à nous. Avant tout, il faut voir grand. On attrape le menu fretin, mais on laisse les requins dans l'eau. Un mec blanchit un ou deux millions ? C'est un sale escroc. On appelle la financière, on le jette aux fers. Mais s'il blanchit quelques milliards, hein ? Là, ça devient intéressant. Quelques milliards, ça fait du chiffre. »

Hector ferma les paupières pour se plonger dans ses pensées, ce qui lui donna un instant l'apparence de son propre masque mortuaire, du moins aux yeux de Luke.

« Vous n'êtes pas obligé de dire amen à tout ça, Luke, reprit-il d'un ton compréhensif en sortant de sa rêverie. La porte est grande ouverte et, vu ma réputation, il y a beaucoup de mecs qui l'auraient déjà prise, à ce stade. »

Luke trouva ce choix de métaphore pour le moins ironique, puisque Hector avait la clé dans sa poche, mais il garda ses pensées pour lui-même.

« Vous pouvez rentrer au bureau après le déjeuner, dire à la Reine humaine merci mille fois mais que vous préférez purger votre peine tranquille au rez-de-chaussée. Vous touchez votre pension, vous évitez les barons de la drogue et les femmes des collègues et vous avez le restant de vos jours pour vous tourner les pouces. Vous vous en tirez indemne.

– Mon problème, c'est que je ne suis pas très doué pour me tourner les pouces », dit Luke avec un sourire forcé.

Mais rien ne pouvait interrompre le boniment agressif d'Hector.

« Je vous offre une rue à sens unique qui débouche sur un mur, insista-t-il. À partir du moment où vous signez, vous êtes baisé. Si on perd, on est deux cafteurs à la manque qui ont voulu cracher dans la soupe. Si on gagne, on devient des lépreux dans la vaste jungle de Whitehall et Westminster et tous les comptoirs des alentours. Sans parler du Service que nous faisons de notre mieux pour aimer, honorer et servir.

– C'est tout ce que je vais avoir, comme information ?

– Pour votre sécurité et la mienne, oui. Ceinture jusqu'à ce qu'on ait régularisé. »

Ils se tenaient devant la porte. Hector avait sorti la clé de sa poche et s'apprêtait à l'ouvrir.

« Au fait, Billy Boy, lança-t-il.

– Oui, quoi, Billy Boy ?

– Il va vous mettre la pression. Il n'a pas le choix. Le coup de la carotte et du bâton. “Qu'est-ce que ce cinglé de Meredith vous a raconté ? Qu'est-ce qu'il mijote ? Où ? Qui est-ce qu'il recrute ?” Si ça arrive, vous m'en parlez d'abord, et vous m'en reparlez après. Personne n'est casher, dans cette histoire. Tout le monde est présumé coupable avant d'avoir été reconnu innocent. On est d'accord ?

– Jusqu'à présent, j'assure plutôt bien, question contre-interrogatoire, répliqua Luke, estimant qu'il était temps de s'affirmer.

– Oui, mais ça n'empêche, dit Hector, qui attendait toujours une réponse.

– Ce ne serait pas russe, par hasard ? demanda Luke avec espoir, pris de ce qu'il considéra par la suite comme une illumination subite, lui qui était russophile et avait toujours mal vécu le fait d'être retiré de la circulation au motif qu'il éprouvait trop d'affection pour la cible.

– Ça pourrait être russe. Ça pourrait être tout, n'importe quoi et mon cul sur la commode », rétorqua Hector, ses grands yeux gris brillant à nouveau de l'étincelle du convaincu.

* * *

Luke avait-il jamais vraiment accepté ce poste ? Maintenant qu'il y repensait, avait-il jamais dit : « Oui, Hector, je monte à bord, les yeux bandés et les mains attachées dans le dos, comme ce soir-là en Colombie, et je me joins à votre mystérieuse croisade » ou autres propos de la même eau ?

Non, jamais.

Même lorsqu'ils s'attablèrent pour ce qu'Hector décrivit gaiement comme le deuxième plus mauvais déjeuner du monde (le vainqueur de la catégorie restant à désigner), Luke dut bien s'avouer qu'il se demandait toujours s'il n'avait pas été convié à prendre part à une de ces guerres intestines dans lesquelles le Service se laissait parfois entraîner malgré lui avec des résultats désastreux.

Les premières tentatives d'Hector pour faire gentiment la conversation n'apaisèrent en rien ces angoisses. Assis dans les confins du sépulcral restaurant de son club à la table la plus proche du tintamarre de la cuisine, il dispensa à Luke une master-class sur l'utilisation de la communication indirecte dans les espaces publics.

Devant une anguille fumée, il se borna à demander des nouvelles de la famille de Luke, sans se tromper, incidemment, sur le nom de sa femme et de son fils, signe supplémentaire pour Luke qu'il avait lu son dossier personnel. Quand arrivèrent le hachis Parmentier et le chou façon cantine sur un chariot en argent cliquetant piloté par un vieux Noir irascible en livrée rouge, Hector aborda le sujet plus intime mais tout aussi anodin des projets de mariage de Jenny (sa fille bien-aimée, s'avéra-t-il) qui venaient de tomber à l'eau puisque, selon Hector, son compagnon s'était révélé être un salaud de première.

« Ce n'était pas de l'amour, chez Jenny, c'était de l'addiction. Comme Adrian, sauf que, Dieu merci, ce n'était pas à la drogue. Ce mec est un sadique, elle un cœur d'artichaut. Nous, on s'est dit : vendeur disposé, acheteuse captive. On n'a rien dit, on ne peut rien dire dans ces cas-là. On leur a acheté une jolie petite maison à Bloomsbury, tout équipée. Cet enfoiré vulgos voulait une moquette de dix centimètres d'épaisseur, alors Jenny aussi. Moi, personnellement, je déteste, mais qu'est-ce qu'on peut y faire ? À deux pas du British Museum, impeccable pour Trotski et le doctorat de Jenny. Mais Dieu merci, notre brave Jenny a percé à jour ce petit merdeux, bravo ! Un prix spécial crise, le propriétaire était fauché, je ne vais pas y laisser de plumes. Un joli jardin, pas trop grand. »

Le vieux serveur réapparut avec un pot de crème anglaise incongru. Chassé par Hector d'un revers de main, il marmonna une imprécation et repartit d'un pas traînant vers la table voisine distante d'au moins six mètres.

« Et un joli sous-sol aménagé, aussi, ce qui n'est pas courant de nos jours. Ça cocotte un peu, mais rien d'insoutenable. Un précédent locataire s'en servait comme cave à vin. Pas de murs mitoyens. Juste ce qu'il faut de circulation dehors. Coup de pot que le mec lui ait pas fait un gosse. Connaissant Jenny, ils ne devaient pas prendre leurs précautions.

– Quel soulagement, commenta poliment Luke.

– Oui, ben, encore heureux, non ? » lâcha Hector.

Il se pencha alors vers l'avant pour être sûr de se faire entendre malgré le vacarme en cuisine. Luke en était à se demander si Hector avait même une fille.

« J'ai pensé que ça vous dirait peut-être de reprendre la maison gratos pendant un temps, annonça Hector. Jenny ne veut pas y remettre les pieds, ça se comprend, mais ce serait bien que ce soit habité. Je vais vous donner la clé dans une minute. Au fait, vous vous rappelez Ollie Devereux ? Le fils d'un Russe blanc qui avait une agence de voyages à Genève, et d'une vendeuse de fish-and-chips de Harrow ? Une tête d'ado attardé ? Il vous a tiré d'affaire quand vous avez foiré une écoute dans un hôtel à Saint-Pétersbourg il y a quelque temps ? »

Luke se rappelait bien Ollie Devereux.

« Il parle français, russe, suisse allemand et italien, ça peut toujours être utile. C'est le meilleur auxiliaire du métier. Vous le paierez en liquide. Ça aussi, je vais vous en donner. Vous commencez à 9 heures pétantes demain matin. Ça vous laisse le temps de vider votre bureau à l'Administration et de monter vos agrafes et vos trombones au troisième étage. Ah oui, on vous met à la colle avec une charmante jeune femme prénommée Yvonne, peu importe son nom de famille. On lui donnerait le bon Dieu sans confession, mais c'est un limier de première bourre avec des couilles en acier trempé. »

Le chariot d'argent réapparut. Hector recommanda le pain perdu. Luke répondit que c'était son dessert préféré. Et là, la crème anglaise serait la bienvenue, merci. Le chariot partit dans un nuage de fureur gériatrique.

« Veuillez vous considérer comme l'un des rares élus, et ce, depuis deux heures environ, dit Hector en se tamponnant la bouche avec une serviette en damas mangée par les mites. Vous seriez le numéro sept sur la liste, Ollie inclus, s'il y avait une liste. Je ne veux pas d'un huitième que je n'aurais pas désigné moi-même. On est d'accord ?

– On est d'accord », acquiesça Luke, cette fois-ci.

Alors, tout compte fait, il avait peut-être bien dit oui.

* * *

Cet après-midi-là, sous le regard glacial de ses compagnons d'incarcération à l'Administration, encore étourdi par l'immonde bordeaux du club, Luke rassembla ce qu'Hector avait appelé ses agrafes et ses trombones et les transféra dans l'isolement feutré du troisième étage, où un bureau quelconque mais acceptable dont la porte indiquait CADRAGE RÉCIPROCITÉ attendait bel et bien son occupant théorique. Il portait un vieux cardigan, qu'il posa instinctivement sur le dossier de sa chaise, où le cardigan demeurait encore à ce jour, tel le fantôme de son autre moi chaque fois qu'il passait par là le vendredi après-midi pour lancer un joyeux salut aux collègues qu'il croisait dans le couloir ou faire enregistrer ses fausses notes de frais avant de les reverser religieusement sur le compte de ménage de Bloomsbury.

Et dès le lendemain matin (il venait à peine de retrouver le sommeil, à l'époque), il s'embarquait pour son premier trajet à pied jusqu'à Bloomsbury, exactement comme aujourd'hui, sauf que, le jour de son trajet inaugural, des trombes de pluie balayaient Londres, l'obligeant à porter un chapeau et un imperméable qui lui descendait aux chevilles.

* * *

Il avait dans un premier temps vérifié l'absence de guetteurs dans la rue. Ce n'était guère un souci vu le déluge, mais il y a des habitudes opérationnelles qui ne se perdent pas, quelles que soient les quantités de sommeil et de marche rapide qu'on accumule. Une reconnaissance de la rue direction nord-sud, une autre de la perpendiculaire qui débouchait juste en face de la maison cible, le numéro 9.

Puis la maison elle-même, aussi jolie qu'Hector l'avait promis, même sous l'averse. Une maison mitoyenne fin XVIIIe à deux étages, sans encorbellement, en brique londonienne traditionnelle, avec un petit perron fraîchement peint de blanc menant à une porte fraîchement peinte de bleu roi surmontée d'une imposte en éventail et flanquée de deux fenêtres à guillotine, ainsi que des soupiraux de part et d'autre du perron.

Mais pas d'escalier extérieur vers le sous-sol, nota dûment Luke en montant les marches, avant de tourner la clé pour entrer. Il marqua une pause sur le paillasson, tendit l'oreille, puis s'extirpa de son imperméable trempé et sortit une paire de mocassins secs de la besace qu'il avait cachée en dessous.

Une entrée richement moquettée en vermillon tape-à-l'œil, héritage du petit merdeux que Jenny avait percé à jour juste à temps. Un vieux fauteuil-guérite tendu d'un cuir vert criard flambant neuf. Un miroir ancien somptueusement redoré. Hector avait voulu bien faire pour sa chère Jenny, et, après son triomphe contre les vautours capitalistes, il semblait en avoir les moyens. Deux volées de marches, elles aussi recouvertes d'une épaisse moquette. Luke cria : « Il y a quelqu'un ? » Pas de réponse. Il poussa la porte du salon. Cheminée d'époque, gravures de David Roberts, canapé et fauteuils décorés de riches housses tendance. Dans la cuisine, électroménager high-tech, table en pin fatiguée. Il ouvrit la porte du sous-sol et cria de nouveau dans l'escalier : « Houhou ? Il y a quelqu'un ? » Toujours pas de réponse.

Il monta au premier sans entendre le bruit de ses propres pas. Sur le palier de repos se trouvaient deux portes, l'une, à sa gauche, renforcée par un blindage en acier et des verrous en cuivre de chaque côté à hauteur d'épaules, l'autre, à sa droite, toute simple. Des lits jumeaux, sans draps, et une petite salle de bains.

Une deuxième clé pendait au trousseau que lui avait donné Hector. Se tournant vers la porte de gauche, Luke la déverrouilla et pénétra dans une pièce enténébrée qui sentait le déodorant pour femme, celui qu'aimait bien Éloïse jadis. Il chercha l'interrupteur à tâtons. D'épais rideaux de velours rouge, tout juste accrochés, soigneusement fermés et attachés l'un à l'autre par d'énormes épingles de nourrice qui lui rappelèrent impromptu ses semaines de convalescence à l'hôpital américain de Bogotá. Pas de lit. Au centre de la pièce, une table sur tréteaux avec fauteuil pivotant, ordinateur et lampe de bureau. Sur le mur face à lui, fixés dans l'angle avec le plafond, quatre stores noirs en toile cirée qui descendaient jusqu'au sol.

Luke retourna sur le palier, se pencha par-dessus la rampe et cria une fois de plus : « Il y a quelqu'un ? », toujours sans obtenir de réponse. De retour dans la chambre, il débloqua un à un les stores noirs, qui s'enroulèrent dans leur logement au ras du plafond. Il crut d'abord regarder un plan d'architecte occupant toute la largeur du mur. Mais un plan de quoi ? Puis il songea qu'il devait s'agir d'un interminable calcul mathématique. Mais un calcul de quoi ?

Il étudia les lignes colorées et lut les légendes en italiques manuscrites soignées indiquant ce qu'il supposa d'abord être des villes. Mais comment auraient-elles pu renvoyer à des villes, avec des noms comme Pasteur, Évêquc, Prêtre et Curé ? Des pointillés à côté de traits pleins. Des lignes noires virant au gris avant de mourir. Des lignes mauves et bleues convergeant vers un nœud quelque part au sud du centre, ou bien en sortaient-elles ?

Et toutes ces lignes agrémentées de tels détours, retours en arrière, virages, demi-tours et changements de direction, en haut, en bas, à droite, à gauche, puis de nouveau en haut, que si son fils Ben, pendant l'une de ses crises inexplicables, s'était enfermé dans cette même pièce avec un pot de crayons de couleur et avait gribouillé sur le mur, l'effet n'eût guère été différent.

« Ça vous plaît ? demanda Hector, debout derrière lui.

– Vous êtes sûr que ce n'est pas accroché à l'envers ? répliqua Luke, résolu à ne pas trahir sa surprise.

– Elle l'a intitulé *Anarchie de l'argent*. Je trouve que ça irait très bien à la Tate Modern.

– Elle ?

– Yvonne. Notre Demoiselle de Fer. Elle vient surtout l'après-midi. C'est sa pièce. La vôtre est à l'étage au-dessus. »

Ensemble, ils montèrent jusqu'à un grenier aménagé avec poutres apparentes et vasistas. Une table à tréteaux du même style que celle d'Yvonne. Hector ne semblait pas aimer les bureaux à tiroirs. Un ordinateur, aucun terminal.

« On n'utilise pas de lignes fixes, cryptées ou pas, expliqua Hector avec cette intensité retenue que Luke apprenait à attendre de lui. Pas de super téléphone rouge en liaison avec le QG, pas de connexion mail, cryptée, décryptée ou cryptique. Les seuls documents qu'on manipule sont sur les petites clés orange d'Ollie, dit-il en lui en montrant une, une banale clé USB avec un numéro 7 gravé sur sa coque en plastique. Chacun de nous assure le suivi de chaque clé en transit à chaque bout, compris ? On signe à l'arrivée, on signe au départ. Ollie fait la navette, il tient le registre. Après deux jours avec Yvonne, vous aurez compris la manip. On réglera les autres questions au fur et à mesure. Des problèmes ?

– Je ne pense pas, non.

– Moi non plus. Alors détendez-vous, pensez à l'Angleterre, fermez-la et ne déconnez pas. »

Et pensez aussi à notre Demoiselle de Fer. Le limier de première bourre avec des couilles en acier trempé et le déodorant de luxe d'Éloïse.

* * *

Luke s'était employé à respecter tous ces conseils au cours des trois derniers mois, et il priait ardemment de pouvoir encore le faire aujourd'hui. Par deux fois, Billy Boy Matlock l'avait convoqué pour le flatter ou le menacer, voire l'un et l'autre. Par deux fois, il avait esquivé, tergiversé et menti, selon les instructions d'Hector, et survécu, ce qui n'avait pas été une mince affaire.

« Yvonne n'existe ni sur Terre ni dans les cieux, avait décrété Hector dès le premier jour. Ni aujourd'hui, ni jamais. Compris ? Point barre. Point à la ligne. Point final. Et même si Billy Boy vous accroche par les burnes au lustre en cristal, elle n'existe toujours pas. »

Elle n'existe pas ? Cette jeune femme bien propre sur elle, sans maquillage, en long imperméable foncé à capuche pointue, debout sur le perron le tout premier soir de la toute première journée de Luke sur les lieux, tenant à deux bras une grosse sacoche comme si elle venait de la sauver du déluge, elle n'existe pas, ni aujourd'hui, ni jamais ?

« Bonsoir, je suis Yvonne.

– Moi, c'est Luke. Entrez donc ! »

Poignée de main dégoulinante tandis qu'ils la font entrer. Ollie, le meilleur auxiliaire du métier, trouve un cintre et accroche l'imperméable dans les toilettes pour qu'il dégoutte sur le sol carrelé. C'est le début d'une relation de travail de trois mois qui n'existe pas. Les limitations draconiennes concernant le papier édictées par Hector ne s'appliquaient pas à la grosse sacoche d'Yvonne, apprit bientôt Luke ce soir-là, car tout ce qu'elle apportait dedans repartait le même jour, vu qu'Yvonne n'était pas juste une documentaliste, mais aussi une source clandestine.

Sa sacoche pouvait contenir un gros dossier de la Banque d'Angleterre un jour et, le lendemain, de l'Autorité des services financiers, du Trésor ou de l'Agence de lutte contre le crime organisé. Et, un vendredi soir exceptionnel qui resterait gravé dans toutes les mémoires, la sacoche pleine à craquer renfermait six épais volumes et une vingtaine de cassettes audio, sortis des archives sacrées du GCHQ, le service britannique de renseignement électronique. Ollie, Luke et Yvonne passèrent le week-end à photocopier, photographier et dupliquer les documents dans tous les sens afin qu'Yvonne puisse les restituer à leurs propriétaires légitimes le lundi matin au point du jour.

Obtenait-elle son butin par des moyens licites ou bien par la ruse ? Le volait-elle ou bien le soutirait-elle au charme à ses collègues et complices ? Luke n'en avait toujours aucune idée à ce jour. Il savait seulement que, dès qu'elle arrivait avec sa sacoche, Ollie l'emportait dans sa tanière derrière la cuisine, en scannait le contenu, le transférait sur une clé USB et rendait la sacoche à Yvonne. Et Yvonne, à la fin de la journée, la remportait au ministère de Whitehall, quel qu'il soit, qui jouissait officiellement de ses serviccs.

Car là résidait un autre mystère, qui ne fut jamais éclairci lors des longs après-midi que Luke et Yvonne passèrent cloîtrés ensemble à comparer les noms illustres de vautours capitalistes avec des transferts de milliards de dollars en liquide effectués en un clin d'œil à travers trois continents dans la même journée, ou à papoter dans la cuisine en dégustant la soupe préparée par Ollie pour le déjeuner, spécialité du chef : la tomate, mais la gratinée à l'oignon n'était pas mal non plus. Quant au potage au crabe, qu'il apportait précuit dans un thermos à pique-nique et terminait sur la cuisinière à gaz, c'était de l'avis général un vrai délice. Mais pour Billy Boy Matlock, Yvonne n'existe pas et n'existera jamais. Aboutissement de semaines d'entraînement dans l'art de résister à un interrogatoire, ainsi que d'un mois passé recroquevillé et menotté dans la redoute au cœur de la jungle d'un baron de la drogue siphonné pendant que votre femme découvre que vous êtes un coureur de jupons invétéré.

* * *

« Bon, alors, d'où peuvent bien venir les fuites, Luke ? lui demande Matlock en sirotant une bonne tasse de thé dans le coin salon de son vaste bureau à la Loubianka-sur-Tamise, où il l'a convié pour une petite conversation informelle, pas besoin de prévenir Hector. Vous vous y connaissez en informateurs. Je pensais encore à vous l'autre jour quand s'est posée la question de la nomination d'un nouveau responsable de la formation à la gestion d'agents. Un joli contrat de cinq ans, idéal pour quelqu'un de votre âge, précise Matlock avec son accent traînant typique du terroir des Midlands.

– Pour être parfaitement honnête, Billy, je n'en sais pas plus que vous, réplique Luke, bien conscient qu'Yvonne n'existe pas et n'existera jamais, même si Billy Boy l'accroche par les burnes au lustre en cristal, ce qui était à peu près la seule chose que les sbires du baron de la drogue n'avaient pas pensé à lui infliger. Hector fait sortir ses informations de son chapeau comme un magicien, pour tout dire. C'est incroyable », ajoute-t-il avec un air dûment mystifié.

Matlock semble ne pas entendre cette réponse, ou peut-être ne pas l'apprécier, car toute cordialité disparaît alors de sa voix.

« Attention, c'est à double tranchant, cette nomination au poste de formateur. Il nous faudrait un agent aguerri dont la carrière pourrait servir de modèle à nos jeunes recrues idéalistes. Hommes ou femmes, cela va de soi. Le Conseil devrait être convaincu qu'il n'y a aucune suspicion d'indélicatesse qui puisse être retenue contre le postulant désigné. Et c'est le Secrétariat qui fournirait les informations au Conseil, bien évidemment. Dans votre cas, il faudrait peut-être retoucher un peu votre CV.

– Voilà qui serait fort généreux, Billy.

– En effet, Luke, ce serait généreux. Et, disons, conditionné à votre comportement actuel, aussi. »

* * *

Qui était donc Yvonne ? Pendant le premier de ces trois mois, elle avait un peu fait perdre la tête à Luke (il pouvait le dire, à présent, il pouvait le reconnaître). Il adorait sa discrétion et son quant-à-soi, qu'il aurait tant voulu partager. Son corps subtilement parfumé, dût-elle un jour permettre qu'il se révèle, tendrait vers le classique, il se l'imaginait parfaitement. Or, ils pouvaient rester assis pendant des heures côte à côte devant son écran d'ordinateur ou sa fresque pour la Tate Modern, à sentir chacun la chaleur du corps de l'autre et s'effleurer involontairement les mains. Ils pouvaient partager chaque péripétie de la traque, chaque fausse piste, voie sans issue et victoire éphémère, le tout à quelques centimètres l'un de l'autre, dans la chambre à l'étage d'une planque qu'ils avaient pour eux deux l'essentiel de la journée.

Et pourtant, toujours rien. Jusqu'à un soir où, tous deux épuisés, ils s'étaient attablés dans la cuisine pour partager un bol de la soupe d'Ollie et, sur la suggestion de Luke, un petit verre du malt d'Islay d'Hector. Se surprenant lui-même, il lui demanda tout à trac quelle sorte de vie elle menait en dehors de tout ça, et si elle avait quelqu'un avec qui la partager, quelqu'un qui pouvait la soutenir dans son dur labeur, ajoutant, avec son sourire triste dont il eut aussitôt honte, qu'après tout seules nos réponses étaient dangereuses, pas nos questions, n'est-ce pas, si elle voyait ce qu'il voulait dire.

Pendant un long moment, sa dangereuse réponse ne se matérialisa pas.

« Je suis fonctionnaire, répondit-elle enfin, sur le ton mécanique d'un candidat face à la caméra dans une émission de jeu. Mon nom n'est pas Yvonne, et vous n'avez pas à connaître mon service de rattachement. Mais je ne pense pas que ce soit ça que vous me demandez. Je suis la trouvaille d'Hector, comme vous, j'imagine. Mais je ne pense pas non plus que ce soit ça que vous me demandez. Vous me demandez quels sont mes penchants, et, partant de là, si j'ai envie de coucher avec vous.

– Là n'était pas du tout mon intention, Yvonne ! protesta Luke sincèrement.

– Pour votre gouverne, sachez que je suis mariée à un homme que j'aime. Nous avons une fille de trois ans, et je ne couche pas à droite à gauche, même avec des hommes gentils comme vous. Alors, terminons notre soupe, vous voulez bien ? »

Contre toute attente, cette dernière suggestion les fit éclater d'un rire cathartique, et, une fois la tension retombée, chacun retourna paisiblement dans son coin.

* * *

Et Hector, qui était-il donc, lui, au bout de trois mois de fréquentation, si sporadique fût-elle ? Hector, au regard fiévreux, aux tirades scatologiques contre les escrocs de la City à l'origine de tous nos maux ? Sur le téléphone arabe du Service, il se murmurait que, pour sauver l'entreprise familiale, Hector aurait eu recours à des méthodes affûtées pendant ses longues années de pratique d'opérations occultes, méthodes considérées comme indignes même à l'aune des affligeants critères de la City. Alors, cette vendetta contre les scélérats de la City était-elle motivée par la vengeance, ou bien par la culpabilité ? Ollie, d'ordinaire peu porté sur les ragots, était formel : l'expérience qu'avait faite Hector des mauvaises manières de la City (mais aussi leur utilisation à ses propres fins, ajouta Ollie) l'avait transformé du jour au lendemain en ange exterminateur. « C'est un petit serment qu'il s'est fait, leur confia-t-il dans la cuisine, un soir qu'ils attendaient une des arrivées tardives d'Hector. Il va sauver le monde avant de le quitter, même s'il doit y laisser sa peau. »

* * *

En tout état de cause, Luke avait toujours été un inquiet. Dès sa plus tendre enfance, il s'était inquiété pour tout, avec la même absence de discernement que lorsqu'il tombait amoureux.

Il s'inquiétait aussi bien de savoir si sa montre avait dix secondes d'avance ou de retard que de savoir où allait un mariage dans lequel la communauté était réduite à la cuisine.

Il s'inquiétait de ce que les crises de son fils Ben puissent relever d'autre chose que de la simple croissance, et de ce que Ben puisse avoir reçu de sa mère l'ordre de ne pas aimer son père.

Il s'inquiétait d'être en paix avec lui-même au travail alors qu'en dehors, même quand il déambulait tranquillement comme en ce moment, il était une vraie boule de nerfs.

Il s'inquiétait de n'avoir pas ravalé sa fierté et accepté la proposition de suivi psy que lui avait faite la Reine humaine.

Il s'inquiétait à propos de Gail et du désir qu'il éprouvait pour elle, ou pour les filles de son genre avec un visage rayonnant, et pas le nuage gris qui suivait Éloïse partout, même au soleil.

Il s'inquiétait pour Perry et s'efforçait de ne pas l'envier. Il s'inquiétait de savoir quelle facette de Perry prendrait le dessus en cas d'urgence opérationnelle : l'alpiniste intrépide ou l'universitaire moralisateur et naïf, à supposer qu'ils soient différents l'un de l'autre ?

Et il s'inquiétait du duel imminent entre Hector et Billy Boy Matlock. Lequel des deux allait perdre son sang-froid en premier, ou en tout cas faire semblant de le perdre ?

* * *

En quittant le sanctuaire de Regent's Park, il s'enfonça dans la foule des chalands du dimanche en quête d'une bonne affaire. Calme-toi, se dit-il. Tout va bien se passer. C'est Hector qui dirige, pas toi.

Il mémorisait les points de repère. Depuis Bogotá, il ne négligeait jamais les points de repère. Si on m'enlève, voilà les dernières choses que j'ai vues avant qu'on me bande les yeux.

Le restaurant chinois.

La boîte de nuit Big Archway.

La librairie Gentle Readers.

Ça, c'est l'odeur de café moulu que je sentais quand je me débattais contre mes attaquants.

Ça, c'est les pins couverts de neige que j'ai vus dans la vitrine de la galerie d'art quand ils m'ont mis KO.

Ça, c'est le numéro 9, la maison où je suis ressuscité, trois marches jusqu'à la porte, et comporte-toi comme n'importe quel habitant du quartier.

9

Il n'y eut pas de formalités entre Hector et Matlock, amicales ou autres, et peut-être n'y en avait-il jamais eu. Rien qu'un hochement de tête et une poignée de main silencieuse entre deux belligérants aguerris se préparant à un nouvel assaut. Matlock, qui s'était fait déposer au coin de la rue par son chauffeur, arriva à pied.

« Très jolie moquette Wilton, Hector, commenta-t-il avec un lent regard circulaire qui sembla confirmer ses pires soupçons. Il n'y a pas mieux que le Wilton quand on n'est pas regardant sur le rapport qualité-prix. Bonjour à vous, Luke ! Ça se résume à vous deux, alors ? lança-t-il en tendant son manteau à Hector.

– Le petit personnel est parti au champ de courses », répondit Hector en accrochant le vêtement à un portemanteau.

Matlock avait un cou de taureau qui expliquait son surnom de Bully, des épaules carrées, un visage large, un corps trapu qui évoquait à Luke un pilier de rugby sur le retour et, à première vue, un air bonhomme. Selon les bruits de couloir du rez-de-chaussée, son accent des Midlands s'était fait plus marqué sous le New Labour, mais s'estompait de nouveau avec la perspective d'une défaite électorale.

« On s'est installés au sous-sol, si ça vous convient, Billy, annonça Hector.

– Je n'ai guère le choix, Hector, remarqua Matlock sans plus d'amabilité que de grossièreté en s'engageant dans l'escalier de pierre. Au fait, on la loue combien, cette maison ?

– Vous, rien. Pour l'instant, c'est moi qui régale.

– Hector, c'est vous qui êtes payé par le Service, pas l'inverse.

– Dès que vous donnerez votre feu vert à l'opération, je vous soumettrai ma note.

– Et je l'éplucherai de très près, déclara Matlock. Vous vous êtes mis à boire ?

– C'est l'ancienne cave à vin. »

Ils prirent place. Matlock s'arrogea la présidence. Hector, d'ordinaire obstinément technophobe, s'assit à sa gauche, devant un magnétophone et un poste informatique. Et à la gauche d'Hector se trouvait Luke, ce qui leur donnait à tous trois une vue bien dégagée de l'écran plasma que l'invisible Ollie avait installé depuis la veille.

« Vous avez eu le temps de vous dépatouiller de tout le matériau qu'on vous a fourgué, Billy ? demanda Hector d'un ton concerné. Désolé d'avoir interrompu votre partie de golf.

– Si ce que vous m'avez envoyé constitue le tout, Hector, oui, j'ai pu tout parcourir, répliqua Matlock. Quoique, avec vous, je le sais d'expérience, le mot "tout" est quelque peu relatif. Soit dit en passant, je ne joue pas au golf et je n'apprécie pas les synthèses de documents, quand je peux éviter. Surtout les vôtres. J'aurais préféré un peu plus de matériau brut et un peu moins de forcing de votre part.

– Eh bien, si on vous donnait un peu de ce matériau brut maintenant, pour nous racheter ? suggéra Hector, tout aussi mielleux. Je suppose que nous comprenons toujours le russe, Billy ?

– Sauf si vous vous êtes un peu rouillé quand vous étiez parti bâtir votre fortune, oui, nous comprenons toujours le russe. »

On dirait un vieux couple, songea Luke, tandis qu'Hector appuyait sur le bouton *play* du magnétophone. Toutes leurs disputes sont des redites de disputes antérieures.

* * *

Pour Luke, le simple son de la voix de Dima eut l'effet du début d'un film en technicolor. Chaque fois qu'il écoutait la cassette que l'innocent Perry avait rapportée en douce dans sa trousse de toilette, il visualisait Dima tapi dans les bois autour de Three Chimneys, serrant un dictaphone dans sa main étonnamment délicate, assez loin de la maison pour échapper aux micros réels ou imaginaires de Tamara, mais assez près pour rappliquer à toutes jambes si jamais elle lui criait de venir prendre un énième appel téléphonique.

Il entendait les trois vents livrer bataille autour du crâne chauve et luisant de Dima. Il voyait les faîtes des arbres s'agiter au-dessus de lui. Il entendait le friselis des feuilles et un clapotis d'eau, et il reconnut la pluie tropicale qui l'avait trempé dans les forêts de Colombie. Dima avait-il réalisé son enregistrement en une seule fois ? Avait-il dû se donner du courage à coups de vodka entre deux séances pour surmonter ses inhibitions de *vor* ? Soudain il passe de son russe tonitruant à l'anglais, peut-être pour se rappeler à lui-même qui sont ses confesseurs. Il en appelle à Perry. Puis à un groupe de Perrys :

> « Vous, les gentlemen anglais ! S'il vous plaît ! Vous avez le fair-play, vous avez l'État de droit ! Je vous fais la confiance. Vous aussi, faites la confiance à Dima ! »

Puis il repasse à son russe maternel, mais avec une telle attention aux subtilités grammaticales, une telle distinction et une telle précision que Luke le soupçonne de le nettoyer des souillures de la Kolyma en prévision de ses futurs contacts avec les beaux messieurs d'Ascot et leurs dames :

> « L'homme qu'on appelle Dima, le numéro un du blanchiment d'argent pour les Sept Frères, le cerveau financier de l'usurpateur rétrograde qui se fait appeler le Prince, présente ses compliments aux célèbres services secrets anglais et souhaite formuler une offre d'informations précieuses en échange de garanties fiables du gouvernement britannique. Exemple. »

Soudain, seuls les vents s'expriment tandis que Luke imagine Dima en train d'éponger sa sueur et ses larmes avec un grand carré de soie (pure spéculation de sa part, mais Perry a souvent fait mention d'un mouchoir), avant de boire encore une gorgée au goulot et de commettre l'acte total et irréparable de trahison.

> « Exemple : Les opérations de l'organisation criminelle du Prince, maintenant connue sous le nom de Sept Frères, comprennent :
> Un : importation et réétiquetage du pétrole soumis à l'embargo en provenance du Moyen-Orient. Je connais tout de ces transactions. De nombreux Italiens corrompus et de nombreux avocats anglais sont impliqués.
> Deux : injection d'argent sale dans des achats et bénéfices pétroliers représentant des milliards de dollars. Dans ce secteur, c'est mon ami Mikhail, surnommé Misha, qui était le spécialiste pour les sept confréries de *vory*. C'est à cette fin aussi qu'il habitait Rome. »

Nouvelle interruption, peut-être un toast silencieux à feu Misha, puis retour en fanfare de son anglais défaillant :

> « Exemple trois : le bois noir d'Afrique. D'abord, on a transformé le bois noir en bois blanc. Après, on a transformé l'argent noir en argent blanc ! C'est normal. C'est simple. Beaucoup, beaucoup des criminels russes en Afrique tropicale. Et les diamants noirs sont le nouveau commerce très intéressant pour les confréries.
> Exemple quatre [*toujours en anglais*] : les faux médicaments fabriqués en Inde. Très mauvais, ils ne soignent pas, ils vous font vomir, peut-être ils vous tuent. L'État officiel de Russie a des liens très intéressants avec l'État officiel d'Inde. Et il y a aussi des liens très intéressants entre les confréries indiennes ct russes. L'homme qu'on appelle Dima connaît beaucoup des noms inté-

> ressants, des noms anglais aussi, sur ces relations verticales et certains arrangements financiers privés, basés en Suisse. »

Luke l'inquiet éprouve une crise de confiance d'imprésario en lieu et place d'Hector.

« Le volume sonore, c'est bon, Billy ? s'enquiert Hector en mettant le magnétophone sur *pause*.

– Le volume est parfait, merci, répond Matlock, avec juste ce qu'il faut d'emphase sur le mot “volume” pour suggérer que le contenu, lui, n'est peut-être pas au niveau.

– Alors on continue », lance Hector d'un ton un peu trop docile au goût de Luke.

Dima retrouve avec soulagement son russe maternel :

> « Exemple : en Turquie, en Crète, à Chypre, à Madère, dans beaucoup de stations balnéaires, des hôtels sales, aucun client, vingt millions de dollars sales par semaine. Cet argent est aussi blanchi par l'homme qu'on appelle Dima. Certaines sociétés immobilières criminelles britanniques sont complices.
> Exemple : implication personnelle d'officiels corrompus de l'Union européenne avec des marchands de viande en gros qui sont criminels. Ces bouchers de gros doivent certifier la haute qualité de la viande italienne très chère pour exportation en République russe. Pour cet arrangement, c'est aussi mon ami Misha qui était personnellement responsable. »

Hector remet sur *pause*, car Matlock a levé la main.

« Oui, Billy, que puis-je pour vous ?

– Il est en train de lire.

– Et alors, ça pose un problème ?

– Non, du moment qu'on sait ce qu'il est en train de lire.

– D'après nos informations, sa femme Tamara a rédigé certains passages de son texte.

– Elle lui a indiqué quoi dire, c'est ça ? Je ne suis pas sûr que ça me plaise beaucoup. Qui lui a dit à elle ce qu'il fallait dire ?

– Vous voulez que je mette sur *avance rapide* ? Là, c'est surtout des histoires sur nos collègues de l'Union européenne qui empoisonnent des gens. Si ça sort de votre champ de compétences, dites-le-moi.

– Veuillez poursuivre comme avant, Hector. Dorénavant, je réserverai mes commentaires pour plus tard. Je ne suis pas sûr que nous ayons des demandes de renseignements sur les ventes de viande en Russie, pour tout dire, mais vous pouvez compter sur moi pour que je m'emploie à le vérifier. »

* * *

Luke trouvait l'histoire que Dima s'apprêtait à raconter réellement choquante, car rien de ce qu'il avait enduré dans sa vie n'avait émoussé sa conscience. Mais nul ne pouvait deviner ce que Matlock en pensait, lui. De nouveau, l'arme choisie par Dima est l'anglais de Tamara.

> « Le système corrompu fonctionne comme suit. Premièrement : le Prince s'arrange avec des officiels corrompus de Moscou pour qu'une certaine viande soit qualifiée de viande caritative. Pour être caritative, la viande doit être destinée exclusivement aux nécessiteux de la société russe. Ainsi, pour une viande faussement classifiée comme caritative, il n'y a pas d'impôt exigible en Russie. Deuxièmement : mon ami Misha, qui est mort, achète beaucoup de carcasses en Bulgarie. Cette viande est dangereuse à manger, très mauvaise, très bon marché. Troisièmement : mon ami Misha, qui est mort, s'arrange avec des officiels très corrompus de l'Union à Bruxelles pour que toutes les carcasses de viande bulgare soient estampillées individuellement avec le tampon de certification de l'Union européenne identifiant cette viande comme une viande italienne de standard européen de toute première qualité d'excellence. Pour ce service criminel, moi, Dima, je paie personnellement cent euros par carcasse sur le compte en Suisse d'un officiel de Bruxelles très corrompu, et

vingt euros par carcasse sur le compte en Suisse d'un officiel de Moscou très corrompu. Bénéfice net pour le Prince, après déduction de tous les frais fixes : mille deux cents euros par carcasse. Peut-être cinquante gens russes, dont les enfants, sont tombés malades et sont morts à cause de cette très mauvaise viande bulgare. C'est qu'une estimation. Cette information est démentie officiellement. Le nom de ces officiels très corrompus m'est connu, et aussi le numéro des comptes bancaires en Suisse. »

Puis vient un post-scriptum délivré d'une voix sonore :

« L'opinion personnelle de mon épouse Tamara Lvovna est que la distribution immorale de mauvaise viande bulgare par des officiels européens et russes criminellement corrompus doit être prise à cœur par tout bon chrétien où qu'il soit dans le monde entier. C'est la volonté de Dieu. »

L'irruption de Dieu dans cette affaire créa un petit hiatus.

« Quelqu'un pourrait me dire ce qu'est un hôtel sale ? demanda Matlock à l'air ambiant. Il se trouve que je passe mes vacances à Madère. Je n'ai jamais rien trouvé de sale dans mon hôtel, moi. »

Pris du besoin de protéger un Hector en demi-teinte, Luke s'autodésigna comme le quelqu'un qui expliquerait à Matlock ce qu'était un hôtel sale :

« On achète un beau terrain, généralement sur la côte, Billy. On paie cash et on construit un complexe hôtelier cinq étoiles luxe. Voire plusieurs. En cash. Et si on a la place, on ajoute une cinquantaine de bungalows. On fait venir tout ce qu'il y a de mieux en meubles, en vaisselle, en porcelaine, en linge. À partir de là, vos hôtels et vos bungalows sont complets. Sauf qu'il n'y vient jamais aucun client, vous comprenez. Si une agence de voyages appelle, vous dites : désolé, on est complets. Chaque mois, un fourgon blindé va à la banque déposer tout l'argent liquide dégagé par les locations de chambres et de bungalows, les restaurants, les casinos, les boîtes de nuit et les bars. Au bout de deux ans, vos complexes sont idéalement positionnés pour être vendus avec un bilan commercial parfait. »

Aucune réaction, sinon que le sourire bonhomme de Matlock s'élargit à son maximum.

« Et il n'y a pas que les complexes balnéaires, dans le genre. Ça peut aussi être ces villages de vacances tout blancs et étrangement vides. Vous devez en avoir vu, qui bordent les vallées turques jusqu'à la mer. Ou bien encore des ribambelles de villas, évidemment, enfin tout ce qui peut se louer. Y compris les voitures, du moment qu'on arrive à bidouiller les papiers.

– Comment allez-vous, aujourd'hui, Luke ?

– Très bien, merci, Billy.

– On envisage de vous donner une médaille pour acte de bravoure exceptionnel, vous saviez ?

– Non.

– Eh bien, si. Une médaille secrète, attention, rien de public. Vous ne pourrez pas l'arborer à votre revers le 11-Novembre, hein. Ce ne serait pas sûr. Et puis, ça créerait un fâcheux précédent.

– Certes », répondit Luke, totalement désarçonné.

Il songea un instant qu'une médaille serait peut-être la seule chose qui aiderait Éloïse à surmonter sa dépression, puis qu'il s'agissait là d'une ruse de Matlock. Il s'apprêtait néanmoins à formuler une réponse appropriée exprimant sa surprise, sa gratitude ou sa joie, quand il s'aperçut que Matlock avait perdu tout intérêt pour lui.

« Hector, ce que j'ai entendu jusqu'à présent, si j'enlève les fioritures comme j'aime à le faire, c'est de l'escroquerie internationale tout ce qu'il y a de plus classique, à mon humble avis. Certes, je vous l'accorde, l'escroquerie et le blanchiment d'argent internationaux font partie des attributions statutaires du Service. On a bataillé pour avoir notre part de ce gâteau pendant les vaches maigres, et aujourd'hui, on est coincés avec. Je fais allusion à cette triste période de creux entre la chute du mur de Berlin et le joli cadeau qu'Oussama ben Laden nous a fait un certain 11 septembre. On s'est battus pour récupérer une part du marché du blanchiment, de même qu'on s'est battus pour obtenir un plus gros morceau de l'Irlande du Nord et toutes les autres broutilles qui pouvaient nous permettre de légitimer notre existence. Mais ça, c'était à l'époque, Hector. Et là, au jour d'aujourd'hui, c'est-à-dire dans l'époque où nous vivons maintenant, que cela vous plaise ou non, votre Service et le mien ont mieux à faire de leur temps et de leurs ressources que de mettre un doigt dans les rouages hautement sophistiqués des marchés financiers de la City de Londres, merci bien. »

Matlock s'interrompit, sans que Luke devine à quoi il s'attendait sinon à des applaudissements, mais Hector, à en juger par son expression marmoréenne, n'allait pas lui accorder ce plaisir, donc Matlock reprit son souffle et poursuivit.

« Et au jour d'aujourd'hui, en outre, nous avons dans ce pays une énorme agence sœur, totalement autonome et fort généreusement dotée, qui consacre tous ses efforts, et quels efforts, aux affaires de crime grave et organisé, dont ressortissent apparemment les faits que vous êtes en train de nous dévoiler. Sans parler d'Interpol, et de tout ce fatras d'agences américaines qui se marchent sur les pieds pour accomplir la même tâche tout en veillant à ne pas mettre en péril la prospérité de leur grande nation. Ce que je veux dire, Hector – attendez que j'en aie terminé, je vous prie –, ce que je veux dire, c'est que je ne vois rien là-dedans qui justifie qu'on m'ait fait venir ici quasiment sans préavis. Nous savons tous que ce que vous avez est urgent, mais je ne sais pas trop pour qui. Peut-être même que c'est vrai. Mais est-ce que c'est à nous, Hector ? Est-ce que c'est à nous ? »

La question était bien évidemment rhétorique, car il enchaîna.

« Ou bien se pourrait-il, Hector, que vous soyez en train d'empiéter, à vos risques et périls, sur les prérogatives particulièrement sensibles d'une organisation sœur avec laquelle, pendant des mois douloureux, mon Secrétariat et moi-même avons âprement bataillé pour tracer des lignes de démarcation conquises de haute main ? Parce que, si tel était le cas, voici ce que je vous conseillerais : remballez ce document que vous venez de me faire écouter, et tout autre document du même genre qui se trouve en votre possession, et, avec effet immédiat, transmettez le tout à notre organisation sœur, accompagné d'une lettre de viles excuses pour avoir pénétré dans son sacro-saint secteur de compétences. Et quand vous aurez fait ça, je suggère que vous vous accordiez, à vous-même, à Luke ici présent et à toute personne que vous gardez cachée dans votre placard, deux semaines de congé maladie bien méritées. »

Le cran légendaire d'Hector l'avait-il abandonné ? se demanda anxieusement Luke. Subissait-il le contrecoup nerveux de la délicate opération d'enrôlement de Gail et Perry ? Ou bien était-il si tendu vers le noble but de sa mission qu'il avait perdu son sens de la stratégie ?

Hector secoua la tête avec un soupir et tendit un doigt léthargique pour mettre la bande en *avance rapide*.

* * *

Dima calme. Dima en train de lire, que cela plaise à Billy Boy ou pas. Dima puissant et digne, pérorant d'après ses notes dans son plus beau russe de cérémonie :

> « Exemple : Les détails d'un pacte très secret à Sotchi en 2000 entre sept confréries de *vory* qui s'unissent, signé par les Sept Frères et baptisé l'Accord. Aux termes de ce pacte, négocié personnellement par le Prince, cette chienne usurpatrice, avec la complicité très officieuse du Kremlin, les sept signataires acceptent ce qui suit :
> Un : Ils s'approprient et mutualisent tous les circuits de blanchiment d'argent testés et éprouvés qu'a élaborés l'homme qu'on appelle Dima, dorénavant blanchisseur numéro un pour les sept confréries.
> Deux : Tous les comptes bancaires communs seront gérés selon le code de l'honneur des *vory*, tout manquement sera puni par la mort de la partie coupable, ainsi qu'une exclusion définitive de la confrérie de *vory* responsable.

Trois : La respectabilité commerciale sera établie dans les six capitales financières suivantes : Toronto, Paris, Rome, Berne, Nicosie, Londres. Destination finale de toutes les sommes blanchies : Londres. Meilleur centre de respectabilité : Londres. Meilleures perspectives pour une entité bancaire à longue échéance : Londres. Meilleures perspectives pour économiser et thésauriser : Londres. Ceci est également convenu.

Quatre : La tâche de dissimuler l'origine de l'argent sale et de le transférer vers des havres sûrs restera la responsabilité principale et exclusive de l'homme qu'on appelle Dima.

Cinq : Pour tous les gros déplacements d'argent, ce Dima aura le droit de signature principal. Tous les signataires de l'Accord désigneront un émissaire vierge. Cet émissaire vierge n'aura qu'un droit de signature secondaire.

Six : Pour valider une modification significative du système cidessus, la présence simultanée des sept émissaires vierges sera requise selon la loi des *vory*.

Sept : La prééminence de l'homme qu'on appelle Dima en tant que maître architecte de toutes les structures de blanchiment décrites dans l'Accord de Sotchi 2000 est établie par les présentes. »

« Amen, pourrait-on dire », murmure Hector.

Il éteint une fois de plus le magnétophone et guette du coin de l'œil la réaction de Matlock. Luke l'imite, et découvre sur le visage de Matlock un sourire indulgent des plus inattendus.

« Vous savez, Hector, je crois que j'aurais pu inventer ça moi-même, dit-il, secouant la tête avec un air en apparence admiratif. Je dois reconnaître que c'est de la belle ouvrage. Éloquent, imaginatif, ça le place au sommet de la pyramide. Comment quelqu'un pourrait-il mettre en doute la véracité d'une déclaration générale aussi magnifique ? Moi, déjà, je lui donnerais un oscar. Que veut-il dire par “émissaire vierge”, au fait ?

– Vierge comme casier vierge, Billy. Aucune condamnation antérieure, criminelle ou éthique. Des comptables, des avocats, des policiers et des agents du renseignement qui font ça pendant leur temps libre, tout frère intronisé qui peut voyager, qui peut signer, qui doit allégeance à sa confrérie et qui sait qu'il se réveillera avec les couilles enfoncées dans la gorge s'il pique dans la caisse. »

* * *

Avec une expression qui, selon Luke, conviendrait mieux à un notaire harassé qu'à sa personnalité exubérante, Hector consulte une fiche fatiguée sur laquelle il s'est apparemment griffonné un ordre du jour pour cette réunion, puis il avance encore la bande.

« Carte ! aboie Dima en russe.

– Merde, trop loin », marmonne Hector en rembobinant un peu.

> « Sera aussi fournie en échange de garanties britanniques fiables une carte très secrète et très importante. »

Dima reprend la lecture de ses notes en russe avec un débit rapide :

> « Sur cette carte seront indiqués les circuits internationaux de tout l'argent sale placé sous contrôle de l'homme qu'on appelle Dima et qui vous parle. »

À la demande de Matlock, Hector appuie de nouveau sur la touche *pause*.

« Ce dont il parle ne s'appelle pas une carte mais un diagramme, s'emporte Matlock, l'air irrité par le vocabulaire imprécis de Dima. Et si vous me le permettez, je vais vous dire une bonne chose sur les diagrammes. J'en ai vu, des diagrammes, dans ma vie. Ça ressemble souvent à des rouleaux de barbelés multicolores qui partent dans tous les sens possibles et imaginables. En d'autres termes, je les considère comme inutiles, ajoute-t-il avec satisfaction. Je les classe à peu près dans la même catégorie que les grandes déclarations sur des conférences criminelles mythiques au bord de la mer Noire en l'an 2000. »

Vous devriez voir le diagramme d'Yvonne, il est dément ! voudrait lui dire Luke, pris d'un accès d'hilarité malgré son accablement.

Matlock ne lâche pas facilement prise lorsqu'il est en position de force. Il secoue la tête avec un sourire désolé.

« Vous savez quoi, Hector ? Si j'avais un billet de cinq livres pour chaque tuyau fourni spontanément par des sources non vérifiées que notre Service a gobé au fil des années (et pas seulement de mon temps, je suis heureux de le dire), je serais un homme riche. Les diagrammes, les complots du groupe Bilderberg, les conspirations mondiales, sans parler du vieux silo vert en Sibérie qui serait rempli de bombes à hydrogène rouillées, tout ça c'est du pareil au même pour moi. Je ne serais pas un homme riche selon les critères de leurs ingénieux concepteurs, peut-être, ni selon les vôtres, mais pour des gens comme moi, très aisé, merci beaucoup. »

Mais enfin, pourquoi Hector ne lui rabat-il pas son caquet, à Bully Boy ? Hector semble ne plus avoir le cœur à la contre-attaque. Pis encore, au grand désespoir de Luke, il ne prend même pas la peine de leur faire écouter le dernier segment de l'offre historique de Dima. Il arrête le magnétophone, comme pour dire « ça, j'ai essayé, c'est raté » et, avec un sourire chagrin et un « bon, peut-être que des photos vous parleront plus » navré, il prend la télécommande de l'écran plasma et éteint la lumière.

* * *

Dans la pénombre, une caméra amateur effectue un panoramique tremblé des remparts d'un fort médiéval, puis descend jusqu'à la digue d'un vieux port où se pressent des voiliers de luxe. C'est le crépuscule, et la caméra de mauvaise qualité est inadaptée pour la lumière déclinante. Un luxueux yacht bleu et or de trente mètres est au mouillage devant le port. Il est décoré de guirlandes lumineuses, les hublots sont éclairés, une lointaine musique de danse nous parvient à travers l'eau. Une fête d'anniversaire ? Un mariage ? De la poupe pendent des drapeaux suisse, britannique et russe. À la tête de mât, un loup d'or arpente un champ de gueules.

La caméra zoome sur la proue. Le nom du bateau, peint en élégants caractères dorés cyrilliques et romains, est *Princess Tatiana.*

Hector assure un commentaire monocorde et neutre.

« Il appartient à une société nouvellement créée, la First Arena Credit Bank of Toronto, enregistrée à Chypre, détenue par une fondation du Liechtenstein, elle-même aux mains d'une société enregistrée à Chypre, annonce-t-il sèchement. Donc une propriété circulaire. On le donne à une société, et on le récupère auprès de cette même société. Encore récemment, il s'appelait le *Princess Anastasia*, ce qui se trouve être le nom de la précédente conquête du Prince. Sa dernière conquête en date s'appelle Tatiana, nous pouvons donc en tirer nos conclusions. Le Prince étant actuellement confiné en Russie pour raisons de santé, le *Princess Tatiana* est affrété à un consortium international qui, surprise, s'appelle First Arena Credit International, entité totalement distincte, enregistrée, vous serez étonné de l'apprendre, à Chypre.

– C'est quoi, son problème, alors ? demande Matlock avec agressivité.

– À qui ?

– Au Prince. Je ne crois pas être si stupide que ça, quand même. Pourquoi est-il confiné en Russie ?

– Il attend que les Américains abandonnent des charges de blanchiment d'argent totalement farfelues qui pèsent sur lui depuis quelques années. La bonne nouvelle, c'est qu'il ne va pas avoir longtemps à attendre. Grâce à un petit peu de lobbying dans les augustes couloirs de Washington, il sera bientôt décidé qu'il n'y a plus de charges contre lui. C'est toujours utile, de savoir où les Américains d'influence ont des comptes bancaires offshore illégaux. »

La caméra saute jusqu'à la poupe. Équipage en marinière et bonnet de matelot russe. Un hélicoptère s'apprête à se poser. La caméra repart vers l'avant, descend dans un mouvement hésitant jusqu'au niveau de la mer tandis que l'image s'assombrit. Une vedette rapide accoste, et l'équipage s'affaire auprès des passagers sur leur trente et un qui gravissent précautionneusement l'échelle du yacht.

Retour à la poupe. L'hélicoptère a atterri, mais ses pales tournoient encore lentement. Une belle dame en jupe froufroutante descend les marches moquettées de rouge en tenant son chapeau, suivie par une seconde belle dame, puis par une cohorte de beaux messieurs en blazer et pantalon blanc, six en tout. Embrassades floues. Petits cris de bienvenue dominant la musique de danse.

Plan de coupe sur une seconde vedette qui aborde pour débarquer des jolies filles. Jeans moulants, jupes légères, beaucoup de jambes et d'épaules nues alors qu'elles montent à l'échelle. Une fanfare de trompettistes flous en uniforme cosaque joue un air de bienvenue quand les jolies filles montent à bord.

Panoramique maladroit des invités assemblés sur le pont principal. Pour l'instant, il y en a dix-huit. Luke et Yvonne les ont comptés.

Le film se fige, puis enchaîne des gros plans médiocres nettement améliorés par Ollie. La légende dit : PETIT PORT DE L'ADRIATIQUE PRÈS DE DUBROVNIK, 21 JUIN 2008. C'est le premier des nombreux sous-titres qu'Yvonne, Luke et Ollie ont collégialement incrustés en guise d'accompagnement au commentaire audio d'Hector.

Le silence dans le sous-sol est palpable. Comme si les trois hommes présents dans la pièce, Hector compris, retenaient leur souffle en même temps. Peut-être est-ce d'ailleurs le cas. Même Matlock s'avance sur sa chaise pour scruter l'écran plasma devant lui.

* * *

Vêtus de coûteux complets sur mesure, deux hommes d'affaires bien conservés sont en grande conversation. Derrière eux, le cou et les épaules nus d'une femme d'âge mûr aux cheveux blancs crêpés et laqués, de dos, qui porte un collier de quatre rangées de diamants et des pendants d'oreilles assortis, coût à déterminer. À gauche de l'écran, la manchette brodée et la main gantée de blanc d'un serveur cosaque qui tient un plateau d'argent chargé de coupes de champagne.

Gros plan sur les deux hommes d'affaires. L'un porte un smoking blanc. Il a les cheveux noirs, la mâchoire carrée et l'air latin. L'autre est vêtu d'un blazer croisé bleu marine typiquement anglais avec boutons de cuivre ou, comme diraient les membres de la haute société britannique (Luke le sait bien pour en être lui-même issu), une *boating jacket*. Cet homme est plus jeune que son compagnon. Il est également beau, de cette beauté typique des gandins du XVIIIe siècle sur les tableaux dont ils faisaient don à l'ancienne école de Luke quand ils en sortaient : front large, tempes dégarnies, regard arrogant de mâle dominant façon lord Byron de pacotille, jolie moue, et posture destinée à vous toiser quelle que puisse être votre taille.

Hector n'a toujours rien dit. La décision collégiale a été de laisser les sous-titres dire ce qui se voit au premier coup d'œil : la *boating jacket* croisée aux boutons de cuivre appartient à un membre éminent de l'opposition britannique promis à un poste stratosphérique de ministre après les prochaines élections.

Au grand soulagement de Luke, c'est Hector qui met un terme au silence pesant.

« Selon le programme du parti, sa mission sera de *placer le commerce britannique à la pointe des marchés financiers internationaux*, à supposer que cela veuille dire quelque chose, ironise-t-il avec une légère résurgence de son énergie coutumière. Et, bien évidemment, de mettre un terme aux excès commis par les banques. Mais ça, ils promettent tous de le faire, non ? Un jour ou l'autre. »

Matlock retrouve soudain sa langue.

« Il est impossible de faire des affaires sans cultiver des relations, Hector, proteste-t-il. Le monde ne fonctionne pas autrement, et vous êtes particulièrement bien placé pour le savoir, vous qui vous êtes sali les mains là-dedans. On ne peut pas condamner un homme au seul motif qu'il est présent sur le bateau de quelqu'un ! »

Mais ni le ton caustique d'Hector, ni l'indignation peu crédible de Matlock ne parviennent à faire retomber la tension. Et pour ne consoler personne, selon le sous-titre d'Yvonne, le smoking blanc appartient à un Français, marquis et capitaine d'industrie véreux ayant des liens étroits avec la Russie.

* * *

« Bon, bref. Vous avez eu ça où ? demande soudain Matlock, après un instant de rumination silencieuse.

– Ça quoi ?

– Le film. La vidéo amateur. Ce truc, là, vous l'avez eu où ?

– On l'a trouvé sous un caillou, Billy, quelle question !

– Qui ça ?

– Un ami à moi. Des amis à moi.

– Sous quel caillou ?

– Scotland Yard.

– Quoi ? La police du Grand Londres ? Vous avez manipulé des preuves policières, c'est ça ? C'est ça que vous avez fait ?

– J'aimerais à le croire, Billy, mais j'en doute fort. Voulez-vous entendre toute l'histoire ?

– Si elle est vraie, oui.

– Un jeune couple de la banlieue de Londres économise pour se payer un voyage de noces sur la côte adriatique. En se promenant sur les falaises, ils repèrent un yacht de luxe au mouillage dans la baie et, quand ils voient qu'il y a une énorme fête en cours, ils filment. En regardant leur film dans l'intimité de leur maison à, disons, Surbiton, ils sont stupéfaits et surexcités d'identifier certaines personnalités britanniques bien connues des mondes de la finance et de la politique. Ils se disent qu'ils pourraient peut-être rentabiliser leur voyage, et ils envoient leur trésor vite fait à Sky Television News. Et là, paf, ils se retrouvent à partager leur chambre avec une escouade de policiers armés en uniforme et tenue antiémeutes à 4 heures du matin, et ils s'entendent menacer de poursuites dans le cadre de la loi contre le terrorisme s'ils ne leur remettent pas toutes les copies de leur film sur-le-champ et ils ont la sagesse de faire ce qu'on leur demande de faire. Et ça, c'est la vérité vraie, Billy. »

* * *

Luke commence à comprendre qu'il a sous-estimé la prestation d'Hector. Hector peut sembler empoté. Il peut n'avoir en main que sa vieille fiche fatiguée. Mais il n'y a rien de fatigué dans l'ordre du jour qu'il a prévu dans sa tête. Il a deux autres messieurs à présenter à Matlock et, alors que le cadre s'élargit et les révèle, il devient évident que, depuis le début, tous participent à la même conversation. L'un est grand, élégant, la cinquantaine, avec une attitude qui évoque vaguement un diplomate. Il domine notre ministre en puissance de presque une tête. Il a la bouche ouverte pour faire une plaisanterie. Son nom, nous apprend le sous-titre d'Yvonne, est Giles de Salis, capitaine en retraite de la Marine royale britannique.

Cette fois-ci, Hector s'est réservé le détail du CV.

« Lobbyiste très influent à Westminster, éminence grise, ses clients comprennent certains des plus beaux salauds de la planète.

– Un ami à vous, Hector ? s'enquiert Matlock.

– Un ami à quiconque est prêt à allonger dix briques pour un tête-à-tête avec un de nos incorruptibles dirigeants, Billy », rétorque Hector.

Le quatrième et dernier membre du tableau, malgré la mauvaise définition de l'agrandissement, est la quintessence du dynamisme de la haute société. Un joli galon noir ourle les revers de son smoking blanc immaculé. Sa tignasse argentée est élégamment coiffée en arrière. Serait-ce un grand chef d'orchestre ? Ou bien un maître d'hôtel hors pair ? Son index orné d'une bague, levé en un geste de réprobation humoristique, ressemble à celui d'un danseur. Son autre main gracieuse repose légèrement et sans agressivité sur le bras du ministre en puissance. Sur le plastron plissé de sa chemise, une croix de Malte.

Une quoi ? Une croix de Malte ? Serait-ce donc un chevalier de l'Ordre de Malte ? Ou bien est-ce une médaille en chocolat ? Ou bien un ordre étranger ? Ou bien se l'est-il achetée pour se faire plaisir ? Dans les petites heures du matin, Luke et Yvonne y ont longuement réfléchi. Non, ont-ils conclu. Il l'a volée.

Signor Emilio Dell'Oro, ressortissant suisse italien résidant à Lugano, dit le sous-titre, concocté cette fois par Luke sur instruction stricte d'Hector de rédiger une description totalement neutre. *Jet-setteur international, cavalier émérite, affairiste au Kremlin.*

Une fois de plus, Hector s'arroge les meilleures répliques.

« Son vrai nom, à ce qu'il paraîtrait, serait Stanislav Auros. Arménien-polonais avec des ancêtres turcs, autodidacte, autoguidé, brillant. Actuellement majordome, assistant, factotum, conseiller mondain et homme de paille du Prince, dit-il avant d'enchaîner dans le même souffle et du même ton : Et si vous preniez le relais, Billy ? Vous en savez plus que moi sur son compte. »

Est-il dans le domaine du possible de déstabiliser Matlock ? Apparemment non, car il réagit au quart de tour.

« J'ai peur de ne pas bien vous suivre, Hector. Soyez gentil de me rafraîchir la mémoire, je vous prie. »

Hector n'a nul besoin de se faire prier. Il est miraculeusement ressuscité.

« Notre enfance proche, Billy. Avant qu'on devienne adultes. En plein été, si je me souviens bien. J'étais chef de station à Prague, et vous, chef des opérations à Londres. Vous m'avez autorisé à déposer cinquante mille dollars en petites coupures dans le coffre de la Mercedes blanche de Stanislav au beau milieu de la nuit, et surtout pas de questions. Sauf qu'à l'époque il ne s'appelait pas Stanislav mais M. Fabian Lazaar. Il n'a même pas eu la courtoisie de dire merci. Je ne sais pas ce qui lui avait valu cet argent, mais je ne doute pas que vous le sachiez, vous. En ce temps-là, il était en pleine ascension. Vol d'objets d'art, surtout en Irak. Détroussage en douceur de riches dames genevoises auxquelles il soutirait l'argent de leur mari. Revente de confidences sur l'oreiller diplomatique au plus gros enchérisseur. C'est peut-être ça, qu'on lui achetait, non ?

– Hector, je n'étais pas l'officier traitant de Stanislav *alias* Fabian, ou M. Dell'Oro, ou quel que soit son nom. Ce n'était pas mon Joe. À l'époque où vous avez fait ce versement, j'étais juste un remplaçant.

– Un remplaçant de qui ?

– De mon prédécesseur. Et épargnez-moi l'interrogatoire, Hector, vous voulez bien ? Les mouches ont changé d'âne, au cas où vous ne l'auriez pas remarqué. Mon prédécesseur, comme vous le savez parfaitement, Hector, c'était Aubrey Longrigg et, d'ailleurs, il l'est et il le restera tant que j'occuperai ce poste. Ne me dites pas que vous avez oublié Aubrey Longrigg, sinon je croirai que le bon docteur Alzheimer vous a rendu une visite malvenue. Une vraie flèche, cet Aubrey, jusqu'à son départ quelque peu anticipé. Même s'il avait parfois tendance à dépasser un peu les bornes, comme vous. »

Pour Matlock, se souvient Luke, la seule défense c'est l'attaque. Il enchaîne aussitôt en ajoutant de l'eau à son propre moulin.

« Croyez-moi, Hector, si mon prédécesseur Aubrey Longrigg avait besoin qu'on paie cinquante briques à son Joe juste au moment où Aubrey quittait le service pour poursuivre une plus noble carrière, et si Aubrey me demandait d'effectuer cette tâche pour lui comme solde de tout compte sur un arrangement privé entre nous, ce qu'il a fait, je n'allais pas lui jeter à la figure : "Attendez une minute, Aubrey, le temps que j'obtienne une autorisation spéciale et que je vérifie votre histoire." Enfin, quand même ! Pas avec Aubrey ! Vu les relations qu'il avait avec le Chef à l'époque, copains comme cochons, cul et chemise, ça aurait été de la folie, non ?

– Alors, si on jetait un œil à la position actuelle d'Aubrey ? suggère Hector d'une voix qui a enfin retrouvé tout son tranchant. Sous-secrétaire d'État parlementaire, député de l'une des circonscriptions les plus défavorisées de son parti, fervent défenseur des droits des femmes, consultant apprécié du ministère de la Défense pour les achats d'armes et… et puis quoi d'autre, déjà ? lance-t-il, sourcils froncés, en claquant doucement des doigts comme s'il avait réellement oublié. Il y a autre chose, j'en suis sûr. »

Et, pile au bon moment, Luke s'entend donner la réponse d'une voix sucrée.

« Président nommé de la nouvelle commission parlementaire sur l'éthique bancaire.

– Et pas complètement déconnecté de notre Service non plus, je présume ? ajoute Hector.

– Je présume que non », confirme Luke, sans trop savoir pourquoi Hector le considère à cet instant comme une autorité en la matière.

* * *

Peut-être est-il normal que nous autres espions, même une fois à la retraite, ne nous laissions pas volontiers photographier, songea Luke. Peut-être nourrissons-nous une peur secrète que la grande muraille séparant notre moi intérieur et notre moi extérieur puisse être transpercée par l'objectif de l'appareil.

Monsieur le député Aubrey Longrigg donnait assurément cette impression. Même sur ces images d'une luminosité médiocre volées par une mauvaise caméra tenue à la main à cinquante mètres de distance de l'autre côté de l'eau, Longrigg semblait se confiner au peu d'ombre que réservait le pont illuminé du *Princess Tatiana*.

Il faut bien reconnaître que le pauvre bougre n'est guère photogénique, se dit Luke, remerciant une fois de plus sa bonne étoile que leurs chemins ne se soient jamais croisés. Laid, dégarni, le nez crochu, Aubrey Longrigg a un physique en accord avec sa réputation d'intolérance vis-à-vis d'esprits moins évolués que le sien. Sous le soleil de l'Adriatique, ses traits ingrats se parent d'un rose flamboyant, et les lunettes non cerclées ne contribuent guère à changer son image d'employé de banque quinquagénaire, à moins que, comme Luke, on ne connaisse les potins sur l'ambition dévorante qui le motive, sur son intellect intransigeant qui a fait du quatrième étage un foyer bouillonnant d'idées novatrices et de barons en guerre ouverte, et sur son attirance improbable pour un certain type de femmes (celles qui aiment se faire rabaisser intellectuellement, à n'en pas douter), dont la dernière en date se tient debout à son côté en la personne de : *Lady Janice (Jay) Longrigg, organisatrice de soirées mondaines et donatrice*, suivie de la liste dressée par Yvonne des nombreuses associations caritatives qui ont lieu d'être reconnaissantes envers lady Longrigg.

Vêtue d'une élégante robe du soir à bustier, sa chevelure aile de corbeau disciplinée par une barrette diamantée, elle a un sourire charmant et cette régalienne inclinaison du buste qui constitue l'apanage exclusif des Anglaises bien nées. Pour l'œil impitoyable de Luke, elle a l'air ineffablement stupide. Près d'elle se tiennent ses deux filles prépubères en robe habillée.

« C'est la nouvelle, ça ? s'écria soudain Matlock, l'inoxydable partisan du Labour, avec une vigueur insoupçonnée, alors que, sur un geste d'Hector, l'écran virait au blanc et le plafonnier se rallumait. Celle qu'il a épousée quand il a décidé de booster sa carrière politique sans se coltiner le sale boulot ? Ah ça, comme militant du Labour, New ou pas, il se pose là, Aubrey Longrigg ! »

* * *

Pourquoi cette jovialité retrouvée, chez Matlock ? Et spontanée, en plus ? La dernière chose à laquelle Luke s'attendait de sa part était un rire franc, denrée fort rare chez Matlock même en des temps fastes. Pourtant, son large torse couvert de tweed s'agitait d'un rire silencieux. Parce que Longrigg et Matlock étaient notoirement à couteaux tirés depuis des années ? Parce que jouir des faveurs de l'un signifiait s'attirer l'hostilité de l'autre ? Parce qu'ils s'étaient taillé la réputation, si peu flatteuse fût-elle pour Matlock, d'être respectivement la tête et les jambes du Chef ? Parce que le départ de Longrigg avait poussé les petits malins du Service à assimiler leur querelle à une corrida longue d'une décennie qui avait pris fin quand le taureau avait enfoncé la *puntilla* ?

« Oui, enfin, il a toujours eu les dents longues, Aubrey, remarqua Matlock comme s'il évoquait un mort. Et c'était un vrai génie de la finance, dans mon souvenir. Il ne boxait pas dans votre catégorie, Hector, je suis heureux de le dire, mais pas loin. Les fonds opérationnels n'ont jamais posé le moindre problème tant qu'Aubrey était à la barre. Et là, qu'est-ce qu'il est allé faire sur ce bateau, d'ailleurs ? demanda ce même Matlock qui, à peine quelques minutes plus tôt, avait affirmé qu'on ne pouvait pas condamner un homme pour sa présence à bord du bateau d'un autre. À frayer avec une ancienne source secrète après son départ du Service, en plus, point sur lequel le règlement est très strict, surtout si ladite source est une anguille du genre de… quel que soit le nom qu'il porte aujourd'hui.

– Emilio Dell'Oro, lui souffla Hector. Un nom à ne pas oublier, Billy.

– Enfin, il devrait le savoir, Aubrey, après tout ce qu'on lui a appris. Fricoter avec Emilio Dell'Oro, quoi, mince ! On pourrait croire qu'un homme aussi calculateur choisirait ses amis avec plus de circonspection. Comment se fait-il qu'il se soit retrouvé là ? Peut-être qu'il avait une bonne raison. Il ne faut pas le juger d'avance.

– Une heureuse coïncidence, Billy, expliqua Hector. Aubrey et sa dernière épouse en date et les filles de ladite faisaient du camping dans les collines sur la côte adriatique. Un copain d'Aubrey, un banquier londonien dont on ne sait pas le nom, lui a téléphoné pour lui dire que le *Tatiana* était au mouillage pas loin et qu'il y avait une soirée, alors qu'il se dépêche de rappliquer pour profiter de la fête.

– Aubrey sous la tente ? Aubrey ? Cette bonne blague !

– À la dure au camping. La vie toute simple d'Aubrey New Labour, homme du peuple.

– Vous faites du camping, vous, Luke ?

– Oui, mais Éloïse a horreur des campings anglais. Elle est française, répliqua-t-il, trouvant sa réponse idiote.

– Et quand vous partez faire du camping, Luke, en prenant bien soin d'éviter les campings anglais, en règle générale, vous emportez votre smoking avec vous ?

– Non.

– Et Éloïse, elle emporte ses diamants ?

– Euh, de toute façon, elle n'en a pas.

– Hector, commença Matlock après réflexion. J'imagine que vous avez souvent croisé Aubrey quand vous traciez votre chemin lucratif dans la City pendant que nous autres continuions à accomplir notre devoir. Vous avez dû prendre un pot ensemble de temps en temps, comme cela se fait entre gens de la City ?

– Il nous est arrivé de nous croiser, oui, répondit Hector avec un haussement d'épaules. Je n'ai pas beaucoup de temps à consacrer aux ambitieux sans scrupule, pour être honnête. C'est d'un rasoir ! »

Sur quoi Luke, qui ne maîtrisait plus totalement l'art de la dissimulation, ces temps-ci, dut se retenir d'agripper les bras de son fauteuil.

* * *

Il nous est arrivé de nous croiser ? Doux Jésus, ils s'étaient battus jusqu'au sang, et après, ils s'étaient battus encore. De tous les vautours capitalistes, dépeceurs d'entreprises, spéculateurs en Bourse et spoliateurs ayant jamais existé, selon Hector, Aubrey Longrigg était le plus fourbe, le plus retors, le plus invétéré, le plus malhonnête et le mieux introduit.

C'était Aubrey Longrigg, tapi en coulisse, qui avait mené l'assaut contre la firme céréalière familiale d'Hector. C'était Longrigg qui, grâce à un réseau douteux mais savamment construit d'intermédiaires, avait convaincu le service des douanes de Sa Majesté de faire une descente nocturne dans les entrepôts d'Hector, d'éventrer des centaines de sacs, de défoncer des portes et de terroriser l'équipe de nuit.

C'était le réseau occulte de contacts gouvernementaux de Longrigg qui avait dépêché les autorités sanitaires, le fisc, la sécurité incendie et les services de l'immigration pour harceler et effrayer les employés de la famille, fouiller leurs bureaux, saisir leurs livres de comptes et éplucher leurs déclarations d'impôts.

Mais Aubrey Longrigg n'était pas juste un ennemi aux yeux d'Hector, c'eût été bien trop simple. Il représentait un archétype, le symptôme classique du cancer qui rongeait non seulement la City, mais aussi les institutions les plus sacrées de notre gouvernement.

Hector n'était pas en guerre contre Longrigg à titre personnel. Sans doute disait-il vrai quand il avait déclaré à Matlock qu'il trouvait Longrigg rasoir, car il avait pour grande théorie que les hommes et femmes qu'il traquait étaient par définition des raseurs : médiocres, communs, insensibles, ternes, ils ne se distinguaient des autres raseurs que par leur solidarité secrète et leur insatiable cupidité.

* * *

Le commentaire d'Hector devient laconique. Tel un magicien qui ne veut pas que son public regarde une certaine carte de trop près, il fait prestement défiler la galerie d'escrocs internationaux qu'Yvonne a réunis pour lui.

Aperçu d'un tout petit homme rondouillard, impérieux, qui remplit son assiette au buffet.

« Connu dans les cercles allemands sous le nom de Karl der Kleine, lâche Hector d'un ton méprisant. Il descend pour moitié des Wittelsbach, ce qui me surprend plus qu'à moitié. Bavarois, catholique noir comme la poix, selon l'expression consacrée là-bas, liens étroits avec le Vatican, liens encore plus étroits avec le Kremlin. Élu au Bundestag grâce à la part de proportionnelle, et administrateur non exécutif de plusieurs compagnies pétrolières russes, très copain avec Emilio Dell'Oro. Il a skié avec lui l'an dernier à Saint-Moritz, il a amené son petit ami espagnol. Les Saoudiens l'adorent. Au suivant de ces jolis messieurs. »

L'écran affiche sans délai la photo d'un beau garçon barbu portant une cape magenta luisante, en grande conversation avec deux matrones embijoutées.

« Le dernier giton de Karl der Kleine, annonce Hector. Condamné à trois ans de travaux forcés par un tribunal madrilène l'année dernière pour coups et blessures aggravés, il s'en est sorti sur vice de forme, merci Karl. Récemment nommé administrateur non exécutif du groupe Arena, celui-là même qui possède le yacht du Prince. Ah, et là, en voilà un qui vaut le détour, dit-il en tapotant le clavier. Maître Evelyn Popham, docteur en droit, bureaux à Mount Street dans Mayfair. Bunny pour ses amis. A étudié le droit à Fribourg et à Manchester. Membre du barreau suisse, courtisan et maquereau des oligarques du Surrey, unique associé de son florissant cabinet du West End. Internationaliste, bon vivant, avocat de haut vol. Pourri jusqu'au trognon. Où est donc son site web ? Attendez, je vais vous le retrouver de suite. Laissez-moi faire, Luke. Ah, voilà, je l'ai. »

Sur l'écran plasma, tandis qu'Hector tâtonne en grommelant, maître (Bunny-pour-ses-amis) Popham continue de regarder son public d'un œil patient. C'est un gentleman enveloppé et jovial, aux joues rebondies sous ses rouflaquettes, tout droit sorti d'un livre de Beatrix Potter. Curieusement, il porte une tenue de tennis blanche et tient à la main, outre sa raquette, une accorte partenaire de jeu.

La page d'accueil du site web de Me Popham & Pas d'Associés, quand elle apparaît enfin, est dominée par le même visage enjoué, qui sourit au-dessus d'un blason quasi royal sur lequel figure la balance de Thémis. En dessous, l'énoncé de mission de son entreprise :

> Les activités professionnelles de mon équipe d'experts comprennent :
>
> – la protection performante des droits de hauts dirigeants du secteur bancaire international contre les enquêtes du Service de la répression des fraudes,

– la représentation performante d'éminents clients internationaux dans des affaires de juridiction offshore, et leur droit à conserver le silence devant des commissions d'enquête britanniques et internationales,
– une réponse performante aux procédures invasives d'enquêtes administratives, de contrôles fiscaux et d'accusations de paiements illicites ou illégaux à des hommes d'influence.

« Et ces enfoirés ne peuvent pas s'empêcher de jouer au tennis ! » critique Hector tandis que sa galerie d'escrocs se remet à défiler à vive allure.

* * *

Nous nous retrouvons coup sur coup dans les sporting clubs de Monte-Carlo, Cannes, Madère et l'Algarve. Nous sommes à Biarritz et à Bologne. Nous essayons de suivre le rythme des légendes d'Yvonne et de sa collection de clichés pittoresques tirés des magazines people, mais c'est difficile, sauf si, comme Luke, on sait à quoi s'attendre et pourquoi.

Nonobstant, si rapidement que s'enchaînent les visages et les lieux sous la houlette énergique d'Hector, si nombreuses que puissent être les belles personnes en tenue de tennis dernier cri, cinq acteurs reviennent régulièrement :

– le jovial Bunny Popham, l'avocat idéal pour une réponse performante aux procédures invasives d'enquêtes administratives et d'accusations de paiements illégaux à des hommes d'influence,
– l'ambitieux et hautain Aubrey Longrigg, espion à la retraite, député britannique et campeur en famille, avec sa toute dernière épouse aristocratique et caritative,
– le ministre en puissance de Sa Majesté, futur spécialiste de l'éthique bancaire,

– l'autodidacte, autoguidé, vif et charmant jet-setteur polyglotte Emilio Dell'Oro, citoyen suisse et financier globe-trotter, passionné (nous apprend un entrefilet scanné qu'il faut pouvoir lire à la vitesse de l'éclair) de « sports extrêmes comme l'équitation à cru dans les monts Oural, l'héliski au Canada, le tennis à haut niveau et les placements boursiers à Moscou », qui s'affiche plus longtemps que les autres en raison d'un cafouillage technique, et enfin :

– le patricien et maestro mondain des relations publiques, Giles de Salis, capitaine retraité de la Marine royale britannique, entremetteur spécialiste des pairs corrompus, qu'accompagne en fond sonore le commentaire d'Hector : « une des plus belles raclures de Westminster ».

Lumière. Changement de clé USB. Les règles de la maison sont strictes : une clé par sujet. Hector ne mélange jamais les torchons et les serviettes. Il est temps d'aller à Moscou.

10

Hector a fait vœu de silence, pour une fois : libéré de ses vulgaires considérations techniques, il s'est carré dans son siège et s'en remet, pour le commentaire, au présentateur du journal télévisé russe à la voix de baryton. Comme Luke, Hector est un amoureux de la langue russe, et, avec quelques réserves, de l'âme russe. Comme Luke, chaque fois qu'il regarde la vidéo qui passe en ce moment, il est, de son propre aveu, ébahi par ce grand classique indémodable et si typiquement russe : l'énorme mensonge éhonté.

L'agence de presse télévisée moscovite se débrouille d'ailleurs très bien toute seule, sans l'aide d'Hector ni de quiconque. La voix de baryton est plus que capable de transmettre sa révulsion face au drame atroce qu'elle relate : cette inexplicable fusillade sur la route, ce jeune couple russe originaire de Perm, brillant et travailleur, aveuglément fauché dans la fleur de l'âge ! Quand elles avaient décidé de retourner voir leur mère patrie bien-aimée depuis la lointaine Italie où elles vivaient, les victimes étaient loin de se douter que le pèlerinage de leur âme s'achèverait ici, dans le cimetière envahi par le lierre de l'ancien séminaire pour lequel elles avaient toujours eu une affection particulière, avec ses clochers à bulbe et ses thuyas, sur une colline proche de Moscou à la lisière d'une forêt moutonneuse :

> En cette sombre journée de mai si morose pour la saison, tout Moscou est en deuil d'un couple de Russes inoffensifs et a une pensée pour leurs deux petites filles qui, par la grâce de Dieu,

n'étaient pas à bord de la voiture quand leurs parents ont été mitraillés par des éléments terroristes de notre société.

Témoin les vitres brisées, les portières criblées de balles, la carcasse calcinée d'une Mercedes jadis luxueuse projetée sur le flanc parmi les bouleaux blancs, le sang russe innocent qui se mêle dans un gros plan implacable à l'essence répandue sur le bitume, les visages défigurés des victimes.

Cet attentat, nous assure le commentateur, a provoqué la colère légitime de tous les braves citoyens moscovites. Quand cette menace sera-t-elle enfin levée ? se demandent-ils. Quand les honnêtes gens de Russie seront-ils libres de voyager sur leurs propres routes sans risquer de se faire abattre par des bandes de hors-la-loi tchétchènes en maraude résolus à semer la terreur et le carnage ?

Mikhail Arkadievitch, dynamique négociant international en pétrole et métaux ! Olga Lvovna, bénévole engagée dans la distribution de nourriture aux nécessiteux de Russie ! Les parents aimants des petites Katya et Irina ! Des Russes purs, nostalgiques de cette mère patrie qu'ils ne quitteront plus jamais !

Avec pour fond sonore la fureur croissante du commentateur, une colonne de limousines noires suit au pas un corbillard aux parois vitrées sur la pente boisée de la colline jusqu'aux grilles du séminaire. La procession s'arrête, les portières s'ouvrent à la volée, des jeunes gens en costume sombre griffé bondissent hors des véhicules et forment les rangs pour escorter les cercueils.

Changement de décor : le chef adjoint de la police, en grand uniforme bardé de médailles, assis le dos bien droit devant un bureau en marqueterie, entouré de diplômes et de photographies du président Medvedev et du Premier ministre Poutine, nous déclare d'un air sinistre : « Trouvons notre réconfort dans le fait qu'au moins un Tchétchène est déjà passé spontanément aux aveux complets. » La caméra reste braquée sur son visage assez longtemps pour nous faire partager son indignation.

Nous retournons au cimetière, où résonne un chant grégorien funèbre tandis qu'un chœur de jeunes prêtres orthodoxes à la barbe soyeuse, coiffés de chapeaux en forme de pots de fleurs, descend les marches du séminaire en portant des icônes, jusqu'à deux tombes près desquelles les attendent les proches. L'image se fige, puis zoome sur chacune des personnes présentes avec, en incrustation, les sous-titres d'Yvonne :

TAMARA, épouse de Dima, sœur d'Olga, tante de Katya et Irina : droite comme un I sous une capeline noire à voilette façon apicultrice.

DIMA, époux de Tamara : son visage torturé au crâne chauve semble si maladif sous un sourire forcé qu'il pourrait aussi bien être mort lui-même, malgré la présence de sa fille bien-aimée.

NATASHA, fille de Dima : ses longs cheveux cascadant sur son dos telle une rivière noire, son corps gracile enrobé de plusieurs couches de vêtements de deuil informes.

IRINA et KATYA, filles d'Olga et Misha : impassibles, tenant chacune Natasha par la main.

Le commentateur égrène les noms des augustes personnalités venues rendre leurs hommages, parmi lesquelles des représentants du Yémen, de Libye, du Panamá, de Dubaï et de Chypre. Aucun de Grande-Bretagne.

La caméra se pose sur un talus herbeux à mi-hauteur d'une colline ombragée par des thuyas. Six, non, sept jeunes hommes tirés à quatre épingles, d'une vingtaine ou une trentaine d'années, y sont regroupés. Leurs visages glabres, certains déjà empâtés, sont tournés vers la tombe ouverte à vingt mètres en contrebas, près de laquelle se tient la silhouette rectiligne et solitaire de Dima, torse bombé dans cette posture militaire qu'il affectionne, alors qu'il regarde fixement non pas la tombe, mais les sept hommes en complet postés sur le talus.

Est-ce un plan fixe ou non ? Difficile à dire, puisque Dima ne bouge pas plus que les hommes sur le talus. À retardement, le sous-titre d'Yvonne apparaît :

LES SEPT FRÈRES

La caméra les cadre en gros plan l'un après l'autre.

* * *

Luke n'essaie plus depuis longtemps de juger le monde d'après les apparences. Il a étudié ces visages un nombre incalculable de fois, mais il n'y trouve toujours rien qui détonnerait chez un agent immobilier de Hampstead ou chez des hommes d'affaires à costume noir et mallette noire réunis dans un bar d'hôtel de luxe à Moscou ou à Bogotá.

Même quand s'affichent leurs interminables noms russes, patronyme, surnom mafieux et alias inclus, il n'arrive pas à voir en ceux qui les portent autre chose que les avatars interchangeables du cadre moyen en uniforme.

À y regarder de plus près, on finit par se rendre compte que six d'entre eux, volontairement ou par hasard, forment un cercle protecteur autour du septième. À y regarder d'encore plus près, on constate que cet homme qu'ils protègent n'est pas plus vieux qu'eux et que ses traits juvéniles expriment la joie d'un enfant un jour d'été, ce qui est pour le moins incongru à un enterrement. Ce visage respire tant la santé qu'on est presque obligé d'en conclure qu'il cache un esprit sain, estime Luke. Si l'homme débarquait devant sa porte un dimanche soir avec une histoire de revers de fortune, Luke aurait bien du mal à l'éconduire. Et son sous-titre ?

LE PRINCE

Soudain, ledit Prince se détache de ses frères, descend la pente herbeuse en trottinant et, les bras grands ouverts, sans raccourcir le pas ni réduire l'allure, s'avance vers Dima, qui s'est retourné pour lui faire face, épaules rejetées en arrière, torse bombé, menton levé fièrement par défi. Mais ses mains refermées, si fines par contraste avec le reste de son corps, semblent incapables de quitter les coutures de son pantalon. Peut-être (cela traverse l'esprit de Luke chaque fois qu'il visionne la scène), peut-être songe-t-il que c'est là l'occasion de faire au Prince ce qu'il a rêvé de faire au mari de la mère de Natasha, « de mes propres mains, Professeur ! ». Si tel est le cas, il faut croire que des pensées plus raisonnables et plus tactiques prennent finalement le dessus.

Peu à peu, quoique avec un temps de retard, ses mains se lèvent malgré elles pour l'accolade, qui démarre timidement mais, par la force du désir ou de la haine réciproque, se termine en étreinte d'amoureux.

Ralenti du premier baiser : joue droite contre joue gauche. Vieux *vor* et jeune *vor*. Le protecteur de Misha embrasse le meurtrier de Misha.

Ralenti du deuxième baiser : joue gauche contre joue droite.

Et après chaque baiser, courte pause pour la commisération réciproque, le recueillement et le petit mot de sympathie étranglé entre deux hommes en deuil qui, à supposer qu'il soit prononcé, n'est entendu par personne d'autre que le duo.

Ralenti du baiser sur la bouche.

* * *

Dans le magnétophone posé entre les mains inertes d'Hector, Dima explique aux apparatchiks anglais pourquoi il accepte d'embrasser l'homme qu'il voudrait tuer plus que quiconque au monde.

« Bien sûr nous sommes tristes, je lui dis ! Mais en bons *vory* nous comprenons pourquoi il fallait assassiner mon Misha ! “Ce Misha, il était devenu trop cupide, Prince ! nous lui dirons. Ce Misha, il avait volé votre putain de fric, Prince ! Il était trop ambitieux, trop critique !” Nous ne disons pas : “Prince, vous n’êtes pas un vrai *vor*, vous êtes une chienne corrompue.” Nous ne disons pas : “Prince, vous prenez vos ordres de l’État !” Nous ne disons pas : “Prince, vous payez des pots-de-vin à l’État !” Nous ne disons pas : “Vous êtes un tueur à gages au service de l’État, vous trahissez le cœur russe au profit de l’État !” Non. Nous sommes humbles. Nous regrettons. Nous acceptons. Nous sommes respectueux. Nous disons : “Prince, nous vous aimons. Dima accepte votre sage décision de tuer son disciple de sang Misha.” »

Hector met le magnétophone sur *pause* et se tourne vers Matlock.

« En fait, ce dont il parle, là, c’est une évolution que nous observons depuis quelque temps, Billy, annonce-t-il d’un ton presque navré.

– Nous ?

– Les kremlinologues, les criminologues.

– Et vous.

– Oui, notre équipe. Nous aussi.

– Et quelle est cette évolution que votre équipe suit de si près, Hector ?

– De même que les confréries criminelles se rapprochent les unes des autres par souci de rentabilité, le Kremlin se rapproche des confréries criminelles. Il y a dix ans, le Kremlin est tombé à bras raccourcis sur les oligarques : rentrez dans le giron, sinon on vous crève à coups d’impôts ou on vous jette en prison, ou les deux.

– Je crois bien avoir lu ça quelque part tout seul comme un grand, Hector, remarque Matlock, qui aime à lancer ses piques avec un sourire particulièrement amical.

– Eh bien, aujourd'hui, le Kremlin dit la même chose aux confréries, poursuit Hector sans se laisser décontenancer. Organisez-vous, achetez-vous une conduite, ne tuez personne sauf si on vous le dit, et devenons tous riches ensemble. Ah, revoici votre sympathique ami. »

Les images d'actualité reprennent. Hector met sur *pause*, sélectionne un coin de l'écran et l'agrandit. Alors que Dima et le Prince s'étreignent, l'homme qui se fait aujourd'hui appeler Emilio Dell'Oro, vêtu d'un pardessus noir d'ambassadeur à col d'astrakan, debout à mi-hauteur de la pente, jette un regard approbateur sur cette alliance. En parallèle, sur le magnétophone, Dima lit staccato en russe les notes de Tamara :

> « L'organisateur en chef des nombreux paiements secrets du Prince est Emilio Dell'Oro, un citoyen suisse corrompu détenteur de nombreuses anciennes identités qui, par duplicité, a obtenu l'oreille du Prince. Dell'Oro est le conseiller du Prince dans de nombreuses affaires criminelles délicates pour lesquelles le Prince, qui est très bête, n'est pas compétent. Dell'Oro a de nombreuses relations corrompues, aussi en Grande-Bretagne. Quand des paiements spéciaux doivent être arrangés pour ces contacts britanniques, cela se fait sur la recommandation de la vipère Dell'Oro après accord personnel du Prince. Une fois la recommandation validée, c'est la tâche de l'homme qu'on appelle Dima d'ouvrir des comptes bancaires en Suisse pour ces personnes britanniques. Dès que les garanties honorables des Britanniques seront en place, l'homme qu'on appelle Dima fournira aussi les noms des personnes britanniques corrompues haut placées dans l'État. »

Hector stoppe de nouveau le magnétophone.

« Il nous en fait, de ces manières, le type ! se plaint Matlock d'un ton sarcastique. C'est un sacré allumeur, si vous voulez mon avis ! Si on lui donne tout ce qu'il veut et plus encore, il n'y a rien qu'il ne nous dira pas. Quitte à inventer. »

Matlock se trouve-t-il convaincant ? Mystère. Même en ce cas, la réponse d'Hector doit sonner à ses oreilles comme une sentence de mort :

« Bon, et ça, Billy, il l'a aussi inventé peut-être ? Il y a une semaine aujourd'hui, le siège chypriote d'Arena Multi Global Trading Conglomerate a déposé une requête officielle auprès de l'Autorité des services financiers pour établir une nouvelle banque d'affaires dans la City de Londres, qui opérerait sous le nom de First Arena City Trading et serait connue dorénavant et à tout jamais sous l'acronyme FACT, d'où la FACT Bank Limited, ou SA, ou SARL, ou je ne sais pas quel sigle à la con. Les requérants affirment avoir le soutien de trois grosses banques de la City et des actifs garantis de cinq cents millions de dollars, sans compter des milliards d'actifs non garantis. Beaucoup de milliards. Ils répugnent à dire combien exactement par peur d'affoler tout le monde. Cette requête est cautionnée par toute une série de nobles institutions financières britanniques et étrangères, et un aréopage impressionnant d'illustres personnalités bien de chez nous. Votre prédécesseur Aubrey Longrigg et notre ministre en puissance se trouvent en faire partie, ainsi que le contingent habituel de parasites de la Chambre des lords. Parmi les divers conseillers juridiques employés par Arena pour plaider sa cause auprès de l'Autorité des services financiers figure l'éminent maître Bunny Popham de Mount Street, à Mayfair. Quant au capitaine de Salis, retraité de la Marine royale, il s'est généreusement proposé comme porte-drapeau de la campagne de relations publiques d'Arena. »

* * *

La grosse tête de Matlock est penchée en avant. Il finit par parler, toujours sans la lever.

« C'est facile, pour vous, de critiquer depuis le banc de touche, hein, Hector ? Et pour votre ami Luke ici présent. Que faites-vous de la réputation du Service, là où elle compte ? Vous n'êtes plus au service du Service, Hector, vous êtes au service d'Hector. Et que faites-vous de l'externalisation de nos missions de renseignement à des organismes amis, banques comprises ? Nous ne menons pas une croisade, Hector. Nous n'avons pas été engagés pour charger la barque, mais pour aider à la gouverner. Nous sommes un Service. »

Ne rencontrant guère de sympathie dans le regard vide d'Hector, Matlock opte pour une touche plus personnelle.

« J'ai moi-même toujours été un homme de statu quo, Hector, et je n'ai pas honte de le dire. Moi, quand notre belle nation passe une nuit tranquille de plus, je suis content. Mais pour vous, ça ne suffit pas, hein ? C'est comme cette vieille blague russe qu'on se racontait du temps de la guerre froide : il n'y aura pas de guerre, mais dans le combat pour la paix, nous détruirons tout sur notre passage. Un jusqu'au-boutiste, voilà ce que vous êtes, Hector, je vous ai cerné. C'est à cause de tout ce que vous a fait endurer votre fils. Il vous a mis la tête à l'envers, Adrian. »

Luke retient son souffle. Sujet tabou. Pas une seule fois, au cours de toutes les heures qu'Hector et lui ont passées en tête à tête dans la cuisine à déguster les soupes d'Ollie ou du pur malt après le travail, assis l'un à côté de l'autre à regarder les vidéos volées d'Yvonne ou à écouter une énième fois la diatribe de Dima, jamais Luke n'a osé ne serait-ce qu'une allusion furtive au fils dévoyé d'Hector. C'est par le plus pur hasard qu'il a appris par Ollie qu'Hector ne doit pas être dérangé les mercredis et samedis après-midi, sauf en cas d'extrême urgence, parce que ce sont là ses jours de visite à la prison ouverte où est détenu Adrian dans l'East Anglia.

Mais Hector semble n'avoir pas entendu les propos offensants de Matlock, ou bien ne pas en tenir compte. De son côté, Matlock est dans un tel état d'indignation qu'il n'a sans doute même pas conscience de les avoir prononcés.

« Et ce n'est pas tout, Hector ! aboie-t-il. Si on regarde les choses en face, qu'est-ce qu'il y a de mal à transformer de l'argent sale en argent propre, en fin de compte ? Oui, l'économie parallèle, ça existe, et dans des proportions énormes. Nous le savons tous. Nous ne sommes pas nés d'hier. L'économie de certains pays est plus sale que propre, nous le savons aussi. En Turquie, par exemple. En Colombie, le pré carré de Luke. Et oui, d'accord, en Russie aussi. Alors, cet argent, vous préférez le voir où ? Sale là-bas ou propre à Londres, entre les mains d'hommes civilisés, disponible pour des buts légitimes et le bien public ?

– Eh ben, mettez-vous donc au blanchiment, vous aussi, Billy, dit posément Hector. Pour le bien public. »

C'est à présent au tour de Matlock de faire la sourde oreille. Il change soudain de sujet, manœuvre qu'il maîtrise depuis longtemps.

« Et d'abord, qui est ce Professeur dont on entend parler ? lance-t-il à la face d'Hector. Ou dont on n'entend pas parler, d'ailleurs. C'est lui, votre source ? Pourquoi ne me donnez-vous que des bribes, et aucune information solide ? Pourquoi ne l'avez-vous pas soumis, ou soumise, à notre approbation ? Je n'ai pas souvenir d'avoir vu passer par mon bureau quoi que ce soit concernant un professeur.

– Vous voulez être son officier traitant, Billy ? »

Matlock lui adresse un long regard muet.

« Allez-y donc, Billy, l'incite Hector. Reprenez-le, ou -la. Reprenez toute l'affaire, Aubrey Longrigg et tout le bastringue. Ou refilez-la aux mecs du crime organisé, si vous préférez. Impliquez la police de Londres, les services de sécurité et la division blindée des Guards, tant que vous y êtes. Le Chef ne vous remerciera peut-être pas, mais d'autres oui. »

Matlock ne s'avoue jamais vaincu. Néanmoins, la question brutale qu'il pose ensuite ressemble nettement à une concession :

« D'accord. Parlons franc, pour une fois. Vous voulez quoi ? Pour quelle durée ? Et en quelle quantité ? Déballez-moi tout, et après on fera le tri.

– Voilà ce que je veux, Billy. Je veux rencontrer Dima en personne quand il sera à Paris dans trois semaines. Je veux obtenir des échantillons de son matériau, exactement comme on en demanderait à n'importe quel transfuge de prix : des noms qui figurent sur sa liste, des numéros de comptes et un aperçu de sa carte – pardon, de son diagramme. Je veux une autorisation écrite signée de votre main pour mettre la machine en route, étant entendu que s'il peut fournir ce qu'il dit pouvoir fournir, on l'achète rubis sur l'ongle, au prix fort du marché, sans glandouiller comme des cons pendant qu'il essaie de fourguer sa came aux Français, aux Allemands, aux Suisses ou, pire que tout, aux Américains, qui auront besoin d'un seul coup d'œil à son matériau pour confirmer leur actuelle opinion catastrophique de notre Service, de notre gouvernement et de notre pays. »

Un index osseux fend l'air pour y rester suspendu tandis que les grands yeux gris d'Hector brillent à nouveau d'une lueur fervente.

« Et je veux y aller sans filet, c'est clair ? enchaîne-t-il. Ce qui signifie qu'on n'avertit pas la station de Paris de ma venue, et que je ne veux aucun soutien opérationnel, financier ou logistique de vous ni du Service à aucun niveau tant que je ne vous en réclame pas, compris ? Même chose à Berne. Je veux que cette affaire reste étanche et que la liste des personnes informées soit définitivement close. Pas d'autre signataire, pas de messes basses à vos potes dans les couloirs. Je gère cette affaire tout seul, à ma manière, en utilisant Luke ici présent et les autres ressources que je choisirai. Maintenant c'est bon, vous pouvez piquer votre crise. »

Ainsi donc Hector avait bien entendu, se réjouit Luke. Billy Boy t'a fait un coup en vache avec Adrian, et là, tu viens de lui rendre la monnaie de sa pièce.

Matlock se montre offusqué autant que franchement incrédule.

« Sans même l'accord du Chef ? Sans aucune approbation du quatrième étage ? Hector Meredith roule solo, une fois de plus ? Il obtient ses informations de sources non reconnues, à sa propre initiative et à ses fins personnelles ? Vous vivez vraiment dans un autre monde, Hector, et ce n'est pas nouveau. Ne pensez pas à ce que votre type vous offre, pensez à ce qu'il demande ! Une nouvelle vie pour toute sa smala, nouvelles identités, passeports, maisons sûres, amnisties, garanties, que sais-je encore ? Il vous faudrait toute la Commission d'habilitation derrière vous, et par écrit, avant que je signe ça. Je ne vous fais pas confiance, pas plus aujourd'hui qu'hier. Il vous en faut toujours plus.

– Toute la Commission d'habilitation ? répète Hector.

– Telle qu'elle a été constituée selon les règles du Trésor. La totalité de la Commission d'habilitation en séance plénière, pas une sous-commission.

– Donc une pléiade d'avocats au service du gouvernement et une équipe all-stars de mandarins des Affaires étrangères, du Cabinet et du Trésor, sans parler de notre quatrième étage à nous. Vous pensez pouvoir compartimenter, Billy ? Vu le contexte ? Et la Commission de contrôle parlementaire ? Ils sont à mourir de rire, ceux-là. Des lords et des députés, des travaillistes et des conservateurs, Aubrey Longrigg en tête, et le chœur de parlementaires mercenaires achetés par Salis qui chanteraient tous la même chanson ?

– Je vous ferai remarquer que la taille et la composition de la Commission d'habilitation sont flexibles et ajustables, Hector, comme vous le savez très bien. La présence de tous les membres n'est pas requise à toutes les séances.

– Et c'est ça que vous proposez, avant même que j'aie parlé à Dima ? Vous voulez un scandale avant même que le scandale ait éclaté ? C'est ça, votre idée ? On balance tout, on grille la source avant même qu'elle ait pu montrer ce qu'elle avait à vendre, et après moi le déluge ? Sérieusement, c'est ça que vous suggérez ? Vous voulez nous foutre dans la merde jusqu'au cou avant même qu'on ait marché dedans, tout ça pour sauver votre peau ? Et c'est vous qui parlez du bien du Service ! »

Luke doit accorder cela à Matlock : même en cet instant il ne modère pas son agressivité.

« Ah, ça y est, enfin, c'est les intérêts du Service qu'on protège ! Alors ça, je suis content de l'entendre. Mieux vaut tard que jamais. Et vous, vous suggérez quoi ?

– Que vous ne réunissiez pas votre Commission avant Paris.

– Et dans l'intervalle ?

– En dépit de votre intime conviction et de tout ce qui vous est cher, notamment vos fesses, vous me donnez une licence opérationnelle temporaire, par laquelle vous confiez toute cette affaire aux mains de l'agent franc-tireur qu'on peut désavouer à la seconde où l'opération foire, c'est-à-dire moi. Hector Meredith a ses qualités, mais c'est un électron libre et il a outrepassé son mandat. Faites suivre à ces messieurs de la presse.

– Et si l'opération ne foire pas ?

– Vous réunissez une Commission d'habilitation *a minima.*

– Et vous, vous lui parlerez.

– Et vous, vous serez en congé maladie.

– Ça, c'est dégueulasse, Hector.

– Je ne vous le fais pas dire, Billy. »

* * *

Luke ne sut jamais ce qu'était le morceau de papier que Matlock sortit du fin fond de sa veste, ce qu'il disait et ce qu'il ne disait pas, si les deux hommes le signèrent ou seulement un des deux, s'il en existait une copie et, si oui, qui la conservait et où, car Hector lui rappela derechef qu'il avait un rendez-vous, et Luke avait déjà quitté la pièce pour s'y rendre quand Matlock étala ce papier sur la table.

Mais il se souviendrait toute sa vie de son retour à pied à Hampstead dans les derniers rayons du soleil couchant, et de son envie de s'arrêter en chemin à Primrose Hill pour aller dire à Perry et Gail de fuir à toutes jambes tant qu'il en était encore temps.

De là, ses pensées vagabondèrent, comme souvent, sans impulsion de sa part, et se portèrent sur le baron de la drogue colombien sexagénaire imbibé d'alcool qui, pour des raisons que ni Luke ni lui ne comprendraient jamais, avait décidé qu'au lieu de fournir des renseignements à Luke, ce qu'il faisait depuis deux ans, il allait l'enfermer dans un enclos puant au cœur de la jungle et l'y laisser pendant un mois entre les mains attentionnées de ses lieutenants, avant de lui apporter des vêtements de rechange et une bouteille de tequila, et de l'inviter à retrouver son chemin jusqu'à Éloïse.

11

Des multiples émotions que Gail s'attendait à ressentir en montant à bord de l'Eurostar de 12 h 29 au départ de la gare de Saint-Pancras à destination de Paris par un samedi après-midi de juin nuageux, le soulagement figurait en dernière place. Et pourtant, c'était bien du soulagement qu'elle éprouvait, quoiqu'il fût circonscrit par toutes sortes de réserves et de pressentiments, et, à en croire l'expression sur le visage de Perry en face d'elle, il en allait de même pour lui. Si le soulagement impliquait la lucidité, s'il impliquait une harmonie retrouvée entre eux et des liens renoués avec Natasha et les filles, s'il impliquait de tenir la main de Perry pendant qu'il faisait son numéro de sauveur secret de la patrie, alors Gail se sentait soulagée ; ce qui ne signifiait pas pour autant qu'elle avait jeté aux orties ses facultés critiques, ni qu'elle partageait un tant soit peu le ravissement évident de Perry à l'idée de jouer les maîtres espions.

La conversion de Perry à la cause n'avait guère surpris Gail, mais il fallait vraiment être un spécialiste ès Perry pour se rendre compte de tout le chemin parcouru depuis une opposition de principe jusqu'à un engagement plein et entier dans ce qu'Hector appelait la Mission. Certes, il arrivait que Perry exprime des réserves morales ou éthiques résiduelles, voire des doutes (Est-ce vraiment la seule façon de nous y prendre ? N'y a-t-il pas un moyen plus simple d'atteindre la même fin ?), mais c'était là le genre de questions qu'il pouvait tout aussi bien se poser à mi-hauteur d'un surplomb de trois cents mètres.

Les germes de sa conversion, Gail le comprenait à présent,

avaient été semés non par Hector mais par Dima, qui, depuis Antigua, avait acquis dans le discours de Perry la stature d'un bon sauvage à la Rousseau.

« Imagine un peu comment on aurait tourné, nous, si on était nés à sa place, Gail. On peut dire ce qu'on veut, mais c'est quasiment un titre de gloire d'avoir été choisi par lui. Et puis, pense aux enfants ! »

Oh, elle y pensait, aux enfants. Elle y pensait même jour et nuit, et notamment à Natasha, ce qui expliquait en partie pourquoi elle s'était retenue de signaler à Perry que, coincé sur une presqu'île à Antigua et mû par une peur bleue, Dima n'avait peut-être pas exactement eu l'embarras du choix quand il s'était agi de trouver un messager, confesseur, camarade de détention, ou quel qu'ait été le rôle dévolu à Perry ou voulu par lui. Elle avait toujours su que sommeillait en lui un preux chevalier qui attendait, pour se réveiller, qu'on fasse appel à son dévouement altruiste, et tant mieux s'il y avait du danger dans l'air.

Seul manquait au tableau un compère zélateur pour sonner le clairon, jusqu'à ce qu'Hector entre en scène à point nommé, charmeur, spirituel, faussement décontracté, l'éternel redresseur de torts, aux yeux de Gail, l'archétype du client obsédé par la justice qui consacre sa vie à prouver que le terrain sur lequel se dresse l'abbaye de Westminster lui appartient en propre. Si le cabinet de Gail passait cent ans à travailler sur ce dossier, sans doute obtiendrait-il raison et la cour trancherait-elle en sa faveur, mais, en attendant, l'abbaye resterait *grosso modo* à la même place et la vie continuerait.

Et Luke ? Eh bien, pour Perry, Luke était ce qu'il était : un élément fiable sans conteste, un bon professionnel, consciencieux et efficace. Néanmoins, Perry devait bien admettre qu'il avait été rassuré d'apprendre que Luke n'était pas le chef d'équipe, comme il l'avait cru au départ, mais le lieutenant d'Hector. Et puisque tout ce que faisait Hector trouvait grâce aux yeux de Perry, telle était à l'évidence la fonction naturelle de Luke.

Gail en doutait, pour sa part. Au contact de Luke, pendant leurs deux semaines de « sensibilisation », elle en était venue à le considérer, malgré sa nervosité, sa courtoisie excessive et les marques d'inquiétude que trahissait son visage quand il pensait que personne ne le regardait, comme le plus fiable des deux ; et Hector, malgré ses déclarations hardies, son humour grivois et son immense pouvoir de persuasion, comme l'élément instable.

Que Luke se soit entiché d'elle ne la surprenait ni ne la dérangeait. Les hommes s'entichaient d'elle tout le temps, et savoir à quoi s'en tenir sur leurs sentiments la rassurait. Que Perry ne s'en soit pas rendu compte ne la surprenait pas davantage. Ce manque de sagacité aussi la rassurait.

Ce qui la gênait vraiment, c'était la flamme qui animait Hector, son sentiment d'être investi d'une mission, ce même sentiment qui enchantait Perry.

« Oh, moi, je suis encore au banc d'essai, avait lancé un Perry coutumier de ce genre de petites autocritiques. Hector, lui, c'est un homme accompli », avait-il précisé, distinction à laquelle il aspirait en permanence et qu'il n'accordait qu'au compte-gouttes.

Hector, une version accomplie de Perry ? Hector, l'homme d'action pur et dur qui effectuait le genre de choses dont Perry ne faisait que parler ? Eh bien, qui se retrouvait en première ligne, maintenant ? Perry. Et qui se contentait de parler ? Hector.

* * *

Et il n'y avait pas qu'Hector qui enchantait Perry, il y avait aussi Ollie. Perry se flattait d'avoir l'œil pour repérer qui saurait assurer dans la cordée, mais il n'avait pas supposé un seul instant, pas plus que Gail, d'ailleurs, qu'Ollie, le lourdaud à l'allure si peu sportive, avec ses façons maniérées, sa boucle d'oreille, sa boulimie de renseignements et cette pointe d'accent étranger bien cachée qu'elle n'arrivait pas à percer et qu'elle était trop polie pour signaler, allait se révéler être un formateur-né : précis, pédagogue, soucieux que chaque leçon soit ludique et bien assimilée.

Tant pis pour les précieux week-ends sacrifiés, les séances en nocturne après une journée épuisante au cabinet ou au tribunal pour Gail, ou à Oxford, pour Perry, à endurer le pensum de la cérémonie de remise des diplômes, à dire au revoir à ses étudiants et à vider son bureau. En un instant, Ollie les tenait sous son charme, qu'ils soient cloîtrés au sous-sol ou assis dans un café bondé de Tottenham Court Road, Luke posté dehors sur le trottoir et le grand Ollie, coiffé de son béret, assis au volant de son taxi, pour tester les joujoux sortis de son musée occulte, stylos plume, boutons de blazer ou épingles de cravate qui pouvaient écouter, transmettre, enregistrer ou faire tout ça en même temps ; et pour les filles, bijoux fantaisie.

« Alors, Gail, notre style à nous, c'est quoi, là-dedans ? avait demandé Ollie quand était venu son tour d'être équipée.

– Vous voulez vraiment que je vous dise, Ollie ? avait-elle rétorqué. Même morte, je ne voudrais pas qu'on me voie porter ces trucs-là. »

Et ils étaient partis tous les deux chez Liberty pour trouver quelque chose qui lui corresponde plus.

En tout état de cause, les chances qu'ils aient à utiliser les joujoux d'Ollie étaient virtuellement nulles, comme il s'empressait de le dire à Gail.

« Jamais Hector ne vous les confierait pour la grande scène du deux, ma chérie. C'est juste au cas où. C'est pour quand, pouf ! vous entendez un truc génial qui tombe du ciel, et il n'y a aucun risque pesant sur votre vie ou vos biens ou quoi qu'est-ce, et tout ce qu'on veut, c'est être sûr que vous avez les notions techniques suffisantes pour les faire marcher, ces trucs. »

Avec le recul, Gail en doutait. Elle soupçonnait les joujoux d'Ollie d'être en réalité des outils pédagogiques destinés à instiller une dépendance psychologique chez les sujets auxquels on apprenait à s'en servir.

« Votre stage de sensibilisation se déroulera à votre rythme à vous, les avait informés Hector le premier soir, s'adressant à ses nouvelles recrues d'une voix pompeuse que Gail ne l'entendit plus jamais utiliser par la suite, ce qui voulait peut-être dire que lui aussi était nerveux. Perry, si vous vous retrouvez coincé à Oxford pour une réunion imprévue ou autre chose, restez coincé là-bas et passez-nous un coup de fil. Gail, quoi que vous fassiez au cabinet, ne tentez pas le diable. Le message, c'est : soyez naturelle et ayez l'air débordée. Toute modification dans vos emplois du temps attirerait l'attention et serait contre-productive. Vous me suivez ? »

Ensuite, il répéta à l'attention de Gail la promesse qu'il avait faite à Perry.

« On vous en dira le moins possible, mais le peu qu'on vous dira, ce sera la vérité. Vous êtes deux innocents à l'étranger. C'est ainsi que Dima vous veut, c'est ainsi que je vous veux, et Luke et Ollie ici présents, pareil. Moins vous en savez, moins vous risquez de merder. Pour vous, chaque nouveau visage doit vraiment être un nouveau visage. Chaque première fois doit être une première fois. Le plan de Dima, c'est de vous blanchir comme il blanchit l'argent. De vous blanchir dans son environnement social, de faire de vous une monnaie respectable. Dans les faits, il sera en résidence surveillée où qu'il aille, c'est comme ça depuis Moscou. C'est ça, son problème, et il aura longuement réfléchi à la manière de le contourner. Comme toujours, l'initiative revient au pauvre con sur le terrain. C'est à Dima de nous indiquer ce qu'il peut faire, quand et comment, dit-il, avant d'ajouter, comme souvent avec un temps de retard : Je suis grossier. Ça me détend, ça me remet les pieds sur terre. Luke et Ollie ici présents sont très bégueules, ça compense. »

Puis vint l'homélie :

« Ceci n'est pas, je répète : n'est pas, un entraînement. Il se trouve qu'on n'a pas deux ans devant nous, juste quelques heures étalées sur deux semaines. Donc, c'est de la sensibilisation, c'est de la familiarisation, c'est l'établissement d'une relation de confiance entre vous et nous, qu'il pleuve, qu'il vente ou qu'il neige. Mais vous n'êtes pas des espions. Alors ne vous y croyez pas, compris ? La surveillance, c'est le cadet de vos soucis, parce que repérer une filature, vous ne savez pas faire. Vous êtes un jeune couple en goguette à Paris. Et surtout n'allez pas nous la jouer je regarde les reflets dans les vitrines, et hop un petit coup d'œil discret par-dessus mon épaule, et que je m'enquille dans une petite rue transversale, hein ? Pour les portables, c'est un peu différent, embraya-t-il. Vous vous en êtes déjà servis devant Dima ou sa bande, tous les deux ? »

Ils avaient utilisé leurs portables sur le balcon de leur bungalow, Gail pour appeler son cabinet concernant *Samson contre Samson*, Perry pour contacter sa logeuse à Oxford.

« Est-ce que quelqu'un dans l'entourage de Dima a déjà entendu sonner vos portables ? »

Non catégorique.

« Est-ce que Dima ou Tamara connaissent l'un ou l'autre de vos numéros ?

– Non, dit Perry.

– Non », répondit Gail, avec un peu moins d'assurance.

Natasha et Gail avaient échangé leurs numéros. Mais si l'on s'en tenait strictement à la question posée, sa réponse n'était pas mensongère.

« Alors ils ont droit à nos petits joujoux cryptés, Ollie, déclara Hector. Bleu pour Gail, argent pour monsieur. Vous deux, veuillez remettre vos cartes SIM à Ollie pour qu'il fasse le nécessaire. Vos nouveaux téléphones seront cryptés, mais uniquement pour les appels entre nous cinq. Vous trouverez nos numéros enregistrés sous Tom, Dick et Harry. Je suis Tom. Luke est Dick. Ollie est Harry. Perry, vous vous appelez Milton, comme le poète. Et Gail, c'est Doolittle, comme l'héroïne de *My Fair Lady*. Tout est dans le répertoire. À part ça, les téléphones marchent normalement. Oui, Gail ?

– Cela veut-il dire que vous allez mettre nos appels sur écoute à partir de maintenant, si ce n'est déjà fait ? » s'enquit Gail l'avocate.

Rires.

« On n'écoutera que les lignes directes cryptées.

– Pas les autres ? C'est sûr ?

– Pas les autres. C'est la vérité.

– Pas même quand j'appelle mes cinq amants secrets ?

– Hélas, non.

– Et les textos ?

– Non, du tout. C'est une perte de temps, et on ne fait pas dans ce genre-là.

– Si les lignes directes entre nous sont cryptées, pourquoi on a besoin de ces noms débiles ?

– Parce que les gens dans le bus, ils écoutent. D'autres questions de la part de madame l'avocat général ? Ollie, où est le whisky, bordel ?

– Juste là, patron. J'ai même une bouteille neuve, c'est pas beau, ça ? » répondit Ollie avec cette pointe d'accent agaçante parce que impossible à situer.

* * *

« Vous avez une famille, Luke ? » demanda Gail un soir, alors qu'ils partageaient une soupe et une bouteille de vin rouge dans la cuisine avant de rentrer chez eux.

Elle s'étonna elle-même de ne pas lui avoir posé la question plus tôt. Peut-être – affreuse pensée ! – s'en était-elle gardée afin de cultiver l'ambiguïté. L'air surpris lui aussi, Luke porta vivement la main à son front pour y caresser une petite cicatrice livide qui semblait apparaître et disparaître à son gré. La crosse du pistolet d'un autre espion ? Ou bien la poêle à frire d'une épouse en colère ?

« J'ai un seul enfant, Gail, dit-il, comme s'il s'excusait de ne pas en avoir plus. Un garçon. Un petit bonhomme formidable. On l'appelle Ben. Il m'a appris tout ce que je sais sur la vie. Et il me bat aux échecs, je suis fier de le dire. Eh oui ! ajouta-t-il avec un petit tic à la paupière. Le problème, c'est qu'on n'arrive jamais à finir une partie. Je suis trop pris par tout ça. »

Tout ça, quoi ? L'alcool ? L'espionnage ? Les femmes ?

Elle l'avait un temps soupçonné d'avoir une aventure avec Yvonne, en partie pour avoir vu celle-ci le materner discrètement. Puis elle avait fini par les considérer comme un homme et une femme travaillant côte à côte, jusqu'à ce qu'elle surprenne un soir son regard se posant tantôt sur Yvonne, tantôt sur elle-même, comme sur deux divinités inaccessibles ; elle songea alors qu'elle n'avait jamais vu un visage aussi triste de toute sa vie.

* * *

C'est la quille. Le dernier jour du trimestre. L'école est finie. Il n'y aura plus jamais deux semaines comme celles-ci. Dans la cuisine, Yvonne et Ollie préparent un bar en croûte de sel. Ollie chante *La Traviata*, plutôt bien, et Luke fait la claque, sourit à tout le monde et secoue la tête avec un air d'admiration exagérée. Hector a apporté un bon meursault, deux bouteilles. Mais avant tout, il doit parler à Perry et Gail en privé, dans le salon tendu de chintz. Quand on est convoqué chez le surgé, on reste debout ou on s'assied ? Hector reste debout, donc Perry, éternel formaliste malgré lui, l'imite. Gail choisit un fauteuil droit sous une gravure de Damas signée Roberts.

« Voilà, voilà, voilà », dit Hector.

Voilà, voilà, voilà, en effet.

« Allez, les dernières recommandations. Sans témoin. La Mission est dangereuse. Je vous l'ai déjà dit, mais je vous le répète. Elle est hyper dangereuse, même. Vous pouvez encore abandonner le navire, et sans rancune. Si vous restez à bord, on va vous chouchouter au maximum, mais on n'a pas de soutien logistique digne de ce nom ; on y va sans filet, comme on dit dans le métier. Alors, pas besoin de faire vos adieux, vous laissez tomber le poisson d'Ollie, vous prenez vos manteaux dans l'entrée, vous sortez par la porte et rien de tout ça n'est jamais arrivé. C'est votre dernière chance. »

La dernière de toute une série, s'il savait ! Perry et Gail ont discuté de cela tous les soirs des deux dernières semaines. Perry tient à ce qu'elle réponde pour eux deux, donc elle s'exécute.

« Tout va bien. On est décidés. On va le faire, dit-elle avec un héroïsme qui ne lui sied guère.

– Ouais, ça roule, confirme Perry en hochant lentement la tête, d'un ton si atypique pour lui aussi qu'il doit le sentir et retourne promptement la question à l'envoyeur : Et vous autres, vous n'avez jamais aucun doute ?

– Oh, nous, on est foutus de toute façon, répond Hector avec insouciance. Mais c'est bien l'idée, non ? Foutus pour foutus, autant que ce soit pour une noble cause. »

Ce qui est bien sûr un régal pour l'oreille puritaine de Perry.

* * *

À en juger par l'expression sur le visage de Perry quand ils arrivèrent gare du Nord, il se régalait toujours, parce qu'il avait une attitude « L'Angleterre, c'est moi » à peine refoulée que Gail ne lui avait jamais vue. Ce ne fut pas avant leur arrivée à l'hôtel des Quinze Anges (du Perry tout craché, comme choix : un étroit bâtiment délabré de cinq étages à deux pas de la rue du Bac, escalier branlant, chambres minuscules, lits jumeaux de la largeur d'une planche à repasser) qu'ils prirent pleinement conscience de ce qu'ils s'étaient engagés à faire, comme si leurs séances dans la maison de Bloomsbury à l'atmosphère familiale et détendue (une heure sympathique avec Ollie, une autre avec Luke, tiens voilà Yvonne, Hector va passer prendre un petit digestif) avaient instillé en eux un sentiment d'immunité qui s'était évaporé maintenant qu'ils se retrouvaient livrés à eux-mêmes.

Ils découvrirent aussi qu'ils avaient perdu leur capacité d'expression naturelle et se parlaient comme un couple idéal dans une publicité télévisée.

« J'ai vraiment hâte d'être à demain, pas toi ? dit Doolittle à Milton. Je n'ai jamais vu Federer en vrai. Je suis tout excitée.

– J'espère juste que le temps va se maintenir, répond Milton à Doolittle avec un regard inquiet vers la fenêtre.

– Moi aussi, acquiesce dûment Doolittle.

– Bon, si on déballait les valises avant d'aller manger ? suggère Milton.

– Excellente idée », se réjouit Doolittle.

Mais ce qu'ils pensent vraiment c'est : Si le match est annulé en raison de la pluie, que diable va faire Dima ?

Le portable de Perry sonne. C'est Hector.

« Bonjour, Tom, dit Perry bêtement.

– Vous êtes bien arrivés à l'hôtel, Milton ?

– Oui, oui, sans problème. On a fait bon voyage. Tout s'est parfaitement déroulé, confirme Perry avec assez d'enthousiasme pour deux.

– Vous êtes tout seuls, ce soir, d'accord ?

– Oui, vous nous l'avez dit.

– Doolittle va bien ?

– Impeccable.

– Appelez-nous si vous avez besoin de quoi que ce soit. On assure le service vingt-quatre heures sur vingt-quatre. »

* * *

Dans le minuscule vestibule de l'hôtel, juste avant de sortir, Perry discute de ses angoisses météorologiques avec une dame imposante surnommée Madame Mère par allusion à la mère de Napoléon. Il la connaît de l'époque où il était étudiant, et, à en croire Madame Mère, elle l'aime comme son propre fils. Elle dépasse à peine le mètre vingt en pantoufles et personne ne l'a jamais vue sans un foulard sur ses bigoudis, selon Perry. Si Gail aime bien entendre Perry deviser en français, cette aisance l'a toujours mise mal à l'aise, peut-être parce qu'il reste discret sur les instructrices de ses jeunes années.

Dans un bar-tabac rue de l'Université, Milton et Doolittle avalent un steak frites quelconque et une salade fatiguée qu'ils s'accordent à trouver divins. Ils ne finissent pas leur litre de vin rouge maison et le rapportent avec eux à l'hôtel.

« Faites ce que vous feriez en temps normal, leur avait dit un Hector désinvolte. Si vous avez des potes à Paris et que vous voulez passer du temps avec eux, pourquoi pas ? »

Parce que ce ne serait pas ce qu'on ferait en temps normal, voilà pourquoi. Parce qu'on n'a pas envie de traîner dans un café de Saint-Germain avec nos potes parisiens quand on a un éléphant nommé Dima qui pèse sur nos têtes. Et parce qu'on n'a pas envie de devoir leur mentir sur la façon dont on a obtenu nos billets pour la finale de demain.

* * *

De retour à la chambre, ils finissent leur vin rouge dans leurs verres à dents et font l'amour avec passion, avec tendresse, sans un mot. Magique. Quand vient le matin, Gail dort tard tellement elle est nerveuse, puis se réveille pour voir Perry contempler la pluie qui macule la fenêtre crasseuse et s'inquiéter une fois encore de ce que fera Dima si le match est annulé. Et s'il est reporté à lundi, songe alors Gail, devra-t-elle appeler le cabinet avec une autre histoire fumeuse d'angine, ce qui signifie des troubles menstruels dans le code maison ?

Soudain, tout se déroule de façon linéaire. Après un café-croissants servi en chambre par Madame Mère (avec un murmure appréciateur à l'attention de Gail : « *Quel titan, alors !* »[1]* et un appel futile de Luke leur demandant s'ils ont passé une bonne nuit et s'ils se sentent en forme pour le tennis, ils restent au lit à établir un programme jusqu'au début du match à 15 heures, en se ménageant une grande marge pour se rendre au stade, trouver leurs places et s'installer.

Conclusion des débats : ils prennent chacun leur tour devant le minuscule lavabo, s'habillent, puis se propulsent au rythme soutenu de Perry jusqu'au musée Rodin, où ils font la queue derrière

1. Les mots en italique suivis d'un astérisque sont en français dans le texte. *(Note de la traductrice.)*

un groupe scolaire, arrivent dans le jardin juste à temps pour prendre la pluie, se réfugient sous les arbres, puis se replient sur la cafétéria et regardent dehors par la porte pour essayer de comprendre dans quel sens partent les nuages.

Abandonnant leurs cafés d'un commun accord mais sans aucune raison particulière, ils décident d'aller explorer les jardins des Champs-Élysées et en trouvent les accès barrés pour raison de sécurité. Michelle Obama et ses enfants sont en ville, selon Madame Mère, mais c'est un secret d'État, donc seuls Madame Mère et le Tout-Paris sont au courant.

Les jardins du Théâtre Marigny, en revanche, sont ouverts et déserts, hormis deux vieux Arabes en costume noir et chaussures blanches. Doolittle choisit un banc, Milton approuve son choix. Doolittle contemple les marronniers, Milton son plan de Paris.

Perry, qui connaît la ville comme sa poche, n'a eu aucun mal à établir le meilleur trajet jusqu'au stade Roland-Garros, métro jusqu'ici, bus jusque-là, grosse marge de sécurité pour être certain de respecter l'horaire fixé par Tamara.

Il trouve néanmoins judicieux de s'absorber dans son plan : qu'y a-t-il d'autre à faire quand on est un jeune couple en goguette à Paris et qu'on a décidé, comme deux abrutis, de s'asseoir sur un banc dans un parc sous la pluie ?

« Tout se passe bien, Doolittle ? Pas de petit souci qu'on pourrait vous aider à résoudre ? demande Luke, qui a appelé Gail, cette fois, avec la voix virile du médecin de famille des Perkins quand elle était petite fille : *Mal à la gorge, Gail ? Si on se déshabillait pour jeter un œil ?*

– Aucun souci, non, rien que vous puissiez arranger, merci, répond-elle. Milton me dit qu'on va se mettre en route dans une demi-heure. »

Et je n'ai pas d'angine non plus.

Perry replie son plan. La conversation avec Luke a agacé Gail parce qu'elle a eu l'impression de se faire remarquer. Elle a la bouche sèche, alors elle pince les lèvres pour les humecter. C'est bientôt fini, ce délire ? Ils rejoignent le trottoir désert et remontent l'avenue jusqu'à l'Arc de triomphe, Perry marchant à grands pas devant elle, comme toujours quand il veut être seul et ne peut pas l'être.

« Mais qu'est-ce que tu fabriques ? T'es malade ou quoi ? » siffle-t-elle à son oreille.

Il s'est engouffré dans une galerie commerciale à l'air saturé de musique rock et s'est planté devant une vitrine sombre comme si tout son avenir s'y révélait. Jouerait-il à l'espion, au mépris de l'injonction d'Hector de ne pas chercher à repérer des guetteurs imaginaires ?

Non, il rit. Et, alléluia, un instant plus tard, Gail rit aussi. Se tenant par les épaules, ils contemplent d'un œil incrédule un véritable arsenal de joujoux d'espions : des montres-bracelets de marque à dix mille euros qui font appareil photo, des mallettes de matériel d'écoute, des brouilleurs téléphoniques, des lunettes à vision nocturne, des armes paralysantes dans toute leur glorieuse variété, des holsters avec bandoulière antiglisse en option, et des balles au poivre, de peinture ou en caoutchouc en veux-tu en voilà. Bienvenue au musée occulte d'Ollie pour le cadre paranoïaque en manque d'équipement.

* * *

Il n'y a pas eu de trajet en bus.

Ils n'ont pas pris le métro.

Le passager assez vieux pour être son grand-père qui lui a pincé les fesses en descendant du wagon n'a pas d'importance pour l'opération.

Ils ont été transportés là comme par magie, et c'est ainsi qu'ils se retrouvent parmi de courtois citoyens français qui font la queue du côté gauche de la porte ouest du stade Roland-Garros exactement douze minutes avant l'heure fixée par Tamara.

C'est également ainsi que Gail se retrouve à voguer d'un pas léger devant de placides vigiles en uniforme trop heureux de lui rendre son sourire, puis à déambuler dans la foule le long d'une allée d'échoppes en toile de tente au son des accords pompiers d'une fanfare invisible, des mugissements de cors des Alpes suisses et des annonces incompréhensibles d'une voix masculine dans les haut-parleurs.

Mais Gail l'avocate garde la tête froide et égrène le nom des sponsors sur les boutiques : Lacoste, Slazenger, Nike, Head, Reebok… Quel est donc celui que Tamara a mentionné dans sa lettre ? Ne fais pas semblant d'avoir oublié.

« Perry, tu m'as promis-juré que tu m'achèterais une bonne paire de tennis, s'écrie-t-elle en le tirant par le bras. Regarde !

– C'est vrai ? Ah oui, c'est vrai », reconnaît Perry *alias* Milton, tandis qu'une bulle disant IL SE RAPPELLE ! apparaît au-dessus de sa tête.

Et, avec plus de conviction qu'elle n'en aurait attendu de lui, il se penche en avant pour examiner le dernier modèle… Adidas.

« Et il serait grand temps que tu t'en achètes, toi aussi, et que tu jettes cette vieille paire pourrie avec du vert-de-gris partout sur le dessus, décrète l'autoritaire Doolittle.

– Professeur ! C'est pas vrai ! Mon ami ! Vous vous souvenez moi ? »

La voix se fait entendre sans avertissement : la voix désincarnée d'Antigua qui hurle pour couvrir les trois vents.

Oui, je me souviens de vous, mais ce n'est pas moi, le Professeur.

C'est Perry.

Alors je vais continuer à regarder le dernier modèle Adidas, et laisser Perry faire le premier pas avant de tourner la tête avec une expression totalement stupéfaite et ravie, comme dirait Ollie.

Perry fait le premier pas. Elle le perçoit qui s'éloigne d'elle et se retourne. Elle mesure le laps de temps qu'il faut à Perry pour en croire ses yeux.

« Ça alors, Dima ! Dima d'Antigua ! C'est incroyable ! »

N'en rajoute pas, Perry, du calme.

« Mais que faites-vous donc là ? Gail, regarde qui est là ! »

Mais je ne vais pas regarder. Pas tout de suite. Je suis en train de regarder des chaussures, tu te rappelles ? Et quand je regarde des chaussures, fût-ce de simples tennis, je suis captivée, je suis carrément sur une autre planète. Même s'ils ont trouvé cela ridicule à l'époque, ils ont répété cet instant devant un magasin de sport de Camden Town qui se spécialise en chaussures, et de nouveau à Golders Green, d'abord avec Ollie qui surjouait Dima avec force claques dans le dos et Luke qui faisait le passant innocent, puis avec inversion des rôles. Gail est bien heureuse aujourd'hui de l'avoir fait : elle connaît ses répliques.

Alors, je marque une pause, je l'entends, je sors de ma transe, je me retourne. Et c'est seulement là que je suis ravie et totalement stupéfaite.

« Dima ! Oh mon Dieu ! C'est vous ! C'est vraiment vous ! Ça alors c'est... c'est incroyable ! s'exclame-t-elle avec le couinement de souris extatique qu'elle réserve à l'ouverture des cadeaux de Noël, tout en regardant Perry se perdre dans l'immense torse d'un Dima dont le ravissement et la stupéfaction ne sont pas moins spontanés que les siens.

– Qu'est-ce vous faites là, Professeur, espèce de tennisman à la manque ?

– Et vous, Dima, qu'est-ce que vous faites là ? » s'exclament en chœur Perry et Gail dans des tonalités différentes, tandis que Dima continue de beugler.

A-t-il changé ? Il est plus pâle. Le bronzage des Caraïbes s'est estompé. Des cernes jaunes sous les yeux marron du séducteur. Des sillons plus marqués aux commissures des lèvres. Mais la même allure, la même posture inclinée vers l'arrière comme pour dire : « Attaque-moi si tu l'oses. » La même position des petits pieds façon Henry VIII.

Et l'homme a un don inné pour la comédie. Écoutez donc ça :

« Vous croyez Federer va ménager ce Söderling comme vous m'avez fait le ménage ? Vous croyez il va tuer ce putain de match parce qu'il aime le fair-play ? Gail, nom de Dieu, venez là ! Il faut je la serre dans mes bras, cette fille-là, Professeur ! Vous pas l'épouser encore ? Vous êtes grand fou ! »

Et il attire Gail contre son énorme torse, il se colle à elle, à commencer par sa joue moite, humide de larmes, puis la poitrine, puis son entrejambe proéminent jusqu'à ce que même leurs genoux se touchent, puis il l'éloigne de manière à pouvoir lui octroyer la trinité rituelle de baisers sur les joues, gauche droite gauche, tandis que Perry sort « Il s'agit là d'une coïncidence hautement improbable, sinon impensable » avec un détachement universitaire un peu trop prononcé au goût de Gail. Un peu limite côté spontanéité, d'après elle, alors elle compense par une kyrielle de questions surexcitées :

« Dima, très cher, comment vont Katya et Irina, dites-moi ? Je n'arrête pas de penser à elles ! ajoute-t-elle, ce qui est la stricte vérité. Et les jumeaux, ils jouent au cricket ? Et comment va Natasha ? Où étiez-vous donc passés, tous ? Ambrose nous a dit que vous étiez repartis à Moscou. C'est ça ? Pour l'enterrement ? Vous avez une mine superbe. Comment va Tamara ? Et comment vous tous ces amis et parents adorables et pittoresques qui gravitaient autour de vous ? »

A-t-elle réellement prononcé cette tirade ? Oui. Et tout en la débitant et en recevant par intermittence des bribes de réponses, elle a vaguement pris conscience que des hommes et femmes élégamment vêtus se sont arrêtés pour regarder le spectacle : encore un fan-club de Dima, apparemment, mais d'une génération bien plus jeune et sophistiquée que le groupe sorti de la naphtaline à Antigua. Et là, parmi eux, est-ce bien le bébé Cadum Niki ? Si oui, il s'est acheté un complet d'été Armani beige à manchettes ornées. La gourmette et la montre de plongée sont-elles cachées dessous ?

Dima parle toujours, et Gail entend ce qu'elle n'a aucune envie d'entendre : Tamara et les enfants ont pris l'avion direct de Moscou à Zurich – oui, Natasha aussi, elle n'aime pas le tennis, elle veut rentrer à Berne, lire et faire du cheval. Se détendre. Gail doit-elle comprendre que Natasha ne se porte pas au mieux, ou bien est-ce un effet de son imagination ? Tout le monde poursuit trois conversations en parallèle.

« Alors, vous faites plus les cours aux jeunes, Professeur ? s'offusque Dima. Vous venez apprendre les jeunes Français à être le gentleman anglais ? Écoutez, vous êtes assis où ? Dans la cage à poules tout en haut, c'est ça ? »

Il lance par-dessus son épaule ce que l'on peut supposer être la traduction en russe de la même boutade, qui doit perdre de sa saveur au passage, parce que rares sont les membres du groupe de badauds élégants à sourire, sauf un petit danseur tiré à quatre épingles debout au centre. Gail le prend à première vue pour un guide touristique, car il porte un blazer de marin couleur crème très voyant avec une ancre cousue en fil d'or sur la poche, et un parapluie rouge qui, en complément de sa chevelure argentée ramenée en arrière, le rendrait instantanément repérable par toute brebis égarée dans la foule. Ils échangent un sourire et un regard. Et quand Gail reporte les yeux sur Dima, elle sait que l'homme la regarde encore.

Dima exige de voir leurs tickets. Perry ayant la manie de toujours les perdre, c'est Gail qui en est la gardienne. Elle connaît les numéros de place par cœur, et Perry également. Mais cela ne l'empêche pas de ne pas les avoir à l'esprit maintenant, ni d'avoir l'air vaguement perdue quand elle les tend à Dima, qui laisse échapper un rire moqueur.

« Vous avez les télescopes, Professeur ? Vous êtes si haut, il vous faut la bouteille d'oxygène ! »

De nouveau il répète la blague en russe, de nouveau le groupe debout derrière lui semble moins écouter que prendre son mal en patience. Avait-il le souffle si court à Antigua ? Ou bien cela date-t-il d'aujourd'hui ? C'est le cœur ? La vodka ?

« Nous, on a la loge, putain, vous entendez ? C'est la boîte, elle se démerde. Les jeunes de Moscou je travaille avec. Les Armani Boys, ils ont les jolies filles, regardez-les ! »

En effet, deux des jeunes femmes attirent l'œil de Gail : vestes en cuir, jupes moulantes et bottines. De jolies épouses ou de jolies putes ? Si c'est ça, très haut de gamme. Et les Armani Boys composent un mur hostile de complets couleur jais et de regards ahuris.

« Trente places qualité numéro un, la bouffe à mourir ! hurle Dima. Vous voulez ça, Gail ? Vous venir avec nous ? Voir le match comme une dame ? Boire le champagne ? On en a plein. Allez, Professeur ! Pourquoi pas, bordel ? »

Parce que Hector lui a dit de se faire désirer, voilà pourquoi pas, bordel. Parce que plus il se fait désirer, plus vous devrez vous donner du mal pour l'avoir, et moi avec, et plus vous renforcerez notre crédibilité auprès de vos invités de Moscou. Au pied du mur, Perry nous fait un bon numéro de Perry : il fronce les sourcils, il joue les timides et les embarrassés. Pour un novice dans l'art de la dissimulation, il se débrouille plutôt bien. Malgré tout, il est temps de lui donner un coup de main.

« Dima, vous comprenez, ces billets, c'était un cadeau, avoue Gail d'une voix douce en lui touchant le bras. C'est un très bon ami qui nous les a donnés, un vieux monsieur charmant. Par gentillesse. Je ne pense pas qu'il aimerait qu'on laisse ces places vides, non ? Il serait inconsolable s'il l'apprenait », ajoute-t-elle, selon la réponse concoctée avec Luke et Ollie en buvant un whisky tard le soir.

Déçu, Dima les regarde l'un après l'autre tout en rassemblant ses idées.

Un peu d'agacement dans les rangs derrière lui : on ne pourrait pas en finir, avec cette histoire ?

L'initiative revient au pauvre con sur le terrain…

Eurêka !

« Alors écoutez, Professeur, OK ? Écoutez une fois, dit-il en enfonçant son index dans le torse de Perry. OK, répète-t-il avec un hochement de tête menaçant. Après le match, vous entendez ? Dès ce putain de match est terminé, vous venez nous voir dans la loge, déclare-t-il avant de se tourner d'un bloc vers Gail pour la défier de contrarier son grand plan. Vous entendez, Gail ? Vous allez m'amener ce Professeur à notre loge. Et vous allez boire le champagne avec nous. Le match termine pas tout de suite quand il termine. Ils doivent faire la cérémonie à la con, là, des discours, tout le bordel. Federer va gagner des doigts dans le nez. Vous voulez parier cinq mille dollars il gagne pas, Professeur ? Je vous donne trois contre un. Quatre contre un, même. »

Perry éclate de rire. S'il avait un dieu, ce serait Federer. Pas question, Dima, désolé. Pas même à cent contre un. Mais il n'est toujours pas tiré d'affaire.

« Vous devez me jouer au tennis, demain, Professeur, vous entendez ? La revanche ! ajoute-t-il en continuant à lui marteler le torse de l'index. J'envoie quelqu'un vous trouver après le match, vous venez voir nous dans la loge, et on prend rendez-vous pour la revanche, et pas de ménage ! Je vous écrabouille, après je vous paie un massage. Vous en aurez besoin, vous entendez ? »

Perry n'a pas le temps de protester plus avant. Du coin de l'œil, Gail a vu le guide touristique aux cheveux d'argent et au parapluie rouge se détacher du groupe pour avancer vers le dos exposé de Dima.

« Vous ne nous présentez pas vos amis, Dima ? Vous ne pouvez pas vous garder une belle jeune femme comme ça pour vous tout seul, vous savez, reproche une voix suave dans un anglais parfait avec un léger accent italien. Dell'Oro, annonce-t-il. Emilio Dell'Oro. Je suis un très, très vieil ami de Dima. Enchanté. »

Et il leur serre la main, d'abord à Gail, avec un galant salut de la tête, puis à Perry, sans le galant salut, rappelant à Gail un Casanova de salon nommé Percy qui l'avait arrachée au bras de son meilleur ami au bal quand elle avait dix-sept ans et l'avait quasiment violée sur la piste de danse.

« Je m'appelle Perry Makepiece, et voici Gail Perkins, annonce Perry avant d'ajouter un codicille humoristique qui impressionne vivement Gail : Ne vous inquiétez pas, je ne suis pas vraiment professeur. C'est juste le truc qu'a trouvé Dima pour me déconcentrer quand je joue au tennis.

– Alors, bienvenue au stade Roland-Garros, Gail Perkins et Perry Makepiece, réplique Dell'Oro avec un sourire radieux dont

Gail commence à soupçonner qu'il est indécrochable. Je me réjouis à l'idée de vous voir après ce match historique. S'il y a un match », ajoute-t-il avec un geste théâtral et un regard réprobateur vers le ciel gris.

Mais le dernier mot revient à Dima :

« J'envoie quelqu'un vous chercher, vous entendez, Professeur ? Ne pas vous défile. Demain, je vous bousille. J'adore ce type, vous entendez ? » crie-t-il aux Armani Boys hautains réunis derrière lui avec des sourires de commande.

Après une dernière accolade virile à Perry, il leur emboîte le pas pour reprendre la parade.

12

Gail prend place à côté de Perry au douzième rang de la tribune ouest du central de Roland-Garros et regarde d'un œil médusé les musiciens de la Garde républicaine, avec casques de laiton à crinière rouge, culottes blanches ajustées et bottes d'équitation, installer leurs timbales et souffler un dernier coup dans leurs trompettes avant que le chef monte sur son estrade en bois, lève ses mains gantées de blanc au-dessus de sa tête, écarte les doigts et les agite comme le ferait un grand couturier. Perry lui parle, mais il est obligé de se répéter. Elle tourne la tête vers lui et la pose sur son épaule pour se calmer parce qu'elle tremble. Perry aussi, à sa manière, car elle entend battre son cœur : boum, boum.

« C'est la finale du simple messieurs ou la bataille de la Moskova ? » crie-t-il gaiement en désignant du doigt les troupes napoléoniennes.

Elle le fait répéter, éclate de rire et imprime une petite pression sur sa main pour les ramener tous deux sur terre.

« Tout va bien ! lui hurle-t-elle à l'oreille. Tu as été parfait ! Une vraie vedette ! Et on a des places géniales ! Bravo !

– Toi aussi ! Dima avait l'air en pleine forme.

– En pleine forme. Mais les enfants sont déjà à Berne !

– Quoi ?

– Tamara et les petites sont déjà à Berne ! Et Natasha aussi ! Je croyais qu'ils seraient tous là !

– Moi aussi », dit-il, moins amèrement déçu qu'elle.

La fanfare napoléonienne joue à plein volume. Des régiments entiers pourraient partir en guerre au son de sa musique et ne jamais revenir.

« Il tient vraiment à avoir sa revanche au tennis, le pauvre ! crie Doolittle.

– J'ai remarqué, oui ! dit Milton avec force sourires et hochements de tête.

– Tu as le temps demain ?

– Non, du tout. J'ai trop de rendez-vous, répond Milton en secouant la tête, catégorique.

– C'est ce que je craignais. C'est délicat.

– Très », acquiesce Milton.

Sont-ils en train de jouer comme des gosses, ou bien ont-ils la peur au ventre ? Gail porte la main de Perry à ses lèvres, l'embrasse et la garde contre sa joue parce que, tout à fait inconsciemment, il l'a presque émue aux larmes.

S'il y a bien une journée dans sa vie dont il devrait pouvoir librement profiter, c'est celle-ci ! Regarder Federer jouer en finale à Roland-Garros, pour Perry, c'est comme voir danser Nijinski dans *L'Après-midi d'un faune* ! Combien de fois n'a-t-elle pas écouté avec ravissement les conférences de Perry sur Federer, lovée contre lui devant la télévision à Primrose Hill ? Federer, l'athlète parfait que Perry voudrait tant être. Federer, l'homme accompli. Federer, celui qui danse quand il court, qui allonge ou raccourcit ses replacements afin de forcer la balle en plein vol à lui laisser l'infinitésimale fraction de seconde dont il a besoin pour ajuster la vitesse et l'angle ! La stabilité de son torse, qu'il recule, avance ou se déplace de côté ! Ses pouvoirs surnaturels d'anticipation, qui ne sont pas surnaturels du tout, Gail, mais constituent le summum de la coordination œil-corps-cerveau.

« Je veux vraiment que tu profites de la journée d'aujourd'hui ! lui crie-t-elle à l'oreille en guise de conclusion. Oublie tout le reste. Je t'aime. Hé, j'ai dit "Je t'aime", espèce d'idiot ! »

* * *

Elle passe innocemment en revue les spectateurs autour d'eux. Dans quel camp sont-ils ? Avec Dima ? Contre Dima ? Avec Hector ? *On y va sans filet.*

À sa gauche, une blonde à la mâchoire crispée avec une croix suisse sur son chapeau en papier et une autre sur son ample chemisier.

À sa droite, un pessimiste entre deux âges qui porte un chapeau et une cape imperméables pour s'abriter d'une pluie que tous les autres font semblant de ne pas remarquer.

Dans la rangée derrière eux, une Française entraîne ses enfants dans une *Marseillaise* enthousiaste, peut-être victime de l'illusion que Federer est français.

Avec le même air dégagé, Gail parcourt du regard la foule assise sur les gradins découverts en face d'eux.

« Tu as vu quelqu'un que tu connais ? lui hurle Perry à l'oreille.

– Euh, non. Je pensais que Barry pourrait être ici.

– Barry ?

– Un de nos avocats. »

Elle dit n'importe quoi. Son cabinet compte bien un avocat nommé Barry, mais il déteste le tennis autant que les Français. Elle a faim. Non seulement ils n'ont pas fini leur café au musée Rodin, mais ils ont aussi oublié de déjeuner. Quand elle s'en rend compte, cela lui rappelle un roman de Beryl Bainbridge dans lequel, au cours d'un dîner tendu, l'hôtesse ne se rappelle plus où elle a mis le dessert.

« Ça fait combien de temps qu'on n'a pas *sauté le déjeuner*, toi et moi ? » crie-t-elle, prise du besoin de partager la blague avec Perry.

Mais il ne relève pas l'allusion littéraire, pour une fois. Les yeux fixés sur une rangée de baies vitrées à mi-hauteur des tribunes d'en face, dont le verre fumé laisse apercevoir des nappes blanches et des serveurs en faction, il se demande laquelle est celle de la loge de Dima. Gail sent encore la pression des bras de Dima autour d'elle, et son entrejambe serré contre sa cuisse avec une innocence enfantine. Les relents de vodka, ça datait d'hier soir ou de ce matin ? Elle pose la question à Perry.

« Il se mettait simplement en train, répond celui-ci.

– Comment ?

– En train ! »

* * *

Les troupes napoléoniennes ont déserté le champ de bataille. Un silence tendu descend sur le central. Une caméra suspendue à des filins traverse un ciel horriblement noir. *Natasha.* Elle est là ou pas ? Pourquoi n'a-t-elle pas répondu à mon SMS ? Est-ce que Tamara est au courant ? C'est pour ça qu'elle l'a rapatriée à Berne ? Non. Natasha prend ses décisions toute seule. Natasha n'est pas la fille de Tamara. Et Tamara est bien la dernière personne qu'on voudrait avoir comme mère. Si j'envoyais un texto à Natasha ?

> Viens de croiser ton père au match de Federer.
> Alors, enceinte ? Biz, GAIL

Peut-être pas, non.

Le central entre en éruption à l'arrivée de Robin Söderling d'abord, puis de Roger Federer, qui affiche une assurance et une modestie de circonstance proprement divines. Perry, les lèvres très serrées, tend le cou. *Ecce homo.*

Échauffement. Federer manque un ou deux revers. Les retours de coup droit de Söderling sont un peu trop agressifs pour un échange amical. Federer s'entraîne au service, seul. Söderling s'entraîne au service, seul. Échauffement terminé. Ils ôtent leur veste de leurs épaules telle l'épée du fourreau. En bleu ciel, Federer, avec une touche de rouge dans la doublure de son col et une virgule rouge assortie sur son bandeau. En blanc, Söderling, avec des touches de jaune fluo sur ses manches et son short.

Perry porte à nouveau les yeux sur les baies en verre fumé, et Gail l'imite. Est-ce un blazer crème avec une ancre d'or sur la poche qu'elle voit flotter dans la brume marron derrière les vitres ? Elle a envie de dire à Perry que s'il y a un homme avec qui il ne faut pas monter à l'arrière d'un taxi, c'est bien le Signor Emilio Dell'Oro.

Mais silence : le match a commencé et, pour la plus grande joie de la foule mais un peu trop vite au goût de Gail, Federer a pris le service de Söderling et remporté le sien. Söderling est de nouveau au service. Une jolie ramasseuse de balles blonde avec une queue-de-cheval lui tend une balle, lui fait une petite révérence, puis repart au galop. Le juge de ligne hurle comme s'il avait été piqué par une guêpe. La pluie reprend. Söderling a fait une double faute ; la marche triomphale de Federer vers la victoire a commencé. Le visage de Perry rayonne d'admiration, et Gail découvre qu'elle l'aime comme au premier jour : son courage inné, sa détermination à faire ce qui est juste même s'il a tort, son besoin d'être loyal et son refus de s'apitoyer sur son sort. Elle est sa sœur, son amie, sa protectrice.

Perry doit être envahi par un sentiment du même genre, car il lui attrape la main et la garde dans la sienne. Söderling essaie de gagner le tournoi. Federer essaie de gagner sa place dans l'Histoire, et Perry le soutient. Federer a remporté le premier set 6-1. Il lui a fallu un peu moins d'une demi-heure.

* * *

Le comportement du public français est en tout point remarquable, estime Gail. Ces gens adulent Federer, comme Perry, mais ils mettent un point d'honneur à féliciter Söderling chaque fois qu'il le mérite. Le Suédois leur en est reconnaissant, et il le montre : il prend des risques, ce qui signifie qu'il pousse l'autre à la faute et Federer vient d'en faire une. Pour se rattraper, il tape une amortie meurtrière de trois mètres derrière la ligne de fond de court.

Lorsque Perry regarde un beau match de tennis, il pénètre dans des sphères plus élevées, plus pures. Après quelques coups, il peut vous dire où mène un échange et qui en a le contrôle. Gail n'est pas comme ça. Elle, c'est une joueuse de fond de court : sa devise, c'est on balance un grand coup et on voit ce qui se passe. Au niveau où elle joue, ça fait des merveilles.

Mais tout à coup, Perry ne regarde plus le match, et il ne regarde pas non plus les vitres fumées. Il a bondi sur ses pieds, s'est jeté devant Gail comme pour la protéger et il hurle : « C'est quoi, ça ? » sans le moindre espoir de réponse.

Elle se lève aussi, ce qui n'est pas chose facile parce que tous les spectateurs sont à présent debout et crient « C'est quoi, ça ? » en français, en suisse allemand, en anglais ou en toute autre langue qui leur vient spontanément aux lèvres. Elle s'attend d'abord à voir une paire de faisans morts aux pieds de Federer, un doublé, parce qu'elle associe le fracas de toute cette foule qui se lève d'un bond avec le vacarme d'oiseaux affolés qui se hissent dans les airs comme des aéroplanes vétustes avant d'être abattus par son frère et ses riches amis. Sa deuxième pensée, tout aussi irrationnelle, est que c'est Dima qui a été abattu, probablement par Niki, et jeté par la baie aux vitres fumées.

Mais l'escogriffe qui vient de pénétrer sur le court du côté de Federer tel un grand oiseau rouge déplumé n'est pas Dima et il est tout sauf mort. Il porte une sorte de bonnet phrygien rouge sang, des chaussettes montantes rouge sang, et une tunique rouge sang est drapée autour de ses épaules. Il accoste Federer juste derrière sa ligne de fond.

Federer ne sait trop que dire (l'homme est de toute évidence un inconnu), mais il conserve la courtoisie dont il ne se départ jamais sur un court, même s'il a l'air un peu irrité dans un style suisse, grincheux, qui nous rappelle que sa célèbre armure n'est pas sans faille. Après tout, il est ici pour entrer dans l'Histoire, pas pour perdre son temps avec un échalas en tunique rouge qui a surgi sur le court pour l'aborder.

Mais quoi qu'il se soit passé entre eux, c'est déjà terminé et l'homme déguerpit vers le filet, agitant les coudes et les pans de sa tunique. Avec un temps de retard, des hommes en costume noir l'ont pris en chasse comme dans un film burlesque. La foule ne dit plus un mot : elle a l'esprit sportif, et il y a du sport, même s'il n'est pas de toute première qualité. L'homme en tunique rouge saute par-dessus le filet, mais pas très proprement : il y a let. Sa tunique n'est plus une tunique car c'était en fait un drapeau. Deux nouveaux costumes noirs ont accouru de l'autre côté du filet. Le drapeau est celui de l'Espagne, selon la femme qui a chanté *La Marseillaise*, mais, quelques rangs plus haut, un homme à la voix rauque conteste cet avis et affirme que c'est celui du FC Barcelone.

Un costume noir a fini par maîtriser l'homme au drapeau en lui faisant un plaquage de rugby. Deux autres bondissent sur lui et l'emportent dans l'obscurité d'un tunnel. Gail scrute le visage de Perry, plus pâle qu'elle ne l'a jamais vu.

« Eh ben, c'est pas passé loin », murmure-t-elle.

Loin de quoi ? Que veut-elle dire ? Perry acquiesce. Oui, c'est pas passé loin.

* * *

Dieu ne transpire pas. Le polo bleu ciel de Federer est immaculé, en dehors d'une unique trace entre les omoplates à la suite d'une glissade. Ses mouvements semblent un tantinet moins fluides, mais allez savoir si c'est dû à la pluie, à la terre battue qui se délite ou au contrecoup nerveux de l'incident avec l'homme au drapeau. Le soleil a disparu, les parapluies s'ouvrent dans les gradins, on est soudain à 3-4 dans le deuxième set. Söderling se reprend et Federer a l'air un peu démoralisé. Tout ce qu'il veut, c'est entrer dans l'Histoire et rentrer chez lui, dans sa Suisse bien-aimée. Et, aïe, un tie-break, sauf que c'en est à peine un, car Federer multiplie les aces, comme Perry parfois, mais avec deux fois plus de vitesse de balle. Et on enchaîne avec le troisième set, et

Federer prend le service de Söderling. Il a retrouvé un rythme parfait et l'homme au drapeau a perdu, après tout.

Est-ce que Federer pleure avant même d'avoir gagné ?

Peu importe. Maintenant c'est fait, il a gagné. C'est aussi simple et banal que cela. Federer a gagné et il peut pleurer tout son saoul, et Perry, lui aussi, cligne des yeux pour chasser une larme virile. Son idole est entrée dans l'Histoire comme prévu, et la foule l'acclame debout, et Niki, le garde du corps au visage poupin, se fraie un chemin jusqu'à eux dans la rangée de spectateurs ravis. Les applaudissements se synchronisent en un ban rythmé.

« C'est moi qui vous ai ramenés à votre hôtel à Antigua, vous vous souvenez ? lance-t-il avec l'ébauche d'un sourire.

– Bonjour, Niki, dit Perry.

– Le match vous a plu ?

– Beaucoup, répond Perry.

– Pas mauvais, hein, Federer ?

– Magnifique.

– Vous venez voir Dima ? »

Perry jette à Gail un regard incertain : *à toi.*

« En fait, Niki, on est un peu pressés. On a tellement de gens à voir à Paris !

– Vous savez quoi, Gail ? demande Niki d'une voix triste. Si vous ne venez pas prendre un verre avec Dima, je pense qu'il me coupera les couilles. »

Sans relever, Gail laisse Perry répondre.

« À toi de voir, lui dit-il.

– Bon, alors juste un verre, qu'est-ce que tu en penses ? » suggère Gail en jouant celle qui cède avec réticence.

Niki les fait avancer et ferme la marche, ce qui doit être la procédure qu'on enseigne aux gardes du corps, suppose-t-elle, sauf que Perry et Gail n'ont aucune intention de s'enfuir. Dans l'allée principale, des cors alpins beuglent une complainte déchirante pour un essaim de parapluies. Escortés par Niki sur leurs talons, ils montent un escalier de pierre et pénètrent dans un couloir bariolé où chaque porte est peinte d'une couleur différente, comme les casiers dans le gymnase de l'école de Gail, sauf qu'au lieu de noms d'élèves, ce sont ceux de grosses sociétés qui sont inscrits : la porte bleue pour MEYER-AMBROSINI GMBH, la rose pour SEGURA-HELLENIKA & CIE, la jaune pour EROS VACANCIA PLC. Et la rouge pour FIRST ARENA CYPRUS, et c'est là que Niki soulève le couvercle d'un boîtier noir fixé au chambranle, tape un code, puis attend que la porte soit ouverte de l'intérieur par des mains amicales.

* * *

Après l'orgie : telle fut l'expression irrévérencieuse qui s'imposa à Gail quand elle entra dans la loge toute en longueur et basse de plafond, où le court en terre battue paraissait si proche et lumineux derrière la paroi inclinée en verre qu'elle aurait presque pu le toucher si Dell'Oro s'était ôté de son chemin.

Une douzaine de tables à quatre ou six places s'alignaient devant elle. En violation complète du règlement en vigueur au stade, les hommes fumaient une cigarette post-coïtale et repensaient à leurs prouesses ou à l'absence desdites. Certains déshabillaient Gail du regard en se demandant si elle n'aurait pas été un meilleur coup. Et les jolies filles à côté d'eux, qui n'étaient plus tout à fait aussi jolies après tout ce qu'on leur avait fait boire, eh bien, elles avaient sans doute simulé. C'est ce qu'on fait dans leur métier.

La table la plus proche était la plus grande, mais aussi la plus jeune, et elle était surélevée afin de donner aux Armani Boys qui l'occupaient une position privilégiée par rapport aux tables plus modestes, statut que souligna Dell'Oro en faisant avancer Gail et Perry dans cette direction pour le bon plaisir des sept directeurs au visage dur, au regard dur et au corps dur, avec leurs bouteilles et leurs filles et leurs cigarettes prohibées.

« Professeur, Gail, veuillez saluer nos hôtes, ces messieurs du conseil d'administration et leurs dames », suggère Dell'Oro avec un charme raffiné avant de répéter son invitation en russe.

Autour de la table, quelques mornes bonjours et signes de tête. Les filles affichent leur sourire d'hôtesse de l'air.

« Vous ! Mon ami ! »

Qui est-ce qui hurle ? À qui ? C'est l'homme au cou massif, aux cheveux en brosse et au cigare, et c'est à Perry qu'il s'adresse.

« C'est vous, le Professeur ?

– C'est ainsi que Dima me surnomme, oui.

– Le match d'aujourd'hui vous a plu ?

– Beaucoup. C'était un grand match. Je me suis senti privilégié.

– Vous jouez bien, vous aussi, non ? Mieux que Federer ! hurle le type au cou massif en étalant son anglais.

– Oui, enfin, pas tout à fait.

– Passez une bonne journée, OK ? Profitez bien ! »

Dell'Oro les pousse dans l'allée. Derrière la paroi de verre en pente, des dignitaires suédois portant des chapeaux de paille ornés de rubans bleus descendent les marches balayées par la pluie de la tribune présidentielle pour affronter la cérémonie de clôture. Perry a saisi la main de Gail. Il faut se battre un peu pour suivre Emilio Dell'Oro entre les tables, se glisser derrière des convives en disant « Désolé ! Ouh là ! Bonjour ! Ah oui, très beau match ! » à une ribambelle de visages, masculins pour la plupart, tantôt arabes, tantôt indiens, puis à nouveau blancs.

C'est maintenant une tablée de mâles britanniques de la classe babillarde qui éprouvent le besoin de se lever tous d'un bond : « Je m'appelle Bunny. Vous êtes tout à fait charmante... », « Je m'appelle Giles. Bonjour, bonjour... Quelle chance vous avez, Professeur ! ». C'est trop, n'en jetez plus, je ne suis qu'une simple femme.

Ce sont maintenant deux hommes arborant des chapeaux de papier aux couleurs de la Suisse, l'un gros et satisfait, l'autre maigre, qui éprouvent le besoin de leur serrer la main. Pierre et le Loup, pense-t-elle bêtement, mais la phrase lui reste dans la tête.

« Tu l'as repéré ? » lance Gail à Perry, et, au même instant, c'est elle qui l'aperçoit : Dima, l'air morose, affalé tout seul à une table pour quatre au fond de la pièce, une bouteille de Stolichnaya devant lui ; posté derrière lui, un philosophe cadavérique aux poignets fins et aux pommettes hautes garde ostensiblement l'entrée des cuisines.

« Notre ami Dima est un peu déprimé, Gail, lui murmure Emilio Dell'Oro à l'oreille comme s'il la connaissait depuis toujours. Vous êtes au courant de la tragédie, bien sûr, le double enterrement à Moscou, ses amis très chers massacrés par des sauvages… Il a payé le prix. Vous verrez ! »

Elle voit, en effet. Et elle se demande ce qui est réel et ce qui ne l'est pas, dans ce qu'elle voit : un Dima pas souriant, à peine accueillant, plongé dans une mélancolie entretenue par la vodka, qui ne prend même pas la peine de se lever à leur approche mais leur lance des regards noirs depuis le coin où on l'a relégué avec ses deux gardiens – car maintenant le blond Niki est en faction à côté du philosophe cadavérique, et il y a quelque chose de glaçant dans la manière dont les deux hommes s'ignorent tout en concentrant leur attention sur leur prisonnier commun.

* * *

« Venez s'asseoir ici, Professeur ! Ne faites pas confiance à ce con d'Emilio ! Gail, je vous adore. Asseyez-vous. *Garçon !** Champagne et bœuf de Kobe. *Ici.** »

Dehors, sur le court, la Garde républicaine de Napoléon est de retour à son poste. Federer et Söderling montent sur un podium, accompagnés d'André Agassi en costume de ville.

« Vous parlez aux Armani Boys là-bas ? demande Dima d'un ton boudeur. Vous voulez rencontrer des banquiers, des juristes, des comptables ? Tous ces enfoirés qui foutent la merde dans le monde ? On a des Français, des Allemands, des Suisses. Hé, tout le monde ! crie-t-il à la cantonade en levant la tête. On dit bonjour au Professeur ! Ce type, il m'a ménagé au tennis ! Et elle, c'est Gail. Il va l'épouser, cette fille. Il l'épouse pas, elle va épouser Roger Federer. Pas vrai, Gail ?

– Je crois que je m'en tiendrai à Perry », dit Gail.

Est-ce que quelqu'un les écoute ? Certainement pas les jeunes gens au regard dur de la grande table ni leurs filles, en tout cas, qui ont ostensiblement serré les rangs quand s'est élevée la voix de Dima. L'indifférence prévaut aussi autour des tables plus proches.

« Des Anglais aussi, on a ! Des types fair-play. Hein, Bunny ? Aubrey ! Bunny, venez ici ! Bunny ! répète-t-il sans obtenir de réaction. Vous savez ça veut dire quoi, *Bunny* ? Lapin. Qu'il aille se faire foutre ! »

Gail se retourne vivement pour partager la plaisanterie, juste à temps pour repérer un barbu joufflu avec des favoris qui devrait s'appeler Bunny si tel n'était pas déjà le cas, mais elle cherche en vain un Aubrey, à moins que ce ne soit le grand homme voûté et dégarni au visage intelligent, avec des lunettes non cerclées, qui, son imperméable sur le bras, se dirige d'un pas vif vers la porte comme s'il venait de se rappeler qu'il a un train à prendre.

Le suave Emilio Dell'Oro à la magnifique chevelure argentée s'est assis à côté de Dima. C'est des vrais cheveux ou une moumoute ? Ils en font de formidables, maintenant.

* * *

Dima propose un tennis à Perry, qui s'excuse comme auprès d'un vieux copain. Et c'est ce qu'ils sont devenus, d'une certaine manière, pendant les trois semaines écoulées depuis leur rencontre.

« Dima, je ne vois vraiment pas comment je pourrais, proteste Perry. Il y a en ville une foule de gens qu'on s'est engagés à voir. Et puis, je n'ai pas mon équipement. Et j'ai fait à Gail la promesse solennelle d'aller voir les *Nymphéas* de Monet, cette fois. Vraiment. »

Dima boit une lampée de vodka et s'essuie la bouche.

« On joue, annonce-t-il comme une évidence. Le Club des Rois. Demain à midi. J'ai retenu déjà. Et on se fait le putain de massage après.

– Un massage sous la pluie, Dima ? plaisante Gail. Ne me dites pas que vous vous êtes découvert un nouveau vice. »

Dima l'ignore.

« J'ai le rendez-vous dans la banque de merde à 9 heures, je signe les papiers de merde pour les Armani Boys, et à midi, j'ai ma revanche, vous entendez ? Vous dégonflez ? »

Perry se remet à protester. Dima passe outre.

« Court numéro 6. Le meilleur. On joue une heure, on a le massage, et après on déjeune. Je paie. »

Dell'Oro s'interpose enfin pour changer de sujet en douceur.

« Où logez-vous à Paris, si je peux me permettre, Professeur ? Au Ritz ? J'espère que non. Paris a des petits hôtels sélects formidables, quand on sait où chercher. Si j'avais su, j'aurais pu vous en recommander une demi-douzaine. »

S'ils vous posent la question, ne biaisez pas, dites-leur carrément, avait instruit Hector. *C'est une question innocente, faites une réponse innocente.* De toute évidence, Perry a pris le conseil au sérieux car il rit déjà.

« C'est un endroit si miteux, vous ne le croiriez pas ! » s'exclame-t-il.

Mais Emilio le croit, et le nom lui plaît tellement qu'il le consigne dans un carnet à couverture en crocodile qu'il cache dans la doublure bleu roi de son blazer crème. Ensuite, il s'adresse à Dima avec toute la force de persuasion de son charme.

« Si c'est un tennis que vous proposez pour demain, Dima, je crois que Gail a raison : vous oubliez la pluie. Même notre ami le Professeur ne peut vous donner satisfaction sous un déluge. Les prévisions pour demain sont encore pires que pour aujourd'hui.

– Faites pas chier moi ! »

* * *

Dima a frappé du poing sur la table avec une telle violence que des verres ont valsé et qu'une bouteille de bourgogne rouge se serait vidée sur la moquette si Perry ne l'avait adroitement rattrapée. Tout le long de la paroi vitrée, les convives ont l'air assourdis par le souffle de l'explosion.

La protestation amène de Perry rétablit un semblant de calme.

« Dima, soyez gentil. Je n'ai même pas pris de raquette, enfin !

– Dell'Oro en a vingt, les foutues raquettes.

– Trente, corrige Dell'Oro d'un ton glacial.

– OK ! »

OK quoi ? OK Dima va encore taper sur la table ? Son visage en sueur est pétrifié, la mâchoire projetée en avant, tandis qu'il se met debout en titubant, bombe le torse, agrippe le poignet de Perry, près de lui, et le force à se lever.

« OK, tout le monde ! hurle-t-il. Demain, le Professeur et moi, on joue la revanche et je le bousille à mort. Midi. Club des Rois. Il y en a qui veulent voir ? Ils prennent un parapluie et on déjeune après, bordel ! Le vainqueur paie et c'est Dima. Vous entendez ? »

Certains ont entendu. Il y en a même un ou deux qui sourient, et un couple applaudit. Aucune réaction immédiate à la Grande Table, puis un seul commentaire à voix basse, en russe, suivi de rires peu amicaux.

Gail et Perry se regardent, sourient, haussent les épaules. Face à une puissance aussi irrésistible, dans un moment aussi embarrassant, comment pourraient-ils dire non ? Dell'Oro anticipe leur capitulation et cherche à la prévenir.

« Dima, je vous trouve un peu dur avec vos amis. Peut-être pourriez-vous prévoir une partie pour plus tard dans l'année. Qu'en pensez-vous ? »

Mais il intervient trop tard, et Gail et Perry sont bons comme la romaine.

« Franchement, Emilio, dit Gail. Si Dima meurt d'envie de jouer et si Perry est partant, pourquoi ne laisserait-on pas ces deux grands garçons s'amuser ? Moi je suis d'accord, si c'est d'accord pour tout le monde. Chéri ? »

Les *chéri* sont nouveaux et utilisés par Milton et Doolittle plutôt que par eux-mêmes.

« Bon, alors, d'accord, mais à une condition..., concède Dell'Oro, qui se bat pour garder le contrôle de la situation. Ce soir, vous venez à ma fête. J'ai une maison superbe à Neuilly, vous allez adorer. Dima l'adore, il habite chez nous. Il y aura nos honorables collègues de Moscou. Ma femme supervise les préparatifs en ce moment même, la pauvre. J'envoie une voiture à votre hôtel pour 20 heures ? Surtout, habillez-vous comme vous voulez. Nous ne sommes pas du tout à cheval sur les convenances. »

Mais l'invitation de Dell'Oro tombe à plat. Perry s'esclaffe déjà en disant que c'est to-ta-le-ment impossible, Emilio. Gail soutient que ses amis parisiens ne le lui pardonneraient jamais, et que non, elle ne peut pas les amener eux aussi, car justement ils donnent une soirée dont Gail et Perry sont les invités d'honneur.

Ils conviennent alors que la voiture d'Emilio viendra les prendre à 11 heures demain pour jouer au tennis sous la pluie. Si les regards pouvaient tuer, celui de Dell'Oro tuerait Dima, mais, à en croire Hector, il lui faut attendre que Berne soit passé.

* * *

« Vous êtes absolument parfaits dans vos rôles, tous les deux ! s'écria Hector. Pas vrai, Luke ? Gail, vous, c'est tout dans l'intuition féminine. Et vous, Perry, votre côté premier de la classe, putain, c'est énorme ! Enfin, dans le genre, on ne peut pas dire que Gail soit franchement une demeurée non plus, d'ailleurs. Un immense merci d'avoir accompli tout ce chemin et de faire preuve d'un tel courage dans l'antre du lion. Ça fait peut-être un peu trop chef scout, là ?

– Très honnêtement ? Oui ! rétorqua Perry, confortablement étendu sur une méridienne devant la grande fenêtre cintrée qui surplombait la Seine.

– Bon d'accord », capitula Hector parmi des rires joyeux.

Seule Gail, qui, assise sur un tabouret près de Perry, lui passait la main dans les cheveux d'un air songeur, semblait un peu loin des réjouissances.

C'était après un souper dans l'île Saint-Louis. Le magnifique appartement au dernier étage de l'ancienne forteresse appartenait à la tante de Luke, une artiste. Ses œuvres, qu'elle ne s'était jamais abaissée à vendre, s'entassaient contre les murs. À soixante-dix ans, elle était encore belle et enjouée. Ayant jadis combattu les Allemands dans la Résistance, elle se trouvait à son aise dans le rôle que lui réservait le petit scénario de Luke.

« Je crois comprendre que nous sommes des amis de longue date, avait-elle dit à Perry deux heures auparavant en lui serrant délicatement la main avant de la relâcher. Nous nous sommes rencontrés lors du salon d'une de mes amies très chères, à l'époque où vous étiez un étudiant animé d'un insatiable désir de peindre. Son nom, si vous en souhaitez un, était Michelle de la Tour ; elle est morte, maintenant, hélas. Je vous ai pris sous mon aile. Vous étiez trop jeune pour être mon amant. Cela vous convient-il ou vous en faut-il plus ?

– Cela me convient très bien, merci ! avait dit Perry en riant.

– Moi, non. Personne n'est trop jeune pour être mon amant. Luke va vous servir du confit de canard et un camembert. Je vous souhaite une agréable soirée. Et vous, ma chère, vous êtes exquise et beaucoup trop bien pour votre artiste raté. Je plaisante. Luke, n'oublie pas Sheeba. »

Sheeba, son chat siamois, à présent pelotonné sur les genoux de Gail.

Pendant le dîner, c'est un Perry encore survolté qui avait tenu la vedette, que ce soit en chantant sur tous les tons les louanges de Federer ou en revivant la rencontre arrangée avec Dima, ou la performance de Dima dans la loge. Gail l'avait déjà entendu se défouler ainsi après une périlleuse ascension ou un cross-country très disputé. Luke et Hector formaient le public idéal. Hector, sous le charme et inhabituellement silencieux, n'intervenait que pour leur soutirer encore une bribe de description : le Aubrey présumé, quelle taille, à votre avis ? Et Bunny, il était bourré ? Quant à Luke, entre deux allers-retours à l'immense cuisine, il remplissait leurs verres en soignant particulièrement Gail ou bien répondait à des appels d'Ollie, mais tout cela sans nullement négliger l'équipe.

Hector attendit que le dîner et le vin aient produit leur effet thérapeutique et que l'humeur aventurière de Perry ait laissé place à un calme sobre pour revenir sur la formulation exacte de l'invitation de Dima au Club des Rois.

« Bon, on part du principe que le message était dans le *massage*, alors. Quelqu'un veut ajouter quelque chose ?

– Le massage faisait pratiquement partie du défi, acquiesça Perry.

– Luke ?

– Pour moi, ça crève les yeux. Combien de fois ?

– Trois, dit Perry.

– Gail ? » l'interrogea Hector.

Gail sortit de sa rêverie, moins confiante que les hommes.

« Ce qui m'inquiète, c'est que ça risque d'avoir aussi crevé les yeux d'Emilio et des Armani Boys », avança-t-elle en évitant le regard de Luke.

Hector se l'était demandé, lui aussi.

« Oui, alors là, à mon avis, si Dell'Oro flaire un coup fourré, il annule le tennis direct et on est refaits. *Game over*. Mais bon, selon les derniers rapports d'Ollie, il y aurait plutôt des signes du contraire, non, Luke ?

– Ollie s'est mêlé à une réunion informelle de chauffeurs devant le château Dell'Oro, expliqua Luke avec un sourire étudié. Emilio présente le match de tennis comme une petite fiesta après la signature de demain. Ces messieurs de Moscou ont vu la tour Eiffel et ils n'ont pas envie d'aller au Louvre, alors Emilio ne sait pas trop quoi en faire.

– Et le message concernant le massage ? souffla Hector.

– Dima a pris deux rendez-vous en parallèle pour Perry et pour lui, tout de suite après le match. Ollie a aussi appris que, même si le Club des Rois répond aux envies tennistiques des cibles les plus recherchées du monde, il s'enorgueillit d'être un havre sûr. Les gardes du corps ne sont pas autorisés à suivre leurs protégés dans les vestiaires, les saunas ou les salles de massage, mais priés d'attendre dans le foyer ou dans leur limousine blindée.

– Et les masseurs permanents du Club ? demanda Gail. Ils feront quoi pendant que vous serez en plein pow-wow ? »

Luke avait la réponse, et son sourire bien à lui.

« Ils ont congé le lundi, Gail. Ils ne viennent que sur rendez-vous. Même Emilio ne saura pas qu'ils ne seront pas là demain. »

* * *

Une heure du matin à l'hôtel des Quinze Anges. Perry s'était enfin endormi. Gail emprunta le couloir jusqu'aux toilettes sur la pointe des pieds, verrouilla la porte et, sous la lumière blafarde de l'ampoule la moins puissante du monde, relut le SMS reçu à 19 heures, juste avant de partir dîner.

> Mon père dit que vous êtes à Paris. Un médecin suisse
> m'informe que je suis enceinte de neuf semaines.
> Max fait de l'escalade en montagne et ne répond pas. GAIL

Gail ? Natasha a signé avec mon nom à moi ? Elle a perdu la tête au point d'en oublier son propre nom ? Ou bien est-ce qu'elle veut dire : « Gail, s'il vous plaît, je vous en supplie » ? Un *Gail* qui veut dire ça ?

Une partie de son cerveau à moitié endormie, Gail fit apparaître le numéro et, avant même de s'en rendre compte, appuya sur la touche verte et obtint une messagerie suisse. Paniquée, elle raccrocha puis, maintenant bien réveillée, envoya un texto :

> Surtout ne fais rien avant qu'on en ait parlé.
> Il faut qu'on se voie et qu'on parle. Bisous, GAIL

Elle retourna dans la chambre et se glissa sous la couette en crin. Perry dormait comme un loir. Lui dire ou ne pas lui dire ? Il a déjà largement de quoi s'occuper ? Demain, c'est son grand jour ? Ou bien c'est ma promesse à Natasha de ne rien dire ?

13

Quand il monta dans la Mercedes avec chauffeur de Dell'Oro, qui, au grand dam de Madame Mère, avait bloqué la rue devant son hôtel pendant dix minutes (et cet imbécile de chauffeur avait refusé ne serait-ce que de baisser sa vitre pour recevoir les insultes qu'elle lui lançait), Perry Makepiece était en proie à une angoisse infiniment plus grande qu'il ne voulait l'avouer à Gail. Pour l'occasion, celle-ci s'était mise sur son trente et un en revêtant l'ensemble Vivienne Westwood à pantalon bouffant acheté le jour où elle avait gagné sa première affaire. « Si ces putes de luxe sont de la partie, je ne dois rien négliger », avait-elle dit à Perry tandis qu'elle se tenait en équilibre précaire sur le lit pour se voir dans le miroir au-dessus du lavabo.

* * *

La veille au soir, en rentrant aux Quinze Anges après leur dîner, Perry avait saisi le regard appuyé que lui lançaient les yeux en boutons de bottine de Madame Mère, retranchée dans son repaire derrière la réception.

« Tu te prépares la première, et je te rejoins après ? avait-il suggéré à Gail, qui s'était exécutée avec un bâillement reconnaissant.

– Deux Arabes, avait murmuré Madame Mère.

– Des Arabes ?

– Des policiers arabes. Ils parlaient arabe entre eux et français avec moi. Français avec un accent arabe.

– Ils voulaient quoi ?

– Tout savoir. Où vous étiez, ce que vous faisiez, votre passeport, votre adresse à Oxford, l'adresse de madame à Londres. Tout savoir sur vous.

– Que leur avez-vous dit ?

– Rien. Que vous êtes client depuis longtemps, que vous payez, que vous êtes poli, jamais saoul, que vous ne venez qu'avec une seule femme à la fois, que vous avez été invité par une artiste dans l'île Saint-Louis et que vous rentreriez tard mais que vous aviez une clé et qu'on vous faisait confiance.

– Et nos adresses en Angleterre ? »

Madame Mère étant petite, son haussement d'épaules bien français n'en parut que plus marqué.

« Je ne sais pas ce que vous avez écrit sur votre fiche, mais ils l'ont noté. Si vous ne vouliez pas qu'ils aient votre adresse, il fallait en mettre une fausse. »

Perry lui arracha la promesse de ne rien dire à Gail (mon Dieu, cela ne me viendrait jamais à l'esprit, je suis une femme, moi aussi !), puis il envisagea d'appeler Hector sur-le-champ mais, Perry étant Perry et une dose substantielle de vieux calvados produisant ses effets, il décida, pour des raisons pragmatiques, de remettre au lendemain ce qui ne serait pas mieux fait ce soir, et alla se coucher. Réveillé par une odeur de café tout frais et de croissants, il fut surpris de trouver Gail, en peignoir, assise de son côté du lit, en train de consulter son portable.

« Tout va bien ? demanda-t-il.

– C'est juste le bureau. Ils confirment.

– Ils confirment quoi ?

– Tu avais l'intention de me renvoyer à Londres ce soir, tu te souviens ?

– Bien sûr que je m'en souviens.

– Eh bien, je ne pars pas. J'ai envoyé un SMS au bureau, et ils vont confier *Samson contre Samson* à Helga, qui va tout faire foirer. »

Helga, sa bête noire ? Helga, la mangeuse d'hommes aux bas résille qui mène par le bout du nez tous les avocats du cabinet ?

« Mais qu'est-ce qui t'a poussée à faire ça, enfin ?

– Toi, en partie. Je ne sais pas pourquoi, je n'ai pas très envie de te laisser accroché par les dents au bord d'un précipice. Et demain, je t'accompagne à Berne, puisque je suppose que c'est là que tu vas, même si tu ne me l'as pas dit.

– C'est tout ?

– Oui. Si je suis à Londres, tu vas t'inquiéter pour moi. Alors autant que je sois là où tu peux me voir.

– Et il ne t'est pas venu à l'esprit que je pourrais m'inquiéter encore plus si tu étais avec moi ? »

Ce n'était pas gentil de dire cela, il le savait et elle aussi. Pour compenser, il fut tenté de lui rapporter sa conversation avec Madame Mère, mais il craignit que cela ne renforce la détermination de Gail à rester auprès de lui.

« On dirait que tu as perdu de vue les enfants, avec toutes ces histoires de grandes personnes, avança-t-elle en se contentant d'un simple reproche.

– Gail, tu racontes n'importe quoi ! Je fais tout ce que je peux, et nos amis aussi, pour arriver à… »

Mieux valait ne pas finir sa phrase, mieux valait parler par allusions. Après leurs trois semaines de sensibilisation, Dieu seul savait qui les écoutait, et quand.

« Les enfants sont ma priorité et l'ont toujours été, enchaîna-t-il en se sentant rougir, car cela n'était pas tout à fait vrai. C'est pour eux que nous sommes ici. Je dis bien "nous", pas seulement toi. Oui, je me soucie de notre ami. Oui, je tiens à faire aboutir sa demande. Et oui, tout cela me fascine. Tout, insista-t-il avant de s'interrompre, gêné de parler ainsi. C'est l'occasion d'être en prise directe avec le monde réel. Et les enfants en font partie. Au tout premier plan. Ils en font partie maintenant, et ils en feront toujours partie une fois que tu seras rentrée à Londres. »

Si Perry espérait la convaincre par cette déclaration grandiose, il jugeait mal son auditoire.

« Mais les enfants ne sont ni ici ni à Londres, que je sache, répliqua-t-elle, implacable. Ils sont à Berne et, d'après Natasha, ils sont en grand deuil à cause de Misha et d'Olga. Les garçons passent leurs journées au stade de foot, Tamara communie avec Dieu, tout le monde sait qu'il se trame quelque chose d'important, mais personne ne sait quoi.

– D'après Natasha ? De quoi tu parles ?

– On s'envoie des SMS.

– Toi et Natasha ?

– Oui.

– Tu ne me l'as pas dit, ça !

– Et toi, tu ne m'as pas parlé des préparatifs pour Berne, si ? lança-t-elle en l'embrassant. Si ? Pour me protéger. Alors, à partir de maintenant, on se protège mutuellement. Un pour tous, tous pour un. D'accord ? »

* * *

D'accord seulement sur le fait qu'elle aille se préparer pendant que Perry irait au Printemps sous la pluie s'acheter un équipement de tennis. Sur tout le reste de leur conversation, absolument pas d'accord, non.

Il n'y avait pas que la descente nocturne chez Madame Mère qui tracassait Perry, mais aussi l'intuition d'un danger imminent et imprévisible qui avait succédé à l'euphorie de la soirée précédente. Trempé jusqu'aux os, il appela Hector depuis la rotonde du Printemps, mais la ligne était occupée. Dix minutes plus tard, avec à ses pieds un sac de tennis flambant neuf qui contenait T-shirt, short, chaussettes, chaussures et même visière (quelle mouche l'avait donc piqué ?), il essaya de nouveau et, cette fois, obtint le numéro.

« Vous avez leur signalement ? demanda Hector, trop mollement au goût de Perry, après avoir écouté son récit.

– Arabes.

– Bon, peut-être qu'ils étaient arabes, peut-être même qu'ils étaient flics. Ils ont montré leur carte de police ?

– Elle ne me l'a pas dit.

– Et vous ne le lui avez pas demandé ?

– Non. J'avais un petit coup dans le nez.

– Ça vous ennuie si j'envoie Harry bavarder avec elle ? »

Harry ? Ah oui, Ollie.

« Non, n'en rajoutons pas. Merci quand même », déclina Perry d'un ton pincé.

Il ne savait pas trop comment continuer. Hector non plus, peut-être.

« Et à part ça, pas trop les foies ? demanda Hector.

– Pardon ?

– Pas de doutes, pas d'états d'âme, pas de trac du jour J ? Vous avez les jetons ou pas ? s'impatienta Hector.

– Ah ! Non, non, pas trop les foies, en ce qui me concerne. Je suis juste énervé parce que j'attends encore l'autorisation de ma carte de crédit, c'est pénible. »

Faux. C'était un mensonge et Perry n'avait aucune idée de pourquoi il avait dit cela sinon pour se faire plaindre.

« Et Doolittle, ça va ?

– C'est ce qu'elle pense, mais moi non. Elle tient à venir à Berne. Je suis persuadé que c'est une erreur. Elle a joué son rôle et elle l'a joué à merveille, vous l'avez dit vous-même hier soir. Je veux qu'elle en reste là, qu'elle rentre à Londres ce soir, comme prévu, et qu'elle y reste jusqu'à mon retour.

– Oui, sauf que ça ne va pas se passer comme ça.

– Et pourquoi ça ne se passerait pas comme ça ?

– Parce qu'elle m'a appelé il y a dix minutes pour me dire que vous alliez m'appeler et que rien au monde ne la ferait changer d'avis. Je trouve ça relativement définitif et je vous suggère d'en faire autant. Il faut savoir s'avouer vaincu. Vous êtes toujours là ?

– Pas complètement, non. Qu'est-ce que vous lui avez dit ?

– Moi, j'étais ravi. Je lui ai dit que sa contribution était absolument essentielle. Étant donné que c'est son choix et qu'il est hors de question qu'elle revienne dessus, je vous conseille de tenir le même discours. Vous voulez les dernières nouvelles du front ?

– Allez-y.

– Tout se déroule comme prévu. La grande séance de signature est terminée. La bande des sept vient de sortir avec notre homme, et ils faisaient tous des têtes de six pieds de long, mais c'est peut-être la gueule de bois. Il est en chemin pour Neuilly sous la surveillance de gardes armés. Un déjeuner pour vingt a été réservé au Club des Rois. Les masseurs sont en stand-by. Donc pas de changement de plan sauf que, après être rentrés à Londres ce soir, vous allez tous les deux à Zurich demain. Des tickets électroniques vous attendent à l'aéroport London City. Luke viendra vous chercher. Pas vous tout seul, comme prévu initialement, mais vous deux. Vous me suivez ?

– Il faut bien.

– Vous avez l'air grognon. Vous avez du mal à vous remettre de vos agapes d'hier soir ?

– Non.

– Eh bien, faites en sorte que ça dure. Notre homme a besoin que vous soyez en pleine forme. Et nous aussi. »

Perry avait envisagé de parler à Hector des échanges de SMS entre Gail et Natasha, mais la sagesse, si c'était bien cela, l'emporta.

* * *

La Mercedes empestait le tabac froid. Une bouteille entamée d'eau minérale était coincée au fond du siège passager. Le chauffeur, un géant à tête en pain de sucre, n'avait pas de cou. Quelques cicatrices rouges peut-être dues au rasoir zébraient sa barbe de trois jours. Gail portait son ensemble pantalon en soie qui paraissait sur le point de tomber à tout instant. Perry ne l'avait jamais vue plus belle. Son long imperméable blanc (une folie achetée avant l'ensemble chez Bergdorf Goodman à New York) était posé à côté d'elle. La pluie tambourinait comme de la grêle sur le toit de la voiture. Les essuie-glaces gémissaient et sanglotaient dans leurs efforts pour tenir le rythme.

Le géant à tête en pain de sucre engagea la Mercedes dans une voie d'accès qui desservait un immeuble luxueux, devant lequel il s'arrêta et klaxonna. Une seconde voiture se gara derrière eux. Une filature ? *N'y pensons même pas.* Un homme corpulent et jovial portant un trench-coat matelassé et un chapeau imperméable à large bord émergea du hall d'entrée d'un pas sautillant, se laissa tomber sur le siège passager, se retourna, posa son avant-bras sur le dossier, puis son double menton sur l'avant-bras.

« Alors, voulez-vous me dire qui est partant pour un tennis ? lança-t-il d'une voix traînante et aiguë. Monsieur le Professeur lui-même, pour commencer. Et vous êtes sa chère moitié, bien sûr. Encore plus belle qu'hier, si je puis me permettre. Je me propose de vous monopoliser pendant tout le match.

– Gail Perkins, ma fiancée », dit Perry d'un ton guindé.

Sa fiancée ? L'était-elle vraiment ? Ils n'en avaient pas discuté, mais Milton et Doolittle peut-être.

« Eh bien moi, je suis maître Popham, mais tout le monde m'appelle Bunny. Je suis le roi de la combine juridique pour les scandaleusement riches, poursuivit-il tandis que ses petits yeux roses glissaient goulûment de l'un à l'autre comme s'il décidait lequel des deux il allait dévorer. Vous vous rappelez peut-être que cet ours de Dima a eu l'effronterie de m'insulter devant un parterre de plusieurs milliers de personnes, mais je l'ai chassé d'un petit soufflet de mon mouchoir en dentelle. »

Perry ne semblait pas avoir l'intention de répondre, aussi Gail intervint-elle.

« Alors, quelle sorte de liens avez-vous avec lui, Bunny ? demanda-t-elle gaiement tandis que leur voiture se joignait à la circulation.

– Oh, mon petit, on ne peut pas dire que nous ayons des liens, Dieu merci ! Disons que je suis un vieux copain d'Emilio et que je suis venu en renfort. Ah, ça, il les attire, le pauvre poussin. La dernière fois, c'était une bande de princes arabes demeurés qui achetaient tout ce qui passait. Cette fois, c'est un escadron de banquiers russes sinistres. Les Armani Boys, je vous demande un peu ! Avec leurs chères et tendres, en plus ! lâcha-t-il avant de baisser la voix pour ajouter sur le ton de la confidence : Dans le genre, je n'en ai jamais vu de plus chères. »

Ses petits yeux gourmands se posèrent sur Perry avec une expression concernée.

« Mais c'est vous que je plains le plus, cher Professeur ! Quel sens du sacrifice ! s'exclama-t-il d'un air tragique. Vous aurez votre récompense au Paradis, j'y veillerai. Mais comment auriez-vous pu résister à ce pauvre ours quand il est si affligé par ces épouvantables meurtres ? Vous restez longtemps à Paris, mademoiselle Perkins ?

– Je voudrais bien. Mais, hélas, le travail m'appelle, qu'il vente ou qu'il neige…, dit-elle avec un regard désabusé vers la pluie qui ruisselait sur le pare-brise. Et vous, Bunny ?

– Oh, moi, je vais, je viens. Je suis un oiseau migrateur. Un petit nid par-ci, un petit nid par-là. Je me pose, mais jamais longtemps. »

Un panneau : CENTRE HIPPIQUE DU TOURING, un autre : PAVILLON DES OISEAUX. La pluie se calma un peu. L'autre voiture les suivait toujours. Deux grilles en fer forgé apparurent à leur droite. En face, une aire de stationnement où le chauffeur gara la Mercedes. La mystérieuse voiture se rangea à côté. Vitres noires. Perry attendit qu'une des portières s'ouvre. Quand ce fut le cas, une vieille matrone descendit, suivie d'un berger allemand.

« C'est à cent mètres, grogna le chauffeur en tendant un doigt crasseux vers les grilles.

– On le sait, imbécile ! » rétorqua Bunny.

Ils parcoururent les cent mètres côte à côte, Gail s'abritant sous le parapluie de Bunny Popham et Perry, le visage trempé de pluie, serrant contre sa poitrine son sac de tennis neuf. Ils atteignirent un bâtiment blanc et bas.

Sur le perron protégé par un auvent les attendait Emilio Dell'Oro, vêtu d'un imperméable à col de fourrure qui lui tombait aux genoux. Formant un groupe à part, trois des jeunes cadres aigris de la veille. Deux filles tiraient tristement sur les cigarettes qu'elles n'avaient pas le droit de fumer à l'intérieur du club-house. À côté de Dell'Oro, en pantalon de flanelle grise et blazer, se tenait un Anglais de haute stature aux cheveux argentés, plus britannique que permis et issu des classes nanties, qui leur tendait une main couverte de taches brunes.

« Giles, se présenta-t-il. Nous nous sommes aperçus hier dans une salle comble. Je ne m'attends pas à ce que vous vous souveniez de moi. Je passais par Paris quand Emilio m'a mis le grappin dessus. Ce qui prouve qu'on ne devrait jamais appeler ses copains à l'improviste. Mais bon, on a fait une sacrée java hier soir, je dois dire. Dommage que vous n'ayez pas pu venir, tous les deux. Vous parlez russe ? demanda-t-il à Perry. Moi un peu, heureusement. Je crains que nos honorables invités n'aient pas beaucoup d'autres langues à leur arc. »

Ils s'engouffrèrent à l'intérieur, Dell'Oro en tête. Un lundi pluvieux à l'heure du déjeuner : il n'y avait pas foule au club. À la gauche du champ de vision de Perry, un Luke à lunettes était installé à une table d'angle. Équipé d'une oreillette Bluetooth, absorbé par un ordinateur portable gris métallisé, il projetait aux yeux de tous l'image de l'homme d'affaires en plein travail.

Si vous repérez quelqu'un qui ressemble vaguement à l'un d'entre nous, ce sera un mirage, les avait prévenus Hector la veille au soir.

Panique. Coup au cœur. *Où est passée Gail, bon sang ?* Pris de nausée, Perry la chercha partout du regard pour l'apercevoir enfin au milieu de la pièce, en train de bavarder avec Giles, Bunny Popham et Dell'Oro. Reste calme et reste visible, lui dit-il en pensée. N'en fais pas trop, ne t'emballe pas, reste calme. Dell'Oro demanda à Bunny Popham s'il était trop tôt pour du champagne, et Bunny répondit que cela dépendait du millésime. Tout le monde éclata de rire, Gail plus fort que les autres. Perry était sur le point de voler à son secours quand il entendit le beuglement maintenant familier de « Professeur, ça alors ! » et se retourna pour voir trois parapluies monter les marches.

Sous le parapluie central, Dima, équipé d'un sac de tennis Gucci.

Il était flanqué de Niki et de l'homme que Gail avait baptisé d'emblée le philosophe cadavérique.

Ils arrivèrent en haut du perron. Dima ferma son parapluie d'un coup sec, le fourra dans les mains de Niki, puis entra seul par les portes battantes.

« Vous voyez la pluie de merde ? lança-t-il à la cantonade d'un ton agressif. Vous voyez le ciel ? Dans dix minutes, on a le soleil ! assura-t-il avant de se tourner vers Perry : Vous voulez changer vous pour le tennis, Professeur, ou je dois bousiller vous dans ce costume à la con ? »

Rires tièdes de l'assistance. Le vaudeville surréaliste de la veille reprenait pour la deuxième séance.

* * *

Perry et Dima descendent un escalier sombre en bois, sacs de tennis à la main. En tant que membre du Club, Dima ouvre la voie. Les vestiaires sentent l'essence de pin, la vapeur rance, les vêtements imprégnés de sueur.

« J'ai des raquettes, Professeur ! beugle Dima vers le haut des marches.

– Magnifique ! répond Perry aussi fort.

– Genre six. Les raquettes de cet enfoiré d'Emilio ! Il joue comme un pied, ce type, mais il a des bonnes raquettes.

– Six de ses trente raquettes alors !

– Oui, Professeur, oui ! »

C'est la façon qu'a choisie Dima pour leur indiquer que nous sommes en train de descendre. Il n'a pas besoin de savoir que Luke les a déjà prévenus. Au pied de l'escalier, Perry regarde derrière lui par-dessus son épaule. Pas de Niki, pas de philosophe cadavérique, pas d'Emilio, personne. Ils pénètrent dans la pénombre des vestiaires lambrissés de style suédois. Pas de fenêtres. Éclairage basse consommation. Derrière une paroi de verre dépoli, deux hommes âgés prennent une douche. Une porte en bois indique TOILETTES. Deux autres indiquent MASSAGE. Des pancartes affichent « Occupé » sur les deux poignées de porte. *Vous frappez à la porte de droite, mais seulement quand il sera prêt. Allez, répétez-moi ça.*

« Vous avez passé la bonne soirée, Professeur ? demande Dima en se déshabillant.

– Formidable. Et vous ?

– Merdique. »

Perry laisse tomber son sac de tennis sur un banc, ouvre la fermeture éclair et commence à se changer. Nu comme un ver, Dima lui tourne le dos. Un tableau de jeu de l'oie tout bleu lui descend de la nuque jusqu'aux fesses. Sur les cases du centre, une fille en maillot de bain des années quarante se fait attaquer par des bêtes sauvages hargneuses. Elle entoure de ses cuisses un arbre de vie dont les racines plongent dans le derrière de Dima et dont les branches s'étalent sur ses omoplates.

« Je vais pisser, annonce Dima.

– Faites donc », dit Perry sur le ton de la plaisanterie.

Dima ouvre la porte des toilettes et la referme derrière lui. Il ressort quelques instants plus tard, tenant à la main un objet tubulaire. C'est un préservatif noué dans lequel se trouve une clé USB. Vu de face, Dima a tout du Minotaure : sa toison noire lui remonte jusqu'au nombril et l'équipement est de bonne taille, comme on pouvait s'y attendre. Il rince le préservatif sous le robinet d'un lavabo, l'emporte jusqu'à son sac Gucci, en coupe l'extrémité avec des ciseaux, sort la clé et donne les deux morceaux de latex à Perry pour qu'il s'en débarrasse. Perry les met dans une poche latérale de sa veste et a une vision passagère de Gail les y trouvant dans un an et lui demandant : « C'est pour quand, le bébé ? »

Avec les gestes ultrarapides d'un prisonnier, Dima enfile un suspensoir et un bermuda bleu, dans la poche droite duquel il laisse tomber la clé USB, puis un T-shirt à manches longues, des chaussettes et des tennis. Le tout ne lui a pris que quelques secondes. La porte d'une douche s'ouvre. Un vieil homme gras en sort, une serviette nouée autour de la taille.

« *Bonjour, tout le monde !** »

Bonjour.

Le vieil homme gras ouvre la porte de son casier, laisse tomber la serviette à ses pieds et sort un cintre. La porte de l'autre douche s'ouvre. Un deuxième homme âgé en sort en maugréant : « *Quelle horreur, cette pluie !** »

Perry acquiesce. La pluie… une horreur, en effet. Il frappe énergiquement sur la porte de la salle de massage de droite. Trois coups brefs, mais bien sentis. Dima se tient debout derrière lui.

« *C'est occupé**, prévient le premier vieux.

– *Pour moi, alors**, dit Perry.

– *Lundi, c'est tout fermé** », avertit le deuxième vieux.

Ollie ouvre la porte de l'intérieur, s'efface devant eux, referme la porte et donne à Perry une tape rassurante sur le bras. Il a enlevé sa boucle d'oreille, coiffé ses cheveux en arrière et revêtu une blouse blanche d'infirmier. On dirait qu'il a ôté la peau d'un Ollie pour en endosser une autre. Hector porte aussi une blouse blanche, qu'il a laissée déboutonnée. C'est le masseur en chef.

Ollie insère des cales en bois dans l'encadrement de la porte, deux en bas, deux sur le côté. Comme toujours avec Ollie, Perry a l'impression qu'il a déjà fait tous ces gestes. Hector et Dima se font face pour la première fois, Dima penché en arrière, Hector en avant, l'un avançant, l'autre reculant. Dima, le vieux taulard qui attend la prochaine punition ; Hector, le directeur de la prison. Hector tend la main. Dima la serre, puis la retient dans sa main gauche tout en fouillant dans sa poche de la main droite. Hector passe la clé USB à Ollie, qui l'emporte jusqu'à une petite table, ouvre la fermeture éclair du sac de massage, en sort un ordinateur argenté dont il soulève le couvercle et y insère la clé, tout cela en un seul mouvement. Avec sa blouse blanche, Ollie paraît plus massif que jamais, et pourtant deux fois plus agile.

Dima et Hector n'ont pas échangé un mot. Le moment du prisonnier face au maton est passé. Dima est à nouveau penché en arrière et Hector voûté. Il ouvre grands ses yeux gris au regard fixe, mais aussi interrogateur. Rien de possessif, de conquérant, de triomphant, dans ce regard. Ce pourrait être un chirurgien en train de décider de la meilleure façon d'opérer, ou de ne pas opérer du tout.

« Dima ?

– Oui.

– Je suis Tom, votre apparatchik britannique.

– Le numéro un ?

– Le numéro un vous salue bien. Je suis ici à sa place. Voici Harry, annonce-t-il en désignant Ollie. On va parler anglais et le Professeur ici présent veille au fair-play.

– OK.

– Alors asseyons-nous. »

Ils s'asseyent. Face à face. Avec Perry, l'expert en fair-play, à côté de Dima.

« Nous avons un collègue en haut, poursuit Hector. Il est assis seul au bar devant un ordinateur gris métallisé comme celui de Harry. Il s'appelle Dick. Il porte des lunettes et la cravate rouge d'un membre du Parti. Quand vous quitterez le Club à la fin de la journée, Dick se lèvera et traversera lentement le vestibule devant vous, en portant son ordinateur gris et en tirant sur son imperméable bleu marine. Veuillez mémoriser son visage pour l'avenir. Dick parle en mon nom, et au nom du numéro un. Compris ?

– Je comprends, Tom.

– Il parle aussi russe à la demande. Comme moi, précise Hector avant de jeter un coup d'œil à sa montre, puis à Ollie. Je compte sept minutes avant qu'il soit temps de remonter pour vous et le Professeur. Si on vous réclame avant, Dick nous le fera savoir. Vous êtes à l'aise avec ça ?

– Moi, à l'aise ? Vous êtes fou dans la tête ou quoi ? »

Puis le rituel commence. Jamais Perry n'aurait imaginé dans ses rêves les plus fous qu'un tel rituel puisse exister. Et pourtant, les deux hommes semblent en reconnaître la nécessité.

Hector d'abord : « Êtes-vous actuellement ou avez-vous jamais été en relation avec d'autres services secrets étrangers ? »

Au tour de Dima : « Jamais. Je jure devant Dieu.

– Même pas les Russes ?

– Non.

– Connaissez-vous quelqu'un dans votre entourage qui ait été en relation avec un autre service secret ?

– Non.

– Personne ne vend une information du même type ailleurs ? À qui que ce soit : la police, une grosse société, un particulier, où que ce soit dans le monde ?

– Je connais personne comme ça. Je veux mes enfants en Angleterre. Maintenant. Je veux mon accord, bordel !

– Et je veux que vous l'ayez, votre accord. Dick et Harry veulent que vous l'ayez, et le Professeur aussi. On est tous du même côté. Mais d'abord vous devez nous convaincre, et moi, je dois convaincre mes collègues apparatchiks de Londres.

– Le Prince va me crever, bon Dieu.

– Il vous l'a dit ?

– Oui. Aux obsèques, même ! "Ne soyez pas triste, Dima. Bientôt vous êtes avec Misha." Comme une plaisanterie. Une mauvaise plaisanterie.

– Comment s'est passée la signature, ce matin ?

– Super. Je perds déjà une moitié de ma vie.

– On est là pour s'occuper de la deuxième, d'accord ? »

* * *

Pour une fois, Luke sait exactement qui il est et pourquoi il est là. Et la direction du Club aussi. Il est le riche M. Michel Despard, et il attend qu'arrive, pour l'inviter à déjeuner, sa vieille tante excentrique, la célèbre artiste peintre dont personne n'a entendu parler et qui vit dans l'île Saint-Louis. Le secrétaire de madame leur a réservé une table, mais, comme c'est une tante excentrique, il se pourrait qu'elle ne vienne pas. Michel Despard le sait, et le

Club aussi car un maître d'hôtel compatissant l'a installé dans un coin tranquille du bar où, parce que c'est un lundi pluvieux, il peut attendre tout en travaillant un peu, et merci beaucoup, monsieur, vraiment merci beaucoup : avec cent euros, la vie devient un peu plus facile.

La tante de Luke est-elle vraiment membre du Club des Rois ? Bien sûr ! Ou alors c'était monsieur le comte, son protecteur aujourd'hui décédé, peu importe ! Du moins c'est ainsi qu'Ollie a présenté les choses en incarnant le secrétaire de la tante de Luke. Comme Hector l'a remarqué à juste titre, Ollie est le meilleur auxiliaire du métier, et la tante confirmera tout ce qu'il convient de confirmer.

Luke est serein. Il est au mieux de sa forme opérationnelle, calme et imperturbable. Certes, c'est un invité tout juste toléré, relégué dans un coin peu accueillant de la salle du Club. Certes, avec ses lunettes à monture d'écaille, son oreillette Bluetooth et son ordinateur ouvert, il a l'air du cadre harassé qui rattrape le lundi matin le travail qu'il aurait dû faire pendant le week-end.

Mais en son for intérieur, il se sent dans son élément, aussi épanoui et libéré qu'il le sera jamais. Il est la voix ferme au milieu du tonnerre assourdissant de la bataille. Il est le poste d'observation avancé qui envoie son rapport au QG. Il est l'homme des tout petits riens, l'inquiet de nature dont l'inquiétude est constructive, l'adjudant qui a l'œil pour le détail crucial que son commandant débordé a négligé ou ne veut pas voir. Ainsi, pour Hector, les deux « policiers arabes » étaient le produit de l'inquiétude excessive de Perry pour la sécurité de Gail. À supposer qu'ils aient vraiment existé, c'étaient juste « deux flics français qui n'avaient rien de mieux à faire un dimanche soir ». Luke, lui, y voit une information opérationnelle non vérifiée, qu'il ne faut ni confirmer ni rejeter mais garder en mémoire jusqu'à ce qu'on ait plus de renseignements à disposition.

Il consulte sa montre, puis l'écran. Six minutes depuis que Perry et Dima ont pris l'escalier des vestiaires. Quatre minutes vingt secondes depuis qu'Ollie a signalé leur entrée dans la salle de massage.

Il lève les yeux pour embrasser la scène qui se joue devant lui : d'abord, les émissaires vierges, mieux connus sous le surnom d'Armani Boys, en train d'engloutir canapés et champagne d'un air maussade sans guère se soucier de faire la conversation à leurs coûteuses accompagnatrices. Leur journée de travail est déjà terminée. Ils ont signé. Ils sont à mi-chemin de Berne, leur prochaine étape. Ils s'ennuient, ils ont la gueule de bois et ils ne tiennent pas en place. Les femmes, hier soir, ont été décevantes, ou du moins c'est ce qu'imagine Luke. Et comment est-ce que Gail appelle ces deux banquiers suisses qui sont assis tout seuls dans leur coin à boire de l'eau gazeuse ? Ah oui, Pierre et le Loup.

Parfaite, Gail. Tout en elle est parfait. Regardez-la passer de l'un à l'autre comme un bon petit soldat. Le corps souple, les hanches rondes, les jambes interminables, et ce charme étrangement maternel. Gail avec Bunny Popham. Gail avec Giles de Salis. Gail avec les deux. Emilio Dell'Oro, tel un papillon de nuit, s'attache à leur groupe, ainsi qu'un Russe isolé qui n'arrive pas à la quitter des yeux. C'est le type grassouillet. Il a oublié le champagne pour attaquer la vodka. Emilio arque les sourcils en posant une question amusante que Luke n'entend pas. Gail répond par une plaisanterie. Luke l'aime sans espoir de retour, ce qui a toujours été sa manière d'aimer.

Emilio regarde la porte du vestiaire par-dessus l'épaule de Gail. C'est de cela qu'ils plaisantaient ? Emilio aurait pu dire : *Mais qu'est-ce qu'ils fabriquent en bas, ces deux-là ? Je vais devoir aller les séparer.* Et Gail aurait répondu : *Surtout pas, Emilio, je suis sûre qu'ils passent un très bon moment !* Ce serait bien d'elle de dire ça.

« C'est l'heure », annonce Luke dans son micro.

Si seulement tu pouvais me voir maintenant, Ben. Me voir sous mon meilleur jour, pas toujours le mauvais côté. Il y a une semaine, Ben lui avait mis un *Harry Potter* entre les mains et Luke avait essayé de le lire, vraiment essayé. En rentrant à la maison éreinté à 23 heures, ou encore au lit à côté de sa femme perdue à tout jamais, il avait essayé. Et il avait chu au premier obstacle. Ce monde imaginaire n'avait aucun sens pour lui, ce qui était compréhensible, aurait-il pu arguer, étant donné que toute sa vie était imaginaire, y compris son héroïsme. Qu'y avait-il de si courageux dans le fait de se faire enlever puis d'être autorisé à s'enfuir ?

« Alors, c'est bien, hein ? avait dit Ben, las d'attendre la réaction de son père. Ça t'a plu, Papa, avoue-le.

– Oui, c'est super ! » avait vaillamment répondu Luke.

Encore un mensonge, ils le savaient tous les deux. Encore un pas qui l'éloignait de l'être qu'il aimait le plus au monde.

* * *

« Silence, tout le monde, silence tout de suite, s'il vous plaît. Merci ! lance Bunny Popham, qui s'érige en imperator pour s'adresser à la plèbe. Nos courageux gladiateurs ont finalement décidé de nous honorer de leur présence. Alors, direction l'arène… ou plutôt l'Arena, en l'occurrence ! plaisante-t-il, ce qui lui vaut quelques rires entendus. Il n'y a pas de lions aujourd'hui, en dehors de Dima. Pas de chrétiens non plus, sauf si le Professeur en est un, ce dont je ne peux pas jurer ! s'exclame-t-il sous de nouveaux rires. Gail, ma chère, veuillez nous montrer le chemin. J'ai vu beaucoup d'ensembles magnifiques, dans mon temps, mais jamais aussi joliment remplis, si je puis me permettre. »

Perry et Dima marchent en tête. Gail, Bunny Popham et Emilio Dell'Oro suivent. Puis deux émissaires vierges avec leurs accompagnatrices. Jusqu'à quel point peut-on être vierge ? Puis le type grassouillet, tout seul avec son verre de vodka. Luke les observe jusqu'à ce qu'ils disparaissent dans un taillis. Un rayon de soleil illumine l'allée fleurie, puis s'éteint.

* * *

C'était un remake de Roland-Garros, ne serait-ce que dans la mesure où, ni sur le moment ni par la suite, Gail ne fut consciente du déroulement précis du grand match-de-tennis-sous-la-pluie qu'elle suivait avec tant d'application. Elle se demandait parfois si les deux joueurs l'étaient.

Elle savait que Dima avait gagné le tirage au sort, parce qu'il gagnait toujours. Elle savait qu'il avait choisi de jouer dos aux nuages menaçants plutôt que de servir.

Elle se rappelait avoir pensé que les joueurs avaient fait montre d'un bel esprit de compétition, puis, comme des acteurs dont la concentration faiblit, avaient oublié qu'ils étaient censés se livrer un duel à mort pour l'honneur de Dima.

Elle se rappelait avoir eu peur que Perry ne dérape sur les bandes de marquage au sol rendues glissantes par la pluie. Allait-il faire quelque chose d'aussi stupide que de se fouler la cheville ? Puis elle avait eu peur que Dima n'en fasse autant.

Bien qu'elle ait mis un point d'honneur à applaudir les beaux coups de Dima autant que ceux de Perry, comme les spectateurs français de la veille à l'esprit si sportif, c'est Perry qu'elle ne quittait pas des yeux, en partie pour le protéger, en partie parce qu'elle espérait pouvoir déchiffrer son langage corporel pour savoir si tout s'était bien passé en bas, dans le vestiaire, avec Hector.

Elle se rappelait aussi le bruit spongieux de la balle en perte de vitesse quand elle s'écrasait sur la terre battue mouillée, et elle se rappelait qu'il lui était arrivé de se croire aux derniers moments de la finale d'hier et de devoir s'extraire du passé pour revenir dans le présent.

Elle se rappelait que les balles s'étaient faites plus lourdes au fil de la partie et que Perry, l'esprit ailleurs, s'entêtait à les rattraper trop tôt, avec pour conséquence de les sortir ou, deux ou trois fois, à sa grande honte, de passer carrément à côté.

Elle se rappelait qu'à un certain moment, Bunny Popham s'était penché sur son épaule pour lui demander si elle ne préférerait pas courir se mettre à l'abri avant la prochaine averse plutôt que de rester auprès de son homme et de sombrer avec le navire.

Et elle se rappelait avoir utilisé cette invitation comme prétexte pour disparaître dans les toilettes et consulter son portable, au cas improbable où Natasha aurait ajouté quelque chose à son précédent message. Mais non. Ce qui voulait dire que les choses en étaient au même point qu'à 9 heures du matin, dans le SMS inquiétant qu'elle relisait alors qu'elle le connaissait déjà par cœur :

> Cette maison n'est pas vivable Tamara est toujours avec Dieu Katya et Irina sont tragiques mes frères ne font que du foot nous savons qu'un noir destin nous attend tous je ne regarderai plus jamais mon père en face NATASHA

Appuyer sur la touche verte pour rappeler, écouter le vide, raccrocher.

* * *

Elle se rappelait aussi qu'après la deuxième interruption due à la pluie (ou bien était-ce la troisième ?), des creux s'étaient formés dans la terre battue détrempée qui, à l'évidence, avait atteint un stade où elle ne pouvait plus absorber une seule goutte d'eau. Et qu'en conséquence un officiel du Club avait fait son apparition pour montrer du doigt l'état du court et chapitrer Emilio Dell'Oro en lui disant « Terminé » et en ponctuant ces mots de gestes horizontaux de la main.

Mais Emilio Dell'Oro devait avoir certains moyens de persuasion, car il prit l'homme par le bras avec assurance et l'entraîna sous un hêtre. Au terme de la conversation, l'homme repartit vers le club-house sans demander son reste, comme un écolier puni.

Au fil de ces observations et souvenirs épars, l'éternelle avocate toujours en éveil en elle s'inquiétait pour la fine membrane de plausibilité qui semblait depuis le début sur le point de craquer, ce qui ne signifiait pas forcément la fin du monde libre tel que nous le connaissons, à condition qu'elle puisse joindre Natasha et les petites.

Or, en proie à ces pensées décousues, que voit-elle soudain ? Dima et Perry qui jettent l'éponge et se serrent la main au-dessus du filet ; à ses yeux, moins comme deux adversaires réconciliés que comme deux complices associés dans une supercherie si flagrante que le dernier carré des fidèles serrés les uns contre les autres dans les tribunes devrait siffler plutôt qu'applaudir.

Et dans ce joyeux méli-mélo, car il n'y a pas de limites aux incongruités de la journée, voilà que déboule le Russe grassouillet qui ne l'a pas lâchée d'une semelle et qui lui annonce qu'il voudrait la baiser. En ces propres termes : « Je voudrais vous baiser. » Puis il attend un oui ou un non. C'est un jeune urbain d'une trentaine d'années, sérieux comme un pape, qui a une vilaine peau, un verre de vodka vide à la main et les yeux injectés de sang. Sur le coup, elle croit avoir mal entendu, car il y a autant de brouhaha dans sa tête qu'à l'extérieur, et donc, c'est un comble, elle lui demande de répéter. Mais entre-temps il a perdu de son audace et se contente de la suivre à quelques mètres de distance, raison pour laquelle elle se résout à se réfugier sous l'aile de Bunny Popham, le moins mauvais pis-aller.

Et c'est ainsi qu'elle en vint à lui avouer qu'elle était avocate elle aussi, moment qu'elle redoutait toujours parce qu'il débouchait d'ordinaire sur des comparaisons embarrassantes. Mais Bunny Popham y vit juste l'occasion de choquer son petit monde.

« Alors là, vous me la baillez belle ! dit-il en levant les yeux au ciel. Chère consœur, je vous confie mes parties civiles quand vous voulez. »

Il lui demanda pour quel cabinet elle travaillait, et elle le lui dit tout naturellement. Pourquoi aurait-elle menti ?

Elle avait beaucoup réfléchi aux bagages. Cela aussi, elle s'en souvenait. Elle s'était demandé, par exemple, si elle mettrait leur linge sale dans le sac de tennis neuf de Perry, et autres questions tout aussi vitales concernant leur départ de Paris pour rejoindre Natasha. Perry avait retenu leur chambre une nuit de plus afin qu'ils puissent faire leurs bagages en toute fin de soirée avant d'attraper le train pour Londres, ce qui, dans le monde où ils vivaient maintenant, était la façon dont les gens normaux se rendaient à Berne quand ils n'étaient pas censés s'y rendre et qu'ils faisaient potentiellement l'objet d'une surveillance.

* * *

Perry et Dima portent des peignoirs fournis par la maison. D'après la montre de Perry, cela fait douze minutes qu'ils sont à nouveau assis à trois autour de la table. Dans son coin, vêtu de sa blouse blanche, Ollie est penché sur son ordinateur, son sac de masseur à ses pieds. De temps à autre, il griffonne une note et la passe à Hector, qui l'ajoute à la pile posée devant lui. L'atmosphère confinée évoque celle du sous-sol de Bloomsbury, mais sans l'odeur de vin, et il y a quelque chose d'également rassurant dans les bruits de la vraie vie toute proche : le glouglou des tuyaux, les voix venant des vestiaires, la chasse d'eau des toilettes, le teuf-teuf d'un climatiseur défectueux.

« Combien touche Longrigg ? demande Hector après avoir jeté un coup d'œil à l'une des notes d'Ollie.

– Un demi pour cent, répond Dima d'une voix blanche. Le jour où Arena obtient sa licence bancaire, Longrigg reçoit le versement un. Un an après, le deux. Un an après, terminé.

– Payable où ?

– En Suisse.

– Vous connaissez le numéro de compte ?

– Avant Berne, je le connais pas. Des fois, j'ai juste le nom. Des fois, juste le numéro.

– Et Giles de Salis ?

– Une commission spéciale. J'entends juste ça, j'ai pas la confirmation. Emilio me dit : de Salis a la commission spéciale. Mais peut-être Emilio la garde pour lui. Après Berne, je saurai vraiment.

– Une commission spéciale de combien ?

– Cinq millions net. Peut-être c'est pas vrai. Emilio est un renard. Il vole tout.

– En dollars ?

– Ouais.

– Payables quand ?

– Comme Longrigg, mais cash, sans condition, sur deux ans, pas trois. La moitié à la création officielle d'Arena Bank, l'autre moitié après une année de business. Tom.

– Quoi ?

– Écoutez, OK ? lance Dima d'une voix qui se ranime soudain. Après Berne, j'ai tout. Pour signer, je dois vouloir, vous entendez ? Je signe rien si je veux pas, c'est mon droit. Vous amenez ma famille en Angleterre, OK ? Je vais à Berne, je signe, vous faites sortir ma famille, je vous donne mon cœur, je vous donne ma vie ! s'exclame-t-il avant de se tourner brusquement vers Perry. Vous avez vu mes enfants, Professeur ! Putain, mais je suis quoi, pour eux ? Ils sont aveugles ou quoi ? Ma Natasha, elle devient folle, elle mange rien. Vous faites venir mes enfants en Angleterre maintenant, Tom, répète-t-il à Hector. Après on fait l'accord. Quand ma famille est en Angleterre, je sais tout. Je m'en branle ! »

Perry est ému par cette supplique, mais les traits aquilins d'Hector sont figés en une expression de refus buté.

« Hors de question, lâche-t-il, avant d'enchaîner malgré les protestations de Dima. Votre femme et vos enfants restent là où ils sont jusqu'à mercredi, après la signature. S'ils disparaissent de chez vous avant la signature de Berne, ils se mettent en danger, ils vous mettent en danger et ils mettent l'accord en danger. Vous avez un garde du corps chez vous, ou bien est-ce que le Prince vous l'a retiré ?

– Igor. Un jour, on en fera un *vor*. J'adore ce type, Tamara et les enfants aussi. »

On en fera un *vor* ? se répète Perry. Quand Dima habitera son palais dans la banlieue du Surrey, avec Natasha à Roedean et les garçons à Eton, on fera un *vor* d'Igor ?

« Vous avez deux gardes du corps en ce moment, Niki et un nouveau.

– Pour le Prince. Ils vont me tuer.

– À quelle heure vous signez à Berne, mercredi ?

– 10 heures. Place Fédérale.

– Niki et son copain ont assisté à la signature, ce matin ?

– Surtout pas. Ils attendaient dehors, ces crétins.

– Et à Berne, ils n'assisteront pas non plus à la signature ?

– Surtout pas. Peut-être ils restent dans la salle d'attente. Putain, Tom…

– Et après la signature, la banque organise une réception pour fêter l'événement. Au Bellevue Palace, pas moins.

– À 11 h 30. La grosse réception. Tout le monde fait la fête.

– Noté, Harry ? demande Hector à Ollie, qui, dans son coin, lève le bras pour confirmation. Niki et son copain seront à la réception ? »

Si Dima est en train de perdre son calme, celui d'Hector a gagné en intensité.

« Mes connards de gardes ? proteste Dima d'un ton incrédule. Ils veulent venir à la réception ? Vous êtes cinglé ? Le Prince va pas me descendre au Bellevue, bordel, il va attendre une semaine ou deux. Peut-être avant, il descend Tamara, ou mes gosses. J'en sais rien, putain !

– Soyons clairs, insiste Hector, le regard toujours aussi fixe et furieux. Vous êtes certain que les deux gardes, Niki et son copain, n'iront pas à la réception au Bellevue ? »

Les énormes épaules de Dima s'affaissent et il tombe dans une sorte d'abattement physique.

« Certain ? Je suis certain de rien. Peut-être ils viennent à la réception. Bon Dieu, Tom !

– Supposons qu'ils viennent. Juste une supposition comme ça. Ils ne vont pas vous suivre quand vous irez pisser. »

Pas de réponse, mais Hector n'en attend pas. Il va dans le coin, se place derrière l'épaule d'Ollie et scrute l'écran de l'ordinateur.

« Alors dites-moi ce que vous pensez de ça. Que Niki et son copain vous accompagnent ou non au Bellevue Palace, au milieu de la réception, disons à midi, si c'est possible, vous allez pisser. Affichez le rez-de-chaussée, dit-il à Ollie. Le Bellevue a deux espaces toilettes pour les clients du rez-de-chaussée, dont l'un à droite en entrant dans le vestibule, derrière la réception. C'est bien ça, Harry ?

– Pile poil, Tom.

– Vous voyez de quelles toilettes je parle ?

– Bien sûr, je vois.

– Ça, ce sont les toilettes où vous n'allez pas. Pour les autres, vous tournez à gauche et vous descendez un escalier. C'est au sous-sol et pas très fréquenté parce que ça n'est pas très pratique. L'escalier est près du bar. Entre le bar et l'ascenseur. Vous voyez l'escalier ? À mi-chemin, il y a une porte qui s'ouvre en poussant si elle n'est pas verrouillée.

– Je bois souvent au bar, je connais cet escalier, mais ils ferment la porte la nuit. Peut-être le jour aussi.

– Mercredi matin, la porte ne sera pas fermée, l'assure Hector en reprenant sa place. Vous descendrez l'escalier. Dick, qui est en haut, vous suivra. Au sous-sol, il y a une sortie latérale sur la rue. Dick aura une voiture. Le lieu où il vous emmènera dépendra des arrangements que je vais faire à Londres ce soir. »

Dima en appelle encore à Perry, mais les larmes aux yeux, cette fois.

« Je veux ma famille en Angleterre, Professeur. Dites à cet apparatchik vous les avez vus. Envoyez les enfants d'abord, moi après. C'est OK pour moi. Si le Prince veut me buter quand ma famille est en Angleterre, je m'en branle.

– Nous, on ne s'en branle pas, rétorque Hector avec véhémence. On vous veut, vous et toute votre famille. On vous veut sain et sauf en Angleterre, à tout cafter comme un bienheureux. On est en plein milieu du trimestre scolaire, en Suisse. Vous avez fait des projets pour les enfants ?

– Après les obsèques, à Moscou, je leur dis et merde pour l'école, on prend les vacances, peut-être. On retourne à Antigua, ou à Sotchi, on s'amuse, on est heureux. Après Moscou, je dis n'importe quoi à eux, putain !

– Donc ils sont à la maison, ils ne vont pas à l'école, ils attendent votre retour et ils pensent que vous allez peut-être partir mais ils ne savent pas où, résume Hector, impassible.

– Les vacances mystère, je leur dis. Comme un secret. Peut-être ils me croient. Je sais plus.

– Mercredi matin, pendant que vous serez à la banque et après à la fête au Bellevue, que fera Igor ?

– Peut-être il va faire les courses dans Berne, avance Dima en se frottant le nez avec le pouce. Peut-être il emmène Tamara à l'église russe. Peut-être il emmène Natasha à la leçon de cheval. Si elle est pas en train de lire.

– Mercredi matin, il faut qu'Igor aille faire des courses dans Berne. Vous pouvez dire ça à Tamara par téléphone sans que ça ait l'air bizarre ? Il faudrait qu'elle donne à Igor une longue liste de courses. Des provisions pour quand vous reviendrez de vos vacances mystère.

– OK. Peut-être.

– Seulement peut-être ?

– OK. Je le dis à Tamara. Elle est un peu folle, mais elle est OK. Sûr.

– Pendant qu'Igor sera parti faire les courses, Harry, là, et le Professeur viendront chercher votre famille chez vous pour leurs vacances mystère.

– Londres.

– Ou un lieu sûr. L'un ou l'autre, selon le temps qu'on mettra à arranger votre venue à tous en Angleterre. Si, sur la base des informations que vous nous avez fournies jusqu'ici, je peux convaincre mes apparatchiks de vous faire confiance pour le reste, en particulier pour les informations que vous êtes sur le point d'obtenir à Berne, on vous emmène à Londres par avion spécial mercredi soir, vous et votre famille. C'est une promesse, et le Professeur en est témoin. Sinon, on vous met en lieu sûr, vous et votre famille, et on s'occupe de vous jusqu'à ce que mon numéro un dise "Venez en Angleterre". Voilà la situation telle qu'elle est et telle que je la comprends. Perry, vous pouvez confirmer.

– Je confirme.

– Pendant la seconde signature, à Berne, comment allez-vous stocker les nouvelles informations que vous allez obtenir ?

– Aucun problème. D'abord, je suis seul avec le directeur de la banque. C'est mon droit. Peut-être je lui dis de me faire des copies de tout ce bordel. J'ai besoin les copies avant je signe. C'est un ami. S'il veut pas, on s'en branle. J'ai la bonne mémoire.

– Dès que Dick vous aura sorti du Bellevue Palace, il vous remettra un magnétophone et vous enregistrerez tout ce que vous aurez vu et entendu.

– Pas les foutues frontières, hein ?

– Vous ne passerez pas de frontière avant de venir en Angleterre. Ça aussi, je vous le promets. Perry, vous m'avez entendu ? »

Perry l'a entendu, mais il reste quand même un moment perdu dans ses pensées, ses longs doigts repliés sur son front et le regard dans le vague.

« Tom dit la vérité, Dima, concède-t-il enfin. Il m'a donné sa parole à moi aussi et je le crois. »

14

Le lendemain mardi, à 16 heures, Luke vint chercher Gail et Perry à l'aéroport de Zurich-Kloten. Ils avaient passé une mauvaise nuit dans l'appartement de Primrose Hill, sans trouver le sommeil tant ils s'inquiétaient, chacun pour des raisons différentes : Gail surtout pour Natasha (pourquoi ce silence soudain ?), mais aussi pour les petites, Perry pour Dima, sans compter la perspective peu rassurante de voir dorénavant Hector diriger les opérations depuis Londres et Luke prendre le commandement sur le terrain, avec le soutien d'Ollie et, par défaut, de lui-même.

De l'aéroport, Luke les conduisit à une vieille auberge de village dans une vallée située à quelques kilomètres à l'ouest du centre de Berne. L'auberge était charmante, mais la vallée jadis idyllique avait été tristement défigurée par des immeubles sans caractère, des enseignes au néon, des pylônes et un sex-shop. Luke attendit que Perry et Gail se soient installés, puis resta prendre une bière avec eux dans un coin tranquille du restaurant de l'hôtel, où les rejoignit bientôt Ollie, sans son béret mais coiffé d'un feutre noir à large bord incliné sur un œil qui lui donnait un air canaille. À ce détail près, c'était toujours le même Ollie exubérant.

* * *

Luke leur donna posément les dernières nouvelles. Avec Gail, il était tendu et distant, tout sauf séducteur. La solution privilégiée par Hector tombait à l'eau, annonça-t-il à la tablée. Après avoir sondé Londres (Luke se garda de mentionner Matlock devant Perry et Gail), Hector ne voyait aucune chance d'obtenir l'autorisation de faire venir Dima et sa famille en Angleterre sitôt après la signature du lendemain, et il s'était donc rabattu sur l'idée d'une maison sûre à l'intérieur des frontières suisses, en attendant le feu vert. Hector et Luke avaient beaucoup réfléchi à l'emplacement idéal, pour en conclure que, étant donné la composition complexe de la famille, isolement ne serait pas synonyme de discrétion.

« Vous êtes d'accord là-dessus, Ollie ?

– À cent pour cent, Luke », répondit Ollie avec son accent cockney légèrement défaillant teinté d'intonations étrangères.

La Suisse jouissait d'un été précoce, poursuivit Luke. Mieux valait donc, selon le principe maoïste, se cacher parmi les multitudes que se faire remarquer comme le nez au milieu de la figure dans un hameau où tout visage inconnu devient un objet de curiosité, surtout si ce visage se trouve être celui d'un Russe impérieux et chauve accompagné de deux fillettes, de deux adolescents turbulents, d'une jeune fille à la beauté éblouissante et d'une épouse un peu fêlée.

Et l'isolement ne constituait pas non plus une sécurité aux yeux des logisticiens sans filet, bien au contraire : le petit aéroport de Berne-Belp était parfait pour un départ discret en avion privé.

* * *

Ce fut ensuite au tour d'Ollie, qui, comme Luke, se trouvait dans son élément. Il fit un rapport circonspect, sans un mot de trop. Après avoir étudié un certain nombre de possibilités, dit-il, il s'était arrêté sur un chalet moderne construit à des fins locatives, sur les pentes extérieures du populaire village touristique de Wengen, dans la vallée de Lauterbrunnen, à une heure en voiture et un quart d'heure en train de l'endroit où ils se trouvaient maintenant.

« Et franchement, si qui que ce soit remarque ce chalet, je lui paie des prunes », conclut-il d'un air de défi, en tirant sur le bord de son chapeau noir.

Toujours efficace, Luke leur donna à chacun un simple bout de carton qui portait le nom et l'adresse du chalet et le numéro de téléphone fixe pour les appels anodins ou vitaux au cas où il y aurait un souci avec les portables, bien qu'Ollie leur ait assuré que, dans le village lui-même, il n'y avait aucun problème de réception.

« Combien de temps les Dima vont-ils rester coincés là ? » demanda Perry dans son rôle de camarade des prisonniers.

Il ne s'attendait pas vraiment à une réponse détaillée, mais Luke fut étonnamment disert, sans doute beaucoup plus qu'Hector ne l'eût été en des circonstances similaires. Il y avait une vraie course d'obstacles à accomplir à Whitehall, expliqua-t-il : Immigration, Justice et Intérieur, pour n'en nommer que trois. Les efforts actuels d'Hector visaient à en court-circuiter le plus grand nombre possible tant que Dima et sa famille ne seraient pas en sûreté en Angleterre.

« Je dirais trois ou quatre jours, à la louche. Moins si on a de la chance, plus si on n'en a pas. Au-delà de ça, c'est au doigt mouillé, pour la logistique.

– Pardon ? s'écria Gail, incrédule. Au doigt mouillé ? »

Luke rougit, puis rit avec eux, puis tenta d'expliquer. Les opérations comme celle-ci (sauf qu'il n'y en avait jamais deux pareilles) exigeaient des réajustements constants, dit-il. Dès que Dima aurait disparu de la circulation (le lendemain à midi donc, si tout se passait bien), ce serait le branle-bas de combat général, et allez savoir quelle tournure cela prendrait.

« En gros, Gail, à partir de demain midi, le compte à rebours sera enclenché et on devra être prêts à réagir très vite à la situation. Et ça, on sait faire. C'est notre travail, on est payés pour ça. »

Luke insista pour qu'ils se couchent tôt et l'appellent à n'importe quelle heure si le moindre besoin s'en faisait sentir, puis il retourna à Berne.

« Et si vous passez par le standard de l'hôtel, n'oubliez pas que je suis John Brabazon », leur rappela-t-il avec un sourire crispé.

* * *

Seul dans sa chambre au premier étage du resplendissant Bellevue Palace de Berne, avec vue sur l'Aar qui coulait sous sa fenêtre et les sommets lointains de l'Oberland bernois qui se découpaient en noir sur le ciel orangé, Luke essaya de joindre Hector et tomba sur sa voix cryptée lui enjoignant de *laisser un putain de message, sauf si le toit est en train de s'effondrer*, auquel cas Hector ne s'estimait pas mieux placé que lui, donc *serrez les dents et arrêtez de geindre*, ce qui fit bien rire Luke et confirma ses soupçons, à savoir qu'Hector était en train de livrer un duel à mort bureaucratique qui faisait fi des heures ouvrées conventionnelles.

Il disposait d'un second numéro qu'il pouvait appeler en cas d'urgence, mais, n'en voyant aucune, il laissa un message joyeux disant que, pour le moment, le toit tenait le coup, que Milton et Doolittle étaient à leur poste et en pleine forme, que Harry faisait un travail remarquable et mes amitiés à Yvonne. Il prit ensuite une longue douche et revêtit son plus beau costume avant de descendre pour commencer son inspection de l'hôtel. Il éprouvait une impression de libération encore plus prononcée qu'au Club des Rois, si faire se pouvait. Luke sans filet sur son petit nuage : pas d'instructions de dernière minute envoyées dans la panique par le quatrième étage, pas de cohortes ingérables de guetteurs, d'oreilles, d'hélicoptères en survol ou autres ingrédients douteux des opérations secrètes modernes, et pas de chef de guerre cocaïnomane pour l'enchaîner dans une redoute en pleine jungle. Rien que Luke, sans filet, avec sa petite bande de loyaux soldats (y compris une dont il était amoureux, comme d'habitude), et Hector, qui menait à Londres un noble combat et l'avait assuré de son soutien indéfectible.

« Si vous avez des doutes, oubliez-les. C'est un ordre. N'hésitez pas, foncez ! lui avait-il dit la veille au soir, alors qu'ils partageaient à la hâte un whisky d'adieu à l'aéroport de Roissy. Il n'est pas question que je paie les pots cassés, parce que le pot cassé, c'est moi, bordel ! Il n'y a pas de lot de consolation dans ce délire. À votre santé et Dieu pour tous ! »

À cet instant, Luke avait senti poindre en lui le sentiment mystique d'un lien, d'une parenté avec Hector, qui allait bien au-delà de leurs relations professionnelles.

« Et comment ça se passe avec Adrian ? avait-il demandé, désireux de compenser l'immixtion gratuite de Matlock.

– Mieux, merci. Beaucoup mieux. Les psys pensent avoir trouvé le bon dosage maintenant. Il pourrait sortir dans six mois, s'il se conduit bien. Et Ben ?

– Il va très bien. Très, très bien. Éloïse aussi », avait répondu Luke en regrettant déjà sa question.

À la réception de l'hôtel, un employé d'une élégance inouïe informa Luke que Herr Direktor faisait, comme à son habitude, le tour des clients du bar. Luke marcha droit sur lui. Il savait très bien s'y prendre quand il le fallait. Pas l'auxiliaire de talent façon Ollie qui s'insinue par la porte de derrière, non, plutôt le petit Rosbif culotté qui passe par la grande porte et vous rentre carrément dedans.

« Monsieur ? Je m'appelle Brabazon. John Brabazon. C'est mon premier séjour dans votre hôtel. Pourrais-je vous dire un mot ? »

Il pouvait, et Herr Direktor, redoutant une mauvaise nouvelle, s'arma de courage.

« Votre établissement est tout simplement l'un des hôtels art nouveau (vous n'employez sans doute pas l'adjectif "édouardien") les plus délicieux et les mieux préservés que j'aie vus au cours de mes voyages.

– Vous travaillez dans l'industrie hôtelière ?

– Non, désolé. Je ne suis qu'un journaliste à la petite semaine. Je suis employé par le *Times* de Londres. Pour le cahier Voyages.

Je suis désolé, je ne me suis pas du tout fait annoncer, je suis ici pour affaires personnelles… »

La visite guidée commença aussitôt.

« Voici notre salle de bal, que nous appelons le Salon Royal, annonça le Direktor en un argumentaire bien huilé. Voici notre petite salle de banquets, que nous appelons le Salon du Palais, et voici notre Salon d'Honneur, où nous organisons les cocktails. Notre chef tire gloire de ses buffets. Et ici, notre restaurant La Terrasse, un vrai *must*, le rendez-vous de tout ce qui compte à Berne, mais aussi de nos clients du monde entier. Beaucoup de célébrités ont dîné ici, parmi lesquelles des vedettes de cinéma. Nous pouvons vous en fournir une liste substantielle, ainsi que le menu.

– Et les cuisines ? s'enquit Luke, qui ne voulait rien laisser au hasard. Puis-je jeter un coup d'œil, si les chefs n'y voient pas d'inconvénient ? »

Quand Herr Direktor lui eut montré sous toutes les coutures tout ce qu'il y avait à montrer, et quand Luke eut fait preuve du ravissement de rigueur, pris moult notes et, pour le plaisir, quelques photos avec son portable si Herr Direktor n'y voyait pas d'objection, mais bien sûr son journal enverrait un vrai photographe si c'était possible, et ça l'était, il retourna au bar puis, après s'être offert un club-sandwich étonnamment délicieux accompagné d'un verre de dôle, ajouta quelques dernières touches personnelles indispensables à son reportage, y compris des détails aussi triviaux que les toilettes, les escaliers incendie, les issues de secours, le parking et l'espace fitness en construction sur le toit, avant de se retirer dans sa chambre, d'où il appela Perry pour s'assurer que tout allait bien de leur côté. Gail dormait et Perry espérait en faire autant sous peu. En raccrochant, Luke songea qu'il ne serait sans doute jamais plus près de Gail au lit que durant ce coup de fil. Il téléphona à Ollie.

« Tout est nickel, merci, Dick. Et le transport, au petit poil, au cas où vous vous inquiéteriez. Au fait, les flics arabes, vous en pensez quoi ?

– Je ne sais pas, Harry.

– Moi non plus. Mais je dis qu'il faut jamais faire confiance à un flic. Tout va bien autrement ?

– Jusqu'ici, oui. »

Et, pour finir, Luke appela Éloïse.

« Tu t'amuses bien, Luke ?

– Oui, oui, merci. Berne est vraiment une ville superbe. Il faudrait qu'on y vienne ensemble un jour. Avec Ben. »

C'est toujours comme ça qu'on se parle. Pour Ben. Pour qu'il jouisse du privilège d'un couple hétérosexuel de parents heureux.

« Tu veux lui parler ? demanda-t-elle.

– Il n'est pas couché ? Ne me dis pas qu'il est encore sur son devoir d'espagnol ?

– Tu as une heure de décalage avec nous, là-bas, Luke.

– Ah oui, c'est vrai. Alors, oui, s'il te plaît, passe-le-moi. Bonsoir, Ben.

– Bonsoir.

– Je suis à Berne, pauvre de moi ! Berne, en Suisse. C'est la capitale. Il y a un musée vraiment fantastique ici. Le musée Einstein, l'un des plus beaux musées que j'aie vus de ma vie.

– Tu es allé dans un musée ?

– Une petite demi-heure. Hier soir, en arrivant. Ils faisaient nocturne. Il est juste de l'autre côté du pont par rapport à mon hôtel. Alors, j'y suis allé.

– Pourquoi ?

– Parce que j'en avais envie. Le concierge me l'a recommandé, alors j'y suis allé.

– Comme ça ?

– Oui, comme ça.

– Qu'est-ce qu'il t'a recommandé d'autre ?

– Qu'est-ce que tu veux dire ?

– Tu as mangé une fondue ?

– Ce n'est pas très rigolo quand on est tout seul. Il me faudrait Maman et toi, vous deux.

– Ah bon.

– Et, avec un peu de chance, je serai rentré pour le week-end. On ira au cinéma, ou un truc comme ça.

– Euh, j'ai ma rédaction d'espagnol, si ça te dérange pas.

– Bien sûr que ça ne me dérange pas. Travaille bien ! Ça parle de quoi ?

– Je sais pas très bien. Des trucs espagnols. À bientôt.

– À bientôt. »

Qu'est-ce que le concierge t'a recommandé d'autre ? J'ai bien entendu ? Du genre *est-ce qu'il te fait monter une pute ?* Qu'est-ce qu'Éloïse a bien pu lui raconter ? Et moi, pourquoi je suis allé lui raconter que j'étais allé au musée Einstein juste parce que j'avais vu le dépliant sur le comptoir du concierge ?

* * *

Il se coucha, alluma la télé sur les BBC World News, puis l'éteignit. Des demi-vérités. Des quarts de vérités. Ce que le monde sait de lui-même, il n'ose pas le dire. Depuis Bogotá, découvrait-il, il n'avait plus toujours le courage d'affronter sa solitude. Peut-être s'accrochait-il depuis trop longtemps aux différentes facettes de lui-même et commençaient-elles à lui filer entre les doigts. Il s'approcha du minibar, se servit un whisky-soda qu'il posa près de son lit. Un seul, rien qu'un seul. Gail lui manquait. Yvonne lui manquait. Était-elle à pied d'œuvre sur les échantillons de Dima malgré l'heure tardive, ou bien étendue dans les bras de son mari parfait… si elle en avait bien un, ce dont il doutait parfois. Elle l'avait peut-être inventé pour repousser les avances de Luke. Ses pensées retournèrent à Gail. Perry était-il parfait, lui aussi ? Sans doute. Tout le monde avait un mari parfait, sauf Éloïse. Il pensa à Hector, père d'Adrian. Hector qui allait voir son fils en prison tous les mercredis et tous les samedis, plus que six mois à tenir, avec un peu de chance. Hector, le Savonarole secret, comme l'avait surnommé un petit malin, avec son désir fanatique de réformer ce Service qu'il aimait, tout en sachant qu'il perdrait la bataille même s'il la gagnait.

Il avait entendu dire que la Commission d'habilitation avait sa propre salle des opérations maintenant. C'était prévisible : un lieu archi-ultrasecret, suspendu à des filins ou enfoui à trente mètres sous terre. Il avait fréquenté de tels lieux à Miami et à Washington, quand il échangeait des renseignements avec ses *chers collègues** de la CIA ou du service des stups ou du Bureau de l'alcool, du tabac et des armes à feu ou Dieu sait quelles autres agences. Et son opinion mûrement réfléchie était que de tels lieux entretiennent la folie collective. Il avait constaté des modifications du langage corporel quand les Endoctrinés abandonnaient tout bon sens pour se perdre dans leur monde virtuel.

Il pensa à Matlock, qui passait ses vacances à Madère et ne savait pas ce qu'était un hôtel sale. Matlock, acculé par Hector, qui avait sorti de son chapeau le nom d'Adrian pour le balancer au visage d'Hector à bout portant. Matlock, assis devant sa baie vitrée donnant sur la Tamise, qui avait débité ses subtilités éléphantesques, d'abord le bâton, ensuite la carotte, et puis les deux ensemble.

Eh bien, Luke avait résisté à l'un et à l'autre. Et pourtant, la roublardise n'était pas son fort, il l'admettait bien volontiers : *pas assez manipulateur*, concluait l'une de ses évaluations confidentielles annuelles, et, au fond, il préférait cela. Il ne se considérait pas comme un manipulateur. Son truc à lui, c'était plutôt l'obstination. La ténacité. La capacité à s'accrocher contre vents et marée : *non*… qu'on soit enchaîné dans une redoute ou installé dans un fauteuil du confortable bureau de Matlock à la Loubianka-sur-Tamise, à boire son whisky et parer ses attaques. Les écouter poussait tout un chacun à se perdre dans ses pensées.

« Un contrat de trois à cinq ans dans notre centre d'entraînement, Luke, une maison agréable pour votre femme, ce qui arrangera peut-être les choses après les ennuis sur lesquels je n'ai pas besoin de m'étendre, une prime pour le déménagement, le bon air de la mer, de bonnes écoles dans le voisinage… Vous ne seriez pas obligé de revendre votre maison de Londres si vous préférez éviter, tant que les prix sont bas… Mon conseil, ce serait de la louer et d'en tirer un revenu. Allez donc en toucher un mot à la compta, au rez-de-chaussée, dites-leur que c'est moi qui vous ai dit de passer… Enfin attention, rayon immobilier, on ne joue pas dans la même catégorie qu'Hector, loin de là. » Un silence, le temps de prendre un air sincèrement concerné. « Hector ne vous entraîne pas trop là où vous n'avez plus pied, j'espère, Luke ? Vous qui avez un côté cœur d'artichaut, si je puis dire, quand il s'agit de loyauté ? Il paraît qu'Ollie Devereux est tombé sous son charme, lui, ce que je ne trouve guère prudent de sa part. Vous diriez qu'Ollie est à plein temps ou plutôt en intérim ? »

Puis Luke était allé tout répéter à Hector une heure plus tard.

« Billy Boy, il est avec nous ou contre nous, maintenant ? avait-il demandé à Hector en prenant ce dernier verre à Roissy, bien heureux tous deux d'aborder des sujets moins personnels.

– Billy Boy ira là où il pense pouvoir décrocher un titre de noblesse. S'il doit choisir entre les gardes-chasse et les braconniers, il choisira toujours Matlock. Mais un type qui hait Aubrey Longrigg autant que lui ne peut pas être entièrement mauvais », avait ajouté Hector après coup.

En d'autres circonstances, Luke aurait peut-être contesté cette affirmation optimiste, mais pas aujourd'hui, pas à la veille de la bataille décisive d'Hector contre les forces du Mal.

* * *

Quoi qu'il en soit, mercredi matin était arrivé. Quoi qu'il en soit, Gail et Perry avaient un peu dormi et s'étaient levés en pleine forme pour petit-déjeuner avec Ollie, qui était ensuite parti chercher leur carrosse, comme il l'appelait, tandis qu'eux faisaient une liste de courses pour les enfants et se rendaient au supermarché du coin. Cela ne manqua pas de leur rappeler une expédition semblable à Saint John's l'après-midi où Ambrose les avait déposés sur le sentier boisé envahi par la végétation qui menait à Three Chimneys, mais, cette fois, ils firent des achats plus prosaïques : de l'eau, plate et gazeuse, des boissons non alcoolisées, et « Bon, d'accord, prends du Coca-Cola » (Perry), de la nourriture façon pique-nique, et « En général, les enfants préfèrent le salé au sucré, même s'ils ne le savent pas » (Gail), des petits sacs à dos pour tout le monde, et tant pis s'ils ne proviennent pas du commerce équitable, deux balles en caoutchouc et une batte de base-ball faute d'espérer pouvoir trouver du matériel de cricket, mais, au besoin, on leur apprendra à jouer au *rounders*, ou plutôt, puisque les garçons sont adeptes du base-ball, c'est eux qui nous apprendront.

Le carrosse d'Ollie était un vieux van vert long de six mètres, avec des panneaux latéraux en bois, un toit bâché, deux box séparés par une paroi à l'arrière pour les chevaux, et des coussins et des couvertures au sol pour les humains. Gail s'assit précautionneusement sur les coussins. Perry, tout content à la perspective de voyager à la dure, bondit derrière elle. Ollie remonta le hayon et le boucla. Le chapeau noir à large bord s'expliquait soudain : Ollie était un joyeux Rom qui se rendait à la foire aux chevaux.

Ils roulèrent une quinzaine de minutes, d'après la montre de Perry, et s'arrêtèrent avec un cahot sur un sol mou. Pas de galipettes et pas de coups d'œil dehors, les avait prévenus Ollie. Un vent chaud s'engouffrait sous la bâche et la faisait onduler comme une voile. D'après les calculs d'Ollie, ils étaient à dix minutes de l'objectif.

* * *

Luke le Solitaire, l'avaient surnommé les professeurs de son école privée, du nom de l'intrépide héros d'un roman d'aventures depuis longtemps passé aux oubliettes. Il lui semblait injuste qu'à l'âge de huit ans, il ait déjà manifesté cette inclination pour la solitude qui le hantait encore à quarante-trois.

Mais Luke le Solitaire il était resté, et Luke le Solitaire il était aujourd'hui, assis sous la verrière somptueusement illuminée du grand vestibule au Bellevue Palace à tapoter sur son ordinateur métallisé, avec ses lunettes à monture d'écaille, sa cravate russe d'un rouge criard et son imperméable bleu posé bien en vue sur le bras d'un fauteuil en cuir planté à mi-chemin entre les portes d'entrée vitrées et les colonnades du Salon d'Honneur, cadre d'un *apéro** de midi offert par Arena Multi Global Trading Conglomerate, *dixit* le beau panneau en bronze qui indiquait le chemin aux invités. C'est Luke le Solitaire qui surveillait les arrivées grâce aux élégants miroirs des nombreuses portes et s'apprêtait à exfiltrer à lui tout seul un transfuge russe aussi criard que le rouge de sa cravate.

Ces dix dernières minutes, il avait été le témoin passif mais subjugué de l'entrée volontairement discrète d'Emilio Dell'Oro, puis des deux banquiers suisses immortalisés par Gail sous le surnom Pierre et le Loup, suivis d'une palanquée de costumes gris, puis de deux jeunes Saoudiens, à en juger par leur apparence, puis d'une Chinoise et d'un homme basané aux larges épaules dont Luke avait arbitrairement décidé qu'il était grec.

Ensuite, en un troupeau soudé exsudant l'ennui, les Armani Boys, les sept émissaires vierges, sans autre protection que Bunny Popham, qui arborait un œillet à la boutonnière, et le charmant et langoureux Giles de Salis, dont la canne à pommeau d'argent complétait le costume scandaleusement parfait.

Aubrey Longrigg, où es-tu maintenant qu'ils ont besoin de toi ? songeait Luke. Tu fais profil bas ? C'est d'une grande sagesse. Un siège assuré au Parlement et un billet gratuit pour Roland-Garros, c'est une chose ; un dessous-de-table de plusieurs millions sur un compte offshore et quelques diamants de plus pour ta gourde de femme, sans parler d'un poste de directeur non exécutif dans une belle banque toute neuve de la City et de milliards d'argent fraîchement blanchi pour faire joujou, c'est encore une chose, mais une signature officielle en grande pompe dans une banque suisse sous le feu des projecteurs, c'est un peu trop corsé à ton goût. Voilà du moins ce que pensait Luke quand la silhouette dégingandée, chauve et irascible de monsieur le député Aubrey Longrigg monta les marches d'un pas raide, l'homme en chair et en os, et non plus une photo, au côté de Dima, le blanchisseur d'argent numéro un du monde entier.

Alors qu'il se renfonçait dans son fauteuil en cuir et relevait un peu plus le couvercle de son ordinateur métallisé, Luke eut conscience que s'il y avait jamais eu un moment d'épiphanie archimédienne dans sa vie, c'était bien celui-là et que cela ne se reproduirait plus jamais. Une fois de plus, il remercia les dieux auxquels il ne croyait pas d'avoir fait en sorte que, au fil de toutes ces années passées dans les services secrets, il n'ait jamais posé les yeux sur Aubrey Longrigg et que, à sa connaissance, celui-ci n'ait jamais posé les siens sur lui.

Malgré tout, Luke attendit prudemment que les deux hommes soient passés devant lui en se rendant au Salon d'Honneur (Dima l'avait presque effleuré) avant d'oser lever la tête et de consulter rapidement les miroirs pour établir les pépites suivantes de renseignements opérationnels :

Pépite Un : Dima et Longrigg ne se parlaient pas et, si ça se trouve, ils ne se parlaient pas non plus en arrivant mais s'étaient simplement trouvés par hasard l'un à côté de l'autre pour monter les marches. Deux autres hommes suivaient, le genre comptable suisse entre deux âges et bien propret, et Luke trouvait plausible que Longrigg ait été en train de parler à l'un ou aux deux plutôt qu'à Dima. Bien que cette observation ne fût que très ponctuelle (ils auraient très bien pu se parler avant), elle réconforta quelque peu Luke, car il n'est jamais agréable de découvrir, au moment précis où votre opération arrive à maturité, que votre Joe entretient une relation personnelle dont vous n'aviez pas connaissance avec un acteur majeur. À part ça, concernant Longrigg, Luke n'avait d'autre pensée que l'évidence frappante et jubilatoire : *Il est là ! Je l'ai vu ! Je suis témoin !*

Pépite Deux : Dima avait décidé de partir avec éclat. Pour la grande occasion, il arborait un costume croisé bleu à fines rayures fait sur mesure et, sur ses pieds délicats, une paire de mocassins italiens en veau noir avec des glands, ce qui n'est pas l'idéal pour s'enfuir, pensa un Luke survolté, mais ce ne sera pas une fuite, ce sera une retraite bien ordonnée. Le comportement de Dima paraissait à Luke incroyablement allègre pour un type convaincu d'avoir signé à l'instant son arrêt de mort. Peut-être savourait-il l'avant-goût de la vengeance : l'orgueil d'un vieux *vor* sur le point d'être restauré et l'assassinat d'un disciple sur le point d'être expié. Peut-être, dans le maelström de ses angoisses, était-il content d'en finir avec les mensonges, les dérobades, les faux-semblants et pensait-il déjà à la verte et douce Angleterre qui les attendait, lui et sa famille. Luke connaissait bien ce sentiment.

L'*apéro** commence. Une voix de baryton étouffée provient du Salon d'Honneur, gagne en puissance, puis retombe. Quelque honorable invité prononce un discours, d'abord dans un russe incompréhensible, puis dans un anglais incompréhensible. Pierre ? Le Loup ? De Salis ? Non. C'est l'honorable Emilio Dell'Oro. Luke reconnaît sa voix entendue au club de tennis. Applaudissements. Silence recueilli pendant l'honorable toast. En l'honneur de Dima ? Non, de l'honorable Bunny Popham, qui répond. Luke connaît cette voix aussi, et le rire confirme. Il consulte sa montre, sort son téléphone et appuie sur la touche qui appelle Ollie.

« Vingt minutes, s'il tient les délais », dit-il avant de se remettre à son ordinateur métallisé.

Oh, Hector. Oh, Billy Boy. Attendez de savoir sur qui je suis tombé aujourd'hui.

* * *

Ça ne vous gêne pas si je vous inflige un petit cours improvisé avant de partir, Luke ? demande Hector en finissant son whisky à l'aéroport Charles-de-Gaulle.

Cela ne gêne pas Luke du tout. Adrian, Éloïse et Ben, c'est fait. Hector vient d'émettre un jugement sur Billy Boy Matlock. On appelle son vol.

Dans la logistique opérationnelle, il n'y a que deux moments où on peut tolérer la souplesse... vous me suivez, Luke ?

Je vous suis, Hector.

Le premier, c'est quand on échafaude le plan. Ça, on l'a fait. Le second, c'est quand le plan se barre en couille. Tant que ce n'est pas le cas, tenez-vous-en rigoureusement à ce qu'on a décidé, sinon vous êtes foutu. Maintenant, serrez-moi la main.

* * *

Or, la question que se posait Luke, assis à regarder le charabia qu'affichait son ordinateur métallisé à l'heure H moins zéro minute en attendant que Dima émerge seul du Salon d'Honneur, était la suivante : le souvenir de l'ultime homélie d'Hector lui était-il venu avant de voir Niki le bébé Cadum et le philosophe cadavérique prendre position dans les deux fauteuils à haut dossier de part et d'autre des portes vitrées, ou bien avait-il été déclenché par le choc de cette vision ?

Et au fait, qui avait trouvé ce surnom de *philosophe cadavérique* ? Était-ce Perry ou Hector ? Non, c'était Gail. Forcément Gail. Elle avait toujours les meilleures répliques.

Et pourquoi fallait-il que, à l'instant précis où il les avait repérés, le brouhaha du Salon d'Honneur enfle comme les grandes portes s'ouvraient – enfin non, une seule des deux, voyait-il maintenant – pour laisser sortir Dima tout seul ?

La désorientation de Luke ne concernait pas seulement le temps, mais aussi l'espace. Pendant que Dima s'approchait derrière lui, en effet, Niki et le philosophe cadavérique se levaient devant lui, laissant Luke tapi à mi-chemin entre eux sans savoir de quel côté regarder.

Une bordée d'obscénités aboyées en russe au-dessus de son épaule droite l'informa que Dima s'était arrêté à côté de lui.

« Putain, mais qu'est-ce que vous me voulez, les deux merdeux, là ? Tu veux savoir ce que je fous, Niki ? Je vais pisser. Tu veux me regarder pisser, peut-être ? Fichez-moi le camp. Allez pisser sur votre chienne de Prince. »

Derrière son comptoir, le concierge leva discrètement la tête. Le réceptionniste allemand incroyablement chic ne se montra pas si discret et fit volte-face pour voir ce qui se passait. Décidé à ne rien entendre, Luke tapait n'importe quoi sur son ordinateur métallisé. Niki et le philosophe cadavérique restaient debout sans bouger, soupçonnant peut-être Dima de vouloir s'enfuir dans la rue par les portes vitrées. Au lieu de cela, il grommela un « *enfoirés de mes deux* » et poursuivit sa traversée du vestibule pour entrer dans le petit couloir qui menait au bar, passa devant l'ascenseur et s'arrêta en haut de l'escalier en pierre qui menait aux toilettes du sous-sol. Mais entre-temps, il n'était plus seul. Niki et le philosophe le suivaient, et à quelques pas derrière arrivait, sans qu'on le remarque, le gentil petit Luke, son ordinateur sous le bras caché par son imperméable bleu, car il avait soudain besoin d'aller aux toilettes.

Son cœur ne bat plus la chamade, ses pieds et ses genoux sont pleins de ressort. Il entend et réfléchit clairement. Il se rappelle à lui-même qu'il connaît la topographie des lieux, contrairement aux gardes du corps, et que Dima aussi, raison de plus pour eux, si besoin était, de marcher derrière Dima plutôt que de lui passer devant.

Luke est aussi stupéfait de leur apparition imprévue que Dima l'est visiblement. Pas plus que lui, il ne comprend pourquoi on s'obstine à harceler un homme dont on n'a plus besoin et qui, de son propre avis et sans doute du leur, sera bientôt mort. Simplement, pas ici et maintenant. Pas en plein jour avec tout l'hôtel pour témoin et les sept émissaires vierges, plus un distingué député britannique et d'autres dignitaires, qui s'envoient du champagne et des canapés à vingt mètres de là. En outre, c'est avéré, le Prince fait son difficile, pour les assassinats. Il préfère les accidents ou les attentats terroristes aveugles perpétrés par des bandits tchétchènes en maraude.

Mais cette question attendra. Si le plan est en train de se barrer en couille, selon l'expression d'Hector, c'est le moment pour Luke de faire preuve de souplesse, le moment de ne pas hésiter mais de foncer, encore selon Hector, le moment de se rappeler ce qu'on lui a bourré dans le crâne pendant divers stages de combat désarmé au fil de sa carrière et qu'il n'a jamais été obligé de mettre en œuvre, sauf une fois à Bogotá, où sa prestation lui aurait valu au mieux un « passable, mais peut mieux faire » : quelques coups au hasard, et puis les ténèbres.

Mais cette fois-là, c'étaient les sbires du baron de la drogue qui avaient bénéficié de l'effet de surprise, alors qu'aujourd'hui c'est Luke. Il n'a pas sous la main la paire de ciseaux à papier, ni les pièces de monnaie, ni les lacets noués, ni aucun des ustensiles domestiques potentiellement meurtriers et totalement ridicules qui soulevaient l'enthousiasme des instructeurs, mais il a un ordinateur portable métallisé dernier cri et, grâce notamment à Aubrey Longrigg, une énorme colère qui lui est venue comme un ami dans le besoin et, à ce moment précis, c'est pour lui un meilleur ami que le courage.

* * *

Dima tend la main pour pousser la porte située à mi-hauteur de l'escalier en pierre.

Niki et le philosophe cadavérique se tiennent juste derrière lui et Luke derrière eux, mais pas aussi près qu'eux le sont de Dima.

Luke est inhibé. Aller aux toilettes, c'est une affaire privée, et Luke ne se mêle pas des affaires des autres. Cependant, il est en train de vivre un moment exceptionnel de clarté d'esprit. Pour une fois, c'est lui qui a l'initiative, et personne d'autre. Pour une fois, c'est lui l'agresseur dans son bon droit.

La porte devant laquelle ils se trouvent est parfois verrouillée pour des raisons de sécurité, comme Dima l'a fait remarquer à juste titre à Paris, mais pas aujourd'hui. Elle s'ouvrira à coup sûr, et cela parce que Luke en a la clé dans sa poche.

La porte s'ouvre donc, révélant l'escalier mal éclairé qui en descend. Dima est toujours en tête, mais la situation se renverse quand un coup d'ordinateur porté par Luke avec une force herculéenne envoie le philosophe cadavérique et soudain mutique valdinguer dans l'escalier devant Dima et déséquilibre Niki, ce qui permet à Dima de saisir à la gorge ce vendu de garde du corps blond comme il avait rêvé de le faire pour assassiner le mari de la défunte mère de Natasha, à en croire Perry.

La main toujours serrée sur la gorge de Niki, Dima cogne la tête ébahie de celui-ci à droite et à gauche contre le mur le plus proche jusqu'à ce que le corps impuissant et inerte s'effondre sous lui et atterrisse, sans un mot, à ses pieds, ce qui l'incite à le bourrer de coups puissants, d'abord dans l'aine puis dans la tempe, avec la pointe de sa chaussure italienne droite peu adaptée.

Tout cela se passe assez lentement et naturellement pour Luke, bien que de façon un peu désordonnée, mais avec un effet cathartique qui l'emplit d'un mystérieux sentiment de triomphe. Prendre des deux mains un ordinateur portable, le soulever au-dessus de sa tête bras tendus et l'abattre comme la hache du bourreau sur la nuque du gorille cadavérique commodément placé deux marches en dessous de lui, c'était effacer tous les affronts qu'on lui avait fait subir au cours des quarante dernières années, depuis son enfance dans l'ombre d'un père militaire tyrannique, en passant par toutes les écoles publiques et privées anglaises qu'il avait détestées et les dizaines de femmes avec lesquelles il avait couché pour le regretter ensuite, jusqu'à son emprisonnement dans la forêt colombienne et au ghetto diplomatique de Bogotá où il avait commis le plus idiot et le plus irrésistible des péchés de sa vie.

Mais, en fin de compte, c'était sans nul doute la pensée de faire payer Aubrey Longrigg pour avoir trahi la confiance du Service qui lui avait donné le plus d'élan, si irrationnel que cela puisse paraître, car Luke, comme Hector, aimait le Service. Le Service était à la fois son père et sa mère, et sa religion aussi, même si ses voies semblaient parfois impénétrables.

Et, à la réflexion, c'est sans doute ce que pensait Dima de ses précieux *vory*.

* * *

Il devrait y avoir des cris, mais il n'y en a pas. Au pied de l'escalier, les deux hommes sont affalés l'un sur l'autre en violation apparente du code homophobe des *vory*. Dima continue de donner des coups de pied à Niki, qui est en dessous, et le philosophe cadavérique ouvre et ferme la bouche comme un poisson échoué sur la plage. Tournant les talons, Luke remonte l'escalier à pas de loup, verrouille la porte battante, remet la clé dans sa poche et redescend vers la scène paisible.

Il attrape Dima par le bras, qui doit absolument donner un dernier coup de pied avant de partir, et l'entraîne. Ils passent devant les toilettes, montent quelques marches et traversent une salle de réception inutilisée pour arriver à une porte de service en métal marquée SORTIE DE SECOURS. Pas besoin de clé cette fois. Sur le mur, un boîtier métallique vert à façade vitrée renferme un bouton rouge pour les urgences comme un incendie, une inondation ou un attentat.

Au cours des dernières dix-huit heures, Luke a consacré beaucoup de temps à l'analyse de ce boîtier vert et de son bouton d'alarme, et il s'est aussi donné la peine d'en discuter les probables fonctions avec Ollie. Sur la suggestion de ce dernier, il a desserré à l'avance les vis en cuivre qui fixent le panneau de verre à son cadre métallique et coupé un fil électrique gainé d'un rouge funeste qui plonge jusqu'aux entrailles de l'hôtel pour relier le bouton au système d'alarme central. Selon les suppositions d'Ollie, couper le fil électrique rouge devrait avoir pour effet d'ouvrir la sortie de secours sans déclencher un exode affolé du personnel et des clients de l'hôtel.

De la main gauche, Luke retire le panneau de verre auquel il a donné du jeu et s'apprête à appuyer sur le bouton rouge de la main droite, mais s'aperçoit que celle-ci est momentanément hors d'usage. Alors il se sert à nouveau de sa main gauche et, avec une efficacité toute suisse, la porte s'ouvre en grand, exactement comme prévu par Ollie, et voilà la rue et la journée ensoleillée qui leur tendent les bras.

Luke pousse Dima devant lui et, par courtoisie envers l'hôtel ou par souci d'avoir l'air de deux honorables citoyens bernois vêtus de costumes qui sortent par hasard dans la rue, il s'arrête pour refermer la porte tout en remarquant, avec force gratitude pour Ollie, qu'aucune sirène appelant à l'évacuation générale de l'hôtel ne résonne derrière lui.

À cinquante mètres en face se trouve un parking souterrain qui porte le nom bizarre de Parking Casino. Au premier niveau, juste en face de la sortie, attend la BMW que Luke a louée pour l'occasion. Dans la main droite engourdie de Luke repose le boîtier électronique qui déverrouille les portières à distance.

« Bon Dieu, Dick, je vous aime, vous entendez ? » chuchote un Dima haletant.

Luke plonge la main droite dans la chaude doublure de sa veste pour en extirper son mobile, et, de l'index gauche, appuie sur la touche réservée à Ollie.

« C'est l'heure d'intervenir », ordonne-t-il d'une voix au calme olympien.

* * *

Le van recula sur une forte pente et Ollie avertit Perry et Gail qu'ils intervenaient. Après leur halte sur l'aire de stationnement, ils avaient monté un chemin tortueux, entendu des clarines et senti le foin. Ils s'étaient arrêtés, avaient tourné et reculé, et maintenant ils attendaient juste qu'Ollie ouvre le hayon, lentement pour ne pas faire de bruit, jusqu'à ce qu'ils aperçoivent enfin son feutre noir à large bord.

Derrière Ollie, une écurie ; derrière l'écurie, un paddock et deux beaux jeunes alezans, qui s'avancèrent au trot pour les regarder avant de détaler. Près de l'écurie se dressait une grande maison moderne en bois rouge foncé avec un avant-toit en surplomb. Il y avait un porche en façade et un autre sur le côté, fermés tous les deux. Comme le premier donnait sur la rue, Perry choisit l'autre en disant : « Je passe le premier. » Il avait été convenu qu'Ollie, un inconnu pour la famille, resterait près du van jusqu'à ce qu'on l'appelle.

En avançant, Perry et Gail remarquèrent deux caméras en circuit fermé qui les suivaient, l'une de l'écurie et l'autre de la maison. Sans doute la responsabilité d'Igor, mais on avait envoyé Igor faire des courses.

Perry sonna et, tout d'abord, ils n'entendirent rien. Ce calme parut anormal à Gail, aussi appuya-t-elle à son tour sur la sonnette, qui ne marchait peut-être pas. Elle donna un long coup de sonnette, puis plusieurs coups brefs pour accélérer le mouvement. Et cela finit par marcher, car de jeunes pieds impatients s'approchèrent, des loquets se débloquèrent, un verrou se déverrouilla et l'un des fils blonds de Dima apparut : Viktor.

Au lieu de les accueillir avec un large sourire ravageur fendant son visage couvert de taches de rousseur, comme ils s'y attendaient, Viktor les fixa d'un air confus et inquiet.

« Elle est avec vous ? » demanda-t-il dans son anglais américain d'internat.

La question s'adressait à Perry et non à Gail, car entre-temps Katya et Irina s'étaient faufilées dehors, et Katya avait agrippé l'une des jambes de Gail pour y coller son visage tandis qu'Irina levait les bras en lui réclamant un câlin.

« Ma sœur, Natasha ! s'impatienta Viktor en jetant des regards soupçonneux vers le van comme si elle avait pu s'y cacher. Vous avez vu Natasha, oui ou non ? martela-t-il.

– Où est votre mère ? » dit Gail en se libérant de l'étreinte des petites.

Ils suivirent Viktor le long d'un couloir lambrissé qui sentait le camphre jusque dans un salon sur deux niveaux à plafond bas et poutres apparentes, dont les portes vitrées donnaient sur un jardin et sur le paddock, derrière. Coincée entre deux valises en cuir dans le recoin le plus sombre de la pièce, Tamara était assise, coiffée d'un chapeau noir à voilette. En s'approchant, Gail vit, sous le voile, que Tamara avait teint ses cheveux au henné et s'était mis du rouge à joues. Gail avait lu quelque part que les

Russes ont pour tradition de s'asseoir avant d'entreprendre un voyage, ce qui expliquait peut-être que Tamara soit assise et reste assise quand elle se planta devant elle et scruta le visage crispé sous le rouge à joues.

« Qu'est-il arrivé à Natasha ? demanda Gail.

– Nous ne savons pas, répondit Tamara en parlant dans le vide devant elle.

– Pourquoi ? »

Les jumeaux prirent la relève et Tamara fut provisoirement reléguée dans l'oubli.

« Elle est allée au centre équestre et elle n'en est pas revenue ! affirma Viktor.

– Mais non, elle n'y est pas allée, elle a juste dit qu'elle y allait ! le contredit son frère Alexei, qui venait d'entrer dans la pièce derrière lui à grand bruit. Elle l'a dit, elle l'a pas fait, pauvre débile ! Elle ment, tu sais bien qu'elle ment !

– Quand est-elle partie au centre ? demanda Gail.

– Ce matin ! Très tôt ! Genre 8 heures ! hurla Viktor avant qu'Alexei ait pu placer un mot. Elle avait un rendez-vous. Un truc de démonstration sur le dressage ! Papa avait appelé genre dix minutes avant pour dire qu'on se tienne prêts à midi ! Mais Natasha a dit qu'elle avait ce rendez-vous au centre équestre, qu'elle devait y aller, qu'elle s'était engagée !

– Alors, elle y est allée ?

– Oui ! Igor l'a emmenée avec la Volvo.

– Tu délires ou quoi ? intervint de nouveau Alexei. Igor l'a emmenée à Berne ! Ils n'ont jamais foutu les pieds au centre équestre, espèce de crétin ! Natasha a menti à Maman !

– Igor l'a déposée à Berne ? s'interposa Gail l'avocate. Où l'a-t-il emmenée ?

– À la gare ! cria Alexei.

– Quelle gare, Alexei ? dit Perry sévèrement. Calmons-nous. À quelle gare de Berne Igor a-t-il laissé Natasha ?

– À la gare centrale ! La gare internationale, enfin ! De là, on va partout. À Paris, à Budapest, à Moscou !

– C'est Papa qui lui a dit d'y aller, Professeur, insista Viktor en baissant délibérément la voix par contraste avec les cris hystériques d'Alexei.

– C'est Dima qui lui a dit ça, Viktor ? répéta Gail.

– Dima lui a dit d'aller à la gare. C'est ce qu'a dit Igor. Vous voulez que je rappelle Igor et que je vous le passe ?

– Il peut pas, gros naze ! Le Professeur, il parle pas russe ! s'agaça Alexei, au bord des larmes.

– Viktor..., intervint de nouveau Perry, d'une voix toujours ferme. Une minute, Alexei... Viktor, répète-moi juste ça... lentement. Alexei, je suis à toi dès que j'ai entendu Viktor. Vas-y, Viktor.

– C'est ce qu'Igor dit qu'elle lui a dit, et c'est pour ça qu'il l'a laissée à la gare centrale. "Mon père a dit qu'il fallait que j'aille à la gare centrale."

– Mais il est con, Igor, aussi ! cria Alexei. Il a même pas demandé pourquoi ! Il est vraiment à la masse. Il a tellement peur de Papa qu'il lâche Natasha à la gare et au revoir ! Il demande pas pourquoi. Il va faire les courses. Si elle ne revient jamais, ce n'est pas sa faute. Papa lui a dit de le faire, donc il l'a fait, donc ce n'est pas sa faute !

– Comment sais-tu qu'elle n'est pas allée à la démonstration de dressage ? demanda Gail quand elle eut bien pesé leurs témoignages.

– Viktor, s'il te plaît, s'empressa de dire Perry avant qu'Alexei ait pu s'en mêler.

– D'abord, le centre équestre nous appelle : où est Natasha ? dit Viktor. Ça coûte cent vingt-cinq dollars de l'heure et elle n'a pas annulé. Elle devrait y être pour son truc de dressage, là, le cheval est sellé, il est prêt. Alors on appelle Igor sur son portable. Où est Natasha ? À la gare. Sur ordre de votre papa.

– Elle était habillée comment ? demanda Gail en se tournant, par gentillesse, vers un Alexei affolé.

– Un jean baggy et un genre de blouse russe. Comme une *koulak*. Elle est branchée sac à patates, en ce moment. Elle dit qu'elle n'aime pas que les garçons lui matent le cul.

– Est-ce qu'elle avait de l'argent ? enchaîna Gail, en s'adressant toujours à Alexei.

– Papa lui donne tout ce qu'elle veut. Il la gâte à mort ! Nous, on a genre cent dollars par mois, elle, dans les cinq cents. Pour les livres, les fringues, les chaussures ; elle est dingue de chaussures. Le mois dernier, Papa lui a acheté un violon. Les violons, ça coûte des millions.

– Et tu as essayé de l'appeler ? demanda Gail, de nouveau à Viktor.

– Plusieurs fois, dit Viktor, qui s'était arrogé le rôle de l'homme mûr et calme. Tout le monde a essayé. Sur le mobile d'Alexei, sur le mien, sur celui de Katya, sur celui d'Irina. Pas de réponse.

– Vous aussi, vous avez essayé de l'appeler ? » lança Gail à Tamara, dont elle venait de se rappeler la présence.

Pas de réponse de Tamara non plus.

« Bon, vous devriez tous aller dans une autre pièce pendant que je discute avec Tamara, ordonna Gail aux quatre enfants. Si Natasha appelle, il faut que je lui parle en premier. D'accord, tout le monde ? »

* * *

Comme il n'y avait pas d'autre siège dans le recoin sombre de Tamara, Perry approcha un banc de bois soutenu par deux ours sculptés, sur lequel ils s'assirent tous les deux en regardant les petits yeux noirs de Tamara aller de l'un à l'autre sans se poser.

« Tamara, dit Gail. Pourquoi Natasha a-t-elle peur de voir son père ?

– Elle doit avoir un bébé.

– Elle vous l'a dit ?

– Non.

– Mais vous avez remarqué.

– Oui.

– Il y a combien de temps que vous avez remarqué ?

– Peu importe.

– Mais déjà à Antigua ?

– Oui.

– Vous en avez parlé avec elle ?

– Non.

– Avec son père ?

– Non.

– Pourquoi n'en avez-vous pas parlé avec Natasha ?

– Je la déteste.

– Et elle, elle vous déteste ?

– Oui. Sa mère était une putain. Maintenant Natasha est une putain. Ce n'est pas surprenant.

– Que va-t-il se passer quand son père va l'apprendre ?

– Peut-être il l'aimera encore plus. Peut-être il la tuera. C'est Dieu qui décidera.

– Vous savez qui est le père ?

– Peut-être il y a beaucoup de pères. Du centre équestre. De l'école de ski. Peut-être c'est le facteur, ou Igor.

– Et vous n'avez aucune idée de l'endroit où elle peut se trouver ?

– Natasha ne me fait pas les confidences. »

* * *

Dehors, dans la cour de l'écurie, il avait commencé à pleuvoir. Dans le paddock, les deux alezans jouaient à se donner des coups de tête. Gail, Perry et Ollie se tenaient dans l'ombre du van. Ollie avait contacté Luke sur son portable. Celui-ci n'avait pas pu parler librement parce que Dima était avec lui dans la voiture. Mais le message que leur relaya Ollie ne souffrait aucune contradiction. Sa voix resta calme, mais son mauvais cockney s'emberlificota sous la pression.

« On lève le camp fissa. Il y a eu des événements graves et on ne peut plus se permettre de retarder le convoi pour un seul bateau qui manque à l'appel. Natasha a leurs numéros de mobiles, et ils ont le sien. Luke ne veut pas qu'on tombe sur Igor, alors on évite, bon sang. Il dit d'embarquer tout le monde sur-le-champ, s'il vous plaît, Perry, et on se casse tout de suite, compris ? »

Perry avait presque atteint la maison quand Gail le prit à part.

« Je sais où elle est, lui confia-t-elle.

– On dirait que tu sais beaucoup de choses que je ne sais pas.

– Pas tant que ça, mais quand même. Je vais la chercher. J'ai besoin de ton soutien. Pas de grands discours, pas de trucs sur les faibles femmes. Ollie et toi, vous emmenez la famille, moi je vous suis avec Natasha dès que je l'aurai trouvée. C'est ce que je vais dire à Ollie, et j'ai besoin de savoir que tu me soutiens. »

Perry porta les deux mains à sa tête comme s'il avait oublié quelque chose, puis, vaincu, les laissa retomber.

« Où est-elle ?

– C'est où, Kandersteg ?

– Tu vas à Spiez et tu prends le train qui monte au Simplon. Tu as de l'argent ?

– Plein. Celui de Luke. »

Perry regarda la maison d'un air impuissant, puis ce grand gaillard d'Ollie, coiffé de son feutre, qui attendait impatiemment à côté du van, puis à nouveau Gail.

« C'est pas vrai, souffla-t-il, effaré.

– Je sais », dit-elle.

15

Dans les situations critiques, Perry Makepiece avait la réputation, chez ses camarades alpinistes, de garder la tête froide et de réagir en homme d'action, deux qualités qu'il se plaisait à trouver indissociables. Conscient que l'opération prenait un tour délicat, atterré par la grossesse de Natasha et la pensée que Gail ait jugé nécessaire de ne pas lui en parler, il avait peur pour elle. En même temps, il respectait ses raisons et se sentait responsable. Voir Tamara, telle une vieille harpie d'un roman de Dickens, malade de jalousie à cause de Natasha l'écœurait et accentuait les soucis qu'il se faisait pour Dima. La dernière vision qu'il avait eue de celui-ci dans la salle de massage l'avait ému au point de ne plus se comprendre lui-même : moi, je me retrouve avec pour ami et protégé un criminel endurci et impénitent, assassin de son propre aveu et numéro un du blanchiment d'argent ! Malgré tout le respect qu'il éprouvait pour Luke, il aurait préféré qu'Hector n'ait pas été contraint de confier le commandement sur le terrain à son second au moment où l'opération allait aboutir ou capoter.

Il réagit pourtant à ce coup de tonnerre comme à une rupture de corde sur une paroi rocheuse ardue : on s'accroche, on évalue les risques, on protège les plus faibles et on trouve une solution. Voilà à quoi il s'employait, accroupi dans un des box à l'arrière du van, entouré des enfants naturels et adoptés de Dima, tandis que l'ombre indocile de Tamara lui apparaissait striée à travers les fentes de la paroi. *Tu as la charge de deux petites filles russes, de deux adolescents russes et d'une femme russe un peu dérangée, et ta mission, c'est de les amener au sommet de la montagne sans que personne les remarque. Que fais-tu ?* Réponse : tu le fais.

Dans un élan chevaleresque, Viktor avait exigé d'escorter Gail là où elle se rendait, peu importait où. Alexei s'était moqué de lui en affirmant que Natasha recherchait uniquement l'attention de son père et Viktor celle de Gail. Quant aux petites, elles avaient refusé de partir sans Gail. Elles resteraient à la maison pour monter la garde jusqu'à ce qu'elle revienne avec Natasha et, en attendant, Igor pourrait s'occuper d'elles. Perry, le leader-né, avait opposé à toutes leurs prières la même réponse patiente mais ferme.

« Dima veut que vous veniez avec nous immédiatement. Non, c'est un voyage mystère. Il vous l'a dit. Vous saurez où on va quand on y sera, mais c'est un endroit génial où vous n'êtes jamais allés. Oui, il nous rejoindra ce soir. Viktor, prends ces deux valises, Alexei, ces deux-là. Pas la peine de fermer à clé, Katya, merci, Igor va revenir d'un instant à l'autre. Et le chat reste. Les chats s'attachent aux lieux plus qu'aux gens. Viktor, où sont les icônes de ta mère ? Dans la valise. Parfait. Il est à qui, cet ours en peluche ? Eh bien, il vient avec nous, non ? Igor n'a pas besoin d'un ours en peluche, lui. Et passez tous aux toilettes, s'il vous plaît, que vous ayez envie ou non. »

Dans le van, les petites, d'abord silencieuses, s'étaient soudain mises à rire bruyamment, en grande partie à cause d'Ollie et de son feutre noir à large bord, qu'il avait enlevé de manière solennelle en s'inclinant pour les faire monter dans son carrosse. Chacun criait pour dominer le vacarme. Les vans bringuebalants manquent d'isolation phonique.

Les petites : Où est-ce qu'on va ?

Viktor : À Eton, putain !

Perry : C'est un secret.

Les petites : Le secret de qui ?

Viktor : De Dima, enfin !

Les petites : Elle en a pour combien de temps, Gail ?

Perry : Je ne sais pas. Ça dépend de Natasha.

Les petites : Elles arriveront avant nous ?

Perry : Je ne pense pas.

Les petites : Et pourquoi on peut pas regarder par l'arrière ?

« Parce que c'est totalement contraire à la loi suisse ! cria Perry, mais les petites durent se pencher en avant pour l'entendre. Les Suisses ont des lois pour tout ! Regarder par l'arrière d'un van en mouvement est un délit extrêmement grave ! Ceux qui le font vont en prison pour très longtemps ! Vous feriez mieux de regarder ce que Gail a mis dans vos sacs à dos ! »

Les garçons se montrèrent moins accommodants.

« Faut vraiment qu'on joue avec ce truc de mômes ? hurla Viktor d'une voix incrédule par-dessus le vent coulis, en montrant du doigt un frisbee qui dépassait d'un cabas.

– C'est l'idée, oui !

– Je croyais qu'on allait jouer au cricket, protesta Viktor.

– Pour pouvoir aller à Eton ! renchérit Alexei.

– On fera ce qu'on pourra ! promit Perry.

– Alors, on va pas à la montagne ?

– Pourquoi pas ?

– Mais putain, on peut pas jouer au cricket dans ces montagnes ! Il n'y a pas d'endroits plats ! Même que ça fait chier les paysans. Alors on va dans un endroit plat, non ?

– Est-ce que Dima vous a dit que c'était un endroit plat ?

– Il est comme vous, Dima ! Il fait plein de mystères ! Peut-être qu'il est dans la merde ? Peut-être que les flics le cherchent ? cria Viktor, l'air tout excité par cette idée.

– Ça se fait pas, de demander ça ! fulmina Alexei. C'est pas cool, putain ! C'est la honte de poser des questions pareilles sur ton père, pauvre con ! À Eton, on te tuerait pour ça ! »

Viktor choisit alors de revenir sur son opinion. Il sortit le frisbee du cabas et affecta d'en tester l'équilibre dans le courant d'air qui traversait le van.

« OK, je l'ai pas posée, la question ! cria-t-il. Je la retire, même ! Papa n'est pas dans la merde et les flics l'adorent. La question est retirée de fait, OK ? Elle n'a jamais été posée. C'est une ex-question ! »

Malgré le ton badin, Perry se demanda si les garçons n'avaient pas déjà voyagé ainsi clandestinement, peut-être à l'époque des assassinats de Perm, quand Dima se hissait dans la hiérarchie à la force des poignets.

« Messieurs, puis-je vous demander quelque chose ? dit-il en leur faisant signe de se rapprocher jusqu'à ce qu'ils soient presque collés à lui. Nous allons passer quelque temps ensemble. OK ?

– OK !

– Alors peut-être pourriez-vous laisser tomber les "con" et les "putain" devant votre mère et les petites ? Et devant Gail aussi ? »

Ils se consultèrent et haussèrent les épaules. OK. Si tu le prends comme ça. Nous, on s'en fout. Mais Viktor ne se calma pas pour autant. Il mit ses mains en entonnoir et hurla des murmures à l'oreille de Perry pour que les filles n'entendent pas.

« Le gros enterrement, là, où on vient d'aller à Moscou ? La tragédie ? Les milliers de gens en larmes. OK ?

– Eh bien ?

– Au départ, c'était un accident de la route, OK ? *Misha et Olga ont été tués dans un accident de la route.* Mon cul, oui ! Ça n'a jamais été un accident de la route, c'était une fusillade. Et qui les a tués ? Une bande de Tchétchènes en folie qui n'ont rien volé et qui ont claqué une fortune en balles de kalachnikovs. Pourquoi ? Parce qu'ils détestent les Russes. Mon cul, oui ! C'étaient pas des enfoirés de Tchétchènes ! »

Alexei le martelait de coups en essayant de plaquer sa main sur la bouche de Viktor, mais celui-ci la repoussa.

« Demandez à n'importe qui de bien informé à Moscou. Demandez à mon copain Piotr. Misha s'est fait buter. Il s'est frité avec la mafia. C'est pour ça qu'on l'a éliminé, et Olga avec. Maintenant, ils vont essayer d'éliminer Papa avant que les flics lui mettent la main dessus. Pas vrai, Maman ? hurla-t-il à Tamara entre les lattes. Ce qu'ils appellent un "petit avertissement", histoire de montrer à tout le monde qui est le patron ! Maman, elle connaît ça. Elle sait tout. Elle a fait deux ans de taule à Perm pour chantage et extorsion de fonds. Elle a été interrogée pendant soixante-douze heures non-stop, cinq fois. Elle a été tabassée. Piotr a vu son dossier : “Recours à des méthodes dures.” Officiel. Pas vrai, Maman ? C’est pour ça qu’elle parle plus à personne sauf à Dieu. Ils l’ont fait taire à force de coups. Hé, Maman ! On t’aime ! »

Tamara se renfonça dans l’ombre. Le mobile de Perry sonna.

« Tout va bien ? lança Luke, concis et sur la réserve.

– Pour le moment, oui. Comment va notre ami ? demanda Perry au sujet de Dima.

– Il est juste à côté de moi dans la voiture, tout content. Il vous envoie son bon souvenir.

– Moi de même, répondit prudemment Perry.

– À partir de maintenant, chaque fois que c’est possible, on fonctionne en groupes plus petits. Ça facilite les déplacements et ça complique l’identification. Vous pourriez déguiser un peu les garçons ?

– Comment ça ?

– Juste pour qu’ils se ressemblent moins, qu’ils fassent moins jumeaux.

– Entendu.

– Et prenez un train bondé pour monter. En dispersant le groupe, peut-être. Les garçons dans des voitures séparées et vous et les filles dans une troisième. Faites acheter les billets par Harry à Interlaken pour éviter de faire la queue tous ensemble au même guichet. Compris ?

– Compris.

– Des nouvelles de Doolittle ?

– Pas encore. Elle vient juste de partir. »

C’était la première fois qu’ils mentionnaient ouvertement la défection de Gail.

« Enfin, dites-lui bien qu’elle a pris la bonne décision. Ne lui laissez pas penser le contraire.

– Je le lui dirai.

– C'est un don du ciel, cette femme, et on a besoin d'elle pour réussir », dit Luke, bien obligé de parler par énigmes puisque Dima était « juste à côté de moi dans la voiture ».

Perry crapahuta pour passer devant les petites, donna une tape sur l'épaule d'Ollie et lui relaya les instructions en lui hurlant dans l'oreille.

* * *

Katya et Irina ont trouvé leurs sandwichs au fromage et leurs chips. Tête contre tête, elles grignotent tout en papotant. De temps en temps, elles se tournent pour regarder le chapeau d'Ollie et éclatent de rire. Une fois, Katya tend la main pour le toucher, mais elle n'ose pas. Les jumeaux se sont rabattus sur un jeu d'échecs de poche et des bananes.

« Prochain arrêt : Interlaken, les enfants ! crie Ollie par-dessus son épaule. Je vais laisser le van à la gare et prendre le premier train avec madame et les bagages. Vous, mes petits loups, vous faites une bonne promenade, vous mangez une saucisse peut-être, et vous me rejoignez là-haut quand bon vous semble. Ça vous va comme plan, Professeur ?

– Ça nous va très bien comme plan, confirme Perry après avoir consulté les fillettes.

– Eh ben, nous, ça ne nous va pas du tout ! couine Alexei, outré, avant de se laisser retomber sur les coussins, les bras en croix. Carrément pas du tout, pu… euh, p, u, t, a, i, n !

– Une raison en particulier ? demande Perry.

– Des tonnes de raisons, oui ! On va à Kandersteg, je le sais ! Je ne veux pas retourner à Kandersteg, jamais ! Je ne veux pas faire d'escalade, je suis pas une mouche à la con, j'ai le vertige et Max me gonfle !

– Tu te trompes sur toute la ligne, dit Perry.

– On va pas à Kandersteg, alors ?

– Non. »

Mais Gail, si, pense-t-il en jetant un coup d'œil à sa montre.

* * *

À 15 heures, grâce à une correspondance bien synchronisée à Spiez, Gail avait déjà trouvé la maison, sans grande difficulté. Elle s'était renseignée à la poste : quelqu'un connaîtrait un moniteur de ski prénommé Max, il est à son compte, il ne travaille pas dans le cadre de l'École suisse de ski, ses parents tiennent un hôtel ? La grosse dame au guichet n'était pas certaine, alors elle avait consulté le maigrichon affecté au tri, qui pensait savoir mais qui, pour être sûr, consulta le jeune homme qui chargeait des colis dans un gros chariot jaune, et la réponse revint par la même filière : hôtel Rössli, à droite dans la grand-rue, sa sœur travaille là-bas.

La grand-rue s'enivrait du soleil précoce, et les montagnes de part et d'autre se voilaient de brume. Une famille de chiens couleur miel prenait le soleil sur le trottoir ou s'en abritait sous les auvents des magasins. Des vacanciers équipés de cannes et de bobs scrutaient les vitrines des boutiques de souvenirs, et quelques autres, attablés en terrasse à l'hôtel Rössli, mangeaient des gâteaux à la crème en buvant à la paille de grands verres de café glacé.

Une serveuse rousse débordée en costume traditionnel suisse assurait seule le service et, lorsque Gail essaya de lui parler, elle lui dit de s'asseoir et d'attendre son tour. Au lieu de quitter aussitôt les lieux comme elle l'eût fait d'ordinaire, Gail s'assit docilement et, quand la jeune fille revint, commença par commander un café dont elle n'avait pas envie, puis lui demanda si, par hasard, elle était bien la sœur de Max, le grand guide de montagne, ce qui fit naître un sourire radieux sur le visage de la jeune fille à présent totalement libre de son temps.

« Oh, il n'est pas encore guide, pas officiellement, et quant à “grand”, je ne sais pas ! Il faut d'abord qu'il passe l'examen, qui est assez difficile, dit-elle, toute fière de parler anglais et reconnaissante de pouvoir ainsi pratiquer. Max s'y est mis sur le tard, malheureusement. Avant, il voulait être architecte, mais l'idée de quitter la vallée ne lui plaisait pas. En fait, c'est un doux rêveur, mais bon, croisons les doigts, maintenant, il s'est enfin posé et, l'année prochaine, il aura sa licence, on l'espère ! Il est peut-être en montagne aujourd'hui. Vous voulez que j'appelle Barbara ?

– Barbara ?

– Elle est adorable. Pour nous, elle l'a complètement transformé. Il était grand temps, je dois dire ! »

Blüemli. La sœur de Max l'écrivit pour Gail sur une double page arrachée à son carnet.

« En suisse allemand, ça veut dire "petite fleur", mais ça pourrait aussi être "grosse fleur", parce que les Suisses aiment qualifier de petit tout ce qu'ils aiment. C'est le dernier chalet neuf sur la gauche après l'école. Le père de Barbara l'a construit pour eux. Il en a bien de la chance, notre Max. »

Blüemli était la maison de rêve pour jeune couple, bâtie en pin flambant neuf, avec des jardinières remplies de fleurs rouges aux fenêtres, des rideaux de vichy rouge, une cheminée rouge assortie et une inscription en gothique gravée à la main sous le toit qui remerciait Dieu de ses bontés. Dans le jardin de devant, un carré de pelouse neuve fraîchement tondue, se trouvaient une balançoire neuve, une piscine gonflable neuve, un barbecue neuf et des bûches empilées au cordeau près de la porte d'entrée de la maisonnette des sept nains.

Gail n'eût pas été surprise s'il s'était agi d'une maison témoin et non d'une vraie, mais rien ne la surprenait plus. L'affaire n'avait pas juste pris un tour nouveau, elle avait pris la plus mauvaise tournure possible, mais pas pire que les pires tournures que Gail avait échafaudées dans le train en venant et qu'elle imaginait maintenant tandis qu'elle sonnait à la porte et entendait une femme s'écrier gaiement : « *En Momänt bitte, d'Barbara chunt grad !* », ce qui, bien qu'elle ne connût ni l'allemand ni l'alémanique, lui apprit que Barbara arrivait dans une seconde. Et Barbara tint parole. C'était une femme grande, soignée, athlétique, belle et tout à fait charmante, à peine peu plus âgée que Gail.

« *Grüessech*, dit-elle, un peu essoufflée, avant de passer à l'anglais en ayant vu le sourire désolé de Gail. Bonjour, que puis-je faire pour vous ? »

Par la porte ouverte, Gail entendit vagir un bébé. Elle prit sa respiration et sourit.

« Je l'espère. Je m'appelle Gail. Vous êtes Barbara ?

– Oui, c'est moi.

– Je cherche une grande jeune fille brune qui s'appelle Natasha, une Russe.

– Ah, elle est russe ? Je ne savais pas. Ça explique peut-être certaines choses. Vous êtes médecin ?

– Désolée, non. Pourquoi ?

– Eh bien, oui, elle est là. Je ne sais pas pourquoi. Voulez-vous entrer, je vous prie ? Il faut que je m'occupe d'Anni, elle fait sa première dent. »

Gail s'engouffra derrière elle dans la maison et sentit la douce odeur de propre d'un bébé qu'on vient de talquer. Une rangée de chaussons en feutre avec des oreilles de lapin, suspendus à des crochets en laiton, l'invitait à ôter ses chaussures sales. Barbara attendit le temps que Gail en enfile une paire.

« Il y a longtemps qu'elle est là ? demanda Gail.

– Une heure déjà, peut-être plus. »

Gail la suivit dans un salon spacieux dont les portes-fenêtres ouvraient sur un petit jardin à l'arrière. Au centre de la pièce se trouvait un parc et, dans le parc, une toute petite fille aux boucles d'or avec une tétine au bec et un attirail de jouets flambant neufs autour d'elle. Natasha était assise sur un tabouret bas contre le mur, tête baissée, le visage caché par ses cheveux, penchée sur ses mains croisées.

« Natasha ? »

Gail s'agenouilla près d'elle et lui posa une main sur la nuque. Natasha tressaillit, mais ne rejeta pas ce contact. Gail répéta son nom sans obtenir de réaction.

« Je suis contente que vous soyez là, je ne vous le cache pas, débita Barbara de sa mélodieuse voix suisse en prenant Anni contre son épaule pour lui faire faire son rot. J'étais sur le point d'appeler le docteur Stettler, ou peut-être la police. J'hésitais. Ça me posait un vrai problème. »

Gail caressait les cheveux de Natasha.

« Quand elle a sonné, j'étais en train de donner le sein à Annı, pas un biberon, ce qu'il y a de mieux. On a un œilleton, maintenant, parce que, de nos jours, on ne sait jamais. J'ai regardé, j'avais Anni au sein, je me suis dit, bon, pas de problème, c'est une jeune fille normale qui est à ma porte, très belle, en fait, je dois dire, elle veut entrer, je ne sais pas pourquoi, peut-être pour prendre rendez-vous avec Max, il a beaucoup de clients, surtout des jeunes, parce qu'il est si intéressant par nature. Alors, elle entre, elle regarde, elle voit Anni et elle me demande en anglais, je ne savais pas qu'elle était russe, on n'y pense pas alors qu'on devrait, de nos jours, je me dis qu'elle est peut-être juive ou italienne : "Vous êtes la sœur de Max ?" Et je réponds que non, je ne suis pas sa sœur, je suis Barbara, sa femme, et vous, qui êtes-vous, je vous prie, et que puis-je faire pour vous ? Je suis une mère très occupée, comme vous voyez. Vous voulez prendre rendez-vous avec Max ? Vous êtes alpiniste ? Comment vous appelez-vous ? Et elle me répond Natasha, mais, moi, je commence déjà à me poser des questions.

– Quelles questions ? »

Gail avait approché un autre tabouret pour s'asseoir à côté de Natasha. Le bras passé autour de son épaule, elle attira doucement la tête de Natasha vers elle jusqu'à ce que leurs tempes se touchent.

« Eh bien, en fait, la drogue. Avec les jeunes d'aujourd'hui, on ne sait jamais, dit Barbara du ton indigné d'une personne qui aurait deux fois son âge. Et franchement, avec les étrangers, et surtout les Anglais, la drogue est partout, demandez au docteur Stettler. »

La petite poussa un cri et Barbara la calma.

« Avec Max aussi, ses jeunes clients, mon Dieu, même dans les refuges de montagne, ils prennent de la drogue ! Bon, l'alcool, je comprends. Pas les cigarettes, naturellement. Je lui ai proposé du café, du thé, de l'eau minérale. Peut-être qu'elle ne m'a pas entendue, je ne sais pas. Peut-être qu'elle fait un mauvais trip, comme disent les hippies. Mais avec le bébé, franchement, même si ça me fait de la peine de le dire, j'avais un peu peur.

– Vous n'avez pas appelé Max ?

– Dans les montagnes ? Quand il est avec des clients ? Ce serait terrible pour lui. Il croirait qu'elle est malade et il reviendrait immédiatement.

– Il croirait qu'Anni est malade ?

– Bien sûr ! dit-elle avant de s'arrêter pour repenser à la question, chose qu'elle ne devait pas faire souvent, soupçonna Gail. Vous croyez que Max reviendrait pour Natasha ? C'est complètement ridicule ! »

Gail prit Natasha par le bras et la mit doucement debout, puis, quand elle fut redressée, l'entoura de ses bras et l'emmena vers la porte, l'aida à enfiler ses chaussures, remit les siennes, puis lui fit traverser la pelouse parfaite. Dès qu'elles eurent passé la grille, elle appela Perry.

Elle l'avait contacté une fois du train et une fois en arrivant au village. Elle avait promis de le tenir au courant minute par minute ou presque. Luke, lui, ne pouvait lui parler puisqu'il avait Dima sur le dos, alors, s'il vous plaît, passez par Perry. Et elle savait que la situation était tendue, elle le sentait à la voix de Perry. Plus il se montrait calme, plus la situation était tendue, et elle supposa qu'il se tramait quelque chose. Alors elle lui parla calmement, elle aussi, ce qu'il interpréta sans doute dans le même sens.

« Elle va bien, très bien, OK ? Elle est ici avec moi, saine et sauve, on arrive. On va à la gare à pied, là. Il nous faut juste un peu de temps.

– Combien de temps ? »

C'était maintenant Gail qui devait faire attention à ce qu'elle disait, parce que Natasha était accrochée à son bras.

« Le temps de soigner nos bleus à l'âme et de nous repoudrer le nez. Autre chose…

– Quoi ?

– Pas de questions sur qui était où, d'accord ? On a eu une petite crise, et maintenant c'est terminé. La vie continue. Et je ne dis pas ça seulement pour quand on arrivera, c'est valable aussi après : aucune question à la partie concernée. Les filles, ça ira ; les garçons, je n'en suis pas sûre.

– Ça ira aussi, j'y veillerai. Dick va être fou de joie, je le préviens tout de suite. Dépêchez-vous.

– On va essayer. »

* * *

Dans le train bondé qui les ramenait vers la vallée, il n'y avait eu aucune possibilité de parler, ce qui importait peu parce que Natasha ne manifestait aucune envie de le faire : elle était sous le choc et semblait parfois ne pas avoir conscience de la présence de Gail. Mais dans le train au départ de Spiez, les tendres encouragements de Gail la ranimèrent petit à petit. Assises côte à côte dans une voiture de première classe, elles regardaient droit devant elles, exactement comme sous la tente à Three Chimneys. Le soir tombait vite et il n'y avait aucun autre passager dans leur voiture.

« Je suis si…, commença Natasha en attrapant la main de Gail, mais sans pouvoir finir sa phrase.

– On attend, ordonna fermement Gail à Natasha, prostrée, tête baissée. On a tout le temps. On met nos sentiments de côté, on profite de la vie et on attend. C'est tout ce qu'on a à faire, toutes les deux. Tu m'entends ? »

Hochement de tête.

« Alors, redresse-toi. Ne me rends pas ma main, contente-toi d'écouter. Dans quelques jours, tu seras en Angleterre. Je ne suis pas sûre que tes frères le sachent, mais ils savent que c'est un voyage mystère et qu'il va commencer d'un jour à l'autre. D'abord, on fait une petite escale à Wengen. Et, une fois en Angleterre, on te trouvera une super gynécologue – la mienne –

et tu verras comment tu te sens et tu prendras ta décision. D'accord ? »

Hochement de tête.

« D'ici là, on n'y pense même pas. On se sort ça de la tête. Tu te débarrasses de cette ridicule petite blouse que tu portes, la taquina Gail en tirant gentiment sur sa manche. Tu remets des vêtements près du corps, tu te mets en valeur. Ça ne se voit pas, je te le promets. Tu feras ça ? »

Elle fera ça.

« Pour les grandes décisions, on attend l'Angleterre. On ne veut pas prendre de mauvaises décisions, mais des décisions raisonnables. Et tu les prendras au calme, quand tu seras en Angleterre et pas avant, pour le bien de ton père et pour le tien. D'accord ?

– D'accord.

– Encore une fois.

– D'accord. »

Gail aurait-elle dit la même chose si Perry ne lui avait pas indiqué que Luke souhaitait qu'elle parle ainsi ? Que c'était le pire moment pour asséner à Dima une nouvelle aussi bouleversante ?

Fort heureusement, oui, c'est ce qu'elle aurait dit. Elle aurait tenu le même discours, mot pour mot, et elle y aurait cru. Elle était passée par là, elle aussi, elle savait de quoi elle parlait. Et c'est ce qu'elle était en train de se dire alors que leur train s'arrêtait en gare d'Interlaken-Ost, où elles avaient une correspondance dans la vallée pour Lauterbrunnen et Wengen, quand elle remarqua un policier suisse vêtu d'un élégant uniforme d'été qui remontait le quai désert dans leur direction, accompagné d'un homme sinistre en costume gris chaussé de souliers marron bien cirés. Le policier avait ce sourire chagrin qui, dans tout pays civilisé, vous annonce qu'il n'y a pas lieu de se réjouir.

« Vous parlez anglais ?

– Comment avez-vous deviné ? rétorqua-t-elle en lui renvoyant son sourire.

– À votre teint, peut-être, dit-il, ce que Gail trouva un peu osé pour le policier suisse de base. Mais cette jeune femme n'est pas anglaise, elle, ajouta-t-il en regardant les cheveux noirs de Natasha et son physique de type un peu asiatique.

– Oh, il ne faut pas se fier aux apparences, vous savez. On est tous un peu mélangés de nos jours, répondit Gail du même ton insouciant.

– Vous avez des passeports britanniques ?

– Moi, oui. »

L'homme au visage sinistre souriait aussi, ce qui glaça le sang de Gail. Et il s'exprima dans un anglais trop correct.

« Services suisses de l'immigration, annonça-t-il. Nous procédons à des contrôles inopinés. Malheureusement, de nos jours, avec l'ouverture des frontières, on trouve des gens qui devraient avoir des visas et qui n'en ont pas. Pas beaucoup, mais il y en a.

– Vos billets et vos passeports, s'il vous plaît, enchaîna le policier en uniforme. Si ça vous pose un problème, on vous emmène au poste et on vérifie là-bas.

– Non, non, pas de problème, hein, Natasha ? On voudrait bien que tous les policiers soient aussi courtois que vous, en tout cas ! » dit Gail d'un ton jovial.

Elle plongea la main dans son sac pour en sortir son passeport et les billets, qu'elle tendit au policier en uniforme. Il les examina avec cette infinie lenteur que l'on forme les policiers du monde entier à utiliser pour faire monter la pression chez les honnêtes citoyens. Le costume gris regarda par-dessus l'épaule en uniforme, puis il prit le passeport et répéta toute la procédure avant de le rendre à Gail, et il se tourna en souriant vers Natasha, qui avait déjà son passeport à la main.

Ce que fit ensuite le costume gris, expliqua plus tard Gail à Ollie, Perry et Luke, était soit d'une grande incompétence, soit très malin. Il se comporta comme si le passeport d'une mineure russe l'intéressait moins que celui d'une adulte britannique. Il le feuilleta jusqu'à la page des visas, revint à sa photographie qu'il compara à son visage avec un sourire d'admiration apparente, s'arrêta un instant sur le nom en caractères romains et cyrilliques, puis le lui rendit avec un « Merci, madame » enjoué.

« Vous restez longtemps à Wengen ? demanda le policier en uniforme en rendant les billets à Gail.

– Environ une semaine.

– Ça dépendra du temps, peut-être ?

– Oh, nous, les Anglais, on est tellement habitués à la pluie qu'on ne la remarque même pas ! »

Et leur train les attendait quai numéro 2, départ dans trois minutes, c'était la dernière correspondance ce soir, donc mieux valait ne pas la rater, sinon il vous faudra rester à Lauterbrunnen, dit le policier courtois.

C'est seulement dans ce dernier train, à mi-chemin du sommet, que Natasha se remit à parler. Jusque-là, murée dans sa colère, elle avait scruté l'obscurité derrière la vitre, qu'elle embuait de son souffle comme une gosse avant de l'essuyer d'un geste rageur. Cette colère était-elle dirigée contre Max, contre le policier et son acolyte en costume gris ou contre elle-même ? Gail n'avait aucun moyen de le savoir. Mais soudain, Natasha leva la tête et regarda Gail droit dans les yeux.

« Dima est criminel ?

– Je dirais que c'est juste un homme d'affaires qui a très bien réussi, répondit l'habile avocate.

– C'est pour ça qu'on va en Angleterre ? C'est pour ça, le voyage mystère ? Tout d'un coup, il nous dit qu'on va étudier dans des écoles anglaises réputées, expliqua-t-elle avant d'enchaîner, faute de réponse. Depuis Moscou, toute la famille est… est complètement criminelle. Demandez à mes frères. C'est leur nouvelle obsession. Ils ne parlent que de crime. Demandez à leur grand copain Piotr, qui dit qu'il travaille pour le KGB. Ça n'existe plus, si ?

– Je ne sais pas.

– C'est le FSB maintenant, mais Piotr dit encore KGB, alors peut-être qu'il ment. Piotr sait tout sur nous. Il a vu tous nos dossiers. Ma mère était criminelle, son mari était criminel, Tamara était criminelle, son père a été exécuté. Pour mes frères, toute personne qui vient de Perm est complètement criminelle. C'est peut-être pour ça que la police voulait mon passeport. “Vous êtes de Perm, Natasha ? – Oui, monsieur le policier, je suis de Perm. Et je suis enceinte. – Alors, vous êtes très criminelle. Vous ne pouvez pas aller dans un pensionnat anglais, vous devez venir en prison, immédiatement !” »

Entre-temps, elle avait posé la tête sur l’épaule de Gail, et elle poursuivit en russe.

* * *

Le crépuscule qui tombait sur les champs de blé envahissait aussi la BMW de location parce que, d’un commun accord, ils s’interdisaient toute lumière, à l’extérieur ou à l’intérieur. Luke avait prévu une bouteille de vodka pour le trajet, et Dima en avait bu la moitié alors que Luke ne s’en était même pas accordé une gorgée. Il avait proposé à Dima un dictaphone pour qu’il enregistre tous ses souvenirs de la signature de Berne tant qu’il les avait présents à l’esprit, mais Dima avait décliné.

« Je sais tout. Pas de problème, j’ai des copies et j’ai la mémoire. À Londres, je me rappelle tout. Vous pouvez le dire à Tom. »

Depuis leur départ de Berne, Luke s’était cantonné aux petites routes. Il roulait un certain temps, puis s’arrêtait quelque part pour laisser d’éventuels poursuivants les dépasser. Il avait décidément un problème à la main droite, qui restait engourdie, mais, tant qu’il se servait de la force de son bras sans y penser, conduire ne lui posait aucun problème. Il avait dû se blesser en assommant le philosophe cadavérique.

Ils parlaient russe à mi-voix comme deux fugitifs. Pourquoi on parle tout bas ? se demanda Luke. Tel était pourtant bien le cas. À la lisière d’une forêt de pins, il fit un nouvel arrêt, cette fois pour remettre à Dima un bleu de travail et un gros bonnet de ski en laine noire destiné à couvrir sa calvitie. Pour lui-même il avait acheté un jean, un anorak et un bonnet à pompon. Il plia le costume de Dima et le rangea dans une valise dans le coffre de la

BMW. Il était maintenant 20 heures et le froid se faisait sentir. Aux abords du village de Wilderswil, à l'entrée de la vallée de Lauterbrunnen, il arrêta de nouveau la voiture le temps d'écouter les actualités suisses et s'efforça de décrypter le visage de Dima dans la pénombre parce que, pour son plus grand agacement, lui-même ne parlait pas allemand.

« Ils ont trouvé ces enfoirés, grommela Dima en russe. Une bagarre entre deux pochetrons russes au Bellevue Palace. Personne ne sait pourquoi. Ils sont tombés dans un escalier et ils se sont blessés. L'un est à l'hôpital, l'autre ça va. Celui à l'hôpital est très mal en point. C'est Niki. Avec un peu de chance il va s'étouffer, cet enfoiré. Ils ont raconté des mensonges débiles que la police suisse ne croit pas, des mensonges différents. L'ambassade russe veut les rapatrier en avion. La police suisse dit : "Pas si vite ! On veut en savoir un peu plus sur ces enfoirés." L'ambassadeur russe est fou de rage.

– Contre les deux hommes ?

– Contre les Suisses, rectifia Dima avec un sourire, avant de boire une lampée de vodka et de tendre la bouteille à Luke, qui secoua la tête. Vous voulez savoir comment ça marche ? L'ambassadeur russe appelle le Kremlin : "C'est qui, ces deux tarés ?" Le Kremlin appelle cette chienne de Prince : "Qu'est-ce qu'ils foutent, vos deux glandus, à se castagner dans un hôtel de luxe à Berne, en Suisse ?"

– Et que répond le Prince ? demanda Luke, qui ne partageait pas l'insouciance de Dima.

– Cette chienne appelle Emilio : "Emilio, mon ami, mon sage conseiller, qu'est-ce qu'ils foutent, mes deux petits chéris, à se castagner dans un hôtel de luxe à Berne ?"

– Et Emilio, qu'est-ce qu'il dit ? insista Luke, qui vit Dima se rembrunir.

– Emilio dit : "Ce salaud de Dima, le blanchisseur d'argent numéro un du monde entier, a disparu de la surface de notre foutue planète." »

Si peu doué qu'il fût pour l'intrigue, Luke faisait ses comptes. D'abord, les deux prétendus policiers arabes à Paris. Qui les a envoyés ? Pourquoi ? Ensuite, les deux gardes du corps au Bellevue Palace. Pourquoi sont-ils venus à l'hôtel après la signature ? Qui les a envoyés ? Pourquoi ? Qui savait quoi et à quel moment ?

Il appela Ollie.

« Tout va bien, Harry ? »

Ce qui voulait dire : Qui est arrivé à la planque et qui n'y est pas encore ? Ce qui voulait dire : Est-ce qu'il va falloir que je m'occupe aussi de la disparition de Natasha ?

« Bonne nouvelle, Dick : nos deux retardataires se sont pointées il y a juste deux minutes, annonça Ollie d'un ton rassurant. Elles se sont débrouillées pour nous rejoindre ici par leurs propres moyens sans trop d'embrouilles, et tout baigne. Vers 22 heures de l'autre côté de la colline, ça vous va ? Il fera bien sombre à cette heure-là.

– 22 heures, c'est parfait.

– Le parking de la gare de Grund. Une belle petite Suzuki rouge. Ce sera la première voiture sur votre droite en arrivant, complètement à l'opposé des trains.

– Compris, acquiesça Luke avant d'ajouter, puisque Ollie ne raccrochait pas : Qu'est-ce qui ne va pas, Harry ?

– Euh… Il y avait une certaine présence policière à la gare d'Interlaken-Ost, me dit-on.

– Racontez-moi tout. »

Luke écouta sans rien dire, puis remit le mobile dans sa poche.

* * *

Par « l'autre côté de la colline », Ollie désignait le village de Grindelwald, au pied du versant opposé du massif de l'Eiger. Impossible de rallier Wengen depuis le côté Lauterbrunnen autrement que par le train, avait dit Ollie : la piste estivale était peut-être praticable pour les chamois ou quelque motard téméraire, mais pas pour un véhicule à quatre roues avec trois hommes à bord.

Malgré quoi, Luke, comme Ollie, était résolu à ne pas exposer Dima, fût-il déguisé, aux regards des cheminots, des contrôleurs et des autres passagers quand il arriverait près de sa cachette, et surtout pas à cette heure tardive où les voyageurs se faisaient plus rares et se remarquaient plus.

À l'entrée du village de Zweilütschinen, Luke bifurqua à gauche pour prendre une route qui serpentait le long d'une rivière et menait aux abords de Grindelwald. Le parking de la gare de Grund était bourré de voitures abandonnées par des touristes allemands. Luke fut soulagé de repérer la silhouette d'Ollie, vêtu d'un anorak matelassé et d'un bonnet à visière avec oreillettes, assis au volant d'une jeep Suzuki rouge en stationnement, feux de position allumés.

« Voilà vos couvertures pour quand il fera frisquet, annonça Ollie en russe en embarquant Dima à côté de lui, tandis que Luke, après lui avoir confié les bagages et être allé garer la BMW sous un hêtre, s'installait à l'arrière. Le chemin forestier est fermé, sauf pour les gens du coin qui bossent, comme les plombiers, les ouvriers du rail et autres. Donc, si ça ne vous dérange pas, c'est moi qui parle si on est contrôlés. Je ne suis pas du coin, mais la jeep, si. Et son propriétaire m'a dit ce qu'il fallait dire. »

Qui était le propriétaire et ce qu'il fallait dire, seul Ollie le savait. Un bon auxiliaire en révèle le moins possible sur ses sources.

* * *

Une étroite petite route de béton montait dans les ténèbres de la montagne. Deux phares descendirent vers eux, s'arrêtèrent, reculèrent sous les arbres : le camion d'un entrepreneur en bâtiment, pas chargé.

« Quand on vient d'en haut, on fait marche arrière, dit Ollie à voix basse d'un ton approbateur. C'est la règle, dans le coin. »

Un policier en uniforme se tenait seul au milieu de la route. Ollie ralentit pour qu'il puisse distinguer l'autocollant jaune triangulaire sur le pare-brise de la Suzuki. Le policier recula. Ollie leva mollement la main en signe de reconnaissance. Ils passèrent devant un lotissement de chalets à toits bas brillamment éclairés. La fumée des feux de bois se mêlait à l'odeur des pins. Un panneau fluorescent annonçait BRANDEGG. À la route succéda un sentier forestier sans revêtement. Des ruisselets d'eau coulaient vers eux. Ollie alluma les phares et changea de vitesse. Le moteur émit une plainte sourde plus marquée. La Suzuki peinait sur la piste constellée de nids-de-poule laissés par des poids lourds. Perché à l'arrière avec les bagages, Luke s'agrippait des deux mains pour résister aux cahots et aux embardées. Devant lui se dressait la silhouette de Dima, coiffé de son bonnet de laine et drapé dans une couverture qui claquait au vent sur ses épaules comme une cape de cocher. À côté de Dima et presque aussi grand que lui, Ollie se crispait en avant pour manœuvrer la Suzuki à travers champs, qui fit détaler deux chamois vers le refuge des arbres.

L'air se raréfia et se refroidit. Le souffle de Luke s'accéléra. Une pellicule glacée de rosée se formait sur ses joues et son front. Ses yeux larmoyaient et son cœur s'emballait sous l'effet de l'odeur des pins et de l'excitation que provoquait la montée. À nouveau, la forêt se referma sur eux. Dans ses profondeurs brillaient des yeux rouges d'animaux, mais Luke n'eut pas le temps de voir s'il s'agissait de grosses ou de petites bêtes.

Ils dépassèrent la ligne des arbres et échappèrent à la forêt. De légers nuages parsemaient un ciel étoilé, dominé au centre par un vide noir et sans étoiles qui les repoussait contre le flanc de la montagne puis les rejetait aux confins du monde. Ils étaient en train de passer sous le surplomb de la face nord de l'Eiger.

« Vous déjà été dans l'Oural, Dick ? » hurla Dima en anglais, en se retournant pour s'adresser à Luke.

Luke opina énergiquement, avec un sourire qui voulait dire oui.

« C'est comme Perm ! À Perm, on a les montagnes comme ça ! Vous avez été au Caucase ?

– Du côté géorgien seulement, répondit Luke à pleins poumons.

– J'adore ça, vous entendez, Dick ? J'adore ! Vous aussi, oui ? »

Pendant un bref instant, même si le policier le tracassait encore, Luke arriva à adorer tout cela, et il adora aussi grimper vers le col de la Kleine Scheidegg et glisser sous l'arc des lumières orange projetées par le grand hôtel qui le dominait.

Ils commencèrent la descente. À leur gauche ondoyaient les ombres indigo d'un glacier baigné par la clarté lunaire. De l'autre côté de la vallée, ils aperçurent au loin les lumières de Mürren et, par intermittence à travers les épaisses frondaisons de la forêt quand celle-ci les engloutit de nouveau, le scintillement de Wengen.

16

Les jours et les nuits dans la petite station alpine de Wengen parurent à Luke étrangement prévisibles, tantôt insupportables, tantôt emplis du calme lyrique de vacances prolongées en famille et entre amis.

L'affreux chalet de location qu'avait choisi Ollie se trouvait à l'extrémité tranquille du village, sur un terrain triangulaire entre deux sentiers. L'hiver, il était loué par un club de ski allemand de la plaine, mais l'été, il était disponible pour toute personne qui en avait les moyens, depuis les théosophes sud-africains jusqu'aux rastafaris norvégiens en passant par les enfants pauvres de la Ruhr. Une famille disparate, d'âges et d'origines incompatibles, n'avait donc rien pour surprendre les villageois. Parmi les troupeaux d'estivants qui défilaient devant le chalet, pas un ne tourna la tête, du moins à en croire Ollie, qui passait beaucoup de temps à monter la garde derrière les rideaux des fenêtres à l'étage.

Vu de l'intérieur, le monde était d'une beauté presque inimaginable. Du dernier étage, l'œil se posait sur la célèbre vallée de Lauterbrunnen en bas, sur l'étincelant massif de la Jungfrau en haut, et, à l'arrière, sur les pâturages immaculés et les contreforts boisés. Vu de l'extérieur, en revanche, le chalet représentait le degré zéro de l'architecture : caverneux, sans caractère, anonyme, en dysharmonie totale avec son environnement, il avait des murs de stuc blanc et des touches rustiques qui ne servaient qu'à mettre en relief ses aspirations banlieusardes.

Luke avait monté la garde, lui aussi. Quand Ollie sortait en quête de provisions et de menus potins, c'était Luke, le perpétuel anxieux, qui guettait le passant suspect. Mais il avait beau surveiller, aucun œil curieux ne s'attardait sur les deux fillettes qui jouaient dans le jardin avec leurs cordes à sauter neuves sous la supervision de Gail, ou qui, sur le talus herbeux derrière la maison, cueillaient des coucous qui tiendraient éternellement dans des pots de sagou séché achetés par Ollie au supermarché.

Même la petite vieille poudrée, avec son rouge à joues, ses vêtements de deuil et ses lunettes noires, qui restait assise sur le balcon, figée comme une poupée, les mains sur les genoux, n'attirait aucun commentaire, car les stations suisses reçoivent ce genre de visiteurs depuis l'aube de l'industrie touristique. Et si un passant venait à apercevoir un soir, entre les rideaux, un grand gaillard coiffé d'un bonnet de ski en laine, penché sur un échiquier face à deux adolescents (avec Perry pour arbitre, et Gail et les petites dans un autre coin en train de regarder des DVD achetés chez Photo Fritz), eh bien, la maison n'avait certes pas accueilli auparavant de mordus des échecs, mais elle avait vu défiler tout et n'importe quoi. Pourquoi le passant se soucierait-il de savoir que, opposé aux cerveaux associés de ses deux fils précoces, le numéro un mondial du blanchiment d'argent arrivait encore à les battre ?

Et si, le lendemain, ces deux mêmes adolescents, vêtus de tenues bien distinctes, gravissaient le sentier rocheux en à-pic qui menait du jardin de derrière jusqu'au sommet du Männlichen, précédés de Perry qui les pressait d'avancer, Alexei jurant qu'il allait se casser le cou, putain, et Viktor affirmant qu'il venait de faire baisser les yeux à un cerf adulte (un simple chamois, en fait), eh bien, qu'y avait-il de si remarquable à cela ? Perry réussit même à les encorder. Il trouva un surplomb adapté, loua des chaussons d'escalade, acheta des cordes (les cordes étant personnelles et sacro-saintes pour un montagnard, expliqua-t-il d'un ton sévère) et leur apprit à se balancer au-dessus d'un abîme, même si l'abîme en question n'avait que quatre petits mètres de profondeur.

Quant aux deux jeunes beautés, l'une d'environ seize ans et l'autre de peut-être dix ans son aînée, étendues sur des chaises longues avec leurs livres sous un érable qui avait réussi à échapper au bulldozer de l'entrepreneur, eh bien, si vous étiez un mâle suisse, peut-être auriez-vous regardé et fait ensuite semblant de ne pas avoir regardé, et, si vous étiez italien, peut-être auriez-vous regardé et applaudi des deux mains. Mais vous ne vous seriez pas précipité sur le téléphone pour raconter dans un souffle à la police que vous aviez vu deux femmes suspectes en train de lire à l'ombre d'un érable.

C'est du moins ce que pensait Luke, et c'est ce que pensait Ollie, et c'est ce que confirmaient Perry et Gail, forcément, en tant que membres cooptés du groupe de surveillance du voisinage, ce qui ne signifiait pas pour autant que tous, y compris les petites, arrivèrent jamais à s'ôter de la tête qu'ils vivaient cachés et que le temps jouait contre eux. Quand, en mangeant la crêpe au sirop d'érable et le bacon préparés par Ollie pour le petit-déjeuner, Katya demanda : « C'est aujourd'hui qu'on va en Angleterre ? », et Irina, d'une voix plus plaintive : « Pourquoi on n'est pas encore partis pour l'Angleterre ? », elles disaient tout haut ce que les autres convives pensaient tout bas, à commencer par Luke, promu héros du groupe parce qu'il avait la main droite dans le plâtre à la suite de sa chute dans l'escalier de son hôtel bernois.

« Vous allez faire un procès à l'hôtel, Dick ? demanda Viktor avec agressivité.

– Je vais consulter mon avocat », répondit Luke avec un sourire pour Gail.

Quant à savoir précisément quand ils allaient partir pour Londres : « Euh, peut-être pas aujourd'hui, Katya, mais peut-être demain, ou après-demain, l'assura Luke. On attend juste vos visas, et les apparatchiks, on sait comment ils sont, hein, même les anglais ? »

* * *

Mais quand, à la fin, quand ?

Luke se répétait cette question à toute heure de veille ou de sommeil du jour ou de la nuit tandis que s'accumulaient à un rythme effréné les communiqués d'Hector, tantôt deux ou trois phrases sibyllines entre deux réunions, tantôt de longues jérémiades aux petites heures d'une nouvelle journée interminable. Perplexe devant ce déluge de comptes rendus contradictoires, Luke recourut d'abord au péché officiellement impardonnable consistant à les consigner au fur et à mesure par écrit dans un journal. Avec les bouts de doigts rougeauds qui dépassaient de son plâtre, il gribouillait péniblement sa bizarre petite sténo personnelle sur une seule face des feuilles A4 achetées par Ollie à la papeterie du village.

Selon la procédure entérinée par le centre d'entraînement, il subtilisa le verre d'un cadre pour s'appuyer, l'essuya après chaque page et dissimula le résultat derrière un réservoir d'eau pour le cas peu probable où il viendrait à l'idée de Viktor, Alexei, Tamara ou Dima lui-même de fouiller sa chambre.

Mais, peu à peu dépassé par le nombre et la complexité des messages envoyés du front par Hector, il persuada Ollie de lui acheter un enregistreur de poche, très similaire à celui de Dima, et de le connecter à son mobile crypté – encore un péché mortel aux yeux de la section d'entraînement, mais une bénédiction quand il attendait au lit le prochain bulletin typiquement hectorien.

– Ça se joue à rien, Luke, mais on est en train de gagner.

– Je court-circuite Billy Boy et je vais voir le Chef direct. J'ai dit qu'il fallait que ça se compte en heures, pas en jours.

– Le Chef dit de parler au Sous-Chef.

– Le Sous-Chef dit que si Billy Boy ne donne pas son accord, lui non plus. Il ne veut pas être seul à donner le feu vert. Il faut qu'il ait tout le quatrième étage derrière lui, sinon il ne marche pas. Je lui ai dit d'aller se faire foutre.

– Vous n'allez pas me croire, mais Billy Boy est en train de se rallier à notre cause. Ça lui fout les boules, mais même lui ne peut pas nier la vérité quand on la lui met sous le pif.

Tout cela dans les vingt-quatre heures qui s'étaient écoulées depuis que Luke avait envoyé valdinguer le philosophe cadavérique dans l'escalier, exploit qu'Hector avait tout d'abord qualifié de génial, pour en dire, après réflexion, qu'il ne se voyait pas trop embêter le Sous-Chef avec ça pour le moment.

« Est-ce que notre homme a tué Niki, Luke ? avait demandé Hector d'un ton parfaitement détaché.

– C'est ce qu'il espère, en tout cas.

– Oui, bon. On va dire que je ne suis pas au courant de tout ça. Et vous ?

– Pareil.

– C'étaient deux autres types et toute ressemblance serait une pure coïncidence. D'accord ?

– D'accord. »

* * *

Au milieu de l'après-midi du deuxième jour, Hector semblait exaspéré mais pas encore découragé. Le Cabinet Office avait finalement décrété nécessaire un quorum pour la Commission d'habilitation, expliqua-t-il. Le Cabinet Office exigeait que soient transmis à Billy Boy Matlock dans leur intégralité tous les détails de l'opération qu'Hector avait jusque-là jalousement gardés pour lui. Le Cabinet Office se contenterait d'un groupe de travail de quatre personnes émanant des ministères des Affaires étrangères, de l'Intérieur, des Finances et de l'Immigration. Les membres exclus seraient invités à ratifier leurs recommandations *post facto*, une simple formalité, selon le Cabinet Office. Réticent à l'extrême, Hector avait néanmoins accepté ces conditions. Or, le soir du même jour, le vent tourna soudain et la voix d'Hector monta d'un cran. L'enregistreur illicite de Luke lui permit de réentendre leur conversation :

H : Ces salauds ont une longueur d'avance sur nous, je ne sais pas comment. Billy Boy vient d'avoir le tuyau par ses sources dans la City.
L : Une longueur d'avance ? Comment ça ? On n'a encore rien fait.
H : Selon les sources de Billy Boy, l'Autorité des services financiers se prépare à bloquer la demande d'Arena d'ouvrir une grosse banque, et c'est de notre faute à nous.
L : À nous ?
H : À nous, le Service. Les grandes institutions de la City hurlent au scandale. Trente députés sans étiquette à la solde des oligarques sont en train de rédiger une lettre incendiaire adressée au ministre des Finances accusant l'ASF d'entretenir des préjugés anti-russes et exigeant que tous les obstacles déraisonnables à la candidature d'Arena soient éliminés sur-le-champ. Et il y a une levée de boucliers chez les zozos habituels de la Chambre des lords.
L : Mais c'est du délire complet !
H : Essayez d'aller dire ça à l'ASF. Eux, tout ce qu'ils voient, c'est que les banques centrales se refusent mutuellement des prêts alors qu'on leur a refilé des milliards d'argent public précisément pour faire ça. Et là, abracadabra, voilà Arena qui arrive à la rescousse sur son blanc destrier en se proposant de mettre des milliards dans leurs petites mains gourmandes. Alors d'où vient l'argent, tout le monde s'en branle, non ? [*Est-ce une question ? Si oui, Luke n'a pas la réponse.*]
H [*qui explose soudain*] : Il n'y a pas un seul « obstacle déraisonnable », bon Dieu ! Personne n'a même commencé à en construire ne serait-ce que la queue d'un ! Jusqu'à hier soir, la candidature d'Arena pourrissait dans le casier « en attente » de l'ASF. Ils ne se sont pas vus, ils ne se sont pas parlé, c'est à peine s'ils ont commencé leur enquête réglementaire. Mais rien

de tout cela n'a empêché les oligarques du Surrey de déterrer la hache de guerre, ou les journalistes de la presse économique d'être informés que, si la candidature d'Arena est rejetée, la City de Londres finira bonne quatrième derrière Wall Street, Francfort et Hong Kong. Et ce sera la faute à qui ? Au Service, qui se sera fait mener en bateau par un certain Hector Meredith de mes deux !

Suivit un nouveau silence, si long que Luke en fut réduit à demander à Hector s'il était encore là, pour s'entendre rétorquer « Où est-ce que vous croyez que je suis, bordel ? » d'un ton lapidaire.

« Enfin, au moins, Billy Boy est de votre côté, maintenant, avança Luke pour dispenser un réconfort qu'il ne partageait pas.

– Un revirement complet, Dieu merci ! répondit Hector avec ferveur. Sans lui, je ne sais pas où j'en serais. »

Luke ne le savait pas non plus.

* * *

Billy Boy Matlock, l'allié subit d'Hector ? Un converti à sa cause ? Son nouveau compagnon d'armes ? Un revirement complet ? Billy ?

Ou bien Billy Boy s'achetant une petite réassurance en douce ? Non que Billy Boy fût mauvais, pas mauvais au sens malfaisant, pas mauvais comme Aubrey Longrigg. Luke n'avait jamais pensé cela de lui. Il n'avait rien du Machiavel tortueux, de l'agent double ou triple sinuant entre deux puissances ennemies. Billy ne fonctionnait pas du tout de cette manière. Il était trop transparent pour ça.

Alors quand cette grande conversion pouvait-elle bien avoir eu lieu au juste, et pourquoi ? s'étonnait Luke. Ou bien se pouvait-il que Billy Boy ait déjà couvert ses arrières ailleurs et soit maintenant disposé à tendre la main à Hector pour avoir accès aux secrets les plus jalousement gardés de son coffre aux trésors ?

Par exemple, qu'est-ce que Billy avait éprouvé ce dimanche après-midi en sortant de la maison de Bloomsbury, encore humilié par la cuisante rebuffade qu'il avait essuyée ? De l'affection pour Hector ? Ou de sérieuses inquiétudes quant à sa propre position dans le futur grand ordonnancement des choses ?

Et dans les jours de douloureuse rumination qui avaient suivi cette réunion, quelle grosse légume de la City Billy Boy pouvait-il avoir invitée à déjeuner, malgré sa radinerie légendaire, pour lui enjoindre de garder le secret en sachant pertinemment que la grosse légume avait pour principe qu'un secret, ça se répète, mais à une seule personne à la fois ? Et en sachant aussi qu'il s'était fait un ami pour le cas où les événements vireraient à l'aigre ?

Et des nombreuses vaguelettes que pourrait propager ce petit pavé jeté dans la mare bourbeuse de la City, qui savait laquelle pourrait venir clapoter à l'oreille particulièrement fine de ce distingué affairiste de la City et parlementaire en pleine ascension, Aubrey Longrigg ?

Ou de Bunny Popham ?

Ou de Giles de Salis, le Monsieur Loyal du cirque médiatique ?

Ou de tous les autres Longrigg, Popham et Salis à l'oreille fine qui attendaient de prendre le train Arena à la seconde où il se mettrait en marche ?

Sauf que, selon Hector, le train n'est pas encore en marche. Alors, pourquoi sauter dedans ?

Luke aurait tant voulu avoir quelqu'un avec qui partager ses pensées, mais, comme d'habitude, il n'y avait personne. Perry et Gail ne faisaient pas partie du cercle. Yvonne était injoignable. Quant à Ollie… Eh bien, Ollie était peut-être le meilleur auxiliaire du métier, mais il n'avait rien d'une fine lame quand il s'agissait de déjouer les estocades assassines des cabales dans les hautes sphères.

* * *

Tandis que Gail et Perry jouaient à la perfection leur rôle de parents par procuration, chefs de meute, joueurs de Monopoly et guides touristiques avec les enfants, Ollie et Luke comptabilisaient les signaux d'alarme, pour les ignorer ou les ajouter à la liste de plus en plus longue des soucis de Luke.

En une matinée, Ollie avait vu le même couple passer deux fois devant la maison du côté nord, puis deux fois du côté sud-ouest. Une fois, la femme portait un foulard jaune sur la tête et un loden vert, l'autre fois, un bob et un pantalon décontracté, mais toujours les mêmes bottillons et chaussettes, et la même canne d'alpiniste. L'homme portait un short la première fois et un pantalon large en imitation léopard la seconde, mais la même casquette bleue à visière, et il avançait avec la même démarche, sans bouger ses bras ballants.

Ollie avait enseigné l'observation au centre d'entraînement ; il était donc difficile de le prendre en défaut.

Ollie gardait aussi un œil vigilant sur la gare de Wengen, suite à la rencontre de Gail et Natasha avec les autorités suisses à Interlaken-Ost. Selon un employé des chemins de fer avec qui Ollie avait tranquillement pris une bière au bar de l'Eiger, la présence policière à Wengen, qui se limitait d'ordinaire à régler un pugilat par-ci par-là ou à rechercher sans enthousiasme les dealers, s'était intensifiée ces derniers jours. Les registres des hôtels avaient été vérifiés, et la photographie d'un homme chauve, au visage large, portant une barbe, avait été montrée discrètement aux guichetiers de la gare ferroviaire et de la gare du téléphérique.

« Dima n'aurait pas porté la barbe, par hasard, à l'époque où il ouvrait sa première blanchisserie d'argent à Brighton Beach ? » demanda Ollie à Luke pendant une paisible promenade au jardin.

Une barbe et une moustache, confirma Luke d'un air sombre. Cela faisait partie de la nouvelle identité qu'il avait adoptée pour entrer aux États-Unis. Il n'y avait que cinq ans qu'il les avait rasées.

Et (coïncidence, peut-être, mais Ollie n'y croyait pas) pendant qu'il achetait l'*International Herald Tribune* et la presse locale au kiosque de la gare, il avait repéré le couple suspect qu'il avait déjà vu examiner la maison. Assis dans la salle d'attente, ils regardaient fixement le mur. Deux heures et plusieurs trains plus tard, ils étaient toujours là. Ollie n'avait d'autre explication à leur comportement qu'une grosse boulette : la relève avait raté son train, alors ces deux-là attendaient que leurs supérieurs décident quoi faire d'eux, ou bien, étant donné leur position privilégiée avec vue plongeante sur le quai numéro 1, ils attendaient de voir qui descendait des trains en provenance de Lauterbrunnen.

« Et en plus, la charmante crémière m'a demandé combien de personnes je nourrissais, ce qui ne m'a pas plu, mais peut-être faisait-elle référence à mon gros bidon », termina-t-il comme pour alléger le fardeau de Luke, mais l'humour ne leur venait spontanément ni à l'un ni à l'autre, ces temps-ci.

Luke s'inquiétait aussi de ce que leur maisonnée comprenait quatre enfants d'âge scolaire. Les écoles suisses fonctionnaient, alors pourquoi nos enfants à nous n'allaient-ils pas à l'école ? L'infirmière lui avait posé la même question lorsqu'il s'était rendu au dispensaire du village pour faire examiner sa main. La piètre excuse qu'il avait donnée (les écoles internationales avaient des petites vacances en milieu de trimestre) lui avait semblé peu plausible même à lui.

* * *

Jusque-là, Luke avait imposé à Dima de rester à l'intérieur, et Dima s'était soumis à contrecœur par reconnaissance envers lui. Encore auréolé de sa bravoure dans l'escalier du Bellevue Palace, Luke n'avait jamais tort, aux yeux de Dima. Mais, les jours passant et Luke étant obligé de tergiverser pour les apparatchiks de Londres, l'humeur de Dima vira à la résistance, puis à la révolte. Se lassant de Luke, il soumit son cas à Perry avec sa brusquerie habituelle.

« Si je veux emmener Tamara faire la promenade, je l'emmène, grogna-t-il. Je vois la belle montagne, je veux lui montrer. C'est pas la Kolyma, ici, bordel ! Dites ça à Dick, vous entendez, Professeur ? »

Pour monter la petite pente bétonnée jusqu'aux bancs qui dominaient la vallée, Tamara décréta qu'elle avait besoin d'un fauteuil roulant. On envoya Ollie en chercher un. Avec ses cheveux teints au henné, son rouge à lèvres étalé n'importe comment et ses lunettes noires, elle avait l'air d'une poupée vaudoue, et Dima, avec sa salopette et son bonnet de laine, n'offrait pas un plus joli tableau. Mais, dans une communauté blindée à toutes les aberrations humaines, ils formaient une sorte de vieux couple idéal, Dima poussant lentement Tamara vers le haut de la colline à l'arrière de la maison pour lui montrer la cascade du Staubbach et la vallée de Lauterbrunnen dans toute leur splendeur.

Et si Natasha les accompagnait, ce qu'elle faisait parfois, ce n'était plus la bâtarde honnie, engendrée par Dima et imposée à Tamara quand elle avait été jetée hors de prison à moitié folle, mais leur fille affectueuse et obéissante, et peu importait qu'elle fût naturelle ou adoptée. Toutefois, la plupart du temps, Natasha lisait ses livres ou recherchait la compagnie de son père quand il était seul, pour le cajoler, pour caresser et embrasser son crâne chauve comme s'il s'agissait de son enfant.

Perry et Gail faisaient partie intégrante de cette nouvelle famille recomposée : Gail inventait sans arrêt des activités pour les petites, leur présentait les vaches dans les prés, les entraînait à la fromagerie voir comment on rabotait les meules de Berner Hobelkäse, ou bien dans les bois repérer des daims et des écureuils, tandis que Perry incarnait le meneur de jeu qu'admiraient les garçons, ainsi que le paratonnerre qui captait leur surplus d'énergie. La seule et unique fois où il renâcla fut lorsque Gail proposa un double au tennis avec les garçons, tôt le matin. Après le match infernal à Paris, avoua-t-il, il avait besoin de temps pour récupérer.

* * *

Cacher Dima et sa troupe n'était que l'un des multiples soucis de Luke. Passer les soirées dans sa chambre à l'étage à attendre les communiqués aléatoires d'Hector lui laissait bien trop de temps pour rassembler les preuves que leur présence au village attirait une attention malvenue et, durant ses nombreuses heures d'insomnie, il échafaudait des théories du complot dont la vraisemblance le perturbait encore lorsque venait le matin.

Il s'inquiétait aussi au sujet de son imposture. Il se demandait si le zélé Herr Direktor du Bellevue avait maintenant fait le rapprochement entre l'inspection des équipements de l'hôtel par Brabazon et les deux Russes tabassés au pied de l'escalier, et si, partant de là, les recherches menées avec l'assistance de la police avaient conduit à une certaine BMW garée sous un hêtre à la gare de Grindelwald-Grund.

Son scénario catastrophe, en partie inspiré par les suppositions fantaisistes émises par Dima dans la voiture, était le suivant :

L'un des gardes du corps, sans doute le philosophe cadavérique, arrive à se hisser jusqu'en haut de l'escalier et à tambouriner sur la porte verrouillée.

Ou peut-être les hypothèses d'Ollie sur l'électronique de la sortie de secours se sont-elles finalement révélées un peu trop hypothétiques.

Quoi qu'il en soit, l'alarme est donnée et la nouvelle de la bagarre arrive aux oreilles des invités les mieux informés de l'*apéro** d'Arena dans le Salon d'Honneur : les gardes du corps de Dima ont été agressés et Dima a disparu.

Tout se met en branle en même temps : Emilio Dell'Oro alerte les sept émissaires vierges, qui sautent sur leurs mobiles et alertent leurs frères *vory*, qui, à leur tour, alertent le Prince en son château.

Emilio alerte ses amis banquiers suisses, qui, à leur tour, alertent leurs amis haut placés dans l'administration suisse, y compris la police et les services de sécurité, dont le premier devoir dans la vie est de préserver l'intégrité des sacro-saints banquiers suisses et d'arrêter quiconque la compromet.

Emilio Dell'Oro alerte ensuite Aubrey Longrigg, Bunny Popham et de Salis, qui alertent qui ils alertent, voir ci-dessous.

L'ambassadeur russe à Berne reçoit de Moscou des instructions urgentes, dictées par le Prince, exigeant qu'on relâche les gardes du corps avant qu'ils ne vendent la mèche, et, plus spécifiquement, qu'on traque Dima pour le rapatrier à la vitesse grand V.

Les autorités suisses qui, jusqu'à présent, étaient ravies d'offrir un sanctuaire à Dima, le riche financier, lancent une chasse à l'homme dans tout le pays pour retrouver Dima, le criminel en fuite.

Mais il reste un mystère dans cette sinistre histoire et, malgré tous ses efforts, Luke n'arrive pas à le percer : *Par quel concours de circonstances, de soupçons ou d'informations solides, les deux gardes du corps se sont-ils présentés au Bellevue Palace après la seconde signature ? Qui les a envoyés ? Avec quelles instructions ? Et pourquoi ?*

Ou, pour présenter les choses différemment : *Le Prince et ses frères avaient-ils déjà des raisons de savoir, au moment de la seconde signature, que Dima se proposait de violer l'inviolable serment des* vory *et de devenir la plus grande chienne de tous les temps ?*

Mais lorsque Luke s'aventure à faire part de ces inquiétudes à Dima, quoique dans une version expurgée, celui-ci les rejette sans autre forme de procès. Hector lui-même n'est pas plus réceptif.

« Si vous partez là-dessus, on est foutus depuis le début », dit-il presque en criant.

* * *

Déménager ? Filer à l'anglaise, de nuit, vers Zurich, Bâle ou Genève ? Et pour y gagner quoi, en fin de compte ? Pour éveiller les soupçons ? Pour laisser derrière eux des commerçants, des propriétaires et des agents immobiliers médusés, des potins dans tout le village ?

« Je peux vous trouver des armes, si ça vous intéresse, suggéra Ollie, dans un nouvel effort futile pour réconforter Luke. J'ai ouï-dire qu'il n'y a pas une maison du village qui n'en regorge, au mépris des nouvelles lois. C'est pour quand les Russes débarqueront. Il faut croire qu'ils n'ont pas idée de ce qu'on cache ici, hein ?

– Eh bien, espérons que non », répondit Luke avec un sourire bravache.

* * *

Pour Perry et Gail, cette vie au jour le jour avait quelque chose d'idyllique, quelque chose de *pur*, Dima aurait-il dit d'un air nostalgique. Comme si on les avait débarqués dans un lointain avant-poste de l'humanité avec pour mission de veiller sur leurs pupilles.

Quand Perry ne sortait pas crapahuter avec les garçons (Luke avait insisté pour qu'il emprunte des sentiers peu fréquentés et Alexei avait découvert qu'après tout il n'avait pas le vertige, c'est juste qu'il n'aimait pas Max), il se promenait avec Dima au crépuscule, ou bien, assis avec lui sur un banc à la lisière de la forêt, il le regardait scruter la vallée d'un œil noir avec la même intensité que dans le nid-de-pie en poivrière de Three Chimneys, quand il avait interrompu son monologue pour scruter l'obscurité d'un œil noir, s'essuyer la bouche du dos de la main, boire une goulée de vodka et se remettre à scruter d'un œil noir. Il exigeait parfois qu'on le laisse seul dans les bois avec son enregistreur de poche, pendant qu'Ollie et Luke montaient discrètement la garde de loin. Mais il gardait les cassettes pour lui, dans le cadre de sa police d'assurance.

Perry le trouvait vieilli, au fil des jours qui passaient. Peut-être Dima commençait-il à prendre conscience de l'énormité de sa trahison. Peut-être cherchait-il à se réconcilier avec lui-même lorsqu'il contemplait l'éternité ou parlait tout bas dans son magnétophone. C'est ce que semblaient suggérer ses démonstrations de tendresse envers Tamara. Peut-être un retour de l'élan religieux des *vory* lui traçait-il un chemin vers elle.

« Quand elle meurt, ma Tamara, Dieu sera déjà sourd, tellement elle lui casse les oreilles avec ses prières », dit-il fièrement, donnant à Perry l'impression qu'il nourrissait moins d'optimisme quant à sa propre rédemption.

Perry s'étonnait aussi de la patience que Dima manifestait envers lui et qui semblait croître en proportion inverse de son mépris pour Luke et ses demi-promesses, pas plus tôt faites que retirées à regret.

« Ne vous inquiète, Professeur. Un jour, on sera tous heureux, vous entendez ? Dieu va arranger tout ce merdier, affirma-t-il alors qu'ils se promenaient sur le sentier, la main posée sur l'épaule de Perry comme s'il avait des droits sur lui. Pour Viktor et Alexei, vous êtes un genre de héros. Peut-être un jour, ils feront de vous un *vor*. »

Perry ne se laissa pas abuser par le rugissement de rire qui suivit cette suggestion. Depuis des jours, il se voyait de plus en plus comme l'héritier de la lignée des grandes amitiés viriles de Dima : avec Nikita, qui avait fait de lui un homme ; avec Misha, son disciple assassiné, qu'à sa grande honte il n'avait pas su protéger ; et avec tous les combattants et les hommes de fer qui avaient régné sur son incarcération à la Kolyma et sur la suite de sa vie.

* * *

En revanche, la promotion inattendue de Perry au rang de confesseur nocturne d'Hector le prit au dépourvu. Perry savait, et Gail le savait aussi (Luke ne leur disait rien, mais les tergiversations quotidiennes étaient révélatrices), que les choses n'allaient pas aussi bien à Londres qu'Hector l'avait prévu. Et ils savaient, en l'observant, que Luke était sur les nerfs lui aussi, même s'il essayait de le cacher.

Quand résonna la mélodie cryptée de son mobile à 1 heure du matin, Perry se redressa immédiatement dans le lit tandis que

Gail, sans attendre de savoir qui appelait, se précipitait dans le couloir pour aller vérifier que les petites dormaient bien, et sa première pensée, en entendant la voix d'Hector, fut qu'il allait lui demander de remonter le moral de Luke, ou bien (mais c'était prendre ses désirs pour la réalité) de jouer un rôle plus actif dans le départ discret de la famille Dima pour l'Angleterre.

« Ça ne vous ennuie pas que je bavarde avec vous un petit moment, Milton ? »

Était-ce vraiment la voix d'Hector ? Ou un magnétophone dont les piles faiblissaient ?

« Allez-y.

– Il y a un philosophe polonais qu'il m'arrive de lire.

– Qui ça ?

– Kolakowski. Je me disais que vous en aviez peut-être entendu parler. »

C'était le cas, mais Perry n'éprouva pas le besoin de le dire.

« Oui, et alors ? »

Hector était-il ivre ? Trop de pur malt de l'île de Skye ?

« Il a des vues très tranchées sur le bien et le mal, ce Kolakowski, et j'ai tendance à les partager en ce moment. Le mal, c'est le mal, point final. Le mal ne dérive pas des conditions sociales, ça n'a rien à voir avec le fait d'être pauvre, ou drogué ou que sais-je encore. Le mal, c'est une force humaine absolument et totalement autonome, affirma-t-il avant d'observer un long silence. Je me demandais si vous aviez des idées là-dessus ?

– Ça va, Tom ?

– Kolakowski, je le feuillette de temps en temps, voyez-vous. Dans les moments difficiles. Ça m'étonne que vous n'en ayez pas entendu parler. Il avait une loi. Plutôt bonne dans les circonstances actuelles.

– Vous êtes dans un moment difficile ?

– Il appelait ça la Loi de la Corne d'Abondance Infinie. Sauf que les Polonais n'ont pas d'article défini. Pas d'article indéfini non plus, ce qui est révélateur, mais bon. Le principe de sa loi, c'est que tout événement isolé a un nombre infini d'explications.

Infini. Ou, pour dire ça en langage clair, on ne sait jamais d'où vient le coup, ni pourquoi on se l'est pris dans la tronche. J'ai pensé que, dans les circonstances, ce sont des paroles plutôt rassurantes, vous ne trouvez pas ? »

Gail était revenue et elle écoutait depuis l'embrasure de la porte.

« Si je connaissais les circonstances, je pourrais sans doute me faire une meilleure idée, dit Perry, s'adressant aussi à Gail maintenant. Y a-t-il quelque chose que je puisse faire pour vous aider, Tom ? Vous n'avez pas l'air très bien.

– Oh, c'est déjà fait, Milton. Merci de vos conseils. On se voit demain matin. »

On se voit ?

« Il a quelqu'un auprès de lui ? demanda Gail en se recouchant.

– Il n'en a pas parlé. »

D'après Ollie, la femme d'Hector, Emily, ne vivait plus avec lui à Londres depuis l'accident d'Adrian. Elle préférait l'igloo du Norfolk, plus proche de la prison.

* * *

Luke se tient au garde-à-vous près de son lit, avec à l'oreille son mobile crypté, relié par le câble d'Ollie à l'enregistreur posé à côté du lavabo. Il est 16 h 30. Hector n'a pas appelé de la journée et les messages de Luke sont restés sans réponse. Ollie est sorti acheter de la truite, ainsi que des Wienerschnitzel pour Katya qui n'aime pas le poisson. Et frites maison pour tout le monde ! La nourriture est un grand sujet de conversation ces jours-ci. Les repas sont des occasions solennelles, car chacun peut être le dernier qu'ils partagent. Certains sont précédés de longues actions de grâces murmurées en russe par Tamara avec force signes de croix. D'autres fois, alors que tous les regards se tournent vers elle dans l'attente de son petit numéro, elle refuse, apparemment pour montrer que la compagnie ne jouit plus des faveurs divines. Cet après-midi, pour passer le temps avant le dîner, Gail a décidé d'emmener les filles voir les terrifiantes chutes du Trümmelbach qui cascadent à l'intérieur de la montagne. Ce projet ne plaît pas du tout à Perry. D'accord, elle aura son mobile sur elle, mais au cœur de la montagne, qu'est-ce qu'elle aura comme réseau ?

Gail s'en fiche. Elles y vont, c'est décidé. Les clarines résonnent dans les prés. Natasha lit sous un arbre.

« Bref, voilà, dit Hector d'une voix dure comme la roche. Voilà l'histoire dans toute son horreur. Vous m'écoutez ? »

17

Luke écoute. La demi-heure se prolonge en quarante minutes. C'est exactement cela : l'histoire dans toute son horreur.

Puis, comme il est inutile de se presser, il réécoute encore les quarante minutes, allongé sur son lit. C'est une histoire courte. C'est une pièce complexe, restera à déterminer ultérieurement s'il s'agit d'une tragédie ou d'une comédie. À 8 heures ce matin, Hector Meredith et Billy Matlock ont comparu devant un tribunal expéditif formé de leurs pairs, dans les bureaux du Sous-Chef au quatrième étage. On leur a lu le chef d'accusation. Hector l'a paraphrasé et pimenté à sa sauce habituelle.

« Le Sous-Chef a dit que le Secrétaire du Cabinet l'avait convoqué pour lui soumettre la théorie suivante : un certain Billy Matlock et un certain Hector Meredith conspiraient ensemble pour ternir la réputation irréprochable d'un certain Aubrey Longrigg, député, magnat de la City et lèche-cul des oligarques du Surrey, cela en rétribution des torts prétendument infligés aux accusés par ledit Longrigg, à savoir Billy s'est vengé de toutes les crasses qu'Aubrey lui a faites quand ils étaient à couteaux tirés au quatrième étage, et moi, du fait qu'Aubrey a essayé de couler mon entreprise familiale avant de la racheter pour deux boutons de culotte. Le Secrétaire du Cabinet s'était fourré dans le crâne que *notre implication personnelle brouillait notre jugement dans cette opération*. Vous écoutez toujours ? »

Luke écoute toujours. Et, pour écouter encore mieux, il s'assied au bord du lit, la tête entre les mains, le magnétophone posé sur le duvet à côté de lui.

« C'est pourquoi, étant à l'origine de la conspiration pour entuber Aubrey, j'ai été invité à expliquer ma position.

– Tom ?

– Dick ?

– Quel rapport peut-il bien y avoir entre le fait d'entuber Aubrey (en supposant que telle était bien votre intention à tous les deux) et le transfert à Londres de notre homme et de sa famille ?

– Bonne question. Je vais y répondre dans le même esprit. »

Luke ne l'avait jamais entendu aussi en colère.

« Selon le Sous-Chef, le bruit court que notre Service envisage de projeter sous les feux de l'actualité un super indic qui va discréditer à mort les aspirations bancaires d'Arena Conglomerate. Est-il nécessaire que je m'étende sur ce que le Sous-Chef a appelé avec délectation la *connexion* ? Une banque russe dans le rôle de l'étincelant chevalier blanc, des milliards de dollars sur la table et beaucoup plus en réserve, la promesse non seulement d'injecter ces beaucoup-plus-en-réserve dans un marché à court de liquidités, mais aussi d'investir dans certains grands dinosaures de l'industrie britannique. Et au moment même où la générosité desdits chevaliers blancs est sur le point de porter ses fruits, voilà que débarquent les branleurs des services secrets qui veulent renverser la charrette en vomissant des niaiseries moralisatrices sur les profits du crime.

– Vous avez dit qu'on vous avait invité à expliquer votre position ? Luke s'entend-il rappeler à Hector.

– C'est ce que j'ai fait. Plutôt bien, d'ailleurs. J'ai balancé tout ce que je savais. Et ce que je n'ai pas balancé, Billy l'a fait. Et petit à petit, ô surprise, le Sous-Chef a commencé à tendre l'oreille. C'est casse-gueule, comme rôle, pour un type dont le patron fait l'autruche, mais finalement il a assuré comme une bête. Il a fait sortir tout le monde sauf nous deux et il nous a tout fait répéter.

– Vous et Billy ?

– Oui, Billy était sous notre tente et il pissait dehors avec enthousiasme. Une conversion façon chemin de Damas, mieux vaut tard que jamais. »

Luke en doute, mais il décide charitablement de ne pas relever.

« Alors maintenant, on en est où ? demande-t-il.

– Retour à la case départ. Officiels sans être officiels, avec Billy à bord et pour l'avion privé c'est moi qui casque. Vous avez un crayon à portée de main ?

– Bien sûr que non.

– Alors ouvrez grandes vos petites oreilles. Voilà ce qu'on va faire, on ne peut plus reculer. »

* * *

Il ouvre grandes ses petites oreilles deux fois, puis se rend compte qu'il attend d'avoir le courage d'appeler Éloïse, donc il se lance. Il se pourrait que je rentre à la maison assez vite, peut-être même demain soir, dit-il. Éloïse répond que Luke doit faire ce qu'il pense devoir faire. Luke demande des nouvelles de Ben, Éloïse répond que Ben va très bien, merci. Luke s'aperçoit qu'il saigne du nez et retourne s'allonger jusqu'à ce qu'il soit l'heure de dîner et d'échanger quelques mots discrets avec Perry, qui se trouve dans la véranda en train de montrer à Alexei et Viktor des nœuds d'escalade.

« Vous avez un moment ? »

Luke entraîne Perry dans la cuisine, où Ollie se débat avec une friteuse récalcitrante qui refuse d'atteindre la température nécessaire à la confection des frites maison.

« Vous pouvez nous laisser une minute, Harry ?

– Sans problème, Dick.

– Enfin une grande nouvelle, Dieu merci ! commence Luke une fois Ollie parti. Hector a affrété un jet privé qui attendra à Belp demain soir à partir de 23 heures, heure anglaise, pour rejoindre Northolt. Il a les autorisations de décollage et d'atterrissage, et la garantie d'un embarquement et d'un débarquement sans aucune formalité. Dieu sait comment il a réussi son coup, mais il a réussi. On fera passer la montagne à Dima en jeep à la nuit tombée, puis on le conduira directement à Belp depuis Grund. Dès son arrivée à Northolt, il sera emmené dans une maison sûre, et s'il fournit ce qu'il a promis de fournir, il sera officiellement accueilli et le reste de la famille pourra suivre.

– Comment ça, "si" ? répète Perry en inclinant sa longue tête de côté d'un air perplexe que Luke trouve horripilant.

– Oui, enfin, c'est un détail. Nous on le sait, qu'il va fournir. De toute façon, il n'y a pas d'autre marché sur la table, continue Luke tandis que Perry se tait. Nos maîtres de Whitehall ne vont pas se coltiner la famille avant d'être sûrs que Dima vaut son pesant d'or. C'est le maximum qu'Hector a pu obtenir d'eux tout en évitant la procédure réglementaire, ajoute-t-il en voyant que Perry ne réagit toujours pas. Alors désolé, mais c'est ça ou rien.

– La procédure réglementaire ? répète enfin Perry.

– C'est avec ça qu'on doit traiter, hélas.

– Je croyais qu'on traitait avec des êtres humains.

– Mais bien sûr ! s'irrite Luke. Et c'est justement pour ça qu'Hector veut que ce soit vous qui le disiez à Dima. Il pense qu'il vaut mieux que ça vienne de vous que de moi. Je partage totalement son avis, et je suggère que vous attendiez un peu. En début de soirée demain, ce sera bien assez tôt. On n'a pas besoin qu'il rumine ça toute la nuit. Je dirais vers 18 heures, pour lui donner le temps de faire ses préparatifs. »

Cet homme ne sait donc pas ce que c'est que céder ? se demande Luke. Combien de temps suis-je censé soutenir ce regard en biais ?

« Et s'il ne fournit pas ? demande Perry.

– Personne ne s'est projeté si loin. On prend les choses l'une après l'autre. Je suis désolé, mais c'est comme ça que ça marche. La vie n'est pas un long fleuve tranquille. On n'est pas des universitaires, nous, on est dans l'action, ajoute-t-il en regrettant aussitôt de s'être laissé aller.

– Il faut que je parle à Hector.

– Il a dit que vous diriez cela. Il attend votre appel. »

* * *

Seul, Perry remonta le chemin en direction du bois où il s'était promené avec Dima. Arrivé devant un banc, il balaya la rosée nocturne du plat de la main, s'assit et attendit que ses pensées s'éclaircissent. Dans la maison illuminée en contrebas, il voyait Gail, les quatre enfants et Natasha assis en rond autour du Monopoly sur le sol de la véranda. Il entendit Katya hurler d'indignation, puis Alexei pousser un aboiement de protestation. Il sortit son mobile de sa poche, le regarda fixement dans la pénombre avant d'appuyer sur la touche qui appelait Hector, dont il capta aussitôt la voix.

« Vous voulez la version soft ou la vérité brute ? »

Il retrouvait l'Hector qu'il aimait, celui qui l'avait rudoyé dans la maison de Bloomsbury.

« La vérité brute, ça ira.

– Voilà. On amène notre homme ici, ils l'écoutent et ils se font une idée. C'est le mieux que j'aie pu obtenir d'eux. Hier encore, ils n'étaient pas prêts à aller si loin.

– Eux ?

– Eux, la hiérarchie. Eux, le pouvoir. Qui vous voulez que ce soit, bon Dieu ? S'il n'est pas à la hauteur, ils le rejettent à l'eau.

– Quelle eau ?

– Les eaux russes, probablement. Quelle différence ? Le fait est qu'il sera à la hauteur. Moi, je le sais. Vous, vous le savez. Une fois qu'ils auront décidé de le garder, ce qui ne devrait pas prendre plus d'un ou deux jours, ils se cogneront toute la smala : la femme, ses mômes, les mômes de son pote et son chien, s'il en a un.

– Il n'en a pas.

– Oui, bref, ils ont accepté le tout en principe.

– En principe ?

– Oh, lâchez-moi un peu, d'accord ? J'ai passé la matinée à écouter des connards surdiplômés des ministères couper les cheveux en quatre, alors si vous pouviez éviter d'en remettre une couche. On a un accord. Pourvu que notre homme livre bien la marchandise, la famille suivra à bonne vitesse. C'est ce qu'ils promettent et je n'ai pas d'autre choix que de les croire. »

Perry ferma les yeux et inspira une bouffée d'air de la montagne.

« Vous voulez que je fasse quoi ?

– Rien d'autre que ce que vous faites depuis le premier jour. Compromettre vos nobles principes pour le bien général. Lui faire avaler la pilule en douceur. Si vous lui dites que c'est peut-être, il ne viendra pas. Si vous lui dites qu'on accepte ses conditions sans réserve mais qu'il devra attendre un tout petit peu avant de retrouver ceux qu'il aime, il viendra. Vous êtes encore là ?

– Il faut croire.

– Dites-lui la vérité, mais pas toute la vérité. Si vous lui donnez la moindre raison de penser qu'on le traite mal, il va sauter dessus. On est peut-être les gentlemen anglais fair-play, mais on est aussi les enfoirés de la perfide Albion. Vous m'avez entendu ou je parle dans le vide ?

– J'ai entendu.

– Alors, dites-moi que j'ai tort. Dites-moi que je me trompe sur son compte. Dites-moi que vous avez un meilleur plan. C'est vous ou personne. C'est votre heure de gloire. S'il ne vous croit pas vous, il ne croira personne. »

* * *

Ils étaient couchés. Il était minuit passé. Gail, à moitié endormie, avait à peine dit un mot.

« Il n'a plus la mainmise, dit Perry.

– Qui ça, Hector ?

– C'est l'impression que ça fait.

– Peut-être qu'il ne l'a jamais eue, en fait, suggéra Gail avant de marquer une pause. Tu as pris ta décision ?

– Non.

– Alors, c'est que tu l'as prise. Je crois que pas de décision, c'est une décision, et c'est pour ça que tu n'arrives pas à dormir. »

* * *

Le lendemain soir, 17 h 45. La fondue au fromage d'Ollie avait remporté un franc succès et la table avait été débarrassée. Dima et Perry restaient seuls dans la salle à manger, face à face sous un lustre en métal multicolore. Luke avait eu le tact de sortir faire une petite promenade au village. Encouragées par Gail, les filles regardaient *Mary Poppins* pour la énième fois. Tamara s'était retirée au salon.

« C'est tout ce que les apparatchiks ont à offrir, dit Perry. Vous allez à Londres ce soir, votre famille suit dans un jour ou deux. Les apparatchiks insistent là-dessus. Ils doivent obéir aux règles. Ils ont des règles pour tout, même pour ça. »

Il utilisait des phrases courtes et guettait le moindre changement dans l'expression de Dima, un soupçon d'indulgence, une lueur de compréhension ou même une moue de rébellion, mais le visage en face du sien restait impénétrable.

« Ils veulent je viens seul ?

– Pas seul. Dick prend l'avion pour Londres avec vous. Dès que les formalités seront terminées et que les apparatchiks auront satisfait à leurs règles, on vous suivra tous en Angleterre. Et Gail veillera sur Natasha, ajouta-t-il, espérant alléger ce qu'il imaginait être le principal souci de Dima.

– Elle est malade, ma Natasha ?

– Mais non, elle n'est pas malade. Elle est jeune. Elle est belle. Fantasque. Pure. Il faudra qu'on veille bien sur elle dans un pays étranger, c'est tout.

– Ouais, acquiesça Dima en hochant sa tête chauve pour confirmer. Elle est belle comme sa mère. »

Il tourna brusquement la tête de côté, puis vers le bas, pour sonder d'un œil fixe quelque sombre abîme d'angoisse ou de souvenir auquel Perry n'avait pas accès. Est-ce qu'il savait ? Est-ce que Tamara, dans un accès de mépris, d'intimité ou d'étourderie, lui avait dit ? Est-ce que, contrairement à tout ce que croyait Natasha, Dima avait endossé son secret et sa douleur au lieu de partir comme une flèche débusquer Max ? Ce qui était certain, c'est que l'éclat de fureur et de refus auquel s'attendait Perry avait laissé la place à ce début de résignation que ressent un prisonnier face à l'autorité bureaucratique, et ce constat troubla Perry plus profondément que n'aurait pu le faire n'importe quel accès de violence.

« Un jour ou deux, hein ? répéta Dima, comme s'il s'agissait d'une condamnation à perpétuité.

– Un jour ou deux, c'est ce qu'ils ont dit.

– Tom a dit ça : un jour ou deux ?

– Oui.

– C'est un brave type, Tom, hein ?

– Je le crois.

– Dick aussi. Il a failli le tuer, ce connard. »

Ils ruminèrent cette remarque tous les deux.

« Gail, elle s'occupera de ma Tamara ?

– Gail s'occupera très bien de votre Tamara. Et les garçons l'y aideront. Et je serai là, moi aussi. On s'occupera de la famille jusqu'à ce qu'elle vous rejoigne. Et après, on s'occupera de vous tous en Angleterre. »

Dima réfléchit, et l'idée sembla s'imposer à lui.

« Ma Natasha, elle va à Roedean ?

– Peut-être pas à Roedean. Ils ne peuvent pas promettre ça. Peut-être qu'il y a une école encore mieux. On trouvera de bonnes écoles pour tous les enfants. Tout ira bien. »

Ils dépeignaient ensemble un avenir factice, Perry le savait. Dima semblait le savoir aussi et l'accepter, car il avait rejeté les épaules en arrière pour bomber le torse et son visage s'était fendu de ce sourire de dauphin que Perry n'avait pas oublié depuis leur première rencontre sur le court de tennis à Antigua.

« Vous l'épouse très vite, cette fille, Professeur, vous entendez ?

– On vous enverra une invitation.

– Elle en vaut, des chameaux, marmonna-t-il en souriant de sa propre plaisanterie, pas un sourire de vaincu, aux yeux de Perry, mais un sourire pour le temps écoulé, comme s'ils s'étaient connus toute leur vie, ce que Perry commençait à croire. Vous jouez avec moi à Wimbledon, un jour ?

– Bien sûr. Ou au Queen's. Je suis toujours membre.

– Et pas de ménage, OK ?

– Pas de ménage.

– Vous voulez parier ? Intéresser le jeu ?

– Je ne peux pas me le permettre. Je risquerais de perdre.

– Vous dégonflez, hein ?

– Eh oui. »

Puis l'étreinte qu'il redoutait, l'emprisonnement prolongé contre l'énorme torse moite et tremblant, une étreinte sans fin. Lorsqu'ils se séparèrent, Perry trouva le visage de Dima sans vie et ses yeux marron, éteints. Puis, comme sur commande, Dima tourna les talons et se dirigea vers le salon, où attendaient Tamara et la famille assemblée.

* * *

La possibilité de faire partir Perry pour l'Angleterre avec Dima, ce soir-là ou un autre, n'avait jamais été envisagée. Luke l'avait toujours su et il lui avait suffi de soulever la question avec Hector pour recevoir un « non » ferme et définitif. Si, pour quelque raison imprévisible, la réponse avait été oui, Luke l'aurait contestée : dans sa vision professionnelle des choses, il était clair que des amateurs enthousiastes mais sans entraînement n'accompagnent pas de précieux transfuges.

C'est donc moins par sympathie pour Perry que par souci d'efficacité opérationnelle qu'il accepta que celui-ci les accompagne lors du trajet jusqu'à Berne-Belp. Quand on arrache une source essentielle à sa famille et qu'on l'envoie, sans garanties solides, à son Service de tutelle, se dit-il à contrecœur, eh bien, oui, il est prudent de lui fournir le réconfort de la présence du mentor qu'il s'est choisi.

Si Luke s'était attendu à de déchirantes scènes d'adieu, elles lui furent épargnées. La nuit tomba. La maison était silencieuse. Dima fit venir ses deux fils et Natasha dans le jardin d'hiver et leur parla tandis que Perry et Luke attendaient dans l'entrée, hors de portée d'oreille, et que Gail s'appliquait à regarder *Mary Poppins* avec les petites. Pour être reçu par les gentlemen espions de Londres, Dima avait mis son costume bleu à fines rayures. Natasha avait repassé sa plus belle chemise, Viktor avait ciré ses chaussures italiennes et Dima s'était inquiété qu'elles se salissent quand il se rendrait à l'endroit où Ollie avait garé la jeep. Mais c'était compter sans Ollie : outre des couvertures, des gants et d'épais bonnets de laine pour le voyage en montagne, il avait aussi prévu des caoutchoucs à la taille de Dima qui l'attendaient dans l'entrée. Dima avait dû dire aux siens de ne pas le suivre, car il arriva seul, l'air aussi fringant et impénitent que lorsqu'il était entré par les portes battantes du Bellevue Palace au côté d'Aubrey Longrigg.

En le voyant, Luke sentit son cœur battre plus fort que jamais depuis Bogotá. Voilà notre témoin à charge… et Luke lui-même en sera un autre. Luke sera le témoin A derrière un écran, ou simplement Luke Weaver, devant l'écran. Il sera un paria, tout comme Hector. Et, grâce à lui, Aubrey Longrigg et tous ses joyeux lurons seront cloués au pilori, et au diable le contrat de cinq ans au centre d'entraînement avec la belle maison à proximité, l'air de la mer et les bonnes écoles pour Ben, ainsi qu'une meilleure retraite au bout, et sa maison de Londres en location et pas en vente. Il ne confondrait plus promiscuité sexuelle et liberté. Il essaierait encore et encore avec Éloïse, jusqu'à ce qu'elle ait à nouveau confiance en lui. Il finirait toutes ses parties d'échecs avec Ben, et il trouverait un travail qui lui permettrait de rentrer à la maison à une heure décente, avec de vrais week-ends à passer ensemble, et, mon Dieu, il n'avait que quarante-trois ans et Éloïse même pas quarante.

Aussi fut-ce avec l'impression d'une page tournée et d'un nouveau départ que Luke se rapprocha de Dima et que tous trois suivirent Ollie sur le chemin de la ferme et de la jeep.

* * *

Du trajet, Perry l'alpiniste passionné n'eut tout d'abord que vaguement conscience : la montée furtive au clair de lune à travers la forêt jusqu'à la Kleine Scheidegg, avec Ollie au volant, Luke à côté de lui à l'avant, et le corps massif de Dima qui ballottait lourdement contre l'épaule de Perry chaque fois qu'Ollie négociait les épingles à cheveux à la seule lueur des veilleuses, Dima qui ne se donnait pas la peine de s'accrocher à moins d'y être vraiment obligé et préférait accompagner les secousses. L'ombre noire et fantomatique de la face nord de l'Eiger qui se rapprochait offrit à Perry la sublime vision attendue : en dépassant la petite gare d'Alpiglen, il leva des yeux émerveillés sur l'Araignée blanche, imagina une voie et se promit d'en tenter l'ascension avant de se marier avec Gail, dans un dernier élan d'indépendance.

Au moment de passer le sommet de la Scheidegg, Ollie éteignit les feux de la jeep et ils se coulèrent comme des voleurs devant les masses jumelles du grand hôtel. Les lueurs de Grindelwald apparurent en contrebas. Ils commencèrent la descente, pénétrèrent dans la forêt et virent les lumières de Brandegg scintiller à travers les arbres.

« À partir d'ici, c'est une route en dur », annonça Luke pardessus son épaule, au cas où Dima aurait ressenti les effets d'un voyage cahoteux.

Mais Dima n'entendait pas ou n'en avait cure. Il avait rejeté la tête en arrière et passé une main dans sa veste, tandis que l'autre bras reposait sur le siège derrière les épaules de Perry.

Deux hommes au milieu de la route agitent une torche électrique.

* * *

L'homme qui ne porte pas la torche lève sa main gantée en un geste impérieux. Il est en tenue de ville, avec un long pardessus et une écharpe, et sans chapeau bien qu'il soit à moitié chauve. L'homme à la torche porte un uniforme de la police et une cape. En approchant, Ollie leur lance déjà des cris joyeux.

« Salut, les gars ! Qu'est-ce qui se passe ici ? demande-t-il d'une voix chantante et dans un argot franco-suisse que Perry ne l'a jamais entendu utiliser auparavant. Quelqu'un est tombé de l'Eiger ? Nous, on n'a même pas vu l'ombre d'un lapin. »

Dima est un riche Turc, avait dit Luke pendant le briefing. Il séjournait au Park Hotel quand sa femme est tombée gravement malade à Istanbul. Comme il a laissé sa voiture à Grindelwald, nous, deux Anglais descendus dans le même hôtel, on joue les bons Samaritains. Cela ne résistera pas à une vérification, mais ça peut marcher juste pour cette fois.

« Pourquoi le riche Turc n'a-t-il pas pris le train de Wengen à Lauterbrunnen et après un taxi pour Grindelwald ? avait demandé Perry.

– Pas moyen de le raisonner, avait répondu Luke. Il pense qu'en prenant une jeep pour passer le sommet, il économise une heure. Il y a un vol pour Ankara qui part de Kloten à minuit.

– Ah oui ? »

Le policier braque sa torche sur un triangle violet frappé de la lettre G collé au pare-brise de la jeep. L'homme en civil se tient derrière lui, invisible en raison de la lumière aveuglante de la torche. Mais Perry devine qu'il regarde de très près le jovial conducteur et ses trois passagers.

« À qui appartient cette jeep ? demande le policier en poursuivant son inspection du triangle violet.

– À mon ami Arni Steuri, un plombier. Ne me dites pas que vous ne connaissez pas Arni Steuri, de Grindelwald. Il est dans la grand-rue, à côté de l'électricien.

– Vous êtes venus en voiture de la Scheidegg en pleine nuit ? s'enquiert le policier.

– Non, de Wengen.

– Vous êtes montés en voiture de Wengen à la Scheidegg ?

– Qu'est-ce que vous croyez ? Qu'on a pris l'avion ?

– Si vous êtes venus en voiture de Wengen à la Scheidegg, vous devez avoir une seconde vignette délivrée par Lauterbrunnen. Celle sur votre pare-brise est valable exclusivement pour le trajet Scheidegg-Grindelwald.

– Oh, allez, vous êtes de quel côté, à la fin ? lance Ollie, s'entêtant dans la bonne humeur.

– En fait, je viens de Mürren », dit stoïquement le policier.

* * *

Un silence s'ensuit. Ollie commence à fredonner un air, encore une chose que Perry ne l'a jamais entendu faire auparavant. Il fredonne et, à la lumière de la torche du policier, il farfouille parmi les papiers enfoncés dans le vide-poche de la porte du conducteur. La sueur coule le long du dos de Perry bien qu'il soit assis sans bouger à côté de Dima. Aucun sommet difficile, aucune ascension extrême ne l'a jamais fait transpirer quand il était assis. Ollie continue de fredonner tout en cherchant, mais sa chansonnette a perdu de son impertinence. Je suis client du Park Hotel, se dit Perry, et Luke aussi. Nous jouons les bons Samaritains pour un Turc un peu fou qui ne parle pas anglais et dont la femme est à l'article de la mort. Ça peut marcher juste pour cette fois.

Le policier en civil fait un pas en avant et se penche sur le côté de la jeep. Le fredonnement d'Ollie est de moins en moins convaincant. Finalement, il se recule sur son siège comme vaincu, un bout de papier chiffonné entre les mains.

« Peut-être que ça fera la rue Michel, ça, suggère-t-il en tendant au policier une autre vignette, qui porte un triangle jaune au lieu du violet et pas de lettre G.

– La prochaine fois, assurez-vous que les deux vignettes sont bien collées sur le pare-brise », dit le policier.

La torche s'éteint. Ils roulent à nouveau.

* * *

Pour l'œil inexpérimenté de Perry, la BMW semblait paisiblement garée là où Luke l'avait laissée : pas de sabot, pas de prospectus désagréable sous l'essuie-glace, rien qu'une berline garée. Quoi que Luke et Ollie aient pu chercher en tournant lentement autour tandis que Perry et Dima restaient assis à l'arrière de la jeep conformément aux instructions, ils ne trouvèrent rien, car Ollie ouvrait maintenant la portière côté conducteur et Luke leur faisait signe de se dépêcher. Ils adoptèrent la même formation dans la BMW que dans la jeep : Ollie au volant, Luke à l'avant à côté de lui, Perry et Dima à l'arrière. Perry se rendit compte alors que, tout le temps de l'inspection, Dima n'avait ni bougé ni fait de signe. Il est en mode prisonnier, songea Perry. Nous le transférons d'une prison à une autre, et la logistique ne le concerne pas.

Il jeta un coup d'œil aux rétroviseurs latéraux pour repérer d'éventuels phares suspects : rien. Parfois, une voiture semblait les filer, mais, dès qu'Ollie ralentissait, elle les dépassait. Il regarda Dima à côté de lui, qui somnolait, toujours coiffé de son bonnet de laine noir pour cacher sa calvitie. Luke avait insisté, costume rayé ou pas. De temps en temps, l'odeur de laine vierge chatouillait le nez de Perry lorsque Dima se laissait ballotter contre lui.

Ils étaient arrivés sur l'autobahn. Sous les lampadaires au sodium, le visage de Dima se transformait en un masque mortuaire moiré. Sans savoir pourquoi, Perry consulta sa montre ; il avait besoin de ce réconfort. Un panneau bleu signalait l'aéroport de Belp. Trois voies, deux voies, à droite maintenant, sur la bretelle.

* * *

L'aéroport était plus sombre qu'aucun aéroport n'a le droit de l'être. C'est la première chose qui surprit Perry. D'accord, il était plus de minuit, mais on se serait attendu à beaucoup plus de lumière, même pour un petit aéroport de desserte locale comme Belp, dont le statut international n'a jamais été véritablement confirmé.

Il n'y eut pas de formalités, sauf si l'on considère comme une formalité les quelques paroles échangées entre Luke et un homme las au visage gris, vêtu d'une salopette bleue, qui semblait être l'unique officiel présent. Maintenant Luke lui montrait un document, trop petit pour être un passeport, à l'évidence, donc c'était une carte, un permis de conduire ou peut-être une petite enveloppe bien remplie ?

Quoi que ce fût, l'homme en salopette au visage gris avait besoin de l'examiner dans une meilleure lumière, puisqu'il se tourna et courba le dos pour se trouver sous le faisceau du luminaire derrière lui. Quand il se retourna vers Luke, ce qu'il avait eu à la main avant n'y était plus, donc soit il l'avait gardé, soit il l'avait remis à Luke et Perry ne l'avait pas vu faire.

Après l'homme gris, qui disparut sans avoir prononcé un mot dans aucune langue, ce fut une chicane d'écrans gris qu'ils négocièrent en l'absence totale de surveillance. Après la chicane, un carrousel à bagages à l'arrêt, deux lourdes portes battantes électriques qui s'ouvrirent avant même qu'ils les atteignent (Sommes-nous déjà de l'autre côté ? Impossible !), puis un hall de départ vide dont les quatre portes vitrées donnaient directement sur le tarmac. Et toujours personne pour scanner leurs bagages ou eux-mêmes, leur faire enlever leur veste et leurs chaussures, les regarder d'un œil sévère à travers un guichet blindé, claquer des doigts pour qu'ils présentent leur passeport ou leur poser des questions volontairement déstabilisantes sur la durée et la raison de leur séjour dans le pays.

Si toute cette absence d'attention dont ils jouissaient était l'œuvre personnelle d'Hector, ce que Luke avait laissé entendre à Perry et qu'Hector lui-même avait confirmé, alors tout ce que Perry avait à dire, c'était « Chapeau, Hector ! ».

Les quatre portes vitrées qui donnaient sur le tarmac parurent fermées et verrouillées à Perry, mais Luke, l'homme fiable dans la cordée, ne s'en laissa pas compter. Il se dirigea tout droit vers la porte de droite, lui imprima une petite secousse et, ô miracle, elle glissa docilement dans son encastrement, laissant un vif courant d'air frais valser dans la pièce et caresser le visage de Perry, ce dont il lui fut très reconnaissant car, sans raison aucune, il avait très chaud et transpirait.

Une fois la porte ouverte, la nuit les invita. Luke posa une main douce, pas autoritaire, sur le bras de Dima, l'éloigna de Perry et lui fit passer docilement la porte pour se rendre sur le tarmac. Là, comme averti à l'avance, Luke tourna aussitôt sur sa gauche en entraînant Dima et laissa Perry planté là derrière eux, tel celui qui n'est pas sûr d'être invité. Il y avait quelque chose de changé chez Dima. Perry comprit ce que c'était : en passant la porte, Dima avait enlevé son bonnet de laine pour le jeter dans une poubelle qui se trouvait là bien à propos.

Quand Perry leur emboîta le pas, il vit ce que Luke et Dima devaient avoir déjà vu : un bimoteur tous feux éteints dont les hélices tournaient doucement à une cinquantaine de mètres, et deux pilotes fantomatiques à peine visibles dans le cockpit.

Il n'y eut pas d'adieux.

Ni sur le moment, ni plus tard, Perry ne sut s'il fallait s'en réjouir ou s'en désoler. Il y avait eu tant d'étreintes, tant de salutations, sincères ou forcées, une telle orgie d'au revoirs et de bonjours et de déclarations d'amour qu'ils avaient fait le tour des retrouvailles et des séparations et en avaient peut-être épuisé le quota.

Ou peut-être, toujours peut-être, Dima était-il trop submergé par l'émotion pour parler, pour regarder en arrière ou, tout simplement, pour le regarder lui. Peut-être des larmes coulaient-elles sur ses joues tandis qu'il avançait vers le petit avion en posant un pied incroyablement menu devant l'autre d'un pas aussi précis que s'il subissait le supplice de la planche.

Et de la part de Luke, qui marchait maintenant un pas ou deux derrière Dima comme pour le laisser profiter des feux des projecteurs et des caméras absents, pas un mot pour Perry non plus : c'était sur l'homme accompli devant lui, et non sur Perry, seul derrière lui, que Luke braquait son regard. C'était sur un Dima drapé dans sa dignité : tête nue, torse bombé, le pas légèrement boitillant mais néanmoins majestueux.

Et, bien sûr, le positionnement de Luke par rapport à Dima était stratégique. Luke n'aurait pas été Luke sans la stratégie. Il était le berger vif et rusé des monts Cambriens, où Perry avait fait de l'escalade dans sa jeunesse, en train de houspiller sa brebis de concours pour lui faire grimper les marches menant au trou noir de la cabine en réquisitionnant toute sa force de concentration physique et mentale, prêt à réagir si la bête se cabrait, bondissait ou refusait tout net l'obstacle.

Mais Dima ne se cabra pas, ne bondit pas, ne refusa pas l'obstacle. Il monta les marches d'une traite et s'enfonça dans l'obscurité. Dès que celle-ci l'eut englouti, le petit Luke fit de même d'un pas sautillant. Soit il y avait quelqu'un à l'intérieur pour fermer la porte sur eux, soit Luke le fit lui-même : un soupir soudain des gonds, deux cliquetis métalliques quand on verrouilla de l'intérieur, et le trou noir dans le fuselage de l'avion disparut.

Du décollage non plus, Perry ne garda aucun souvenir particulier, sinon qu'il songea à appeler Gail pour lui dire que l'Aigle s'était envolé, ou quelque chose du genre, puis à chercher un car ou un taxi ou peut-être tout simplement à se rendre à pied en ville. Il n'avait qu'une vague idée de sa position par rapport au centre-ville de Belp, s'il y en avait un. Puis il sortit de son rêve pour trouver Ollie à ses côtés et se rappeler qu'il y avait quelqu'un pour le ramener à Gail et à la famille privée de père à Wengen.

L'avion décolla. Perry n'agita pas la main. Il le regarda s'élever et se redresser brutalement, parce que l'aéroport de Belp, entouré de nombreuses collines et petits monts à éviter, exige des réactions rapides. Ces pilotes n'en manquaient pas. Un vol privé commercial, apparemment.

Il n'y eut pas d'explosion. En tout cas, aucune qui arriva aux oreilles de Perry. Plus tard, il regretta qu'il n'y en ait pas eu. Il n'y eut que le bruit sourd d'un poing ganté dans un punching-ball et un long éclair blanc qui fit bondir vers lui les noires collines, puis plus rien du tout à voir ou à entendre jusqu'à ce que les gyrophares de la police, des ambulances et des pompiers qui arrivaient toutes sirènes hurlantes commencent à répondre à la lumière qui s'était éteinte.

* * *

Défaillance des instruments, c'est la version semi-officielle pour le moment. Ou bien panne de moteurs. La négligence d'un personnel de maintenance anonyme est mise en avant. Il y a longtemps que ce pauvre petit aéroport de Belp est la cible des experts et de critiques virulentes. Les contrôleurs au sol ont peut-être leur part de responsabilité. Deux comités d'experts n'ont pas réussi à s'entendre. Il est probable que les assurances ne paieront rien tant que la cause ne sera pas établie. Les cadavres carbonisés continuent de laisser perplexes. Apparemment, aucun problème du côté des deux pilotes : des pilotes privés, certes, mais avec beaucoup d'heures de vol, des types sobres, mariés tous les deux, aucune trace de substances illégales ou d'alcool, des états de service irréprochables, et de bonnes relations de voisinage entre leurs deux épouses à Harrow, où vivaient les familles. Deux tragédies, donc, qui n'intéressèrent les médias qu'une journée. Mais pourquoi diable un ancien attaché de l'ambassade britannique à Bogotá partageait l'avion d'un « minigarque russe douteux basé en

Suisse », même la presse populaire fut incapable de l'expliquer. Était-ce une histoire de sexe ? De drogue ? D'armes ? Faute du moindre soupçon de preuve, ce ne fut rien de tout cela. L'hypothèse d'un acte terroriste, la grande tarte à la crème de notre époque, fut écartée d'emblée.

Aucun groupe n'a fait de revendication.

Remerciements

Mes remerciements les plus sincères à Federico Varese, professeur de criminologie à l'université d'Oxford et auteur d'ouvrages de référence sur la mafia russe, pour ses conseils inventifs et son infinie patience ; à Bérengère Rieu, qui m'a montré les coulisses du stade Roland-Garros ; à Éric Deblicker, qui m'a fait visiter un club de tennis très sélect dans le bois de Boulogne, assez similaire à mon Club des Rois ; à Buzz Berger, qui a rectifié mes erreurs tennistiques ; à Anne Freyer, mon éditrice française, dont la sagesse n'a d'égale que la fidélité ; à Chris Bryans pour ses informations sur la Bourse de Bombay ; à Charles Lucas et John Rolley, banquiers honnêtes qui m'ont courageusement informé sur les pratiques de leurs collègues moins scrupuleux ; à Ruth Halter-Schmid, qui m'a évité de nombreuses errances lors de mes voyages à travers la Suisse ; à Urs von Almen, qui m'a guidé dans les recoins sauvages de l'Oberland bernois ; à Urs Bührer, Direktor de l'hôtel Bellevue Palace de Berne, qui m'a autorisé à utiliser son établissement incomparable comme décor d'un épisode fâcheux ; et à Vicki Phillips, mon inappréciable secrétaire, qui a ajouté la relecture d'épreuves à la liste infinie de ses talents.

Et je rends hommage à Al Alvarez, le plus pointilleux et le plus généreux de mes lecteurs.

John le Carré, 2010

Du même auteur

AUX ÉDITIONS DU SEUIL

Notre jeu, *1996*
et « Points », n° P330

Le Tailleur de Panama, *1997*
et « Points », n° P563

Single & Single, *1999*
et « Points », n° P776

La Taupe, *2001*
nouvelle édition
et « Points », n° P921

Comme un collégien, *2001*
nouvelle édition
et « Points », n° P922

Les Gens de Smiley, *2001*
nouvelle édition
et « Points », n° P923

Un pur espion, *2001*
nouvelle édition
et « Points », n° P996

La Constance du jardinier, *2001*
et « Points », n° P1024

Le Directeur de nuit, *2003*
nouvelle édition
et « Points », n° P2429

La Maison Russie, *2003*
nouvelle édition
et « Points », n° P130

Le Miroir aux espions, *2004*
nouvelle édition
et « Points », n° P1475

Une amitié absolue, *2004*
et « Points », n° P1326

Une petite ville en Allemagne, *2005*
et « Points », n° P1474

Le Chant de la Mission, *2007*
et « Points », n° P2028

Un homme très recherché, *2009*
et « Points », n° P2227

AUX ÉDITIONS GALLIMARD

Chandelles noires, *1963*
L'Espion qui venait du froid, *1964*
L'Appel du mort, *1973*

AUX ÉDITIONS ROBERT LAFFONT

Le Voyageur secret, *1991*
Une paix insoutenable (essai), *1991*
Le Directeur de nuit, *1993*

et en collection « Bouquins »

tome 1

L'Appel du mort
Chandelles noires
L'Espion qui venait du froid
Le Miroir aux espions
La Taupe
Comme un collégien

tome 2

Les Gens de Smiley
Une petite ville en Allemagne
La Petite Fille au tambour
Le Bout du voyage (théâtre)

tome 3

Un amant naïf et sentimental
Un pur espion
Le Directeur de nuit

RÉALISATION : NORD COMPO À VILLENEUVE-D'ASCQ
IMPRESSION : CPI FIRMIN DIDOT AU MESNIL-SUR-L'ESTRÉE
DÉPÔT LÉGAL : AVRIL 2011. N° 102768 (104091)
IMPRIMÉ EN FRANCE